Pavane au fil du temps

ROBERT SILVERBERG	*ŒUVRES*
L'HOMME DANS LE LABYRINTHE	*J'ai lu* 495/3*
FILS DE L'HOMME	
LA TOUR DE VERRE	
LES MASQUES DU TEMPS	
LES PROFONDEURS DE LA TERRE	
LES AILES DE LA NUIT	*J'ai lu* 585/2*
LE TEMPS DES CHANGEMENTS	
UN JEU CRUEL	*J'ai lu* 800/2*
LA PORTE DES MONDES	
LES MONADES URBAINES	*J'ai lu* 997/3*
SIGNAUX DU SILENCE	
LA FÊTE DE DIONYSOS	
SEMENCE DE LA TERRE	
TRIPS	*J'ai lu* 1068/3*
L'OREILLE INTERNE	*J'ai lu* 1193/3*
L'HOMME STOCHASTIQUE	*J'ai lu* 1329/3*
LES CHANTS DE L'ÉTÉ	*J'ai lu* 1392/3*
LE CHEMIN DE L'ESPACE	*J'ai lu* 1434/3*
LES DÉPORTÉS DU CAMBRIEN	*J'ai lu* 1650/2*
LE LIVRE DES CRÂNES	
L'HOMME PROGRAMMÉ	
LA GUERRE DU FROID	
LES DÉSERTEURS TEMPORELS	
AU TEMPS POUR L'ESPACE	
CHRONIQUES DE MAJIPOOR	
LE CHÂTEAU DE LORD VALENTIN - 1	*J'ai lu* 1905/4*
LE CHÂTEAU DE LORD VALENTIN - 2	*J'ai lu* 1906/4*
SHADRAK DANS LA FOURNAISE	*J'ai lu* 2119/4*
PAVANE AU FIL DU TEMPS	*J'ai lu* 2631/4*

ROBERT SILVERBERG

Pavane au fil du temps

RECUEIL COMPOSÉ, PRÉSENTÉ ET TRADUIT
PAR PIERRE K. REY

ÉDITIONS J'AI LU

PRÉFACE

Au début des années 70, alors qu'il atteint les sommets de son art – avec des romans comme *Le fils de l'homme* et *L'oreille interne*, ou des nouvelles aussi brillantes que « Dans les crocs de l'entropie », ci-incluse, et « Partir », au titre douloureusement annonciateur –, Robert Silverberg déclare renoncer à l'écriture, se retirer, au moins sur le plan de la création littéraire, de la scène de la science-fiction. Déçu par les tendances « commerciales » qui se profilent à l'horizon 80, il remet en question, au cours d'une traversée du désert qui durera cinq années, cette littérature de l'« inaccessible quête » qui s'habille de plus en plus aux couleurs rassorties de l'*heroic fantasy*. Il écrit sa dernière nouvelle en 1973, l'année même où paraît « Le Temple de Gloire de la science-fiction », métarécit qui ouvre le présent volume, et dans lequel il s'interroge sur le genre et lui-même, en tant qu'écrivain mais aussi fragment de l'humanité égaré dans un espace-temps dont il craint bien qu'il ne mène nulle part, qu'au néant.

De tunnel en tunnel, l'auteur en *vacance* finit par émerger de son exil en 1978, date à laquelle il envisage un retour par le biais, justement, de l'*heroic fantasy* (*Le château de Lord Valentin*, qui paraîtra en 1980 aux États-Unis) afin, ainsi qu'il le dit dans une récente interview[1], de « rétablir sa crédibilité commerciale ». Dès l'année suivante, il est sollicité par le magazine à gros tirage *Omni* et son rédacteur en chef Ben Bova, pour y publier un texte à un tarif très intéressant, équivalant à ce que Silverberg « gagnait en 1968 pour un roman[2] ». Il s'attelle à la tâche – car, « à cette époque, la nouvelle lui paraît une forme nettement plus difficile à rédiger que le roman », « épuisante sur le plan nerveux, sans possibilité de se permettre la moindre faille » –, et il en sort le récit intitulé « Notre-Dame des Sauropodes » (in *Univers 1981*). C'est le point de départ d'une deuxième période riche en textes de qualité, en « histoires plus personnelles », à travers lesquelles l'auteur retrouve les thèmes essentiels de ses œuvres de naguère. *Omni, Playboy, Isaac Asimov's Science Fiction Magazine, Twilight Zone,* diverses anthologies, dès lors, Robert Silverberg va publier bon an mal an sa quasi-demi-douzaine de nouvelles (parallèlement à quelques romans à tendance historique, tel *Le seigneur des ténèbres,* ou tentant de renouer les fils de sa production antérieure, comme *Tom O'Bedlam*).

Ce recueil en veut être le témoignage qui, à l'exception de deux d'entre elles, offre un éventail de nouvelles parues entre 1981 et 1986 aux USA, auxquelles on aurait pu adjoindre des textes aussi remarquables que « Voile vers Byzance » (in *Univers 1987*), ou « The Secret Sharer » (inclus dans un récent recueil aux éditions Denoël).

À l'instar de ses personnages en quête d'eux-mêmes, Robert Silverberg entame ainsi une nouvelle

1. Interview effectuée à Brighton en août 1987, et parue dans le 1er numéro de mars 1988 de *Nous, les Martiens,* bulletin de l'association *Infini.*

2. Cf. la préface au recueil *The Conglomeroid Cocktail Party,* 1984.

course contre le temps inexorable, contre l'entropie dévorante, de récit en récit, de vertige en dérive, de déphasage en métamorphose. « Je vais mourir, dit-il, et cette idée ne me plaît pas du tout; je dois réfléchir à ce que cela signifie[1]. » Que ne vit-on plusieurs vies par vie ! Que ne goûtons-nous à ce futur qui réside au-delà de notre effacement ! Et n'y aurait-il que la seule éventualité de la science-fiction pour nous offrir ces visions d'éternité, ces infinis possibles, ces permutations de nous-mêmes au sein d'univers démultipliés ? « Il se peut que ce que je redoute en réalité ne soit pas tant la perspective vertigineuse de futurs multiples que celle de l'absence de futur. Quand j'en aurai terminé, l'univers va-t-il lui aussi s'arrêter ? »

Déjouer les plans de la mort, se transformer au fil du récit pour perpétuer sa mémoire non seulement passée et présente mais aussi à venir, se transcender dans et par l'écriture, tel est le but du voyage initiatique auquel nous convie Robert Silverberg, dans sa seconde traversée du monde.

Pierre K. REY

LE TEMPLE DE GLOIRE DE LA SCIENCE-FICTION

Lorsque je le vis surgir du Projectorium, j'aperçus dans le lointain regard de ses yeux gris le spectre de la terreur et du renoncement. Ses épaules s'affaissaient comme sous le poids d'un terrible fardeau; je ne me souvenais pas l'avoir jamais vu auparavant trahir ainsi le moindre abandon au désespoir, mais pour l'heure le spectacle de sa totale capitulation me glaçait les sangs. D'une main tremblante, il me tendit un ruban de données de couleur jaune, sur lequel étaient tracés en rouge les mystérieux symboles de la mathématique cosmique.

– Ce n'est plus la peine, bredouilla-t-il. Ça ne sert vraiment plus à rien de nous acharner encore à nous battre !

– De quoi veux-tu… ?

– Cette nuit, dit-il d'une voix enrouée par l'émotion, l'univers va s'enfoncer irrémédiablement dans les limbes du point zéro !

Le jour où Armstrong et Aldrin posèrent le pied sur la Lune – souvenez-vous, c'était le samedi 20 juillet 1969 –, j'étais chez moi, bien décidé à regarder l'événement à la télévision. Mais il s'avéra que j'avais rencontré la veille, à la soirée que donnaient Léon et Hélène, une femme tout à fait charmante. Son nom m'est sorti de la tête, si je l'ai jamais su, mais je me rappelle fort bien comment elle était : de longs cheveux dorés et soyeux, un visage en forme de cœur, des joues roses et rebondies, de doux yeux gris-bleu, des seins plantureux et des jambes minces et allongées. Je me rappelle aussi la curiosité qu'elle manifesta en découvrant mon appartement, s'attardant sur les rayons de mes étagères encombrées de vieux livres de poche et d'antiques magazines.

– Alors, vous êtes vraiment dans la science-fiction ? avait-elle dit avant de se mettre à rire et d'ajouter : Si je comprends bien, ce doit être votre week-end le plus merveilleux ! Ah, la Lune !

Mais tout cela n'était pour elle qu'un gros canular, que des hommes se mettent en tête d'aller faire des galipettes là-haut, alors qu'il y avait encore tant à faire ici, sur la Terre.

Nous prîmes une douche, et je préparai un petit en-cas; on s'installa devant le poste, dans l'attente que les types sortent de leur module, et – très vite, sans le moindre sens de la transition – on se retrouva embarqués dans une séance de baise, qui se poursuivit et se poursuivit, un de ces accouplements impossibles, impersonnels et mécaniques où les corps se broient et se malaxent, hors de tout sentiment et de toute excitation, et alors que j'étais là au-dessus d'elle, à m'accrocher au rythme monotone de mes va-et-vient, j'entendis la voix de Walter Cronkite annoncer au monde que l'écoutille du module était en train de s'ouvrir. Je voulus me libérer de l'étreinte afin de contempler le spectacle, mais elle planta ses griffes dans mon dos. Au prix d'un effort certain, je me relevai sur mes coudes, et m'ingéniai à tourner la partie supérieure de mon corps en direction de l'écran, attendant d'être frappé par l'extase. Juste au moment où survenait la première image flottante d'un homme en tenue spatiale, près de l'échelle et tête en bas, elle se mit à pousser des gémissements et remuer frénétiquement les hanches, jusqu'à atteindre bientôt un violent orgasme. Je ne sentis rien. Rien du tout. Elle s'en alla un peu plus tard, et je pris une autre douche, puis un léger casse-croûte, devant la retransmission de l'alunissage au journal de onze heures. Là encore, je ne sentis rien du tout.

•

– Quelle est la réponse à tout cela ? déclara Gertrude Stein sur son lit de mort.

Alice B. Toklas resta silencieuse.

– Dans ce cas, reprit miss Stein, quelle est donc la question ?

Extrait de l'*Histoire de l'Imperium*, par Koeckert et Hallis, 3e édition (révisée).

L'empire galactique a été mis en place, il y a de cela 190 siècles universels standard, grâce à la résolution commune, simultanée et unanime, des instances gouvernantes régnant sur onze cents planètes. Au jour d'aujourd'hui, l'hégémonie de l'empire s'est étendue à 13 secteurs galactiques, et embrasse des milliers de mondes, lesquels ont tous adhéré à l'empire de leur propre volonté et non sans enthousiasme. Vouloir demeurer à l'écart de l'empire, c'est faire preuve d'inconséquence civique, car l'Imperium est considéré sans conteste dans l'univers entier comme la structure la plus solide et la plus vigoureuse jamais créée par un esprit pensant. Les processus décisionnaires de l'Imperium sont invariablement déterminés par le recours aux Équations de Hermosillo, lesquelles nous fournissent un guide rationnel absolument dénué de toute ambiguïté et par nul contesté, quant aux problèmes touchant à l'intérêt public. Ainsi donc, les innombrables mondes qu'englobe l'empire constituent une unité simple et cohérente, aussi parfaitement intégrée socialement, politiquement et économiquement, que les planètes qui la composent le sont entre elles par les effets des lois de la gravitation universelle.

Il se peut bien que je passe trop de temps sur d'autres planètes et dans des galaxies lointaines. Cette science-fiction (ce mot horripilant qui traîne sa rengaine dans ma tête tel un chant monocorde psalmodié par un sot), c'est un caprice encombrant. Visez un peu mes étagères : des centaines de bouquins usés jusqu'à la trame, classés par ordre alphabétique d'auteurs, Aschenbach-Barger-Capwell-De Soto-Friedrich, tous les grands noms du genre jusqu'à Waldman et Zenger; la collection de revues, tous les numéros parus depuis l'été 1953, la série complète des *Nova,* la plupart des exemplaires de *Deep Space,* un long rayon de *Tomorrow.* Certaines d'entre elles doivent être tout à fait rares, aujourd'hui, encore que je ne me sois jamais laissé envahir par la passion morbide du collectionneur de SF. Tout simplement, je me suis contenté d'accumuler ce que je trouvais dans les librairies, sans en jeter quoi que ce soit. Comment aurais-je pu m'en dessaisir ? Ces revues, ces livres : des tranches de mon passé. Je serais capable de dater les changements qui se sont opérés à mesure dans mon esprit, les altérations de ma conscience, rien qu'en prenant l'un de ces vieux magazines et en réfléchissant un instant sur l'association d'idées qu'il évoque en moi. Cette couverture où l'on voit le monstre à la peau violacée et aux membres visqueux : c'est paru le mois où j'ai fait la découverte du sexe. Celle-ci, avec le dessin montrant des vaisseaux qui explosent : je l'ai lue le premier mois de mon entrée à l'Université, pour me remettre un tantinet de saint Thomas d'Aquin et Platon. Repères postaux, repères terrestres, bouées de papier. Un caprice encombrant. Sur lequel mes amis ne se privent pas d'ironiser, eux qui pensent que la science-fiction est une littérature pour enfants – et Dieu sait qu'ils n'ont peut-être pas tout à fait tort –, eux qui savent me témoigner une indulgence très amicale devant cette lubie, et qui n'hésitent pas à m'offrir pour Noël une volumineuse anthologie, ou à laisser traîner sur mon bureau, lorsque je ne suis pas là, une pile de revues du mois. Mais ils se posent quand même des questions à mon sujet, et moi aussi cela m'arrive quelquefois. Que je sois encore capable, à cinquante-quatre ans, de réagir avec cet enthousiasme de gosse devant, par exemple, la série de *La Ligue Solaire* de Capwell, ou celle des *Sangsues de l'esprit* de Waldman ? Qu'y a-t-il donc dans le présent qui me pousse si obsessionnellement vers le futur ? La grisaille déserte face au supplice de Tantale.

Ses yeux brillaient d'une excitation irrépressible lorsqu'il lui tendit l'étincelante sphère dorée qu'était le casque à transmission de pensée.

– Mets-le, lui dit-il doucement.

– Riik, j'ai peur.

– Ne crains rien. De quoi as-tu peur ?

– De moi. Du moi réel. Je vais m'ouvrir à toi, Riik, de toute mon âme. J'ai peur de ce qu'il peut se produire en toi lorsque tu vas me découvrir, de ce qu'il peut *nous* arriver...

– Est-ce si laid, ce qu'il y a en toi ?

– Parfois, il m'arrive de le croire.

– Juun, cela arrive à tout le monde. C'est le vieux réflexe neurotique, celui du jaillissement de la haine du moi, le rejet classique auquel on n'échappe que lorsqu'on est parvenu à la totale et saine raison. En moi aussi, tu vas découvrir ce type de scories, dès que nous aurons ajusté nos casques. Ce n'est pas réel. Cela ne va pas constituer un facteur déterminant dans nos existences.

– Riik, est-ce que tu m'aimes ?

– Le casque va te répondre bien mieux que je ne saurais le faire.

– D'accord. D'accord.

Elle émit un petit rire nerveux. Puis, avec un soin exagéré, elle fit glisser le casque, le mit en place, le cala, fit passer une mèche d'or rebelle sous le rebord, tandis qu'il approuvait du menton en enfilant le sien.

– Prête ?

– Prête.

– Maintenant !

Il abaissa la manette. Leurs pensées jaillirent à la rencontre l'une de l'autre.

Alors...

L'Unique !

Ma tête est pleine des délires imaginaires des autres : robots, androïdes, vaisseaux spatiaux, ordinateurs géants, sphères d'énergie gloutonnes, faux messies, vrais messies, visiteurs venus de lointaines planètes, machines à voyager dans le temps, annihilateurs gravifiques. Enfoncez mes boutons et je vous offrirai toutes les paraboles des œuvres de Hartzell de Marcus, les versions les plus pertinentes des joyaux philosophiques empruntés au répertoire des diatribes éditoriales de David Coughlin, ou encore les concepts tirés de mes méditations sur De Soto. Je suis une masse en mouvement d'imagination de seconde main. Je suis la personnification du Temple de Gloire de la Science-Fiction.

– Enfin, s'écria triomphalement le Pr Khologoltz, la machine est achevée ! Le dernier solénoïde est mis en place ! Envoyez l'énergie, Hagley. Envoyez l'énergie ! Désormais, nous allons tenir la Réponse que nous avons cherchée pendant tant d'années.

Le professeur adressa un geste à son assistant, lequel éveilla graduellement le grand ordinateur à une vie palpitante. Un subtil flux énergétique, à peine perceptible, s'infiltra dans l'atmosphère : le flux de neutrinos que les équations principales avaient mis en évidence. Dans l'amphithéâtre contigu au laboratoire, dix mille personnes attendaient, immobiles, les sens en alerte. Et sur toute la planète, des millions d'autres en faisaient autant, suspendues avec la même attention aux relais télévisuels par satellite. Le professeur hocha la tête, fit un autre signe à Hagley, et celui-ci, dans un mouvement d'emphase, introduisit la bande-question – spécialement programmée sous la supervision de philosophes aux talents pluridisciplinaires – dans la gueule béante de l'unité d'entrée.

– Le sens de la vie, marmonna Khologoltz. La solution de l'énigme ultime. Encore quelques secondes, et nous la tiendrons dans nos mains.

Un sinistre grondement s'éleva des profondeurs de la puissante machine pensante, et puis...

Mon cauchemar récurrent : un rayon de lumière dense couleur d'émeraude pénètre dans ma chambre et me tire du lit avec une force irrésistible. Le corps en suspension, je traverse la fenêtre et je plane, très haut au-dessus de la ville. Une zone de ténèbres m'engloutit et je me retrouve transporté dans une espèce de tunnel aux murs d'onyx. Je suis seul. J'attends, et rien ne se passe, et après un temps interminable je commence à avancer dans le tunnel, tout près du mur de gauche. Maintenant, j'ai conscience que des êtres en forme de cônes géants, avec des yeux orange grands comme des soucoupes et des corps caoutchouteux, glissent le long du passage sur la droite, sans paraître s'intéresser à moi. Je marche pendant des jours. Jusqu'à ce que le tunnel se divise en neuf autres tunnels rigoureusement identiques qui me plongent dans un abîme de perplexité. Je finis par choisir une solution au hasard : celui le plus à gauche. Tout se passe comme dans le précédent, excepté que les êtres qui évoluent à ma rencontre sont désormais des étoiles de mer animées de mouvements, de couleur pourpre et porteuses de nombreux tentacules à l'épiderme rugueux, au centre desquelles brille un cercle de pâle lumière incandescente. Des journées entières défilent à nouveau. Je ne ressens ni la faim ni la fatigue; simplement, je continue à avancer. Le tunnel se déchire une fois de plus : j'ai maintenant devant moi dix-sept possibilités. Je choisis la partie la plus à droite. Aucun changement notable dans la texture du tunnel – toujours aussi lisse, lustré et illuminé d'une inexplicable radiance intérieure –, mais voilà que les êtres qui flottent devant moi sont devenus sphériques et translucides, des sortes de paramécies emplies d'un grouillement d'organes nébuleux. En route jusqu'à la prochaine fourche. Et ainsi de suite. Toujours pareil. Bifurcation après bifurcation, choix après choix, jamais le même, et jamais différent. Je continue d'avancer. Avancer. Avancer. Je marche de toute éternité. Je ne quitte jamais le tunnel.

Mais enfin, quel est le but de la vie ? Si quelqu'un nous a mis ici, qui est-il, et pourquoi ? Le cosmos, dans son immensité, n'est-il qu'un gigantesque accident ? Ou bien y avait-il une Cause Première, consciente et déterminée ? Qu'en est-il du fameux libre arbitre : en avons-nous seulement une part, ou bien nos actes sont-ils tous dictés par quelque inimaginable et inaltérable programme imprimé dans la trame de la réalité il y a des milliards de milliards d'années ?

Que de grandes interrogations ! Le type de questions que se pose un adolescent dès qu'il se trouve confronté aux problèmes touchant à la nature de l'univers. Qu'ai-je donc à ruminer de telles idées à mon âge ? Qui suis-je en train de tromper ?

Voilà, j'y suis. J'ai atteint le centre de l'univers, là où tous les vortex se rejoignent, où tout est quiétude, la zone de non-turbulence. Je flotte dans une mer de sérénité, le long d'une orbite creuse. C'est la paix ultime. L'accomplissement final de l'union avec le Grand Tout. Au sein de cette embellie de l'âme, je fais l'expérience d'une vision du monde tonitruant et impétueux qui m'entoure. Pas un secteur où ne règnent la guerre, les querelles, les complots, le meurtre; des avions qui s'écrasent, des atmosphères en déperdition, des soleils qui s'éteignent, des transferts d'énergie, des planètes en collision, une multitude d'échanges entropiques. Mais en ce lieu qui m'abrite, tout est parfaitement calme. C'est le lieu où je rêve de vivre.

Oh oui ! Si seulement je pouvais y rester à jamais !

Mais comment faire ? Il n'y a pas moyen. Déjà, je sens que m'attirent des forces inexorables, et je viens à peine d'arriver. Il n'existe pas de paix qui dure à l'infini. Nous ne cessons de nous propulser de ce noyau miraculeux vers l'une ou l'autre des zones de turbulence, notre trajectoire perpétuellement nous pousse vers la périphérie des choses, nous pousse, nous pousse, sans que nous y puissions résister. Me voilà arraché à mon havre de paix. Et je tourne violemment autour de moi-même. Mon ego se déchire sous l'action de la force centrifuge qui ne laisse pas de me ballotter comme un fétu. Oh, laissez-moi revenir ! Laissez-moi partir ! Laissez-moi me perdre en ce lieu de quiétude au cœur des galaxies en cascades !

Ne jamais mourir. Cela fait partie du spectacle. Vivre dans un millier de civilisations encore à venir, voir se dérouler les millénaires futurs, participer par procuration à l'évolution ultime de l'espèce humaine – comment réaliser tous ces projets, si ce n'est dans mes livres et mes revues ? C'est bien là ce qu'ils me procurent : la vie éternelle et une perspective cosmique. Oui, ils m'offrent ce rêve, ne serait-ce que d'une page à l'autre.

Le signal fila à toute vitesse dans la boule noire de la nuit, intercepté çà et là par les stations de transmission des ondes ultra, qui le répercutèrent à des niveaux supérieurs d'énergie. Un millier de faisceaux laser tremblotants furent convertis en flèches gazeuses afin de hâter la course du message vers le centre de communications galactique de Manipool VI, où l'Empereur attendait impatiemment des nouvelles de la révolte. La dépêche tomba enfin dans la sphèreordinateur. Des planètes en feu ! Des millions de morts ! Les protectorats de l'Imperium pilonnés de toutes parts !

– Nous n'avons plus le choix, décida l'Empereur d'un ton circonspect. Détruisez sur-le-champ tout le système de Rigel.

Le problème qui survient lorsqu'on essaie de considérer la science-fiction comme une littérature adulte est qu'elle s'écarte doublement de nos préoccupations « réelles ». Prenez la fiction générale ordinaire, vos Faulkner, Hemingway et autres Dostoïevski, c'est par définition de la matière inventée : déjà un premier écart. Mais au moins découle-t-elle directement de l'expérience, de l'observation de l'univers empirique des phénomènes tangibles et quotidiens. Ainsi, de même que l'on peut appréhender *Les possédés* comme, disons, une chose abstraite, un objet verbal, une structure de noms, de verbes, d'adjectifs et d'adverbes de même que nous pouvons considérer cela comme un simple récit, un assemblage de péripéties, de dialogues et de passages descriptifs dessinant des personnages et des événements imaginés, de la même façon on peut également l'*utiliser* comme un guide illustrant certains aspects de la sensibilité de la Russie du XIXe siècle, et comme une clef de l'évolution des idées de gauche pendant la pré-révolution. Son essence, autrement dit, est celle d'un témoignage historique, un legs hérité de sa propre époque, incluant des valeurs, réelles et identifiables, extra-littéraires. Parce qu'il met en scène des portraits de personnages contemporains évoluant dans un contexte humain plausible et directement perceptible comme le monde réel, le livre de Dostoïevski nous donne des informations dont nous pourrions tout à fait tirer une aide précieuse quant à la compréhension de notre propre existence. Mais de fait, que penser de la science-fiction, laquelle décrit des situations irréelles se déroulant en des lieux qui n'existent pas et en des ères que nous ne connaîtrons pas ? Est-il concevable de considérer les aventures du Capitaine Zap au LXXXe siècle comme un calque pouvant aider à une découverte de soi ? Est-il admissible de voir dans le récit de la collision des fédérations stellaires dans la Nébuleuse d'Andromède une interprétation des relations entre les États-Unis et l'Union soviétique aux alentours des années 50 ? Je suppose que oui, à partir du moment où l'on accepte de placer l'histoire de science-fiction à un niveau métaphorique plus dispersé, de l'appréhender comme une trame de structures symboliques générées en quelque sorte par l'expérience vécue par l'auteur du monde réel. Mais c'est évidemment beaucoup plus facile de se raccrocher au seul niveau du Capitaine Zap, de se laisser gaillardement aller au pur plaisir du récit. Et ça, c'est un comportement de gosse.

Ce qui nous donne donc deux évaluations possibles de la science-fiction :

– il s'agit d'une littérature d'évasion, à l'esprit puéril, qui élimine toute connexion avec la vie quotidienne, et n'offre d'utilité qu'en tant que divertissement fonctionnant de façon autonome;

– ses vertus sont subtiles et difficilement discernables, accessibles seulement à ceux qui ont la capacité et la volonté de pénétrer l'infrastructure expérimentale qui se dissimule derrière ces métaphores grandiloquentes que constituent les empires galactiques et les pouvoirs supranormaux.

Je balance entre les deux attitudes. Et parfois j'embrasse les deux simultanément. Incidemment, c'est un truc que j'ai tiré de la science-fiction : la « logique multidimensionnelle », ainsi que c'était nommé dans le fameux roman de Zenger, *La cons-*

cience plate. Le héros passe vingt années dans les cloîtres des Frères d'Aldébaran à poursuivre des études dignes d'un ascète avant de parvenir à maîtriser le truc. Moi, il m'aura fallu vingt ans de lectures dans les pages de *Nova, Deep Space* et *Solar Quarterly* pour y arriver. Oui : la logique multidimensionnelle. Parfaitement. L'art d'embrasser des thèses contradictoires. « Schizophrénie dynamique » serait peut-être un terme plus expressif, je ne sais pas.

Est-ce le centre de l'univers ? Y suis-je finalement parvenu ? J'en doute. Le saurai-je, quand je l'atteindrai, ou nierai-je comme je le fais si souvent, en me demandant : *Qu'y a-t-il d'autre ? Où pourrais-je encore chercher ?*

L'extraterrestre était particulièrement repoussant, tout angles et arêtes, crampons frémissant d'une haine répugnante, avec une curiosité morbide qui jaillissait par les larges fentes de ses yeux injectés de sang. Mortenson ne parvenait pas à clairement concentrer son attention sur la créature; celle-ci n'arrêtait pas de modifier ses contours en glissant dans un autre plan d'existence, ce qui produisait un étrange effet d'ondulation qui ne laissait pas de le plonger dans un trouble inquiétant. Pour l'heure, elle n'était pas à plus de quinze mètres de lui, et continuait résolument d'avancer. Dès qu'elle est à dix mètres, pensa-t-il, je m'en vais la foudroyer sans autre forme de procès.

Encore cinq pas; c'est alors que s'opéra une étonnante métamorphose. En lieu et place de la chose qui le menaçait de sa structure dure et anguleuse, apparut un Golkon au visage radieux ! La petite créature rondouillarde agita ses tentacules charnus et roucoula un joyeux salut !

– Je suis l'amour, déclara le Golkon. Je suis le livreur de bonheur ! Mon cher ami, je vous souhaite la bienvenue en ce monde !

De quoi ai-je peur ? J'ai peur de l'avenir. J'ai peur des possibilités infinies qu'il recèle. Elles me fascinent et me terrifient. Je ne croyais pas pouvoir un jour l'admettre, même pour moi seul. Mais quelle autre interprétation pourrais-je faire de mon rêve ? Cette multitude de tunnels, cette infinité d'êtres étranges qui glissaient à ma rencontre tandis que j'avançais et avançais ? L'image symbolique de ma peur fondamentale. D'où mon désir impulsif de lire de la science-fiction : du fond de mon âme, je sollicite des bornes, j'aspire à une carte du territoire dans lequel je dois pénétrer. Dans lequel nous devons tous pénétrer. Encore que les cartes soient elles-mêmes effrayantes. Il vaudrait peut-être mieux que je regarde en arrière. Ce doit être moins angoissant de lire des romans historiques. Et pourtant je continue à me nourrir de ces visions fantastiques qui m'obsèdent et me terrifient. J'en tire une énergie vitale, et si j'y renonçais, je ne saurais de quoi m'alimenter.

Cette nuit-là, les buveurs de sang étaient de sortie, bandes assoiffées rôdant à travers la terre dévastée. À l'abri entre les murs de sa cellule, il les entendait aboyer, et entendait aussi les cris horribles de leurs victimes, vieilles femmes et enfants égarés. Désormais, c'était quatre à cinq nuits par semaine que les monstres armés de crocs se libéraient pour s'en aller marauder dans la région, et chaque nuit qui passait laissait de moins en moins d'humains pour retenir la horde déferlante. C'était terrible, mais il y avait pire : sa propre soif. Combien de temps encore allait-il pouvoir rester enfermé là ? Combien de temps avant que lui aussi ne se retrouve là-dehors, en chasse, en quête de sang ?

Lorsque après le petit déjeuner je me suis rendu au kiosque pour acheter le dernier numéro de *Tomorrow,* je suis tombé sur le premier exemplaire d'un nouveau magazine : *Worlds of Wonder.* J'en suis resté ébahi. Cela faisait bien neuf ou dix ans que personne ne s'était risqué à lancer une nouvelle revue de SF. On a notre poignée de titres à la réputation établie, la plupart créés dans les années 30, et même les années 20, et qui semblent perdurer éternellement; mais la faillite de presque tous les magazines plus récents, ceux des années 50 en particulier, fut si spectaculaire que j'en étais venu sans doute à supposer qu'il n'y aurait plus jamais de nouveau titre. Et voilà qu'aujourd'hui, sous mes yeux, naissait *Worlds of Wonder.* Oh, rien d'extraordinaire. N'était le titre, ce pourrait être aussi bien *Deep Space* ou *Solar.* Format habituel, celui du *Reader's Digest.* Couverture sans surprise, dessinée par Greenstone. Les nouvelles sont signées Aschenbach, Marcus, et d'autres noms moins connus. Le rédacteur en chef est Roy Schaefer, dont je crois me souvenir qu'il fut un écrivain compétent mais peu original dans les années 50 et 60. En principe, je devrais me sentir heureux d'avoir six numéros de plus par an pour satisfaire ma passion. En fait, je me sens vaguement menacé, comme si le tunnel vu dans mes cauchemars venait d'opérer une bifurcation nouvelle et inattendue.

Dans le laboratoire, face à moi, est accrochée la machine à voyager dans le temps, un ovoïde doré et scintillant suspendu à des entretoises en ébène. Tandis que je m'en approche, Richards et Halleck sont pris d'un petit rire nerveux. Cela constitue après tout le sommet de nos années de recherche, et une émotion si intense s'empare de moi à l'idée du succès de mon voyage que j'ai du mal désormais à ne pas ressentir chaque seconde qui passe comme chargée d'une lourde signification symbolique. Nos expériences avec les rats et les lapins ont paru porter leurs fruits; mais comment savoir, tant qu'il n'a pas été vécu par un être humain, ce qu'est le voyage dans le temps ?

Allons, l'heure est venue. Je m'installe à l'intérieur de la machine. Un rien crispés, nous nous transmettons les dernières instructions qui grésillent à travers l'intercom. Destination ? 5 mai 2500 : un saut de presque trois siècles et demi. Niveau d'énergie ? Réserve de carburant ? Paré. Paré. Circuit de dislocation activé ? O.K. Tous les systèmes parés. Bon voyage !

Le panneau de contrôle s'affole. Les cadrans se mettent à tourbillonner. Les lumières clignotent. Tout se déclenche en même temps. Je m'enfonce dans le futur, plus loin, toujours plus loin !

Quand tout est redevenu calme, j'amorce les manœuvres de sortie. C'est ainsi que l'on doit ouvrir la capsule temporelle, avec mille précautions. Mes mains tremblent à la pensée du monde nouveau et extraordinaire qui m'attend au-dehors. Un millier d'hypothèses se bousculent dans mon cerveau. Enfin, l'écoutille se dérobe.

– Hello ! dit Richards.

– Salut ! reprend Halleck en écho.

Nous sommes toujours dans le laboratoire.

– Je ne comprends pas, dis-je. Les appareils de

mesure indiquent pourtant qu'un transfert temporel s'est bien effectué.

– Il a eu lieu, précise Richards. Tu es bien allé, comme prévu, en l'an 2500. Mais tu es toujours ici.

– Où ça ?

– *Ici.*

– Mike, tu sais ce qui s'est passé ? lui dit Halleck en riant de tout son cœur. Tu as effectivement voyagé dans le temps. Tu as franchi trois cents et quelques années. Seulement voilà, tu as emporté avec toi tout le présent. Tu as attiré notre propre temps dans le futur. Comme un soufflé aspiré par son propre trou. Tu comprends ? Notre œuvre est *kaput,* Mike. Mais nous avons la réponse que nous recherchions. Le présent est toujours avec nous, aussi loin que nous allions.

Un jour, il y a environ cinq ans, j'ai pris de l'acide, une petite pilule violette qu'un ami m'avait fait parvenir du Nouveau-Mexique par la poste. J'avais lu pas mal de choses sur les drogues psychédéliques, et je n'étais pas du tout effrayé : impatient, en vérité, avide de goûter à l'expérience. J'allais me mettre à flotter dans le cosmos, à en embrasser la globalité. J'allais devenir un fragment des nébuleuses et des supernovæ, et elles allaient devenir un morceau de moi-même; ou, plus exactement, j'allais enfin pouvoir me rendre compte que nous étions tous des fragments les uns des autres, et ce de toute éternité. En d'autres termes, je me figurais que le L.S.D. allait me procurer l'équivalent d'une plongée dans cinq cents romans de SF à la fois : un potentiel à vous dérégler les sens d'images et d'émotions toutes plus étranges les unes que les autres, et un voyage en des lieux incroyables, inconcevables par l'esprit humain. Il me fallut attendre environ une heure avant que la drogue ne fasse effet. Je vis les murs se mettre à refluer et ondoyer, et des cascades de lumière couler du plafond. Le temps devint flou, et je crus que trois heures avaient passé alors qu'il ne s'était écoulé que vingt minutes à peine. Holly était avec moi.

– Que ressens-tu ? me demandait-elle. Des visions mystiques ?

Un flot de questions de ce genre. Et moi qui ne pouvais que répondre :

– Je ne sais pas. C'est très beau, mais je ne sais pas ce que c'est.

Les effets s'évanouirent au bout d'environ sept heures, mais j'avais les nerfs gonflés à bloc, et lorsque je tentai d'aller dormir, les lumières continuaient à exploser sous mes paupières. Je restai assis toute la nuit, éveillé, et je dévorai, avant l'aube, les deux romans de la série *Starflame* de Marcus.

Il n'existe pas d'empire galactique. Il n'existera jamais d'empire galactique. Tout est chaos. Tout est hasard. Les empires galactiques ne sont que des rêveries de pouvoir imaginaires et puériles. Est-ce que je crois vraiment à ce que je suis en train de dire ? Sinon, pourquoi le dire ? Pour éprouver un plaisir malsain à me fiche en l'air ?

– Regardez, là-bas ! gémit le mutant.

Carter se retourna. Un angle entier de la salle avait disparu, évanoui, comme si on l'avait effacé. On voyait la rue, les autos qui passaient, l'immeuble d'en face.

– Et là ! Regardez ! (La chaise s'était évaporée.)

Regardez ! (Le plafond volatilisé.) Regardez ! Regardez ! Regardez !

Carter en avait le vertige. Tout s'envolait, disparaissait inexorablement sous l'injonction du mutant aux yeux jaunes.

– Vous voyez les étoiles ? fit-il en claquant des doigts.

– Non ! s'écria Carter. Pas ça !

Trop tard. Les étoiles aussi étaient parties.

Quelquefois, je me laisse aller à ce que je considère comme l'expérience de la science-fiction dans la vie quotidienne. Par exemple, je suis assis à mon bureau en train de taper un rapport, ou transpirant dans le wagon pressurisé d'un métro qui n'en finit pas d'atteindre son terminus, et je ressens alors une espèce de bourdonnement fiévreux et un mouvement ascendant de l'âme analogue à celui que j'éprouvai la fois où j'avais pris de l'acide, et tout à coup je me vois suivant une perspective entièrement nouvelle, tel un visiteur égaré d'un autre temps, d'un autre lieu, seul dans un monde d'êtres étranges qu'on appelle Terriens. Tout me paraît bizarre, déroutant. Je me sens pénétré d'une sensation de dédoublement de la personnalité, d'une impression de déjà vu, comme si j'avais lu cet épisode du métro dans quelque roman de science-fiction, comme si j'avais rencontré cette image du bureau dans un récit fantastique, bien loin d'ici, et il y a bien longtemps. Ainsi, durant vingt ou trente secondes, le monde réel devient devant moi un univers science-fictionnel. La trame glisse, la texture se déforme. Il m'arrive parfois de penser, lorsque de tels phénomènes surviennent, que c'est plus excitant que de voir un monde imaginaire devenir « réel » par la lecture. Il m'arrive aussi parfois de penser que je me disperse.

Pendant notre sommeil, il s'est produit une tragédie à bord de notre puissant vaisseau stellaire. Notre capitaine, notre chef, notre guide durant deux bonnes générations a été retrouvé sur sa couchette, assassiné !

– Laisse-moi le revoir une fois de plus, insistai-je.

Timothy projeta l'hologramme. Oui ! Pas de doute ! Les taches de sang étaient visibles sur son épaisse chevelure blanche, le masque glacé de la terreur se dessinait sur son visage aux traits durcis. Mort ! Le capitaine était mort !

– Et maintenant ? balbutiai-je. Que va-t-il se passer ?

– La guerre civile a déjà commencé sur le pont E.

Il se peut que ce que je redoute en réalité ne soit pas tant la perspective vertigineuse de futurs multiples que celle de l'absence de futur. Quand j'en aurai terminé, l'univers va-t-il lui aussi s'arrêter ? Le néant, l'inexistant, le vide qui nous attend tous, le tunnel qui mène non pas à toutes choses mais à nulle part, est-ce là le véritable et seul terminus ? Et si c'est le cas, ai-je la moindre raison d'avoir peur ? Pourquoi redouter cela ? Le néant, c'est la paix. Notre nada qui êtes en nada, nada soit ton nom, que ton règne nada, que ta volonté soit nada sur nada comme en nada. Je vous salue rien plein de rien, rien est avec vous. C'est du pur Hemingway. Il sentait le nada le presser de toutes parts. Hemingway n'a jamais écrit un mot de science-fiction. Et pour finir, il s'est allègrement délivré de lui-même d'un coup de fusil, avant de monter au grand nada.

D'une certaine façon, mon ami Léon me rappelle Henry Darkdawn dans le grand classique de De Soto, la trilogie *Cosmos*. (Si je vous avais dit qu'il me rappelait Stephen Dedalus ou Raskolnikov ou Julien Sorel, vous n'auriez naturellement pas eu besoin de détails supplémentaires pour savoir ce que je veux dire, mais Henry Darkdawn ne fait probablement pas partie de vos expériences littéraires. La trilogie de De Soto raconte la formation, l'expansion, puis le déclin d'un mouvement quasi religieux étendu sur plusieurs galaxies dans la période des années 30 000 à 35 000; Darkdawn est un prophète charismatique, humain mais immortel, jouissant en tout cas d'une extraordinaire durée de vie, qui combine en lui les fonctions de Moïse, Jésus et saint Paul : prophète donc, médiateur avec les puissances supérieures, organisateur, leader, et, en fin de compte, martyr.) Ce qui rend la série si attachante est la manière dont De Soto décrit de l'intérieur le personnage de Darkdawn, de sorte qu'il n'est plus seulement un lointain bas-relief – Le Prophète –, mais un être humain qui vit et respire avec ses tares et tout : un concept plutôt sophistiqué pour une œuvre de science-fiction, laquelle a davantage tendance à insister lourdement sur les statues de marbre au lieu de présenter des personnages vivants.

Bien sûr, il est hautement improbable que Léon fonde jamais un culte aux dimensions galactiques, mais il possède une bonne part de cette force de l'âme que j'associe au personnage de Darkdawn. Assez bizarrement, il est très grand – un mètre quatre-vingt-cinq – et d'une beauté tout à fait conventionnelle, ce qui, je me suis laissé dire, n'est pas généralement la marque des personnes douées d'une force intérieure de haut niveau. Mais en dépit de ses capacités physiques naturelles, quelque chose a dû comprimer et réorienter le ressort de l'âme de

Léon quand il était jeune, car il se révèle être un penseur, un rêveur, un type qui crache le feu, toujours prêt à s'amener avec des plans futuristes pour réorganiser le bureau, ou ce genre de choses. Il est celui qui laisse traîner régulièrement sur ma table des magazines de SF en guise de cadeaux, mais c'est aussi celui qui se moque le plus de moi sur ces lectures qu'il considère comme des déchets de la littérature. Là, on est en plein dans les contradictions qu'il porte en lui. Il est timide et agressif, dur et vulnérable, confiant et indécis, le composite humain complètement fou, tous vices et vertus dehors.

Mardi dernier, j'étais invité chez lui. J'y vais souvent. Hélène, sa femme, est une remarquable cuisinière. Elle et moi, on a eu une histoire, il y a cinq ans de ça, qui a duré à peu près six mois. Léon l'a su dès le troisième rendez-vous, mais il n'en a jamais parlé. À en juger par l'ardeur désespérée dont Hélène faisait montre, elle et Léon ne devaient pas très bien s'entendre sur le plan sexuel; quand elle se trouvait au lit avec moi, elle semblait vouloir tout à la fois : essayer toutes les positions, éprouver toutes les sensations, comme si elle avait été privée pendant trop longtemps. Il est fort possible que Léon se soit accommodé du fait que je le soulage d'une certaine pression sexuelle de la part de sa femme, et qu'il ait pu regretter sans le dire que je ne couche plus avec elle. (J'ai interrompu notre relation parce que Hélène me prenait trop d'énergie, et aussi parce que j'avais quelque embarras à rencontrer le regard franc et ouvert de Léon.)

Mardi dernier donc, juste avant le dîner, Hélène est partie dans la cuisine pour aller vérifier le four. Léon s'est excusé avant de filer dans la salle de bains. Je suis resté seul un moment près de la bibliothèque, à jeter un œil par réflexe, histoire de voir s'il y avait de la SF, puis j'ai rejoint Hélène dans la cuisine pour me resservir un martini à la bouteille qui se trouvait dans le réfrigérateur. Et soudain, voilà Hélène qui se colle à moi, se cramponne en cherchant mes lèvres, murmurant mon nom en me passant ses doigts dans le dos.

– Hé ! dis-je calmement. Attends une seconde ! On était d'accord pour ne plus recommencer avec cette histoire !

– Je te veux !

– Non, Hélène, fis-je d'un ton affectueux en la repoussant gentiment. Ne complique pas les choses, je t'en prie.

Je m'écartai d'elle. Elle me tourna le dos, baissa la tête, et retourna de mauvaise grâce à son four. J'opérai un demi-tour sur moi-même et tombai sur Léon, debout dans l'entrée, Léon qui avait dû assister à toute la scène. Dans ses yeux sombres, brillaient des larmes qu'il s'efforçait de retenir; ses lèvres étaient agitées de tremblements. Sans rien dire, il me prit la bouteille des mains, remplit son verre, et avala le liquide d'un trait... Puis il partit au salon, et dix minutes plus tard nous étions en train de parler boulot comme si de rien n'était. Oui, Léon, tu es Henry Darkdawn jusqu'au bout des orteils. Oui, Léon, tu es de la matière dont on crée les prophètes, tu es de l'argile dont on moule les martyrs cosmiques.

Nul n'aurait su percevoir plus longtemps la différence. L'androïde à la peau lisse et liquide avait totalement absorbé la personnalité de son créateur.

Je restai immobile au bord de la falaise, contemplant avec horreur la boule rouge et tuméfiée qui avait été jadis le soleil de la Terre dispensateur de vie.

La horde de robots...

Le vaisseau extraterrestre piquait dans l'espace en une folle spirale quand...

En riant, elle ouvrit le poing. Au creux de sa paume, reposait la bombe Q.

– Dix secondes, dit-elle.

Comme la nuit est chaude ! Un gant de moiteur m'enveloppe tout le corps. Je n'arriverai pas à dormir. Tout autour de moi, je sens comme une formidable pression. Enfin, le voilà ! Le faisceau de lumière verte ! Enfin, enfin, enfin ! Il me berce puis m'attire, et je flotte jusqu'à la fenêtre ouverte. Je suis au-dessus de la ville plongée dans les ténèbres. Et j'avance, j'avance, à travers le vide, hors de l'espace et du temps. Vers le tunnel. Et la lumière me dépose. Là, là où est mon désir. Et c'est exactement comme je l'ai imaginé : les murs d'onyx, la lueur diffuse venue de nulle part, la voûte qui s'incurve là-bas, très loin, les formes étranges qui glissent silencieusement jusqu'à moi. Enfin, j'y suis arrivé. Le tunnel. Mon tunnel. Je fais un premier pas. Puis un autre. Encore un autre. Je me lance à l'aventure. Le voyage a commencé.

LES HABITUÉS

C'était une de ces nuits, comme on dit, à ne pas mettre un chat dehors, noire et sinistre sous le vent gémissant et la pluie qui venait frapper les tôles en jets obliques. Chez Charley Sullivan au contraire, on se sentait aussi à l'aise que dans ses bonnes vieilles bottes, lumière diffuse, chaleur tournante, et le doux grésillement des enseignes de bière au néon; et Charley derrière son bar, qui vous remplissait les chopes plus qu'à ras bord, et tous les habitués installés à leurs places coutumières. Les délices qu'on peut goûter dans une taverne comme celle de Charley Sullivan par une nuit noire et sinistre sous le vent qui gémit !

– Si je me rappelle bien, dit le Saint Père à Karl Marx, c'est lors d'une nuit comme celle-ci que vous vous êtes ravisé sur votre idée de faire exploser la Bourse, hein ?

Karl Marx hocha la tête et lui répondit d'un ton maussade.

– Pour moi, qui étais un vrai révolutionnaire, ce fut le commencement de la fin, assurément. (Il n'est pas irlandais, mais chez Charley Sullivan tout le monde en prend assez vite les tournures de langage.) Quand on devient trop attaché à ses aises pour ne plus avoir le courage d'affronter la tempête contre les ennemis du prolétariat, c'est bien le signe de la fin de sa vocation, indubitablement.

Il poussa un soupir et regarda son verre où ne

restaient plus que des traces de mousse, et soupira une deuxième fois.

– Puis-je vous en offrir une autre ? fit le Saint Père. En souvenir de votre vocation.

– Vous pouvez, assurément.

– Qui d'autre est en manque ? demanda le Saint Père en jetant un regard circulaire dans le bar. C'est ma tournée, cette fois !

Le Notable tapota le rebord de son verre, aussitôt imité par Mme Bewley et Mors Longa. Je secouai la tête en souriant, et l'Ingénue déclina l'offre également. Par contre, au fond du bar, Toulouse-Lautrec daigna tourner les yeux quelques secondes du poste de télévision pour acquiescer d'un signe. Charley, toujours efficace dans ces moments-là, remplit les verres : bière pour l'apôtre de la lutte des classes, Jack Daniel's pour Mors Longa, Valpolicella pour le Saint Père, scotch et eau plate pour le Notable, vin blanc pour Mme Bewley, et Perrier-zeste pour Toulouse-Lautrec qui venait de prendre un cognac juste avant et prétendait se mettre à la diète. Quant à moi, Myers on the rocks, comme d'habitude. Charley n'a pas besoin de demander, il nous connaît tellement bien.

– Santé ! dit le Notable.

Nous nous mîmes à boire, et un ange passa; le long silence ne se brisa que lorsqu'un méchant grondement de tonnerre fit trembler les murs d'une secousse qui devait bien avoisiner les 6,3 sur l'échelle de Richter.

– Sale nuit ! dit l'Ingénue. Vous vous imaginez deux amoureux prenant la clef des champs sous un déluge pareil ! Je nous revois aujourd'hui, Harry et moi-même, près du hangar à bateaux, et la voiture qui…

– Harry et *moi,* répliqua Mors Longa. « Moi-même » ne s'utilise que dans la forme réfléchie. Comme vous ne l'ignorez certes pas, ma chère.

– J'oublie tout le temps, dit l'Ingénue avec un doux battement de cils. Quoi qu'il en soit, nous nous trouvions, Harry et moi, près du hangar à bateaux, avec la voiture en rade, la vieille Pierce-Arrow de mon cousin, celle qui…

… avait le bar à l'arrière, toujours plein des meilleures liqueurs d'importation (je récitais la phrase dans ma tête, précédant d'une fraction de seconde la voix claire et aiguë de l'Ingénue), *et nous n'avions qu'une seule idée, parcourir au plus vite les cent trente kilomètres qui devaient nous conduire de l'autre côté de la frontière de l'État, là où nous attendait le juge de paix…*

Je me consacrai à mon verre de rhum. Le Notable s'était rapproché de l'Ingénue et lui avait pris tendrement la main, depuis le moment où elle avait entamé le récit de ses horribles mésaventures. Par sympathie envers la pauvre fille, le Saint Père soufflait son asthme dans son verre de vin, tandis que Karl Marx se cognait les poings l'un contre l'autre en fronçant les sourcils; jusqu'à Mme Bewley, d'ordinaire peu tolérante pour les propos niaiseux de l'Ingénue, qui se fendait d'un sourire à claire-voie au nom de l'alliance féministe.

– … voyez-vous, la pluie avait causé de terribles dégâts au circuit électrique de la voiture, et nous étions là, coincés, avec Harry agenouillé dans la boue qui tentait de réparer, et moi rendue à moitié folle de colère par l'attente dans cette nuit où la tempête redoublait, et c'est alors que nous entendîmes les chiens aboyer et…

… qu'apparurent dans les ténèbres mon garde-chiourme avec deux de ses hommes…

On avait déjà entendu tout ça cinquante fois au moins. Elle nous fait le coup à chaque nuit où l'orage se déchaîne. De personne d'autre nous ne tolérerions de telles redites – nous avons nos sensibilités, et ce serait cruel et aberrant que de nous obliger à écouter sans cesse les mêmes fariboles –, mais l'Ingénue est un petit animal si jeune et si tendre à nos cœurs qu'on lui pardonne volontiers son point faible, et qu'elle et elle seule peut se permettre, de tous les habitués de chez Charley, de répéter son éternelle ritournelle. On a donc suivi son récit, hochant le menton, poussant des soupirs ou secouant la tête aux passages appropriés, comme on fait aux accords de la *Cinquième* de Beethoven ou de l'*Inachevée* de Schubert, et elle en était au point d'orgue de la tragédie – la scène, illuminée par de funestes éclairs, du combat à mort entre le fiancé et le garde-chiourme – quand un éclair, véritable celui-là, zébra soudain la nuit, suivi presque instantanément d'un coup de tonnerre si violent que le précédent ne semblait en comparaison qu'un éternuement de moustique. Sous l'impact des vibrations, trois verres dégringolèrent du comptoir alors que les cadres contenant les photos du président Kennedy et du pape Jean XXIII se retrouvaient tout de guingois.

Ce qui se passa alors – la porte s'ouvrit sur un inconnu qui pénétra dans la taverne – ne laissa pas de nous clouer à nos sièges, comme vous pouvez l'imaginer, vu que par un temps pareil on ne se serait jamais attendu à voir entrer chez Charley quelqu'un d'autre que les éternels habitués. Voir ainsi se matérialiser sous nos yeux un étranger constituait en tout cas un véritable coup de théâtre, qui survenait en outre à point nommé pour nous épargner les quinze dernières minutes de la litanie de fadaises de l'Ingénue.

Il devait avoir trente-deux ans, peut-être un petit peu moins, et était vêtu d'un imposant Levi's à l'étoffe rugueuse, d'un épais cardigan noir et d'une veste à pois dépenaillée. Sa chevelure brune en bataille était trempée par l'averse et collée à son front et ses tempes. Sans que rien de particulier l'atteste, je décidai qu'il était un négociant marin fraîchement débarqué de son navire. Il resta quelques secondes en retrait près de la porte, nous dévisageant l'un après l'autre de ce regard précautionneux du nouveau venu en un lieu où tous les clients sont à l'évidence des habitués de longue date. Puis il osa un sourire, d'abord réservé, plus chaleureux ensuite lorsque nous fûmes quelques-uns à lui rendre la pareille. Il ôta sa veste qu'il suspendit au portemanteau au-dessus du juke-box, se secoua comme un chien trempé jusqu'aux os, et s'installa au bar entre le Saint Père et Mors Longa.

– Bon Dieu ! fit-il. Quel temps infect ! Je ne vous dis pas le bonheur que j'ai ressenti quand j'ai vu briller la lumière au bout du pâté de maisons.

– Mon frère, dit le Saint Père, vous allez aimer cet endroit. Charley, permettez que j'offre la première tournée à ce jeune homme.

– C'est vous qui avez payé la dernière, fit remarquer Mors Longa. Si Votre Sainteté me l'autorise…

– Pourquoi pas, répondit le Saint Père en haussant les épaules.

– C'est un plaisir pour moi, poursuivit Mors Longa en s'adressant à l'étranger. Qu'est-ce que vous prendrez ?

– Une Old Bushmill, s'il y en a.

– Il y a de tout, ici. Chez Charley, on trouve de tout. C'est un tavernier selon notre cœur. Charley, Bushmill pour le jeune homme, et un double, si je ne m'abuse. Et vous autres ?

– Une liqueur pour moi, annonça le Notable.

Toulouse-Lautrec opta pour un autre cognac. L'Ingénue, qui semblait avoir oublié qu'elle n'avait pas fini son histoire, fit un vague geste de la main pour commander son habituel whisky-gingembre, et tous, nous suivîmes le mouvement.

– C'est quoi, votre bateau ? demandai-je.

L'étranger me lança un regard surpris.

– *Pequod Maru,* pavillon libérien. Comment avez-vous su ?

– Le flair. Vous allez où ? Ça vous plaît ?

Il avala une longue lampée de son whisky.

– Maracaibo, d'après ce qu'ils ont dit. C'est pas un pétrolier. Café et cacao. Mais je ne pars pas. J'ai… euh… résilié mon contrat. Cet après-midi, ça m'a pris comme ça. Bon Dieu, ce qu'on est bien ! Chaud, agréable, et tout !

– Et nous, on est ravis de vous voir, dit Charley Sullivan. On va vous appeler Ismaël, d'accord ?

– Ismaël ?

– On a tous besoin d'avoir un nom, ici, précisa Mors Longa. Par exemple, ce gentleman porte celui de Karl Marx; c'est un homme socialement engagé. Là-bas, près de la télé, c'est Toulouse-Lautrec. Et moi, c'est Mors Longa.

– C'est un nom italien ? questionna Ismaël en fronçant les sourcils.

– Latin, en réalité. C'est pas un nom, plutôt une sorte de phrase. *Mors Longa, vita brevis.* C'est ma devise. Et voici l'Ingénue, qui a un grand besoin d'amour et de protection, et Mme Bewley, qui se débrouille fort bien toute seule, et…

Toute la salle y passa. Ismaël avait l'air de vouloir déployer de grands efforts afin de retenir tous les noms qui défilaient; il les répétait jusqu'à les avoir bien en tête. Il paraissait pourtant toujours un tantinet intrigué.

– J'ai déjà été dans des bars, dit-il, mais ce n'est guère la coutume de faire les présentations de cette façon. Ça ressemble plus à un club privé qu'à un bistrot.

– Une réunion de famille, plutôt, précisa Mme Bewley.

– Ici, intervint Karl Marx, nous constituons une sorte de société. Ce n'est pas la conscience de l'homme qui détermine son existence, c'est au contraire son existence sociale qui détermine sa conscience. Ici, nous sommes à la recherche l'un de l'autre.

– Vous allez aimer cet endroit, répéta le Saint Père.

– Je l'aime déjà, dit le marin avec un large sourire. Je l'apprécie à un point que je m'en étonne moi-même. C'est peut-être le bar que j'ai cherché toute ma vie.

– N'en doutez plus, fit Charley Sullivan. Et une Bushmill sur mon compte, p'tit gars ?

Ismaël repoussa doucement son verre que Charley remplit aussitôt.

– On se sent si bien, ici. Presque comme… comme chez soi.

– Comme à son club, peut-être ? suggéra le Notable.

– Un club, oui, une maison, reprit Mors Longa en faisant un signe à Charley pour avoir un autre bourbon. Karl Marx l'a fort bien dit : ici, chacun prend soin de l'autre. Nous sommes des amis, et chacun s'efforce de divertir et protéger l'autre, ce doivent être les deux premiers devoirs en amitié. Nous nous offrons à boire, nous discutons, nous nous racontons des histoires pour passer la nuit ensemble.

– Vous venez ici tous les soirs ?

– On n'en rate pas un, répondit Mors Longa.

– Vous devez vous connaître très bien depuis le temps.

– Très bien, effectivement. Très, très bien.

– Le genre d'endroit dont j'ai toujours rêvé, dit

Ismaël d'un air émerveillé. Le genre d'endroit que je ne voudrais jamais quitter.

Ses yeux se mirent à décrire un lent mouvement circulaire à travers la salle, du juke-box au piano en passant par la table commune, le jeu de fléchettes, le poste de télévision, le calendrier en lambeaux qu'on n'avait pas remplacé depuis 1934, la cheminée. Son visage rayonnait, et ce n'était pas dû qu'aux effets du whisky.

– Pourquoi, reprit-il, voudrait-on quitter un endroit comme celui-ci ?

– C'est un lieu formidable, dit Karl Marx.

– Et quand on a la chance, renchérit Mors Longa, de tomber dans un lieu aussi formidable, on ne veut plus le quitter. C'est bien naturel. Il devient une espèce de club, comme dit notre ami. Une maison loin de la maison. Mais voyez-vous, jeune homme, cela me rappelle une histoire. Avez-vous déjà entendu parler du bar que personne ne quitte jamais ? Le bar où l'on reste éternellement, parce qu'on ne pourrait en partir même si on le voulait ? Vous connaissez cette histoire ?

– Jamais entendu de ma vie.

Nous, on la connaissait. Chez Charley Sullivan, on s'arrange toujours pour ne pas raconter deux fois la même histoire; il faut ménager la sensibilité de chacun car, ici, l'ennui est le plus mortel des tourments. Si l'Ingénue est la seule exemptée de cette règle d'or, c'est que c'est dans sa nature profonde de nous refaire indéfiniment le récit de ses aventures, ce qui n'empêche que nous l'adorons tout autant. Néanmoins, il arrive parfois que l'un d'entre nous soit amené à raconter à un nouveau venu une histoire déjà ancienne et bien connue du groupe. Mais si, en d'autres temps, nous nous montrons très attentifs, ce n'était pas l'heure, cette fois, de nous imposer cette obligation; c'est pourquoi le

Notable et l'Ingénue s'éclipsèrent vers la cheminée pour s'accorder un petit tête-à-tête, Karl Marx lança un défi au Saint Père aux fléchettes, bref, chacun retrouva son coin préféré pour laisser Mors Longa et le marin seuls au comptoir en ma compagnie, moi assoupi au-dessus de mon verre de rhum, Mors Longa évaporé derrière son regard lointain, et Ismaël penché intensément vers l'avant et qui marmonnait :

– Un bar que personne ne peut jamais quitter ? Quel endroit bizarre !

– Oui.

– Où y a-t-il un tel endroit ?

– Dans aucun coin particulier de l'univers. Je veux dire par là qu'il se trouve hors de l'espace et du temps au sens où l'on entend ces concepts, partout et nulle part à la fois, même s'il n'a rien d'étrange ou d'étranger, que le néant du temps et de l'espace. En fait, ça ressemble, d'après ce que j'ai entendu dire, à n'importe quel bar qu'on peut rencontrer dans sa vie, avec un léger petit plus. Le propriétaire est un homme corpulent, un sang-noir irlandais – pas tellement différent de notre Charley Sullivan – qui ne rechigne pas à en pousser une de temps à autre pour les habitués de la maison, qui sert toujours bonne mesure, et garde bon feu dans la place. Le comptoir est en bois brun, patiné et toujours bien poli, tu poses le coude sur la classique rampe en cuivre, et tu y trouves les inévitables fougères suspendues au mur et l'aspidistra dans le coin près du crachoir, et puis le jeu de fléchettes et la table commune, tous ces trucs qui existent dans des bars comme celui-ci. Tu me suis ? C'est le *type du bar parfaitement standard,* mais simplement tu ne le trouveras pas à New York ou San Francisco, ni à Hambourg ou Rangoon, ni dans quelque ville que tu es censé avoir visitée, alors qu'à peine entré tu t'y sens déjà exactement comme chez toi.

– Tout comme ici.

– Oui, acquiesça Mors Longa. Ça y ressemble beaucoup.

– Mais les gens ne partent jamais ? (Le front d'Ismaël se plissa.) Vraiment *jamais* ?

– Eh bien, à dire vrai, il y en a qui s'en vont. Mais je préfère parler d'abord des autres, si tu n'y vois pas d'inconvénient. Les habitués, ceux qui sont là *en permanence*. Tu sais, il y a des gens qui ne vont jamais dans les bars, qui se trouvent mieux à boire chez eux ou au restaurant, ou alors pas du tout. Et puis il y a les autres, les fidèles du bistrot. Pour certains, des gars qui, tout simplement, apprécient de s'offrir un petit verre de temps en temps, tu vois, histoire de se rincer le gosier dans un endroit sympathique entre deux étapes. Et tu en as d'autres qui considèrent le fait de boire comme un acte social, tu comprends ? Mais dans les bars tu rencontres également des types, et il y en a beaucoup, qui sont venus là pour combler le vide de leur existence, un vide noir et glacé qu'il leur faut remplir non seulement par la chaleur d'un bon bourbon, tu me suis, mais aussi de cette substance mystique et invisible qui émane des autres paumés comme eux, des types auxquels les aléas de la vie ont arraché un peu de leur âme, et qui tous réclament ce cocon où ils retrouvent leurs frères en perdition. Ce peut être un prêtre qui a perdu la vocation, ou un écrivain qui a oublié le plaisir de coucher des histoires sur le papier, un peintre pour qui les couleurs ne sont plus qu'ombres et grisaille, un chirurgien qui a vu un jour trembler la main qui tient le scalpel, ou encore le photographe dont les yeux n'arrivent plus tout à fait à se concentrer sur l'image. Tu vois le genre ? On en trouve des tas dans les bars; ils ont quelque chose dans le regard qui te raconte leur détresse. Eh bien, dans ce bar particulier, dans celui dont je te parle en ce moment, il n'y a *que* des types de ce genre, des types bien, honnêtes et tout, mais qui traînent un grand vide en leur âme. Et c'est ce qui fait que ce bar ressemble encore plus à tous les autres bars du monde, qui en fait le modèle platonicien du bar, tu me suis, une espèce de stéréotype tridimensionnel peuplé de clichés de chair et de sang, une sorte de théâtre perpétuel, si tu vois ce que je veux dire. À m'écouter évoquer ce lieu étrange où chacun est un petit drame à lui seul, où chacun flirte avec le bord de l'abîme, l'archétype du pilier de bistrot, tu as envie de rire, je le sens, tu te retiens à peine de rétorquer que tout ça tient du fantasme, que ça se rapproche bien trop de l'idée que tout le monde se fait d'un tel endroit pour en être réellement convaincant. N'est-ce pas ? Mais tu sembles oublier que tous les stéréotypes sont fermement enracinés dans la réalité, que c'est justement cela qui en fait des stéréotypes, le fait qu'ils soient exactement comme la réalité, avec juste un petit quelque chose en plus. Car ce n'est certes pas un stéréotype pour les gens qui hantent le bar dont je te parle, pas plus qu'ils ne se considèrent comme des clichés. C'est la seule réalité qu'ils possèdent, pour eux la plus réelle des réalités, et ce n'est pas bien de vouloir s'en moquer, parce que c'est leur petit univers à eux, le lieu exemplaire, le bar idéal où se retrouver entre habitués.

– Lesquels ne partent jamais.

– Comment le pourraient-ils ? Où iraient-ils donc ? Que deviendraient-ils les jours sans ? Ils n'ont aucune identité sauf à l'intérieur du bar. Le bar, c'est leur vie. Le bar, c'est leur univers. Ils n'ont rien qui les attende ailleurs. Tout ce qu'ils ont à faire, c'est rester où ils sont. Et se raconter des histoires, se donner sans cesse du bonheur les uns aux autres. *Pour eux, il n'existe pas de monde en dehors de ce bar.* C'est cela, être un habitué, un modèle platonicien. Chaque soir, le bar et tout ce qu'il contient s'évanouissent dans une sorte de brume grisâtre qui se lève à l'heure de la fermeture; chaque matin, à l'heure légale d'ouverture, le bar réapparaît; entre-temps, les habitués ne vont nulle part si ce n'est dans la brume, car c'est là tout ce qui existe, la brume et puis le bar, le bar et puis la brume. Les modèles platoniciens ne se rendent pas au travail dans la journée, ils ne vont pas à Atlantic City le week-end, ils n'abandonnent pas leur bistrot un soir parce qu'ils se sont mis en tête d'aller faire un bowling. Tu me suis ? Ils restent là, comme les mannequins des grands magasins derrière la vitrine. Sauf qu'eux, ils marchent, ils parlent, ils s'émeuvent, ils boivent, bref ils font tout ce qu'un mannequin ne sait pas faire. Et c'est là toute leur vie, soir après soir, mois après mois, année après année, siècle après siècle… et peut-être jusqu'à la fin des temps.

– Plutôt lugubre comme endroit, dit Ismaël dans un léger frisson.

– Les gens qui hantent ce bar sont bien plus heureux qu'ils ne le seraient nulle part ailleurs.

– Et ils n'en partent jamais, en effet. Sauf certains, si j'ai bien écouté, dont vous deviez me parler par la suite.

Mors Longa finit son verre de bourbon, et Charley lui en versa spontanément un autre avant de me resservir un rhum et un irish au marin.

– Je ne peux vraiment pas t'en dire beaucoup, reprit Mors Longa après s'être attardé un long moment dans la contemplation de son verre, au sujet de ceux qui partent… Je ne sais pas grand-chose sur eux; tout ce que je connais de leur vie, c'est par simple déduction logique. Tu vois, de temps en temps, arrive un nouveau, surgi de quelque part hors de l'espace et du temps; quelqu'un qui émerge comme ça de la nuit, comme toi ce soir, et qui vient s'asseoir parmi le groupe des habitués et, petit à petit, s'y intègre. Note qu'évidemment, s'il s'en pointait un toutes les minutes et que personne ne parte jamais, il ne faudrait pas longtemps pour que l'endroit soit terriblement saturé, autant que Grand Central aux heures d'affluence, quelle heureuse pagaille ce serait ! C'est la raison pour laquelle j'en suis arrivé à la conclusion qu'à plus ou moins brève échéance chacun des habitués est amené à disparaître tout doucettement, à s'évanouir simplement dans la nature sans que personne s'en rende compte, peut-être qu'ils vont aux toilettes et n'en reviennent jamais, quelque chose comme ça. Surtout que non seulement personne ne remarque leur absence, mais *on ne se souvient même pas qu'ils aient jamais été là*. Tu comprends ? Ainsi, il n'y a jamais foule dans ce bar.

– Mais quand ils disparaissent, quand ils quittent ce bar que personne ne quitte jamais, ce bar hors du temps et de l'espace, où vont-ils ?

– Je n'en sais rien, dit Mors Longa d'une voix paisible. Je n'en ai pas la moindre idée... Quoiqu'il existe une théorie. Attention, une théorie seulement. Comme quoi ce bar serait en réalité une espèce de demeure intermédiaire où les gens passeraient un certain temps, une sorte de purgatoire, tu vois, entre un monde et un autre. Ils y resteraient longtemps, longtemps, aussi longtemps que sonne l'heure d'en finir, et puis ils partiraient; à moins qu'ils ne partent que lorsque arrive leur remplaçant. En tout cas, ils sont instantanément oubliés. Ils se fondent dans le décor et, parmi ceux qui restent, nul ne se rappelle qu'il y a eu autrefois, disons, un médecin atteint de délirium tremens, ou un politicien qui s'était laissé prendre en flagrant délit de corruption, ou encore un petit gars qui restait des heures devant son piano sans en sortir une note. En tout cas, tout le monde subodore plus ou moins que c'est ainsi que fonctionne le système. Tu comprends pourquoi c'est un grand événement quand il entre quelqu'un de nouveau. Chacun de se dire en son for intérieur : Est-ce moi qui vais partir, cette fois ? Et si c'est moi, où vais-je aller ?

Ismaël tripota son verre, l'air méditatif.

– Ont-ils peur de s'en aller, ou ont-ils peur de rester ?

– À ton avis ?

– J'hésite. Je crois que la plupart doivent appréhender de partir. Il fait si bon dans ce bar, on y est si bien. Et puis, il est tout leur univers, depuis un million d'années. Et voilà qu'il faudrait qu'ils aillent autre part, dans un endroit peut-être – qui sait ? – terrifiant, en tout cas un autre part *différent*. Je pense que cela me ferait peur. Quoique, bien sûr, si j'étais collé au même endroit depuis un million d'années, aussi douillet soit-il, il me semble que je serais prêt à vider les lieux dès que l'occasion se présenterait. Et vous, qu'en dites-vous ?

– Ce que je ferais ? Je n'en sais fichtre rien. Tout ce que je sais, c'est que je vous ai raconté l'histoire du bar d'où personne ne part.

– Lugubre ! dit Ismaël pour la deuxième fois de la soirée.

Il finit son verre et le repoussa, adressant un non de la tête à Charley Sullivan; puis il resta là, sur sa chaise, prostré dans le silence. Tous, nous gardions le silence. La pluie tambourinait tristement contre la façade de la bâtisse. Je lorgnai du côté du Notable et de l'Ingénue; il lui tenait la main, le regard éloquemment plongé dans ses yeux. Le Saint Père, le bras levé, tenait entre ses doigts une fléchette qu'il agitait vers la cible tout en se pourléchant les babines comme s'il affûtait sa visée. Mme Bewley et Toulouse-Lautrec étaient engagés dans une partie d'échecs. On était entré quasiment de but en blanc dans la phase paisible de la soirée.

Lentement, le marin se leva et alla décrocher sa veste du portemanteau. Il se retourna, et son visage offrait un sourire plutôt hésitant.

– Il se fait tard. Je ferais mieux d'y aller. (Un hochement de tête en direction du comptoir d'où nous n'avions pas bougé, ni moi ni mes deux compagnons.) Merci pour les verres, j'en avais besoin. Et merci aussi pour l'histoire, monsieur Longa. Vous savez, c'est une bien étrange histoire que vous m'avez racontée là.

Personne ne lui répondit, et le marin ouvrit la porte, aussitôt fouetté par les rafales de pluie glacées qui le firent tressaillir sous le coup. Il resserra sa veste autour de son torse et, non sans un frisson, s'avança dans les ténèbres. Mais il n'y resta que quelques secondes. La porte s'était à peine refermée derrière lui qu'elle s'ouvrit à nouveau et qu'il déboula à l'intérieur, trempé comme une soupe.

– Bon Dieu ! Il pleut comme jamais ! Quel temps pourri ! Il n'est pas question que je sorte par ce déluge.

– Oh non ! fis-je. C'est un temps à ne pas mettre un chat dehors.

– Alors, ça ne vous ennuie pas si je reste ici un moment, en attendant que ça se calme un peu ?

– Nous ennuyer ? Nous ennuyer ? (Je me mis à rire.) Mais mon ami, vous êtes dans un établissement public. Vous avez autant le droit que quiconque de rester. Venez donc par ici, et asseyez-vous. Faites comme chez vous.

– Mon gars, il y a encore plein de Bushmill dans cette bouteille, annonça Charley Sullivan.

– Je suis un peu juste en argent liquide, bredouilla Ismaël.

– Ça n'a pas d'importance, répliqua Mors Longa. L'argent n'est pas la seule monnaie d'échange dans ce royaume ici-bas. Rien ne t'empêche de payer avec quelques histoires inédites. En guise de pourboire, tu nous balances l'histoire la plus bizarre que tu puisses nous raconter, et je me fais fort de garder ton verre plein tout le temps que tu vas causer. D'accord ?

– Ça me paraît correct, dit Ismaël avant de se concentrer quelques instants. D'accord, j'en connais une qui vous plaira; une vraiment bonne, si vous n'avez rien contre le surnaturel. C'est à propos de mon oncle Timothy et de son frère jumeau qui était minuscule et qu'il a porté toute sa vie sous son bras. Ça vous intéresse ?

– Un peu que ça nous intéresse.

– Une seconde, fit Mors Longa avec un grand sourire enthousiaste comme je ne lui en avais pas vu depuis longtemps. Charley, remets-nous ça. Sur mon compte. Tournée générale.

L'APOGÉE DE LA COURBE EN CLOCHE

En ce début de matin d'été, il faisait un temps magnifique sur Sarajevo. Le ciel était étincelant et apportait des montagnes alentour un vent fort et vivifiant, les murs blanchis des villas miroitaient dans les premiers rayons du jour. Séduit par la beauté du lieu, les sens aiguillonnés par l'excitation qui le gagnait peu à peu, Reichenbach déboucha d'un pas alerte des ombres qui couvraient l'allée de gravier et se dirigea en longues et puissantes enjambées vers l'embarcadère de la rive droite. Il n'était pas loin de 10 h 30.

Le long de la berge s'agglutinait la foule silencieuse et maussade des citoyens de Bosnie. Sur chaque balcon, chaque réverbère, flottait la bannière noir et or des Habsbourg. Dans quelques minutes allaient passer, dans leur voiture à toit ouvert, l'archiduc François-Ferdinand, neveu et héritier de l'empereur, et la duchesse, son épouse. C'est en terre brûlante qu'ils osaient se risquer, dans une province hostile où couvaient des ferments de révolte.

Une légère vibration agitait la foule d'où s'élevait un murmure confus. Pour Reichenbach, ces gens au visage hébété et à l'allure soumise évoquaient la consistance d'un gros pudding attendant le bon vouloir du futur monarque. Mais il savait bien qu'à l'intérieur bouillonnait le levain d'une ferveur révolutionnaire.

Il chercha à distinguer parmi eux l'une de ces

jeunesses au visage ombrageux et inflexible dont les yeux brilleraient de ce regard si particulier aux assassins. Personne à proximité ne semblait correspondre au modèle. Sa vision erra jusqu'aux collines, vers les épais bosquets de cyprès et les vétustes maisons de bois, les antiques mosquées turques coiffées de l'admirable délicatesse de leur minaret, puis redescendit vers la rivière et la foule, et là...

Qui est-elle ?

C'était la première fois qu'il notait sa présence, à sa gauche, à guère plus d'une douzaine de mètres, juste en face de la bâtisse de la banque d'Autriche-Hongrie : une jeune femme élancée à la chevelure auburn, dont l'étonnante silhouette dégageait une aura qui, dans cet amas de figures rustres et rustaudes, rayonnait d'une incomparable force de vie. Reichenbach sut tout de suite qu'elle appartenait à son monde. Oui ! S'il était venu tout seul en ces lieux, il n'en était pas moins persuadé d'y retrouver le compagnon approprié, et voilà que se confirmait enfin le bien-fondé de ses espoirs.

Il s'avança vers elle.

Ses yeux rencontrèrent les siens; elle eut un discret hochement de tête et un petit sourire entendu, un sourire de connivence.

– Vous venez d'arriver ? lui demanda-t-il en allemand.

– Il y a trois jours, répondit-elle en dialecte serbe.

Sans effort apparent, il adopta son langage.

– J'ai failli ne pas vous voir.

– Vous regardiez partout, sauf par ici. Moi, je vous ai aperçu tout de suite. Vous êtes là depuis ce matin ?

– Je suis arrivé il y a un quart d'heure.

– Et alors, est-ce que ça vous plaît ?

– Énormément, dit-il. Un endroit fort pittoresque.

Une imagerie très médiévale. C'est comme si le temps s'était arrêté.

Elle lui jeta un regard espiègle et, s'exprimant alors en anglais, déclara :

– Le temps s'arrête où que l'on soit.

Reichenbach lui sourit et répondit à nouveau dans la langue qu'elle venait d'utiliser :

– Je comprends ce que vous voulez dire. Et je pense que, de votre côté, vous savez fort bien de quoi je parle. Cette magnifique architecture, la rivière paisible, les costumes d'époque; il est difficile d'admettre qu'en ce lieu si pittoresque va éclater un incident propre à déclencher l'un des conflits les plus importants et les plus meurtriers.

– Oui, un beau tour que nous joue le destin. Mais c'est pour ce genre d'ironies dont le sort a le secret que nous effectuons tous ces voyages, n'est-ce pas ?

– Il est vrai.

Ils étaient maintenant très près l'un de l'autre. Il sentait un courant passer entre eux, une espèce de pulsation presque tangible.

– On se retrouve plus tard pour boire un verre ? dit-il.

– Certainement. Je m'appelle Ilsabet.

– Reichenbach.

Il avait très envie de lui demander de quand elle arrivait, mais, évidemment, c'était un sujet tabou.

– Regardez, fit-elle. L'archiduc et la duchesse.

La voiture royale passait devant eux, François-Ferdinand, le visage rougeaud, raide dans sa ridicule tenue d'opérette, agitait une vague main en direction d'une foule aux regards languides. À ses côtés, la rondouillarde Sophie, attifée d'une toilette au luxe extravagant, s'efforçait de se fendre d'un sourire. Ils pavoisaient de toute leur suffisance, empesés dans leur omnipotence crispée qui accentuait d'autant plus le divorce entre les deux personnages.

– Maintenant, c'est parti, dit Reichenbach.

– Oui. En avant pour le prologue, déclara Ilsabet en glissant son bras sous celui de son compagnon.

À quelques mètres de là, comme jailli du pavé, apparut un homme grand et jeune, au visage cuivré – des yeux fous et globuleux, la pomme d'Adam protubérante, le type prêt à tout assurément. Il lança un objet qui vint tomber juste derrière la voiture royale, au moment même où éclatait un bruit étrange – le détonateur –, aussitôt suivi d'un puissant coup de tonnerre. Un nuage de fumée noire s'éleva au milieu de la chaussée, et la voiture qui suivait celle de l'archiduc vint la percuter après une embardée, éjectant les aides de camp de Son Altesse. Le cortège s'était inopinément interrompu. Le couple royal, indemne, était resté assis dans la voiture, gardant bizarrement le buste bien droit, comme si du maintien de cette attitude dépendait leur survie. Un officier se précipita vers eux en criant d'une voix cristalline :

– Votre Altesse, une bombe vient d'exploser.

Ce à quoi François-Ferdinand, d'un ton posé et dédaigneux, répondit :

– Je me doutais qu'il s'agissait de quelque chose de ce genre. Occupez-vous des blessés, je vous prie.

Les doigts d'Ilsabet pressèrent l'avant-bras de Reichenbach tandis que se déroulait sous leurs yeux une étrange scène tragi-comique : les voitures immobilisées, l'archiduc et la duchesse au centre du décor, l'assassin dans sa fuite éperdue sautant par-dessus le parapet pour plonger dans les eaux peu profondes de la rivière, avec la police à ses trousses qui ne tarda pas à fondre sur lui et à l'arroser de coups de plats de sabres, sous les regards frappés de stupeur de la foule. Finalement, on poussa la voiture endommagée sur le bord de la chaussée, et le reste du cortège s'éloigna rapidement.

– Fin de l'acte un, dit Ilsabet en riant.

– Et quarante minutes à tirer avant l'acte deux. On va le boire, ce verre ?

– Je connais un bistrot pas loin d'ici.

Sous un large parasol turquoise, Reichenbach sirotait sa slivovicz, et Ilsabet une chope de bière brune. Les flegmatiques clients installés aux tables environnantes discutaient plus volontiers de chasse et de pêche que de la tentative manquée d'assassinat. Tout en essayant de se montrer désinvolte, Reichenbach étudiait avidement Ilsabet. Une intelligence froide et aiguisée brillait dans ses yeux verts au regard pénétrant. Tout en elle respirait la pureté de l'audace et de la confiance en soi. Elle lui ressemblait tellement sur ce point qu'elle lui faisait presque peur, et c'était une sensation nouvelle pour lui. Ce qu'il craignait le plus, c'était de commettre une bévue dès le départ et de la perdre aussitôt; mais il savait, certitude profondément ancrée au-delà de ses doutes, que cela ne se produirait pas. Ils étaient destinés à se rencontrer, et il aimait à s'imaginer qu'elle arrivait de son époque, et qu'ils auraient une chance de poursuivre leur aventure dans le temps réel, une fois revenus de leur petite excursion, et quoi qu'en aient donné les prémices. Naturellement, on ne devait pas parler de ces choses-là, et il se contenta de demander :

– Où allez-vous la prochaine fois ?

– L'incendie de Rome. Et vous ?

– Un verre avec Shakespeare à la Taverne de la Sirène.

– Oh ! formidable ! Je n'aurais jamais pensé à faire ça.

Il prit une profonde inspiration avant d'ajouter :

– Nous pourrions nous y rendre ensemble... (Il

marqua un temps d'hésitation, épiant sa réaction qui lui sembla plutôt favorable.)... après avoir entendu Néron exécuter son concerto. Qu'en dites-vous ?

– L'idée me plaît assez, répondit-elle d'un air amusé.

Reichenbach leva son verre.

– *Prosit.*

– *Zdravlje.*

Ils s'enroulèrent les bras et firent tinter leurs verres.

Puis ils parlèrent encore quelques minutes, sur un ton léger et enjoué. Il ne cessait d'observer ses gestes, d'étudier la structure de ses phrases et la forme des idiomes qu'elle employait, cherchant dans ses tournures de style les plus subtiles quelque clef qui aurait pu lui révéler qu'ils appartenaient à la même époque, mais elle ne laissa rien transparaître, en fine joueuse qu'elle était. Pour finir, il dit :

– Il est presque l'heure de la suite de la représentation.

Ilsabet approuva de la tête. Reichenbach jeta quelques pièces sur la table, et ils reprirent la direction du quai, traversèrent le pont Romain, et obliquèrent à droite dans la rue François-Joseph. Peu de temps après arriva le défilé royal, de retour d'une réception à l'hôtel de ville. Il apparut alors qu'existait un certain désaccord sur la route à suivre entre les chauffeurs et les aides de camp engagés dans une furieuse dispute, au point que la voiture royale s'arrêta brusquement. Apparemment, son conducteur cherchait à manœuvrer pour la faire partir en sens inverse, dans un grincement de boîte de vitesses. D'un café situé à moins de trois mètres de la voiture, et à peine dix de l'endroit où se trouvaient Reichenbach et Ilsabet, surgit un jeune homme au visage décharné, le regard hébété tel celui d'un somnambule, comme stupéfait d'avoir pu approcher de si près l'héritier du trône impérial. Voilà Gavrilo Princip, se dit Reichenbach, le second et véritable assassin. Il se sentait pourtant très peu intéressé par ce qui allait se passer, alors même que le jeune homme avait sorti son pistolet et visait sa cible; il n'avait d'yeux que pour Ilsabet, nettement plus captivé par la nature de ses réactions que par la mort de deux vulgaires personnages en tenue de carnaval. Ainsi, il manqua le coup fatal qui perfora la poitrine de ce pigeon rengorgé de François-Ferdinand, alors même qu'il saisissait au passage le sourire glacé qui traversa comme un éclair le visage d'Ilsabet. Quand il revint sur la voiture royale, il eut la vision de l'archiduc assis dans toute sa raideur, pétrifié d'indignation, tunique et lèvres maculées de sang, et du garçon faisant feu sur la duchesse. La consternation s'abattit sur les aides de camp, alors que la voiture prenait de la vitesse et s'éloignait. Il était 11 h 15.

– Voilà, fit Ilsabet. À partir de maintenant, c'est le début de la guerre, les dynasties s'effondrent, toute une civilisation s'écroule. Vous avez aimé ?

– Pas autant que j'ai goûté la façon dont vous souriiez lorsqu'on a tiré sur l'archiduc.

– Ridicule.

– Le massacre de deux imbéciles d'épouvantails surendimanchés a pour moi infiniment moins d'importance que votre sourire.

C'était un risque : trop direct trop tôt, peut-être. Mais cela porta comme il le souhaitait, arrachant aux lèvres de la jeune femme une discrète arabesque qui confirma son espoir.

– Venez, dit-elle en le prenant par la main.

Elle le conduisit à son hôtel, une vieille bâtisse en pierres grises sur l'autre côté de la rivière. Elle occupait une élégante chambre avec balcon au deuxième étage, vue sur le fleuve, chandeliers au gaz joliment décorés, lourdes draperies damassées, large lit à baldaquin. Vraiment, pensait Reichenbach, en ces temps fleurissait un style on ne peut plus remarquable, prodigue de ses effets, riche de la minutie de son travail; on était pourtant dans une petite ville de province, et tout attestait d'un luxe certain. Il se débarrassa non sans soulagement de son lourd vêtement serré. Elle portait plus haut son régulateur temporel, fixé sur une bande élastique blanche, tendue juste au-dessous de ses seins. Ses yeux brillaient lorsqu'elle se rapprocha de Reichenbach et l'attira sur le lit à baldaquin. En ce moment même, à l'autre bout de la ville, François-Ferdinand et Sophie rendaient le dernier soupir. Le temps allait venir des discussions diplomatiques aux accents de crispation, des déclarations de guerre entre l'Autriche-Hongrie et la Serbie, puis l'Allemagne et la France, l'Europe engloutie sous une mer de feu, la bataille de la Marne, Ypres, Verdun, la Somme, la fuite du Kaiser, l'armistice, le bouleversement des monarchies... Tout cela, il l'avait étudié avec une attention si aiguisée, et voilà qu'aujourd'hui, après avoir pu assister à la scène de l'assassinat qui devait tout déclencher, il n'en était pas ému le moins du monde; Ilsabet éclipsait à ses yeux l'image de la Grande Guerre.

Mais qu'importe ! Il y aurait bien d'autres péripéties de l'Histoire à savourer; ils avaient tous les chemins de l'Histoire à leur disposition.

– Et maintenant, en route pour Rome ! dit-il d'une voix enrouée par l'émotion.

Ils se levèrent, prirent un bain, s'embrassèrent en échangeant des clins d'œil complices, fin prêts pour un nouveau départ. À la hâte, ils entassèrent leur accoutrement de 1914 – gilet, cotillon, bottes et le reste – dans le rayon de deux mètres exigé, synchronisèrent leurs régulateurs temporels et, après s'être à nouveau embrassés en badinant, leurs corps nus pressés l'un contre l'autre, prirent leur envol à l'assaut des siècles.

À mi-chemin, dans le relais installé en dehors de la Rome impériale, ils se soumirent aux préliminaires d'usage, coiffure et habillement à la mode romaine, hypno-enseignement du latin; on leur alloua à chacun une bourse contenant deniers et sesterces, ils subirent les vaccinations contre les maladies de l'époque et enregistrèrent leurs nouveaux noms de circonstance. Ils étaient désormais Quintus Junius Veranius et Flavia Julia Lepida.

La Rome de Néron s'avéra moins étendue et bien moins grandiose qu'il ne l'avait espéré : le Colisée était encore à construire, il n'existait pas d'Arc de Titus, et le Forum lui-même semblait toujours en voie d'achèvement. Pourtant, la cité témoignait déjà d'une certaine richesse. Le premier jour, ils déambulèrent à travers de vastes jardins et dans les allées des marchés où se pressait une foule dense, s'extasièrent devant l'important aqueduc qu'avait fait édifier Caligula le fou pour relier le Mont Palatin au Capitole, allèrent aux thermes, puis rejoignirent leur auberge où ils se gavèrent de chapon et de sanglier truffé. Le lendemain, ils assistèrent aux joutes de gladiateurs avant de se retrouver, plus tard, dans une chambre louée, près du Champ de Mars, où ils firent l'amour avec une énergie sans retenue. La ville exsudait une merveilleuse et folle ivresse qui imprégnait les sens de Reichenbach, et Ilsabet, il s'en rendait bien compte, partageait sa ferveur, le visage illuminé d'un regard brûlant. Incapables de se résoudre à aller dormir, ils passaient leurs nuits, du crépuscule à l'aube, à explorer les étroites ruelles tortueuses.

Évidemment, ils n'ignoraient pas que c'était dans l'enceinte du Circus Maximus, lequel jouxtait les Monts Palatin et Cœlius, qu'allait se déclarer l'incendie, et, soucieux de leur sécurité, ils choisirent le Mont Aventin d'où la vue était superbe. C'est du sommet de cette colline qu'ils contemplèrent le grand embrasement qui balaya de ses flammes le Cirque et les collines environnantes, avant de s'infléchir pour venir ravager les terres basses. Personnc ne semblait décidé à combattre le feu; au contraire, Reichenbach crut voir s'allumer d'autres incendies dans les secteurs frontaliers – était-ce devenu le sport du moment ? – qui vinrent bientôt alimenter le foyer principal. Du ciel tombait une pluie de suie qui rendait encore plus épaisse l'atmosphère suffocante de l'été et l'air presque impossible à respirer. Les deux premiers jours, au spectacle d'un tel fléau, Reichenbach éprouva une certaine fascination devant ces temples, ces demeures, ces colonnes qui paraissaient fondre sous ses yeux, devant la décomposition de cette Rome riche de tous ses siècles d'Histoire. Et puis, peu à peu, une certaine gêne, l'appréhension du danger et la monotonie lui rendirent la vision insipide.

– On part ? proposa-t-il à Ilsabet.

– Attends, répliqua-t-elle.

La scène de l'embrasement semblait avoir sur elle un impact presque sexuel : à mesure que les flammes incendiaient quartier après quartier, on voyait perler la transpiration sur son corps qui vibrait d'une joie étrange. Elle paraissait en demander toujours davantage, et elle s'accrochait à Reichenbach dans une étreinte que son égarement rendait étouffante.

– Pas encore, murmurait-elle. Il est trop tôt. Je veux voir l'empereur.

Bien sûr. Et voici que Néron faisait son apparition, au retour d'un séjour d'oisiveté. Le fastueux cortège traversait la ville en cendres, et de temps à autre l'empereur daignait descendre de sa litière pour inspecter les ruines de quelque autel ou palais. Ils l'aperçurent quelques secondes au moment où il pénétrait – nuque empâtée, panse en avant, jambes en fuseau, l'image même de la concupiscence – dans les jardins de Mécène.

– Oh ! regarde ! susurra Ilsabet. Qu'il est *beau* ! Mais où est la lyre ?

Nulle lyre dans les mains de l'empereur mais, par contre, un accoutrement grotesque, une espèce de costume de théâtre, et des joues barbouillées de peinture. Après avoir agité une vague main vers la foule et jeté quelques pièces, il grimpa sur la tourelle qui dominait le jardin. Sans doute pour jouir d'une meilleure vue face au spectacle de désolation. Ilsabet se pressa à nouveau contre Reichenbach.

– J'ai la gorge en feu, se plaignit-elle. La cendre m'obstrue les poumons. Emmène-moi à Londres. Montre-moi Shakespeare.

En ce jour de février humide et froid, une autre fumée envahissait la pénombre de l'estaminet de Cheapside, une fumée épaisse mais douceâtre qui montait en volutes du feu de bûches. Ils s'installèrent près d'un angle où s'accrochaient des toiles d'araignées et passèrent le temps à s'inventer des jeux de mots en attendant l'entrée en scène des artistes. Elle se montra vive d'esprit et experte en la matière, aussi experte qu'il l'était, ce qui ne laissait pas de le combler de plaisir. Il l'adorait pour son aisance et sa force de caractère.

– Peu de gens, lui dit-il, auraient pu réussir un tel voyage. Il faut des exceptions, comme nous.

Elle lui offrit son grand sourire.

– Comme nous qui suivons l'apogée de la courbe en cloche.

– Oui, oui. C'est horrible d'avoir une si bonne opinion de soi-même, n'est-ce pas ?

– Sans doute. Mais nous le méritons, mon cher.

Il posa ses doigts sur les siens, et les étreignit; elle répondit à sa pression. Reichenbach n'avait jamais connu quelqu'un comme elle. Elle l'attirait dans un tourbillon de plus en plus profond, et la volupté qu'il en éprouvait n'était tempérée que par la certitude que lorsqu'ils rejoindraient le temps réel, ce monde de fer qui les attendait au-delà de la porte du temps, ce monde où s'effaçaient tous les paradoxes et d'où étaient exclus les délicieux moments de liberté que procurait le voyage temporel, alors, il lui faudrait la perdre. Mais il n'y avait pas urgence.

Des voix : un rire, des cris, un groupe d'hommes qui pénètrent dans la taverne, acteurs, poètes aussi sans doute, Burbage, pourquoi pas, Heminges, Allen, Condell, Kemp, Ben Johnson peut-être; et ce personnage élancé, au front haut, aux yeux qui brillent comme des ampoules dans la pénombre ? Qui d'autre, sinon, manifestement, Shagspere, Chaxper, Shackspire, qu'importe comment on épelait son nom, oui, pour sûr, c'était bien Will le Volubilis au milieu de ces hommes réclamant xérès et vin de Malvoisie, et derrière ce large front, comment ne pas imaginer, déjà déchaînés et gesticulants, Hamlet et Mercutio, Othello, Hotspur, Prospero, Macbeth ? Comme Néron pour Ilsabet, cette apparition excitait les sens de Reichenbach. Il pencha la tête de côté, dans l'espoir de surprendre quelques bribes de la conversation, sans nul doute passionnante, de saisir au passage quelques vers créés dans l'instant, quelques fragments d'un acte en train de prendre forme; mais à cette distance, tout lui arrivait comme brouillé.

– Il faut que j'aille le trouver, marmonna Reichenbach.

– Mais les consignes ?…

– *Je m'en fous*[1] des consignes. Je ne serai pas long. Les gens comme nous n'ont pas à se soucier des règlements. Je te promets, je ne serai pas long.

Elle lui adressa un clin d'œil et un baiser. Dans sa robe au profond décolleté, elle rayonnait telle une superbe donzelle.

Tandis qu'il arpentait le plancher jonché de paille pour rejoindre la table occupée par le groupe, Reichenbach ressentit un étrange fourmillement dans les mollets.

– Maître Shakespeare ! s'écria-t-il.

Les têtes se tournèrent vers lui, des yeux froids qui brillaient dans des visages brusquement devenus silencieux. Prenant sur lui, Reichenbach s'enhardit et tira de sa bourse deux pièces plates et grossières d'un shilling, qu'il posa devant Shakespeare.

– Je tiens à votre disposition, dit-il tout haut, une fiasque ou deux du meilleur vin que l'on trouve ici, au nom du bon Sir John.

– Sir John ? s'étonna Shakespeare l'air confondu, fronçant le sourcil et hochant la tête. Sir John Woodcoke, voulez-vous dire ? Sir John Holcombe ? Mon ami, je ne pense pas connaître votre Sir John.

Le feu monta aux joues de Reichenbach; il se sentait un tantinet ridicule.

Un grand gaillard, assis à côté de Shakespeare, lui lança un rude coup de coude, et laissa tomber :

– M'est avis qu'il veut parler de Falstaff, Will. Hein ! Votre Falstaff, vous n'avez pas oublié ?

– Oui, confirma Reichenbach. En vérité, pour moi il n'en est pas d'autre.

– Falstaff, fit Shakespeare d'un air distant, apparemment peiné et mal à l'aise. Oui, je me rappelle le nom. Ami, je vous remercie mais reprenez vos

1. En français dans le texte.

shillings. Il n'est pas dans mes habitudes de trinquer avec des étrangers.

Reichenbach protesta mais seulement pour la forme; il ne tarda guère à se retirer de peur que la confrontation ne prenne un ton plus déplaisant : à l'évidence, ces gens n'avaient cure de boire son vin ou ses discours, et l'éventualité d'une prise de bec en ces lieux, dans une taverne de l'an 1604, ne laissait pas de lui faire entrevoir des conséquences désastreuses dans le temps réel. Il se contenta d'une révérence de courtoisie et battit en retraite, sous le regard d'Ilsabet et son sourire de chatte. Il revint furtivement vers elle, amer et bouleversé, conscient qu'il venait de gâcher la rencontre tant souhaitée avec Shakespeare et, pire que tout, qu'il s'était révélé un rien présomptueux aux yeux de la jeune femme.

– Nous devrions partir, dit-il. Nous ne sommes pas les bienvenus, ici.

Mon pauvre chou. Tu as l'air si malheureux.

– Le mépris qu'il affichait...

– Mais non. La présence d'étrangers doit gêner le bonhomme, quel que soit le moment. Et puis, tu sais, il était là, avec ses amis, dans le sanctuaire de sa taverne. Aucun grief personnel là-dedans.

– Je m'attendais à le trouver différent... à rencontrer l'un d'entre *nous,* qu'il s'avance au-devant de moi et m'accueille, qu'il... qu'il...

– Non, répliqua Ilsabet d'une voix douce. Il a sa propre vie, sa femme, ses soucis, ses problèmes. Ne le confonds pas avec l'image que tu as de lui. Allez, viens, maintenant. Mon chéri, toute la misère du monde se lit sur ton visage. Ressaisis-toi ! Il faut te retrouver !

– Quelque part dans un autre temps ?

– Oui. Dans un autre temps.

Durant le voyage, elle usa de tout son savoir-faire pour le consoler de la stupidité dont il avait fait preuve dans la Taverne de la Sirène, et ses blessures se refermèrent peu à peu, il retrouva progressivement son humeur enjouée. Ils n'échangèrent guère de mots : un regard, un sourire, un contact des plus infimes, cela leur suffisait à communiquer. Au procès de Socrate, ils s'effleurèrent du bout des doigts, et ce fut une communion profonde. Plus tard, ils firent l'amour sous le ciel limpide et lumineux de l'hiver athénien, sur le flanc d'une colline gris sombre regorgeant de lavande et de myrte; ils émergèrent de leurs frissons d'extase au milieu d'un public de chèvres malingres et mélancoliques – une allégorie de circonstance survenue comme une parfaite transition. À partir de ce jour, rien qu'à évoquer le souvenir de leurs réactions face à cette situation des plus délicates, le rire ne les quitta plus. Continuant leur excursion, ils vécurent le départ, de l'embouchure du Guadalquivir, de l'austère vieillard, lugubre et boitillant, qu'était Magellan, faisant voile vers le monde avec sa flottille de cinq goélettes; sur quoi il leur prit le caprice de faire un saut jusqu'aux Indes où, la peau teinte et déguisés en autochtones, ils assistèrent à l'entrée au port de Calicut de l'expédition de Vasco de Gama; après cela, il leur parut approprié de faire un petit tour sous le soleil aride et brûlant de l'Espagne, à déguster un vin blanc verjuté et regarder un Christophe Colomb au visage rougeaud et parsemé de taches de son appareiller avec sa flotte ridicule et pitoyable.

Bien sûr, de temps en temps, ils prirent d'autres amants, d'autres maîtresses. Cela faisait partie du jeu, du plaisir, trop exquis pour qu'on veuille y renoncer. À Byzance, à la veille de la conquête par les Francs, Reichenbach passa une nuit avec une Grecque voluptueuse aux yeux de jais qui s'enduisait les seins d'huiles musquées et d'onguents mystérieux, tandis qu'Ilsabet s'envoyait en l'air avec un grand Suédois lourdaud de la Garde Impériale. Et le lendemain, lorsqu'ils se retrouvèrent, au moment même où l'armada vénitienne faisait irruption dans le détroit du Bosphore, ils se racontèrent, avec un luxe de détails, les épisodes les plus brûlants et les plus insolites de leurs joutes nocturnes : les beuglements rauques de l'inépuisable Scandinave scandant les heures les plus chaudes de sa saga interminable, les prodigieux délires orgastiques de la Byzantine, ses convulsions aux allures de crise épileptique mais qui n'étaient pour l'essentiel, ainsi qu'elle l'admit volontiers au petit matin d'une voix amusée, que simulées. Puis ce fut l'Égypte de Cléopâtre où, dans l'attente d'une vision fugitive de la reine et d'Antoine, ils batifolèrent en compagnie d'un couple copte au regard ténébreux, le frère et la sœur, à peine sortis de l'enfance, deux petits anges enjoués volontiers interchangeables au lit. Au couronnement de Charlemagne, Ilsabet se trouva un marchand franc qui lui offrit un domaine sur la rive du Rhin, et Reichenbach une femme à la peau noire, aux allures mystérieuses et voilées, qui prétendit être une Mauresque de Catalogne, mais qui devait sans doute faire partie comme lui – ce qu'il réalisa brusquement quelques jours après – des touristes du temps, ce qui ne les empêcha d'ailleurs pas de pratiquer quelques passes d'armes raffinées.

Tout cela donnait du piment à leur passion sans y nuire en quoi que ce soit. Ces aventures qu'ils partageaient même en étant séparés l'un de l'autre ne faisaient qu'accroître l'intensité de la relation qui les unissait. Reichenbach priait le ciel que le voyage ne se termine jamais, car Ilsabet s'avérait la compagne idéale, son parfait symétrique, et elle serait sienne aussi longtemps qu'ils suivraient la course folle des éons, bien qu'il sût l'échéance inévitable lorsque le temps réel ferait valoir ses droits. En tout cas, pour l'heure, il se croyait à cent lieues de cette triste perspective, et il espérait bien d'ici là trouver quelque moyen de contourner les règles inexorables, d'imaginer un plan qui lui permettrait de la localiser et de poursuivre avec elle, dans son temps à lui, leur merveilleuse idylle. Les chances n'étaient pas énormes, il en était tout à fait conscient. Dans l'univers au-delà de la porte, le voyage temporel n'existait pas : il n'était permis que dans le royaume fluide de l'« Histoire », et l'Histoire se définissait arbitrairement comme les événements survenus avant 2187, l'année de la porte. Tout le reste constituait le temps réel, rigide et immuable. Comment faire si son temps réel à elle se situait cinquante ans après le sien, ou cinquante ans en arrière ? La seule passerelle possible était le saut temporel. Il ignorait tout des coordonnées de son temps réel, et n'osait pas l'interroger. Aussi profond que soit l'amour qui les unissait, il craignait encore de l'offenser en ouvrant quelque brèche fatale dans la trame de leurs conventions si particulières.

Avec toute la planète à leur disposition, il leur arrivait parfois de faire de petites excursions en solitaires. L'idée venait d'Ilsabet, des moments de détente au milieu de leurs vacances afin de ne pas user le plaisir qu'ils prenaient l'un avec l'autre, et il comprenait très bien. C'est ainsi qu'il fit un saut dans le Paris de 1920, pour siroter un Pernod sur le boulevard Saint-Germain, fasciné par la présence de Picasso, Joyce et Hemingway, et qu'elle, affublée d'un masque épicanthique de l'ancien Cathay, partit assister à la marche triomphale de Kubilai Khān sur la Grande Muraille, qu'il se retrouva à Cap Kennedy pour voir l'immense fusée Apollo s'envoler vers la Lune, et elle à Londres pour la décapitation du roi Charles Ier. Mais ce n'étaient là que brèves aventures, et ils se retrouvaient aussi vite, et avec un bonheur renouvelé, pour repartir main dans la main vers leur destination suivante, la chute de Troie, le jubilé des soixante ans de la reine Victoria, l'assassinat de Lincoln ou le sac de Carthage. Ils n'oubliaient jamais, au retour de leurs exploits individuels, de se raconter avec délectation ce qui leur était arrivé, telle vision ou telle saveur, telle facétie ou telle émotion, sans omettre, évidemment, les interludes amoureux. Dès lors, Reichenbach et Ilsabet avaient tressé entre eux un tel tissu d'expériences communes, accumulé un tel trésor d'anecdotes à partager, que cela leur conférait un langage idoine et spécifique essentiellement fait de souvenirs, au point que les clefs en apparence les plus anodines – une chèvre sur une colline, un toast au goût de brûlé, un type à l'oreille pendante – leur ouvraient les portes d'un royaume secret où personne d'autre n'aurait pu pénétrer, leur demeure exclusive, riche de leurs seules possessions : les créations de la passion, les perles de la mémoire. Quant à ce qu'ils avaient vécu chacun de leur côté, cela aussi venait s'entremêler à ce tissu particulier, comme si le fait de se le dire, tandis qu'ils reposaient dans les bras l'un de l'autre, avait transmué ces événements en biens de propriété commune.

Pourtant, de proche en proche, Reichenbach commença à réaliser que quelque chose ne tournait pas rond.

D'un voyage en solo à Paris en 1794, en plein règne de la Terreur, Ilsabet revint étrangement évasive. Certes, elle lui décrivit avec force détails l'exécution de Robespierre et l'affligeant spectacle du pillage de Notre-Dame, mais son récit prenait l'allure de pure complaisance du témoignage de journaliste, sans aucune portée intérieure. Pour obtenir des informations supplémentaires, il lui fallut aller à la pêche. Où avait-elle logé ? Avait-elle craint pour sa sécurité ? Avait-elle eu des entretiens intéressants avec des Parisiens ? Pour toute réponse, elle se contentait de hausser les épaules ou de dévier la conversation. S'était-elle trouvé un amant ? Oui, oui, une liaison fugace, rien qui vaille la peine d'en parler. Et de repartir aussitôt dans sa version des faits en forme de compte rendu : les émeutes, les tombereaux de condamnés, le claquement de la guillotine. Au début, Reichenbach accepta tout cela sans objecter, même si le flou de ses propos constituait une violation à leur entente. Mais lors de leur visite à la Crucifixion, elle se montra tout aussi maussade et rabat-joie, et le jour où ils devaient partir pour la Peste Noire, elle changea brusquement d'avis, prétextant qu'elle avait besoin de cette journée pour se reprendre un peu, qu'elle irait à Prague assister à la première de *Don Giovanni.* Ce qui n'ennuya pas Reichenbach outre mesure – il n'était pas très amateur de grande musique –, il passa le temps à regarder se dérouler la bataille de Waterloo depuis les collines d'où avançaient les troupes de Wellington. Cependant, quand Ilsabet le rejoignit à la fin du printemps de l'année 1349, à Londres ravagée par la Peste Noire, elle lui parut encore davantage préoccupée et lointaine, d'autant qu'elle ne lui narra presque rien de sa soirée à l'opéra. Peu à peu, l'inquiétude et le désarroi le gagnèrent; ils avaient été si merveilleusement proches l'un de l'autre, et voilà qu'à n'en plus douter elle naviguait désormais sur un autre plan. Dans cette cité dévastée par le terrible fléau, elle paraissait s'ennuyer à mourir. Ce ne fut qu'à la tombée de la nuit, alors qu'ils se restauraient dans une auberge de Southwark d'un agneau un tantinet cartilagineux, qu'elle se trahit d'un infime battement de paupières lorsque entra l'étranger, un homme à la silhouette élancée et au visage farouche ourlé d'une barbe taillée en pointe, une silhouette qui rayonnait manifestement de l'aura des voyageurs temporels. Reichenbach ne manqua pas de noter l'étincelle de lumière qui venait à nouveau allumer le regard d'Ilsabet, comme lui fut nettement perceptible l'inclinaison du corps pourtant à peine esquissée à l'approche de l'étranger. Naturellement, ce dernier n'ignorait pas à qui il avait affaire, et il s'invita résolument à leur table. Il se nommait Stavanger et n'avait que quelques jours à sa disposition pour son saut dans le temps; il prétendait vouloir tout voir, *absolument tout,* avant que ne survienne le terme du voyage. Il y avait bien des années que Reichenbach n'avait pas éprouvé un tel sentiment de jalousie. Pour ce qui est de ces choses, il avait acquis une certaine expérience, et il ne lui était guère difficile de détecter le courant qui passait entre Ilsabet et Stavanger, quand bien même il était assis entre eux deux. Il comprenait fort bien en cet instant pourquoi elle n'avait plus d'anecdotes à rapporter sur ses amours passagères et ses pérégrinations à Paris et à Prague. Car celui-ci était loin de n'être qu'une simple passade et n'aurait su souffrir de se laisser ainsi exposer.

Sur le moment, elle se contenta de déclarer :

– Je me sens encore en manque d'opéra. Ce soir, je me rends à Bayreuth : la première de *Götterdämmerung.*

– Une idée formidable, répliqua Reichenbach en se méprisant intérieurement. Je t'accompagne.

– Mais la musique t'ennuie !

Visiblement, la proposition de son compagnon la prenait au dépourvu.

– Une faille dans ma culture. Il est temps que j'y remédie.

L'instant de panique qui avait traversé le regard d'Ilsabet laissa place à une froide détermination.

– Une autre fois, mon chéri. Je tiens beaucoup

à y aller seule. Ce petit voyage se fera sans toi.

Tout cela était très clair pour Reichenbach. Envolée leur liberté déclarée, exit leur complicité : désormais, les rendez-vous étaient secrets, et dans le jeu intervenait un troisième personnage. Il ne put supporter la situation. Dévoré par l'angoisse, il prit ses dispositions et fit un saut jusqu'à Bayreuth, dissimulé sous une épaisse perruque rousse et une barbe toute frisée. Il la vit, assise aux côtés de Stavanger dans la grande salle du Festspielhaus, alors que l'orchestre sous la rampe entamait les premières notes. Il ne put se résoudre à rester plus avant.

Dès lors, Stavanger croisa ouvertement leur route, et plus souvent qu'à son tour. Ils le rencontrèrent au siège de Constantinople, au tremblement de terre de San Francisco, et à un bal donné au palais de Versailles. Plus question de coïncidences, ce que Reichenbach ne se priva pas de faire remarquer à Ilsabet.

– C'est moi, reconnut-elle, qui lui ai suggéré de suivre une partie de notre itinéraire. C'est un homme sans attaches, qui voyage en solitaire, mais tout à fait charmant. Évidemment, s'il ne te plaît pas, on peut toujours s'éclipser sans lui dire où nous allons; il ne nous retrouvera jamais.

Décidément, sa tactique était d'une simplicité désarmante. Il était impossible à Ilsabet d'admettre devant lui que Stavanger et elle étaient amants, car leur histoire était déjà bien trop engagée; elle préférait le faire passer pour un vagabond abandonné de tous auquel la charité invitait à faire don de sa compagnie. Reichenbach en était révolté. Bien sûr, la notion de fidélité n'entrait pas dans leurs conventions tacites, et elle était totalement libre d'aller s'ébattre avec Stavanger dans n'importe quelle époque de son choix, mais qu'elle ait pris le parti de lui cacher la vérité relevait d'une manœuvre déplorable; il ne pouvait tolérer qu'elle inventât ainsi un prétexte des plus mesquins pour entraîner Stavanger avec eux dans leurs pérégrinations, et qu'elle ponctionnât de ce fait dans leur propre relation pour le plaisir béat de quelques regards dérobés. Reichenbach s'était désormais convaincu, tout en reconnaissant qu'une telle hypothèse ne reposait sur aucune base rationnelle, qu'Ilsabet et Stavanger étaient cotemporels; cela lui paraissait couler de source, comme une ultime torture à les imaginer tous les deux formulant des projets de rencontre amoureuse dans le temps réel, projets dont il était évidemment exclu. Que cela fût vrai ou simple élucubration de son cerveau tourmenté, ce lui était insupportable. Il s'étonnait, certes, de la véhémence de sa jalousie et des réactions de fureur qu'elle entraînait, mais au moins était-ce là émotion sincère, et qu'il se refusait à réprimer. Le bonheur qu'il avait connu avec Ilsabet constituait quelque chose d'unique, que ce Stavanger était venu corrompre.

Reichenbach se surprit bientôt à chercher le moyen de se débarrasser de son rival.

Se contenter de pousser Ilsabet dans un autre temps n'aboutirait à rien. Elle n'aurait guère de mal à se reconnecter avec son amant quelque part dans la trame temporelle. Et si, de plus, Ilsabet et Stavanger étaient véritablement cotemporels, et qu'elle et lui ne le soient pas… Non, non, pas ça, il fallait à tout prix effacer Stavanger. Reichenbach s'était toujours considéré comme un individu au caractère stable et modéré, il ne se serait jamais cru capable de tels desseins criminels; tout ce qu'il s'était jamais permis, et encore parce que dans son esprit il faisait partie d'une certaine élite, consistait à avoir un tantinet forcé sur les règlements. Il est vrai qu'il n'avait jamais été auparavant confronté à la perspective de perdre une Ilsabet. En Italie, Reichenbach soudoya un prisonnier florentin pour qu'il fasse en sorte que Stavanger pénètre dans la demeure des Borgia en possession d'une fiole de belladone; mais le brigand disparut dans la nature, après avoir empoché l'avance, sans se soucier des ducats promis après exécution de la besogne. Profitant des dissensions qui suivirent l'assassinat de César aux ides de mars, Reichenbach tenta de faire accuser Stavanger comme étant l'un des éléments du complot, mais personne ne daigna accorder la moindre attention à ses propos. Il n'eut pas plus de succès en le dénonçant à l'Inquisition un après-midi de 1485 dans la Castille de Torquemada, alors même qu'une simple mise à la question de pure forme n'aurait pas manqué d'apporter les preuves suffisantes de l'alliance de Stavanger avec les forces du Diable. Il allait peut-être s'avérer nécessaire, en conclut Reichenbach la mort dans l'âme, de s'occuper personnellement de Stavanger, aussi désobligeante que lui parût cette solution.

Et pas seulement désobligeante, mais dangereuse également. Il possédait peu d'expérience en matière de grande criminalité et Stavanger, l'affable Stavanger au regard de glace, promettait de se montrer un adversaire redoutable. Reichenbach devait se trouver un allié, un conseiller, un collaborateur. Mais qui ? Il mit à profit leur circuit touristique des Sept Merveilles du monde pour réfléchir à la question, d'Ephèse à Halicarnasse puis à Gizeh, et finalement c'est à l'ombre du colosse de Rhodes que la solution lui vint à l'esprit : il n'existait qu'une seule personne à qui accorder la confiance exigée pour qu'il parvînt à ses fins, et cette personne n'était autre que lui-même.

– Tu sais, confia-t-il à Ilsabet, où j'aimerais aller la prochaine fois ?

– Il nous reste encore les jardins suspendus de Babylone, le phare d'Alexandrie, la statue de Zeus Olympien...

– Non, je ne parlais pas des Sept Merveilles. Ilsabet, je voudrais retourner à Sarajevo.

– Sarajevo ? Mais pour quoi faire ?

– Un pèlerinage sentimental, mon amour, sur les lieux de notre première rencontre.

– Sarajevo était d'un triste. Et puis...

– On peut très bien rendre cela excitant. Imagine : nos moi d'alors y sont déjà; on les regarde faire connaissance, se trouver un tas d'affinités, devenir amants. Cela fait des semaines que nous parcourons l'Histoire en quête de ses événements majeurs, et nous avons négligé l'opportunité d'être les témoins de notre propre événement fondamental. (Il lui décocha un sourire malicieux.) En outre, cela nous offre bien d'autres possibilités. Rien ne nous empêche de nous présenter à eux, de nous immiscer aux joies qui les attendent, peut-être même de les séduire. Hein, qu'en dis-tu ? Ce serait un truc génial, complètement dingue. En plus...

– Non. Cette idée ne me plaît pas du tout.

– Tu la trouves inconvenante ? Elle offense ta morale ?

– Ne sois pas idiot. Simplement, je trouve ça dangereux.

– Comment, dangereux ?

– Nous ne sommes pas supposés réintégrer un intervalle de temps où nous existons déjà. Et il doit y avoir d'excellentes raisons qui l'interdisent. Les règlements...

– Les règlements ont été faits pour de vieilles barbes timorées qui n'ont jamais osé, de leur vie, bouger leurs fesses au-delà de la porte. Les règlements sont censés nous guider, et non pas nous contrôler. Les règlements sont faits pour être contournés par tous ceux qui sont assez malins pour savoir en éviter les conséquences.

Elle le dévisagea longuement, l'air songeur.

– Et toi, tu sais ?

– Je pense.

– Bien sûr. Tu es un type remarquable, un as des as, un membre éminent de cette élite qui vit à l'apogée de la courbe en cloche de la société. N'est-ce pas ? Un type qui fait ce qu'il veut de sa vie, un type au-dessus des contraintes. Assez talentueux et inspiré pour pouvoir se permettre de sauter à sa convenance dans le temps qui lui plaît, bref, un petit dieu.

– Tu partages la même chance, il me semble.

– Oui, de façon générale. Pourtant, je ne t'accompagnerai pas à Sarajevo.

– Et pourquoi donc ?

– Parce que j'ignore tout de ce qu'il m'arriverait si j'agissais ainsi. Dingue et génial, en effet, c'est bien possible que cela le soit de nous empiler sur un lit avec nos autres nous-mêmes; mais il y a quelque chose dans l'idée qui me gêne, et je n'aime pas les risques inutiles. Crois-tu vraiment saisir tous les arcanes de la théorie des paradoxes ?

– Y a-t-il quelqu'un au monde qui en soit capable ?

– Justement. Ce n'est pas très malin de vouloir...

– Je ne sais ce que tu en penses, mais pour ma part je trouve qu'on a tendance à accorder aux paradoxes temporels un crédit par trop surfait. Ilsabet, nous sommes dans une zone fluide. Tout marche, de ce côté-ci de la porte. Si j'étais toi, je ne me ferais pas autant de bile pour...

– *Je* suis moi. Et je m'en fais. Et si j'étais toi, je m'en ferais encore plus. Pars donc pour Sarajevo si ça te chante mais sans moi.

Il comprit que sa résolution resterait inflexible, et n'insista pas davantage. De fait, il se disait que ce serait finalement beaucoup plus simple d'opérer le voyage en solitaire. Ils quittèrent Rhodes pour la Babylone de Nabuchodonosor où ils passèrent quatre jours merveilleux, sans croiser le fantôme de Stavanger; depuis Carthage, c'était le moment le plus agréable qu'ils vivaient ensemble. Et puis, Ilsabet lui annonça qu'elle ressentait le besoin d'un nouvel intermède musical seule avec elle-même, destination Mantoue en 1607 pour l'*Orfeo* de Monteverdi. Reichenbach ne formula aucune objection, mais dès l'instant où elle fut partie, il régla son horloge temporelle sur le 28 juin 1914, Sarajevo en Bosnie, 10 h 27 du matin.

Dans son costume babylonien, il savait qu'il avait l'air ridicule, voire dérangé du cerveau, mais c'était trop risqué de faire étape au relais pour le conditionnement requis, d'autant qu'il n'envisageait de séjourner que quelques minutes à Sarajevo. Peu de temps après qu'il se fut matérialisé dans la ruelle pavée en cailloutis, apparut son alter ego plus jeune, revêtu d'une parure très édouardienne. Il marqua, sans s'y attarder outre mesure, un infime frémissement de surprise devant la vision inattendue à cette heure de cet autre Reichenbach.

– Je n'ai guère de temps à vous accorder, lui dit-il. Vous allez vous rendre là-bas, près de la banque d'Autriche-Hongrie, vous y ferez la connaissance de la femme la plus merveilleuse que vous ayez jamais vue, et vous partagerez avec elle les délices les plus folles auxquelles vous ayez jamais goûté. Et au moment où votre amour pour elle atteindra son paroxysme, vous la perdrez pour un rival voyageur comme nous... à moins que vous n'acceptiez de coopérer pour qu'à nous deux on se débarrasse de lui avant que leurs chemins ne se croisent.

Il lut le regard stupéfait de l'autre Reichenbach à travers l'étroite fente de ses yeux.

– Un meurtre ?

– Un enlèvement. Nous allons le placer sur la route du malheur, en espérant que le malheur vienne à sa rencontre.

– Cette femme est-elle un tel joyau qu'elle vaille qu'on prenne de tels risques ?

– Je vous le certifie. Et je vous le répète, si on n'élimine pas cet homme, vous allez souffrir le martyre. Faites-moi confiance. Après tout, ma fortune n'est-elle pas aussi la vôtre ?

– J'en conviens. (Il ne semblait pourtant pas très convaincu.) Encore que... Pourquoi nous retrouvons-nous tous les deux en ces lieux ? Si je ne m'abuse, cette affaire ne me concerne pas.

– Elle ne tardera pas à vous concerner. Ce type est trop rusé pour qu'on s'attaque à lui sans soutien. J'ai besoin de vous. Et en fin de compte, vous me remercierez pour tout cela. Croyez-moi sur parole.

– Et si le jeu se complique et que ce soit moi la victime ?

– Sacré nom de Dieu, *il ne s'agit pas d'un jeu !* Notre bonheur est à ce prix. Le vôtre, le mien. Nous y sommes tous les deux, et ensemble. Est-ce que vous vous rendez compte que nous sommes plus proches l'un de l'autre que n'importe quels frères jumeaux ? Vous et moi, des phases différentes de la même personne dans la trame du temps, qui suivons le même chemin. Nos destins sont liés. Ou vous m'aidez maintenant, ou vous vivrez à jamais le tourment de votre refus. S'il vous plaît, aidez-moi. *Je vous en prie.*

– Vous me demandez beaucoup, fit l'autre toujours indécis.

– Je vous offre beaucoup, répondit Reichenbach. Allez, il n'est plus temps de discuter ! Partez ! Partez rejoindre Ilsabet avant que n'intervienne l'assassinat de l'archiduc. Rendez-vous à Paris le 25 juin 1794 à midi, rue de Rivoli, dans le quartier de l'Hôtel de Ville. (Agrippant le bras de l'autre, il plongea son regard dans le sien avec toute la force de conviction qu'il pouvait mettre dans sa requête.) D'accord ?

Un ultime moment d'hésitation.

– D'accord.

Reichenbach effleura son horloge temporelle et disparut.

De retour à Babylone, il rassembla ses affaires et fit un saut jusqu'au relais intermédiaire avant de rejoindre la Révolution Française. L'espace d'un instant, il craignit de tomber sur son autre moi, malversation qu'il aurait eu du mal à justifier, mais le théâtre des opérations était trop vaste pour qu'advienne une telle éventualité; la Révolution et la Terreur occupaient une tranche de cinq années, et on avait mis en place une colossale organisation afin de réguler les demandes des touristes. Affublé de la tenue grossière des paysans de l'époque, fort des connaissances linguistiques et du discours révolutionnaire qu'on venait de lui inculquer, parfaitement grimé pour pouvoir se fondre sans encombre à la masse des citoyens, Reichenbach plongea dans l'enfer de cet effroyable et sanglant été parisien et se rua sans attendre vers son rendez-vous avec lui-même.

Pas de doute, le visage qu'il aperçut était bien le sien, quoiqu'il lui semblât moins familier. C'est qu'il s'était accoutumé à son reflet dans le miroir, et un reflet n'est ni plus ni moins qu'une image inversée, alors qu'il se voyait maintenant comme les autres devaient le voir, et rien n'était tout à fait identique. C'est ainsi que ça doit fonctionner, se dit-il, quand on a un frère jumeau.

– Elle arrive demain, déclara-t-il d'une voix basse et enrouée, pour entendre le dernier discours de Robespierre et le voir périr sur l'échafaud. Notre ennemi se trouve déjà à Paris, il a pris une chambre à l'hôtel de Bretagne, dans la rue Guénégaud. Je l'ai pisté pendant que vous preniez contact avec le Comité de Salut Public. Je vais m'arranger pour l'amener jusqu'à vous; vous, de votre côté, vous occupez du complot et de la dénonciation; avec un peu de chance, il va se retrouver embarqué sur le même tombereau qui conduira Robespierre à la guillotine. *D'accord ?*

– *D'accord*[1]. (Une flamme s'alluma dans les yeux du second Reichenbach, qui proféra d'une voix sirupeuse :) Vous aviez raison à propos d'Ilsabet. Pour une femme comme elle, même un tel acte se justifie.

Reichenbach sentit un pincement au cœur qui le laissa un instant pantois. Allons, c'était pure absurdité que d'être jaloux de soi-même. Néanmoins, il ne put s'empêcher de questionner quand même son double :

– Où êtes-vous allé avec elle ?

– Après Sarajevo, la Rome de Néron. En ce moment, elle y dort, c'est notre troisième nuit. Je n'ai pas l'intention de m'attarder ici. Après, nous faisons un saut à l'époque de Shakespeare, et ensuite...

– Je sais : Socrate, Magellan, Vasco de Gama. Il vous reste le meilleur à faire. Mais d'abord, nous avons une besogne à terminer.

Il trouva sans trop de difficulté le chemin qui menait à l'hôtel de Bretagne, une bâtisse d'aspect modeste située pas très loin du Pont-Neuf. La concierge, une paraplégique aux lèvres pincées figées dans un rictus immuable, ne consentit à le renseigner

1. En français dans le texte.

que lorsqu'il évoqua les spectres du Comité et de la Loi des Suspects, et les dangers qu'il y avait à refuser de coopérer avec le tribunal révolutionnaire; à partir de là, elle se révéla prompte à reconnaître que logeait au quatrième un certain M. Stavanger, un homme au visage sombre, de grande taille, et portant une barbe qui ressemblait justement à ce que M'sieu décrivait. Reichenbach loua la chambre mitoyenne et s'y installa. Il attendit une heure, jusqu'aux bruits de pas dans le couloir, et celui de la serrure à la porte voisine.

Alors, il sortit et frappa à ladite porte.

Stavanger ouvrit et le regarda, le visage vide de toute expression.

– Oui ?

Il ne l'avait pas encore rencontrée, pensa aussitôt Reichenbach. Il ne lui avait pas encore adressé la parole, ses mains n'avaient point encore touché son corps, ils n'étaient toujours pas allés ensemble à leurs damnés opéras. Et ils n'iraient jamais.

– C'est un endroit idéal pour un petit voyage temporel, n'est-ce pas ?

– Qui êtes-vous ?

– Je m'appelle Reichenbach. Mon amie et moi vous avons aperçu dans la rue, et elle m'a envoyé vous parler. (Il fit un petit geste de désapprobation.) Il m'arrive souvent de faire office de... euh... de messager. Elle souhaite savoir si vous accepteriez de la rencontrer cet après-midi, et peut-être passer une journée ou deux en sa compagnie dans l'Histoire de France. Elle se nomme Ilsabet, et je peux vous assurer que vous la trouverez adorable. Ses pôles d'attraction sont plus spécialement les assassinats, l'architecture et les grandes premières d'opéra.

Stavanger fit montre d'un subit intérêt.

– L'opéra est également l'une de mes grandes passions. En temps ordinaire, je m'en tiens aux voyages en solitaire, mais dans le cas précis, étant donné les circonstances... Elle est en bas ? Voulez-vous la prier de monter ?

– Ah ! Ce n'est pas possible. Elle attend devant l'Hôtel de Ville.

– Et désire que j'aille la rejoindre ?

– C'est une femme qui attache une certaine valeur aux convenances.

Stavanger resta pensif deux ou trois secondes.

– Dans ce cas, menez-moi donc auprès de votre Ilsabet. Mais je ne fais aucune promesse. Vous comprenez ?

– Naturellement, ânonna Reichenbach.

À cette heure, les rues étaient presque désertes. La chaleur étouffante et les relents que dégageait l'atmosphère devaient en être deux des causes, hormis le fait qu'il était midi et que les Parisiens sacrifiaient à leur *déjeuner*[1]; mais au-delà de ces considérations, la cité semblait souffrir d'un abandon de l'âme, d'une paralysie de ses forces vives sans doute consécutive au choc terrible qu'avait provoqué la saignée survenue ces derniers mois. Reichenbach pressait le pas, s'efforçant de se maintenir à hauteur de Stavanger et de ses longues enjambées. Comme ils approchaient de l'Hôtel de Ville, Reichenbach reconnut la silhouette de son alter ego, accompagné de deux ou trois hommes en habits de révolutionnaires. Parfait, parfait. Le double hocha le menton. Tout se passait comme prévu. Désormais, le défi consistait à empêcher Stavanger d'atteindre son régulateur temporel dès l'instant où il se sentirait en péril.

– Où est-elle ? s'enquit ce dernier.

– Je l'avais laissée en conversation avec ces gens.

Le deuxième Reichenbach avait pris la sage précaution de se tenir le visage de profil. En cet instant,

1. En français dans le texte.

bien qu'ils n'eussent point répété la scène, les deux sosies évoluaient comme les deux éléments complémentaires d'un seul et même organisme, le double pivotant sur lui-même pour pointer brusquement le doigt sur Stavanger en s'écriant : « J'accuse ce citoyen de crimes contre la liberté », tandis que simultanément Reichenbach numéro un passait derrière leur rival, lui crochetait les bras dans le dos, et glissait la main sous son ample vêtement pour mettre en pièces, d'une rapide torsion du poignet, son régulateur temporel, avant de ceinturer fermement le personnage. Lequel poussa un hurlement et tenta de se libérer, mais, dans les quelques secondes qui suivirent, la rue fut envahie d'hommes qui se jetèrent sur lui, le maîtrisèrent, et l'emmenèrent vers son triste destin. Pantelant, le corps en sueur, Reichenbach porta alors un regard de triomphe vers Reichenbach.

– Celui-là également ! s'écria son autre moi.

Reichenbach battit des paupières.

– Quoi ?

Trop tard. Ils lui saisirent les bras, pendant que l'autre cherchait son régulateur, le lui arrachait et le déchiquetait. Reichenbach se débattit férocement, mais ils le plaquèrent au sol et l'immobilisèrent de leurs genoux.

À travers un voile de terreur et de souffrance, il entendit les propos de Reichenbach numéro deux.

– Cet homme est l'aristocrate Charles Évremond, banni par la Révolution, qui se fait aussi appeler Darnay, ennemi de la République, membre d'une lignée de tyrans. Je le dénonce pour l'usage qu'il a fait de ses privilèges aux fins d'oppression du peuple.

– Ce soir, il comparaîtra devant le tribunal, déclara le personnage agenouillé sur la poitrine de Reichenbach un.

– Qu'êtes-vous en train de faire ? gémit ce dernier d'un ton heurté.

L'autre Reichenbach s'accroupit près de lui et lui répondit en anglais :

– Tu vois, nous nous sommes dédoublés. Pourquoi crois-tu qu'il y ait des règlements interdisant de pénétrer dans un temps où l'on existe déjà ? Il n'y a de place dans le temps réel que pour un seul d'entre nous, n'est-ce pas ? De ce fait, comment pourrions-nous y retourner tous les deux ?

– Mais ce n'est pas possible, hoqueta Reichenbach.

– Ah non ? En es-tu bien sûr ? Ce n'est pas si facile de prévoir les aléas des paradoxes temporels.

– Toi ? Comment as-tu pu me faire cela, à moi qui... moi qui suis ton...

– Tu me déçois, de ne pas voir toute la complexité du système. J'en espérais davantage de la part d'un autre moi-même. Mais la jalousie t'a par trop embrouillé l'esprit, tu ne sais plus penser correctement. Comment as-tu pu imaginer que je serais allé courir le risque de te laisser voyager librement dans le temps ? Après tout, lequel de nous deux mérite de posséder Ilsabet ?

Reichenbach sentait déjà la lame s'abattre sur son cou.

– Attendez ! Attendez ! s'égosilla-t-il. Regardez-le ! Son visage et le mien sont identiques ! Nous sommes frères, frères jumeaux ! Si je suis un aristocrate, qu'est-il donc ? Je le dénonce, lui aussi ! Emparez-vous de lui, et qu'on nous confronte tous les deux !

– Il y a en effet entre vous, dit l'un des hommes qui maintenaient Reichenbach, une étrange ressemblance.

– On nous a souvent pris pour des frères, dit l'autre en souriant. Mais il n'y a aucun lien de parenté entre nous. Citoyens, c'est l'aristocrate Évremond. Et moi, moi, je ne suis que le misérable Sidney Carton, un individu sans importance et sans signification, heureux simplement d'avoir œuvré au service du peuple.

Il salua, s'éloigna de quelques mètres et, au bout d'un moment, disparut.

En sûreté aux côtés d'Ilsabet dans la Rome de Néron, Reichenbach remuait d'amères pensées.

– Allons ! clama une voix. Relevez-le, et qu'on le fasse passer en jugement. Ces jours-ci, le tribunal n'a pas de temps à perdre.

IDYLLE

Il la trouva par hasard, comme cela arrive fréquemment, alors qu'il avait plus ou moins renoncé à ses recherches. Des années durant, il avait envoyé des impulsions au petit bonheur la chance, comme on jette des bouteilles à la mer, des ondes aléatoires d'énergie télépathique : *hello, hello, hello*; un S.O.S. après l'autre, qu'il lançait dans son désespoir depuis l'île désertée de son âme sur laquelle il errait tel un naufragé. Parfois, des messages lui revenaient en réponse aux siens, mais ce qu'ils révélaient ne trahissait que folie ou pure absurdité, échos en souffrance d'un cerveau embrumé ou troubles divagations d'un esprit détraqué. Il savait désormais qu'existaient de par le monde des tas de gens dans son cas : un jeune garçon à Topeka, une vieille femme à Buenos Aires, une autre à Fort Lauderdale, un individu au sexe indéterminé à Manitoba, et plein d'autres, tous aussi seuls et abandonnés. Il nouait avec eux des contacts éphémères car, s'ils étaient somme toute des êtres de son espèce, ils n'en restaient pas moins, de par le don singulier qui leur gauchissait les sens, prédisposés à l'instabilité, aux caprices et aux égarements, voire à la pure folie, et de ce fait incapables de lui procurer ce à quoi il aspirait, à savoir une communion et une harmonie de l'âme, une union sincère et véritable. Et puis, un jeudi après-midi, alors qu'il laissait planer au gré des courants les vagues de son ego – non qu'il cherchât à porter son chant d'appel sur les mers de la conscience, mais histoire simplement, pourrait-on dire, de le fredonner –, il eut la surprise de percevoir une espèce de *clic* bizarre, comme si s'emboîtaient entre eux les deux fragments complémentaires d'un mécanisme à l'usinage parfait. De la grisaille de son esprit germa une vision insistante, impatiente, l'image insolite d'une fleur jaune aux dimensions étonnantes qui dépliait ses pétales sur le bras noueux d'un cactus couvert d'épines, image aussitôt transcendée en un curieux message télépathique : *Hé là-bas ! Où étiez-vous donc durant toute ma vie ?*

Il hésita quelques secondes à transmettre un signal en réponse, car il n'ignorait pas qu'il venait de rencontrer ce après quoi il courait et était pleinement conscient de la menace que cela représentait dans la trame de l'existence qu'il s'était tissée autour de lui-même. Il avait trente-sept ans, une épouse qui faisait de son mieux pour lui rendre la vie merveilleuse – ne sachant pas exactement ce qui lui manquait, mais s'efforçant tant bien que mal d'y remédier – et deux adorables enfants en bas âge à qui la nature avait épargné le sort d'anormalité de leur père; sans parler d'une maison cossue dans les collines à l'est de San Francisco, et d'une situation stable, installée, confortable comme analyste pour l'une des plus grosses entreprises en courtage. Certes, ce n'était pas l'existence qu'il s'était imaginée dans ses vieux rêves romantiques, mais au moins n'était-elle pas si désagréable que ça, et, en tout cas, c'était *sa* vie, familière et d'une certaine façon gratifiante, une existence dans la toile de laquelle il se préparait, il en aurait mis sa main au feu, à faire un irréparable accroc. Il renvoya donc une image qu'il avait voulue aussi vivace que celle qu'il venait de recevoir : une mouette blanche et solitaire cinglant les airs de ses ailes prodigieuses dans le sein de l'immensité bleue du Pacifique.

La réponse arriva immédiatement : la même mouette, volant à perte de ciel de concert avec une seconde jaillie d'un azur sans nuages. S'il répondait maintenant à cela, assurément le point de non-retour était atteint. Mais au diable les scrupules : avec une témérité qu'il ne se connaissait pas, il passa au mode verbal :

– O.K. Qui êtes-vous ?

– Laurel Hammett. J'appelle de Phoenix. Et je vous reçois cinq sur cinq. C'est encore mieux que le téléphone.

– Moins cher, aussi. Chris Maitland. San Francisco.

– C'est suffisamment loin, à mon sens.

À ce moment-là, il ne comprit pas ce qu'elle voulait dire, mais il n'y accorda guère plus d'attention.

– Laurel, vous êtes, de toutes celles que j'ai contactées, la première personne à envoyer des images.

– J'ai déjà eu affaire une fois, il y a huit ans, à un type qui opérait de cette façon. Mais il était fou. Comme la plupart d'entre nous, Chris.

– Pas moi.

– Oh, je sais ! Oh oui, Seigneur, je le sais !

C'est ainsi que tout commença. Cet après-midi-là, il ne travailla pas beaucoup. Il était censé rédiger un rapport sur les grandes compagnies pétrolières mais, après quinze minutes d'échanges intenses, il préféra abandonner; elle rompit le contact en lui aveuglant le cerveau d'une succession de signaux optiques, indéchiffrables pour la plupart, écrans neigeux, diagrammes géométriques, champs de coquelicots d'un rouge étincelant. Avec ces images luminescentes qui flamboyaient dans sa tête, il lui fut impossible par la suite de se concentrer sur ses problèmes de quotas d'épuisement des ressources ou de réinvestissement des bénéfices après impôt. Bien qu'il lui eût fait la promesse de ne pas chercher à la recontacter avant le lendemain – l'abnégation, professa-t-elle, est le carburant de la passion –, il ne sut se retenir de lui décocher impromptu un battement d'énergie auquel elle réagit par un sursaut mêlé de dépit et de délice. Ils passèrent cinq minutes à convenir qu'il valait mieux avancer lentement, laisser les choses se faire petit à petit et à se renouveler leur serment de dresser entre eux une barrière mentale jusqu'au jour suivant. Pourtant, à peine deux heures après, alors qu'il traversait le Pont de la Baie pour rentrer chez lui, il se sentit brusquement titillé par un éclair qui lui signalait sa présence, et elle lui offrit aussitôt après la vision merveilleuse d'un coucher de soleil sur l'Arizona, de collines couleur de chocolat noir sous un ciel pourpre et or. Ce soir-là, il éprouva le sentiment d'avoir commis un adultère, l'impression qu'il était le mari qui rentre chez lui les cheveux en bataille et le visage enfiévré par la honte, la chemise tachée de traces de rouge à lèvres. Il prétendit être fatigué, et agacé par quelque histoire, purement imaginaire, de restructuration d'entreprise, s'accorda deux verres avant le dîner, et se montra davantage intéressé qu'à l'ordinaire par les détails qui faisaient le lot quotidien de son épouse – les petites tracasseries de banlieue, les défis étriqués, les triomphes mesquins. Jan lui apparut enjouée et aimable, presque chatte, ce qui le convainquit qu'elle ne s'était point aperçue de sa trahison, si flagrante lui semblât-elle, à ses yeux à lui. Mais il n'y avait rien à craindre, Jan n'était pas de ces femmes à l'esprit tortueux qui savent si bien jouer la comédie.

L'évolution qui venait de s'opérer dans leur couple depuis cet après-midi l'attristait bien un peu, mais pas aussi profondément qu'il l'aurait cru, car la chose était inévitable. Il n'était pas réellement de la même espèce que Jan. Certes, il l'avait aimée, aussi honnêtement et du mieux possible, mais ce qu'il avait toujours désiré au fond de son cœur, c'était de rencontrer quelqu'un de sa qualité, quelqu'un avec qui il se lierait d'âme et d'esprit autant que de corps, et s'il s'était installé avec Jan, c'est tout simplement qu'il n'avait encore jamais trouvé cette âme sœur. Jusqu'à aujourd'hui. Où cela allait-il le mener ? Qu'adviendrait-il de son couple ? Il n'en avait pour l'heure aucune idée. Il était possible qu'il continue à partager avec Jan cette partie de l'existence qu'ils savaient vivre ensemble, tout en recevant en secret de l'autre ce que sa femme ne serait jamais capable de lui offrir. Pourquoi pas ? Lorsqu'ils se retrouvèrent au lit, il se tourna vers Jan dans un élan soudain, sauvage et passionné, qu'il n'avait pas connu depuis longtemps, mais mêmc en la circonstance, il ne pouvait s'empêcher de s'interroger sur ce que Laurel était en train de faire en ce moment, dans son propre lit à plus de mille kilomètres à l'est, et avec qui.

L'échange du matin se passa ainsi; c'est Laurel qui se manifesta la première, avec des images étonnantes de paysages désertiques auxquels l'érosion avait rendu leurs strates géologiques, de mesas sombres et mystérieuses, de murs distants en grès couleur de flamme. Il lui répondit par ses vagues du Pacifique, des cyprès se courbant sous la brise, des mares qu'avait formées la marée et où nageaient des grappes d'anémones et d'étoiles de mer roussâtres. Puis, timidement, il lui envoya un baiser, en obtint un en retour, et c'est là, alors qu'il franchissait le poste de péage du pont, qu'elle opta pour le langage des mots.

– Que faites-vous ?

– Analyse statistique. Je lis des rapports et établis des prévisions.

– Ça a l'air terriblement déprimant. Qu'en pensez-vous ?

– Si ça l'est, je ne m'en suis pas rendu compte. C'est un job extra. Et vous ?

– Je fais de la poterie. De la très belle poterie. Vous adorerez.

– Où peut-on la voir ?

– J'expose dans plusieurs galeries, à Santa Fé, à Tucson. Et bien sûr à Phoenix. Mais il ne faut pas venir à Phoenix.

– Vous êtes mariée ?

Un instant d'hésitation.

– Oui. Mais ce n'est pas pour cette raison que vous ne devez pas venir.

– Moi aussi, je suis marié.

– Je m'en doutais. Vous m'avez tout l'air d'un homme marié.

– Ah ! À ce point ?

– Ce n'est pas une insulte. Vous dégagez des vibrations particulièrement stables, si vous voyez ce que je veux dire.

– Je crois. Vous avez des enfants ?

– Non. Et vous ?

– Deux. Deux petites filles. Dites-moi, Laurel, depuis combien de temps êtes-vous mariée ?

– Six ans.

– Neuf.

– Nous devons avoir à peu près le même âge.

– J'ai trente-sept ans.

– J'en ai trente-quatre.

– Ça ne fait pas grande différence. Vous voulez connaître mon signe ?

– Pas vraiment.

Elle poussa un éclat de rire et lui expédia une

vision d'une impressionnante complexité : la roue complète du zodiaque, qui prit alors la forme de la pierre-calendrier des Aztèques, laquelle fleurit à son tour en une rosace étincelante de cathédrale gothique. Le tout porté par les bouillonnements d'une lame de fond irradiée par la passion. Puis elle s'évanouit, l'abandonnant à un silence si crissant qu'il résonnait, telles les poutrelles du pont.

Il n'osa pas renouer le contact, et c'est dans une sorte de brouillard cotonneux qu'il poursuivit la route qui le menait à la ville, l'esprit obnubilé par un désir tenace : découvrir à quoi ressemblait Laurel. Sa « voix » mentale lui évoquait l'image d'une femme élancée, aux yeux clairs, à la taille cambrée et aux longs cheveux bruns, mais il était bien placé pour admettre que moins on prêtait foi à ce genre de présomptions, mieux ça valait; il lui était déjà arrivé avec d'autres gens au téléphone de jouer à ce petit jeu, et il s'était toujours fourvoyé. Pour autant qu'il le sache, Laurel pouvait tout aussi bien s'avérer petite et replète, encore qu'il en doutât, qu'il se refusât à l'imaginer disgracieuse. Dans ces conditions, pourquoi donc s'interdisait-elle si résolument de le rencontrer à Phoenix ? Souffrait-elle de quelque invalidité ? D'une timidité maladive ? Craignait-elle l'intrusion dans leur idylle vécue à distance d'une quelconque réalité ?

À l'heure du déjeuner, il se brancha sur la longueur d'onde télépathique de Laurel et lui envoya un cliché de la première page du rapport qu'il avait rédigé la semaine précédente sur Exxon. Elle répliqua en lui projetant un cliché éclair d'une grande jarre en porcelaine à la teinte olive, aux contours à la fois élégants et généreux. Son œuvre en échange de la sienne. Il apprécia. L'avenir s'annonçait on ne peut plus rose.

Une semaine après, il partit un jour ou deux à Salt Lake City, travailler sur une évaluation de marché pour le compte d'une compagnie minière installée sur place. Il prit le vol du petit matin; un petit déjeuner avec trois jeunes directeurs commerciaux, des mormons des plus dynamiques, transportés de bonheur devant la munificence du Seigneur qui avait daigné accorder tant de largesses à la Ceinture des gisements de minerai du Wyoming, et passa l'après-midi à feuilleter des dossiers de relevés topographiques, avant de se rendre à son hôtel où il avala un repas léger en solitaire. Après quoi, il sacrifia au rituel du téléphone avec Jan, plancha un petit moment sur les notes qu'il avait prises lors des conférences du jour, puis s'installa pour une heure devant la T.V. dans l'espoir que cela l'aiderait à s'endormir. Maitland avait une grande habitude de ces voyages d'affaires, mais il dormait mal quand il était seul, et le moindre changement de fuseau horaire, aussi minime que celui-ci, perturbait son cycle biologique. Il était toujours pleinement éveillé lorsqu'il se résolut à aller se coucher, aux environs d'onze heures.

Il pensait à Laurel. Il se sentait très proche d'elle, ici, dans cette vaste cité entourée de montagnes, avec ses larges et paisibles avenues. Bien sûr, on ne pouvait pas véritablement prétendre que Salt Lake City était plus près de Phoenix que ne l'était San Francisco, mais pour lui l'Utah et l'Arizona représentaient le vrai Ouest sauvage, tandis que sa banlieue manucurée de Californie lui paraissait paradoxalement aux antipodes du Far West. Quelque part vers le sud, pratiquement sur le versant opposé de ces falaises et de ces canyons, se trouvait la femme inconnue qu'il chérissait.

Et comme un fait exprès, elle surgit dans son esprit :

– Seul ?

– Oh que oui !

– J'ai pensé à vous toute la journée. Pauvre Chris, coincé avec ces hommes d'affaires, à supporter leur baragouin sur les pertes et profits.

– Moi aussi je suis un homme d'affaires.

– C'est différent. Sous des dehors de businessman, au fond de vous-même vous êtes un phénomène.

– Ne dites pas cela.

– Chris, c'est pourtant bien ce que nous sommes. Il faut savoir regarder les choses en face. Des caprices du destin, des anomalies de la nature, des anormaux, des sorciers...

– S'il vous plaît, arrêtez, Laurel. Je vous en prie.

– Je suis désolée.

Un silence de mort. Il crut qu'elle avait décroché, effarouchée par ses reproches. Quand :

– Êtes-vous *très, très* seul ?

– Oui. Triste, ville déserte; triste, lit désert.

– *Vous* y êtes.

– Mais sans vous.

– Est-ce ce que vous voulez ? Là, maintenant ?

– Laurel, je voudrais tant y croire.

– Essayons.

Il ressentit une soudaine et formidable intensification de son signal psychique, comme si elle avait franchi les centaines de kilomètres qui les séparaient, et reposait ici, dans ses bras, lovée contre lui. Il éprouva la sensation d'une présence tout à fait physique, d'une douce chaleur, jusqu'au parfum discret qui émanait de sa peau, et dans sa tête se dessina une vision d'une netteté si pure qu'elle en éclipsa la triste réalité de sa chambre d'hôtel : la grève d'un océan des Tropiques, du sable rose et fin, une eau tranquille aux nuances vert pâle, un alignement serré de grands palmiers couronnés.

– Allez-y, Chris. Plongez.

Il avança au milieu des vaguelettes jusqu'à effleurer du bout des orteils le fond sablonneux et satiné, et il se retrouva en train de flotter sans effort dans la tiédeur d'une mer qui enveloppait toutes choses, dans la douceur d'un bain amniotique aux effets lénifiants. Douceur, mais non pas immobilité car, dans sa dérive, il percevait contre son corps le toucher délicat de troubles ondulations, la caresse électrique de l'océan, les pulsations de l'eau contre sa peau nue, intimes, indiscrètes, insistantes. Il frissonna de plaisir, et tandis que les vagues le portaient de plus en plus loin du rivage, si loin que la terre avait disparu et que le monde n'était plus désormais qu'un horizon de velours liquide et chaud, la pression des battements cadencés se fit encore plus précise et l'emplit d'un bonheur profond : l'océan était une main géante au creux de laquelle il se pelotonnait avec ravissement. Son corps se mit à trembler, lui échappèrent de petits soupirs d'extase, de plus en plus rapprochés, jusqu'à l'obliger à fermer les yeux pour se laisser envahir par l'ivresse de l'étreinte douce et pénétrante de l'océan. Alors, il poussa quelques grognements, son cœur cogna de plus belle, et tout son corps se tendit, puis se relâcha; au bout de quelques minutes, il se releva en clignant des paupières, ébloui et fasciné par l'étrange sérénité qui s'était emparée de ses sens.

– Je ne pensais pas qu'une telle chose fût possible.

– Pour nous, tout est possible. Même faire l'amour à mille kilomètres de distance. Je n'étais pas certaine que ça marcherait, mais il me semble que la conclusion s'impose, n'est-ce pas ? Vous avez aimé ?

– Laurel, une réponse est-elle vraiment nécessaire ?

– Je me sens si heureuse.

– Comment avez-vous fait ? Quel est votre truc ?

– Pas de truc, Chris, si ce n'est le truc habituel :

un tout petit peu plus d'intensité. J'étais révoltée par l'idée que vous étiez tout seul, recroquevillé sur vous-même, incapable de trouver le sommeil.

– C'était absolument merveilleux.

– Et désormais, nous voilà amants. Sans nous être jamais rencontrés.

– Non, pas tout à fait. Pas encore. Laurel, permettez-moi d'essayer de vous le faire. Ce ne serait que justice.

– Plus tard, d'accord ? Pas maintenant.

– J'en ai envie.

– Cela requiert beaucoup d'énergie. Pour l'heure, il vous faut dormir, et je peux attendre. Allez vous coucher, simplement, reprenez des forces, et ne vous inquiétez pas pour moi. Nous essaierons une autre fois.

– D'ici une heure ? Deux ?

– Quand vous voudrez. Mais pas maintenant. Reposez-vous. Sachez goûter l'instant qui passe. Bonne nuit, mon amour.

– Bonne nuit, Laurel.

De nouveau, il était seul. Il resta allongé, comme assommé, à scruter les ténèbres. Il avait déjà été à trois reprises, avant cela, infidèle à Jan, pas mal pour neuf ans de mariage, mais toujours le même schéma anodin : un voyage d'affaires loin de chez lui, une ou deux nuits solitaires, puis un dîner officiel avec quelque haut cadre de sexe féminin, un peu trop de cocktails, l'inévitable opération de séduction, d'abord sur le ton du badinage avant d'en venir aux choses sérieuses, une escale fiévreuse le temps d'une nuit, les remords du petit matin, et aucune suite. Une passade, une occasion, un incident sans signification. Mais ce qui arrivait aujourd'hui – cette liaison à distance avec une femme qu'il n'avait jamais vue – lui semblait une situation autrement plus explosive. Car il possédait le don, et Jan ne l'avait pas, et Laurel oui; les pensées de Jan lui étaient interdites, et les siennes à elle; ils devaient se contenter d'avancer l'un vers l'autre à pas comptés et incertains, à l'aveuglette; avec Laurel, par contre, il pouvait entrer à volonté dans une communion d'esprit dont la richesse était totalement étrangère aux humains ordinaires. Il se demandait s'il saurait désormais supporter de vivre avec Jan. Il n'éprouvait pas pour elle moins d'amour qu'auparavant, et les liens puissants de l'affection et d'une existence commune le rattachaient encore à elle, mais cependant... même en ce cas...

C'est dans la confusion d'un sentiment de culpabilité que Maitland glissa vers le sommeil. Lorsqu'il s'éveilla – 3 h 13 du matin, indiquait le réveil sur la table de nuit –, il faisait encore sombre; une autre sensation coupable, un trouble différent agitait son esprit, car c'était à Laurel qu'il pensait en ce moment. Il avait pris du plaisir avec elle, puis s'était effondré dans une sorte de torpeur postorgastique. Qu'importe si elle lui avait conseillé d'en faire ainsi, il ressentait, depuis toujours, une espèce de devoir quasi puritain à rendre bonheur pour bonheur, et les dettes impayées lui étaient source de perturbations. Prenant une profonde inspiration, il lança les filins de sa volonté au large de la nuit, vers la splendeur du Grand Canyon, jusqu'aux palmiers qui se dressaient dans le ciel torride de Phoenix, et accrocha les rayons de l'esprit en sommeil de Laurel.

– Hnhh !

– C'est moi. Je te veux. Maintenant.

– Oui. C'est d'accord.

Elle avait choisi la douceur tiède de la mer, le ventre infini de la mère, la matrice universelle. Sans hésiter, il lui offrit l'équivalent masculin, une vision de lui-même se découpant dans le paysage brûlant d'une journée d'été, dans la quiétude de collines couvertes d'herbes roussies, aux éminences aussi rondes que des seins hâlés. Il tenait entre ses bras la jarre à la porcelaine scintillante, celle-là même qu'elle lui avait montrée naguère. Il se pencha de côté et la renversa, et en jaillit un énorme serpent, long et puissant mais nullement effrayant; tel un ruisseau ombré, le reptile se faufila sur le sol, à la recherche de Laurel, la trouva, s'enroula autour de ses cuisses, de son ventre. Trop ostentatoire ? Un symbole phallique trop grossier ? Il hésita deux ou trois secondes mais guère plus, car il perçut alors les soupirs et les gémissements de Laurel : à l'instant même où il avait envisagé de retirer le serpent, elle s'était portée corps et âme à sa rencontre. Maitland étouffa ses scrupules, et prit l'initiative, au gré de son désir et de toute l'énergie dont il disposait, de lui donner ce qu'elle attendait du total abandon de ses sens. Elle se mit à trembler et son esprit s'égara. Son souffle se fit haché, ses plaintes rauques, et de son cerveau jaillit soudain un étrange grognement guttural qui se termina en un halètement accéléré d'une violente intensité.

– Oh, mon amour ! Oh ! Oh ! Merci.

– Tu n'as pas eu peur ?

– Oh, Chris ! Tu peux me faire peur comme ça aussi souvent que tu veux.

Il lui envoya un sourire à travers l'espace de la nuit. C'était parfait. Un échange loyal : symbole pour symbole, métaphore pour métaphore, délices pour délices.

– Dors bien, Laurel.

– Toi aussi, mon amour. Mmm !

Ce coup-ci, Jan comprit que quelque chose s'était passé pendant l'absence de son mari. Il le lut sur son visage, ce qui signifiait également qu'elle avait su lire sur le sien; pourtant, elle garda ses soupçons pour elle, et lorsqu'ils firent l'amour le premier soir de son retour, ce fut aussi bon que les autres fois. Était-ce concevable, se demandait-il, d'être comme qui dirait bigame, de vivre avec Laurel cette expérience de l'unique suprahumain, au sens littéral du terme, tout en restant l'époux et compagnon dévoué de Jan ? En tout cas, il devait le tenter. Laurel avait partagé son âme avec lui comme personne ne l'avait jamais fait auparavant, pas plus Jan que quiconque, alors qu'elle n'était à peine qu'un fantôme, un être sans visage, distant, presque irréel; d'un autre côté, Jan et lui avaient beau vivre cette existence cloisonnée que vivent la plupart des couples, elle n'en restait pas moins sa femme, sa partenaire, sa compagne de lit, la mère de ses enfants. Il devait le tenter.

Ainsi lui rapporta-t-il, comme il l'avait toujours fait, les cancans habituels du bureau, ainsi continua-t-il à l'emmener deux fois par semaine dans leurs restaurants préférés, ainsi passa-t-il ses soirées en sa compagnie à regarder des cassettes d'opéras, des films ou des pièces de Shakespeare, et les week-ends à vaquer aux occupations traditionnelles des week-ends, canotage sur la baie, tennis, pique-niques dans le parc, dîners avec leurs amis, et tout cela fonctionnait à merveille. Oui, tout allait parfaitement bien. Il n'abandonnait pas pour autant son autre existence, et s'y consacrait aussi souvent que possible. Tout comme il avait réussi à dissimuler à son épouse, autant qu'à tous ceux qui ne partageaient pas son don, le mystère des pouvoirs secrets que son cerveau savait mettre en branle, de la même façon il lui dissimulait aujourd'hui la seconde union, aussi enrichissante que singulière, que lui permettaient ces fameux pouvoirs.

Naturellement l'isolement s'imposait lorsqu'il faisait l'amour avec Laurel, il ne pouvait s'agir que d'actes clandestins; il n'aurait plus manqué qu'elle l'attirât dans son océan brûlant et voluptueux tandis qu'il était au lit avec Jan. Heureusement, il y avait les voyages d'affaires – pour ne pas alimenter la suspicion, il prenait garde à ne pas accroître leur fréquence – où Laurel le *rejoignait* chaque nuit, et à l'occasion les samedis après-midi lorsque, assoupi sous le soleil du jardin, il se trouvait brusquement interpellé par la vision et le murmure d'un océan translucide; sans parler de cette fois, au travail, où elle vint égayer sa pause déjeuner. Autant qu'il l'osât, il réveillait pour elle le serpent qui dormait dans sa tête, et elle l'acceptait presque toujours, bien qu'il y eût des cas où elle refusa, non, pas maintenant, le moment est mal choisi. Ils avaient conçu tout un système compliqué de signaux afin d'indiquer que la voie était libre. Pour ce qui était de la conversation ordinaire, qu'il n'aurait voulu manquer pour rien au monde, ils ne s'imposaient aucune limite; ils s'en venaient éclater comme une bulle l'un dans la conscience de l'autre, des milliers de fois par jour, des connexions rapides comme l'éclair, un calembour, de brefs échanges de nouvelles, la joie d'un travail réussi, ou des visions d'une beauté si vivifiante qu'ils ne pouvaient les retenir. Il traversait le pont, il entrait dans son bureau, il décrochait le téléphone, il dépliait une serviette – et tout à coup elle était là, le plus souvent pour une fraction d'étincelle de contact, un effleurement d'un dixième de seconde, et puis envolée. Il adorait ça. Il l'adorait, elle. Une véritable liaison amoureuse.

Il alla fouiner dans les annuaires téléphoniques des Mountain States, et dénicha son numéro de téléphone, dont il n'avait d'ailleurs pratiquement pas besoin, et son adresse, qui confirma au moins qu'elle vivait bien réellement dans un Phoenix tout à fait actuel et tangible. Il inventa de toutes pièces le prétexte d'un voyage à Albuquerque, pour aller soi-disant évaluer les perspectives de bénéfices d'une petite société en électronique, et quitta l'autoroute à Santa Fé pour rendre une petite visite à la galerie qui exposait sa poterie : une dizaine de pièces superbes, polies et façonnées à la perfection. Il acheta l'une des plus petites.

– Je cherche des renseignements sur l'artiste, dit-il à la propriétaire de la galerie.

Il s'efforça de prendre un air désinvolte, sans pouvoir cependant retenir les battements de son cœur qui cognait dans sa poitrine, dans l'espoir fou qu'il aurait la chance de voir une photographie de Laurel. La propriétaire était d'avis qu'il existait peut-être une coupure de presse, et fouilla dans ses fiches.

– Elle vit à Phoenix, lui dit-elle. Elle monte ici une ou deux fois par an, elle m'amène sa dernière œuvre. Je trouve ça digne d'être exposé dans un musée, pas vous ?

Elle ne parvint pas à mettre la main sur la coupure de presse. Ce soir-là, de retour à Albuquerque, lorsqu'il reçut le contact éclair de Laurel, il ne lui révéla pas qu'il tenait en sa possession l'une de ses jarres, ni qu'il avait opéré des recherches sur elle. Il désespérait de voir un jour à quoi elle ressemblait. L'idée l'amusa un instant de se rendre à Phoenix et de s'arranger pour la rencontrer sans lui dire qui il était. Aussi longtemps qu'il garderait ses pensées enfouies à l'intérieur de son crâne, elle ne se douterait de rien, pensait-il. Mais le procédé lui paraissait sournois, comme une trahison de leur union, et peut-être bien, en outre, dangereux. Elle avait si souvent répété qu'il ne devait pas venir dans sa ville.

Au quatrième mois de leur relation, il ne parvenait plus à réprimer ses élans de curiosité. Elle lui transmit un cliché de son atelier qu'il s'étonna de trouver si bien rangé, l'argile, le tour, le four en céramique, les petits bols de colorant et de vernis, tout cela bien à sa place dans un fastidieux alignement.

– Laurel, tu as omis une chose.

– Quoi donc ?

– La potière. Tu ne m'as pas montré la potière.

– Oh, Chris !

– Eh bien quoi ? Tu n'as pas envie parfois de savoir à quoi je ressemble ? Cela fait des mois que nous sommes tous deux suspendus à l'esprit et au corps de l'autre, et je n'ai toujours pas la moindre idée de ton aspect physique. C'est absurde.

– C'est plus abstrait, et plus pur, ainsi.

– Formidable ! L'amour abstrait ! J'ai envie de te voir.

– J'ai un aveu à te faire. Moi aussi, j'en ai envie.

– Maintenant, alors. Tout de suite.

Avant qu'elle n'ait eu le temps de soulever une objection, il lui expédia un instantané de son visage, faisant de son mieux pour n'y apporter aucune retouche qui en aurait trompeusement rehaussé la beauté. Le nez un rien trop long, le menton fendu faussement hollywoodien, la chevelure brune qui commençait à se clairsemer sur le haut du crâne. Pas à proprement parler un visage esthétiquement parfait, mais pas mal quand même, agréable à regarder, tout à fait présentable d'après lui, rien en tout cas pour quoi il ait dû se confondre en excuses. La vision provoqua un moment de silence.

– Eh bien ? Cela correspond-il plus ou moins à ce à quoi tu t'attendais ?

– Exactement, Chris. Le regard assuré, les traits accusés; la mine bienséante : je ne suis absolument pas surprise. J'aime ton visage, et tu m'en vois ravie.

– À ton tour.

– Tu me promets de ne pas être déçu ?

– Cesse de faire l'idiote.

– Bon, allons-y.

Elle flamboya brusquement dans les yeux de son esprit, pas seulement son visage mais son entière silhouette, de longues jambes, de larges épaules, une femme d'une stature et d'une présence physique manifestes, dotée d'un regard franc et ouvert, de grands yeux marron, d'un beau sourire, d'un petit nez entre deux pommettes saillantes. Pas tellement loin de la femme qu'il avait imaginée, avec au moins une caractéristique – l'épaisse et sombre chevelure raide qui lui descendait plus bas que les épaules – qui correspondait étonnamment à l'image qu'il s'en était faite.

– Tu es belle.

– Non, pas vraiment. Mais je me trouve à mon goût.

– Tu es indienne ?

– Ah, j'ai dû t'envoyer un portrait assez conforme; en effet, à moitié. Ma mère était une Navajo.

– C'est elle qui t'a enseigné la poterie ?

– Mais non, gros bêta. Les Navajos tissent des couvertures. Ce sont les Pueblos qui font de la poterie. Moi, je l'ai apprise à New York, à Greenwich Village. Je suivais les cours de Hideki Shinoda.

– Ça ne m'a pas l'air très pueblo, comme nom.

– Ça ne l'est pas. Un Japonais, un petit homme aux mains merveilleuses.

– Laurel, je suis heureux que nous l'ayons fait.

– Moi aussi.

Mais la voir par l'œil de son esprit, même si cela satisfaisait sa curiosité, en faisait grandir une autre en lui. Il voulait la rencontrer. Il voulait la toucher. Il voulait la tenir dans ses bras.

Le serpent. L'océan. Après une année de communion mentale ininterrompue, ils étaient désormais des amants aguerris. Tantôt elle venait à lui sous la forme d'une étoile de mer, avec ses milliers de minuscules ventouses suceuses et une bouche d'une prodigieuse avidité, tantôt transmuée en un cocon voluptueux d'air chaud et moite, ou d'argile blanche incroyablement douce, ou bien en tourbillon liquide, ou encore en amibe géante, farouche et légère à la fois. Lui se manifestait sous l'apparence d'un flot d'étincelles dévalant en grondant un canyon de roches rouges, ou d'une plante grimpante aux reflets étincelants déroulant ses anneaux dans la nuit tropicale, ou d'un engin spatial plongeant à l'infini en chute libre entre deux univers. Chacune de ces visions leur embrasait les sens; à seulement se toucher l'un l'autre de leurs pensées, le plaisir venait; ils goûtaient en outre, à chaque échange inédit, un autre plaisir, un plaisir abstrait qui se révélait dans la candeur de chaque nouvelle création. Néanmoins, la plupart du temps, ils préféraient exhumer leurs modèles originels, serpent et océan, océan et serpent, un peu comme on revient dans ce petit hôtel familier pour revivre ce week-end enchanteur des premiers temps de la passion, ce moment qui, en fin de compte, s'avérait le plus extraordinaire.

Le talent inventif qu'ils déployaient à s'étourdir l'un l'autre les laissait sous le choc d'un bonheur qu'ils considéraient comme quelque chose d'exceptionnel. Ils aimaient à se répéter que leur façon de faire l'amour, dont ils étaient les innovateurs et peut-être les seuls adeptes de toute l'histoire de l'humanité, participait d'un niveau infiniment supérieur à celui de la manière traditionnelle, tellement plus formelle et ostentatoire, tellement plus vulgaire et incongrue. Mais en même temps qu'il prétendait croire à ce qu'il disait, Maitland savait fort bien qu'il ne faisait que nier l'évidence de ses pulsions, et que son souhait le plus cher était de sentir sa peau contre la sienne, son souffle mêlé au sien.

Elle se montra plus diserte sur l'existence qu'elle vivait en dehors de leur relation. Il apprit que son mari était un artiste peintre de Chicago, sans grand succès et un tantinet envieux de sa carrière à elle. Elle lui exhiba quelques-unes de ses toiles, des trucs intégrant sans originalité la peinture abstraite et expressionniste. Maitland n'en éprouva pas moins un sentiment de jalousie à l'idée que cet homme – Tim, il s'appelait – partageait sa couche et jouissait de sa présence, encore que cette jalousie ne s'exerçât point, ainsi qu'il le comprit très vite, à l'égard du fait qu'elle était mariée. Maitland n'avait nulle envie ni intention de vivre avec elle. Son objectif était de poursuivre sa vie commune avec Jan, de jouer au tennis avec Jan, d'aller au restaurant avec Jan, de faire l'amour avec Jan; quant à Laurel, ce qu'il en attendait, c'était justement ce qu'elle était pour l'heure en mesure de lui offrir, à savoir cette voix neuve, gaie et spirituelle, qui lui parlait à l'esprit, avec, de temps à autre, l'étrange extase que son âme enjouée savait, malgré les kilomètres qui les séparaient, allumer dans ses reins.

Oui, c'était cela qu'il désirait pour l'essentiel, mais sans pouvoir s'empêcher pourtant d'aspirer à devenir un jour son amant au sens traditionnel du terme, formel et ostentatoire, vulgaire et incongru, ne serait-ce qu'une seule fois, une fois seulement. Parce qu'il n'ignorait point qu'il s'agissait là d'un sujet périlleux à aborder, il l'écarta de ses pensées aussi longtemps qu'il le put; mais une nuit, à Seattle, par une heure tardive, après que le serpent eut rejoint sa jarre et les vagues léchantes reflué vers l'océan, alors qu'il reposait dans sa moite solitude, au creux du lit de sa chambre d'hôtel, il ne se retint plus de briser le silence qui l'oppressait.

– Quand allons-nous enfin nous rencontrer ?

– Chris, je t'en prie.

– Je pense qu'il est temps qu'on en discute. Par deux fois déjà, avant cela, tu m'as prié de ne jamais venir à Phoenix. D'accord, d'accord. Mais on pourrait se voir ailleurs. Tucson, San Diego, le Grand Canyon.

– Ce n'est pas l'endroit qui pose problème.

– Quoi, alors ?

– De nous rapprocher. De trop nous rapprocher.

– Je ne comprends pas. Nous sommes déjà si proches.

– Je veux dire : se rapprocher physiquement. Pas émotionnellement, pas même sexuellement. Tout ce que j'essaye de te dire, c'est que si jamais nous nous trouvions à portée l'un de l'autre, nous ne pourrions éviter de nous faire du mal.

– Laurel, c'est insensé.

– T'est-il jamais arrivé d'approcher un télépathe ? Disons : à trois mètres.

– Je ne pense pas.

– Tu le saurais si cela s'était produit. Quand on discute, toi et moi, à distance, c'est quasiment comme si on se parlait au téléphone, n'est-ce pas, avec les images en plus. Nous ne nous disons que ce que nous voulons bien nous dire, et rien d'autre ne transparaît. Quand on est côte à côte, ça ne se passe pas du tout ainsi.

– Ah ?

– Il se produit comme une espèce d'irradiation, une aura. Notre cerveau émet automatiquement toutes sortes de choses. Toutes ces choses infectes et nauséabondes, cette fange immonde, qui stagnent au fond de l'esprit de chacun d'entre nous, la lie corrompue qui est en nous depuis la Préhistoire.

Alors, on expulse tout ça comme un vomissement.

– Comment le sais-tu ?

– J'en ai déjà fait l'expérience.

– Ah ! Boston, il y a des années ?

– Oui, oui. Je te l'ai dit, ça m'est arrivé une fois, jadis.

– Mais tu m'as dit aussi qu'il était fou.

– D'une certaine manière. Mais ce n'est pas la folie qui fait monter tout cela. Je l'ai ressenti une autre fois, également, et *elle* n'était pas folle. C'est un truc qu'il est impossible d'éviter.

– Je veux te voir.

– Et moi, Chris, tu crois que je n'ai pas envie de te voir ? Mais on ne doit pas courir ce risque. Imagine qu'on se donne rendez-vous et que toute cette boue se mette à déborder, et qu'on en vienne à se haïr.

– On peut peut-être le contrôler.

– Peut-être bien. Peut-être pas.

– Au moins nous raisonner. Nous forcer à considérer que ce truc, quelle que soit sa nature, n'est rien que de très normal, seulement les scories de la pensée, rien qui soit véritablement personnel, rien qu'il faille prendre pour argent comptant.

– Ça me fait peur. Restons-en là.

Il renonça un temps à son projet. Ce fut Laurel qui, quatre mois plus tard, prit sur elle de le remettre sur le tapis. Elle avait réfléchi à l'idée d'un contrôle possible sur les risques pernicieux d'éclaboussures, au moyen de les contenir et de s'en protéger l'un et l'autre. C'était tout à fait envisageable. Elle ne résistait plus, lui avoua-t-elle, à la tentation de le rencontrer en chair et en os. Peut-être parviendraient-ils à se voir en évitant tout contact télépathique, comme des humains ordinaires qui s'offriraient un petit rendez-vous clandestin, à dresser entre leurs esprits des murailles assez solides pour pouvoir enfin consommer cette intimité qui liait leurs âmes depuis maintenant un an et demi.

– Laurel, j'aimerais tant.

– Mais promets-moi une chose. Jure-le-moi. Lorsque nous serons ensemble, si nous n'arrivons pas à retenir le mal qui est en nous, avant même que nous le sentions exploser, nous nous éloignerons immédiatement l'un de l'autre. Sans tergiverser, sans insister, sans chercher à biaiser. Dès l'instant où l'un de nous deux l'exigera, on se séparera, à la seconde même. Tu me le jures ?

– Je te le jure.

Il fila à Denver où il passa, dans une extrême nervosité, une heure et demie à ingurgiter cocktail sur cocktail au salon de l'hôtel Brown Palace. Le vol de Phoenix était censé atterrir seulement une demi-heure après le sien, et il s'inquiétait qu'elle ait pu changer d'avis à la dernière minute. Il allait appeler l'aéroport lorsqu'il la vit entrer – aucun doute, c'était bien elle –, plus grande qu'il n'aurait cru, généreuse et magnifique dans ses jeans de velours noir et son manteau en cuir d'agneau, les cheveux parsemés de flocons de neige fondue.

L'aura était là, aussi.

Ni écœurement, ni répulsion, mais c'était bien là une espèce de machin cafardeux et geignard, qui grinçait, tels les rouages mal huilés d'une machine qu'on aurait fait tourner à trois blocs d'ici. En même temps qu'il le détecta, il le sentit diminuer d'intensité jusqu'à devenir quasi imperceptible. Il s'employa à retenir de son côté tout ce qui pourrait émaner de malsain de sa personne.

Elle l'aperçut et se dirigea vers lui, le visage fendu d'un sourire crispé, les joues tendues, l'œil soucieux.

– Chris.

Il prit sa main dans la sienne.
– Laurel, tu es glacée.
– Il neige. C'est pourquoi je suis en retard. Ça faisait des années que je n'avais pas vu la neige.
– Je peux t'offrir un verre ?
– Non. Oui. Oui, s'il te plaît. Whisky on the rocks.
– Y a quelque chose qui ne va pas ?
– Non. Pas vraiment. Juste un petit élancement quand je suis entrée... comme un crissement dans ma tête.
– Je l'ai senti aussi. Et puis ça a disparu.
– Je fais de mon mieux pour l'étouffer. Je voudrais tant que ça marche.
– Et moi donc. Aujourd'hui, il ne faut à aucun prix utiliser notre don.
– On n'en a pas besoin. Ce bon vieux serpent n'a qu'à prendre un jour de repos. Tu as peur ?
– Un peu.
– Moi aussi, fit-elle avant de vider son verre. Oh, Chris !
– C'est si dur que ça d'annihiler ses pouvoirs ?
– Oui. C'est vraiment dur.
– Pour moi aussi. Mais il le faut.
– Oui. Tu as pris une chambre ? (Il hocha le menton.) Alors, qu'est-ce qu'on attend ? Montons.

Comme tout époux infidèle vivant son premier rendez-vous avec sa maîtresse, il traversa le hall la mine sombre et compassée, persuadé que le monde entier les observait. Ce qui, il le savait bien, était complètement ridicule. D'une certaine manière, ils étaient encore plus mariés que n'importe quel couple de Denver. Et pourtant... et pourtant...

Dans l'ascenseur, le silence persista. Alors qu'ils atteignaient l'étage de leur chambre, Laurel ne put retenir une nouvelle poussée de son aura, qu'il reçut dans ses os comme une fulgurante vibration acide, et puis la sensation s'évanouit, comme si quelqu'un venait d'actionner un commutateur invisible. Il lutta pour réprimer la sienne, et Laurel lui adressa un sourire auquel il répondit par un clin d'œil.

– C'est à gauche.

Ils entrèrent. D'épais flocons venaient éclabousser la fenêtre de la chambre; le grand lit était ouvert. Laurel tremblait.

– Viens, fit-il. Je t'aime, tu le sais. Tout va bien se passer.

Après s'être embrassés, ils se déshabillèrent. Elle avait un corps mince et athlétique, avec de petits seins haut perchés, le ventre plat, marqué d'une brune cicatrice suite à une appendicectomie. Il l'attira vers le lit. C'était une sensation bizarre, presque perverse, que de faire tout cela chair à chair, à la manière des autres, plus de serpent, plus d'océan, plus d'échange psychique. Un instant il craignit que dans la fièvre de leur accouplement, ils ne perdent le contrôle de leurs barrières mentales, et ne laissent alors resurgir leur moi profond dans une étreinte d'une fougue bestiale qu'ils n'auraient su, à si proche distance, maîtriser. Mais il n'en fut rien. Il cadenassa ses pouvoirs derrière les murailles de son crâne, et elle en fit autant; seules filtrèrent quelques coulées des plus ténues de leurs ondes psychiques. En contrepartie, l'excitation se révéla absente de leur étreinte. Il avait beau effleurer ses seins, emprisonner les mamelons entre ses doigts, glisser doucement son genou entre ses cuisses et se presser contre elle comme s'il n'avait pas eu de femme depuis un an, son désir semblait rester confiné dans son cerveau, incapable d'atteindre les terminaisons nerveuses. Même lorsqu'elle laissa ses lèvres courir sur sa poitrine et son ventre en le taquinant un moment du bout de la langue avant de le prendre brusquement dans sa bouche avide, ce qui résonnait en lui n'était que l'*idée* de l'acte qu'ils étaient enfin en train de consommer, plutôt que l'acte lui-même. Ils émirent de petits soupirs, de petits gémissements, il s'introduisit en elle et goûta l'étroitesse de son sexe et le balancement de ses hanches, et le reste vint sans que, néanmoins, cela fût plus concluant que s'ils l'avaient déjà fait un millier de fois auparavant : il bougeait, elle bougeait, ils s'évertuaient à reproduire les gestes classiques afin d'atteindre le résultat classique, et c'était bien tout. Ce qui se passait entre eux n'était pas assez réel, voilà où était le problème. Il la connaissait mieux qu'il n'avait jamais connu personne et pourtant, en un certain sens, il ne la connaissait pas du tout, et c'était cela qui gâchait tout. Cela, et le fait de se tenir si résolument sur leurs gardes. Il aurait voulu en cet instant sonder son âme, mais la chose était interdite et, sans doute aussi, imprudente. Il pensa que Laurel était fâchée contre lui parce qu'il avait tant insisté pour que survienne cette rencontre que sa nature insensée vouait d'emblée à l'échec, qu'elle le tenait pour responsable d'avoir bousillé leur histoire, et cela, il n'avait pas envie de le lire dans les lignes de son esprit.

Quand ce fut fini, ils se chuchotèrent des mots à l'oreille, ils se caressèrent, se grignotèrent quelques petits baisers, il prétendit que ça avait été formidable, mais sa première pulsion fut de s'écarter de ce corps, d'allumer une cigarette et d'aller à la fenêtre regarder tomber la neige, et pourtant il ne fuma même pas. Simplement, c'était de cela qu'il avait envie. Ç'avait été un acte purement mécanique, le coït classique de chambre d'hôtel, bien loin de tout ce qui pouvait ressembler au serpent et à l'océan, un accouplement animal comme aurait pu le réaliser un couple de lapins, ou un couple de singes, sans joie, sans émotion, sans plaisir. Et ils savaient bien, tous les deux, qu'existait une manière de le faire tellement plus merveilleuse.

Il mit un point d'honneur à lui cacher sa déception.

– Chris, je suis si heureuse d'être venue, lui dit-elle en souriant et prenant soin elle aussi de taire sa déception. (Déception dont il était convaincu, persuadé que s'il pénétrait son âme, elle ne pourrait que lui apparaître triste et livide comme la mort.) J'aurais aimé rester cette nuit, mais mon avion part à neuf heures. En tout cas, on peut aller dîner en ville.

– Est-ce un si terrible effort que de réprimer ses pouvoirs ?

– Ce n'est pas facile... Chris, je suis si heureuse qu'on l'ait fait.

– Vraiment ?

– Oui. Oui. Bien sûr.

Ils dînèrent de bonne heure. Lorsqu'elle monta dans son taxi, la neige s'était arrêtée. Et voilà : tu t'envoles pour Denver pour une heure ou deux, histoire de t'envoyer en l'air et d'avaler un steak, tu reprends l'avion, et c'est marre. Il but un cognac dans le salon de l'hôtel avant de rejoindre sa chambre. Il resta un long moment à contempler le plafond, attendant qu'elle vienne à lui avec sa vision d'océan et lui présente des excuses pour l'incommode après-midi qu'elle lui avait fait passer. Elle ne se manifesta point. Il pensa lui envoyer le serpent tandis qu'elle somnolait dans son avion, mais il se retint. Désormais, il éprouvait une sorte d'appréhension à l'idée d'un contact quel qu'il soit avec elle. Toute cette aventure n'avait été qu'une affreuse bévue. Non pas en raison de la crainte de voir jaillir des profondeurs de l'âme ces relents malsains et pestilentiels, mais uniquement parce que cela s'était soldé par un acte sans jouissance et sans signification. Il resta à l'affût d'un éventuel message de sa part, quelque éclair fugace qui viendrait embraser son esprit depuis l'Arizona – à l'heure qu'il était, elle devait être rentrée chez elle –, mais rien ne vint. Il patienta un moment encore, sans oser envoyer le moindre signal, et finit par trouver le sommeil.

Jan ne fit aucune allusion à son voyage à Denver. Elle le trouva bizarre et d'humeur maussade, mais ne posa aucune question. Lorsque, le lendemain et le jour d'après, Phoenix demeura muet, la tristesse s'abattit de plus belle sur le visage de Maitland qui se mit à errer tel un fantôme dans l'appartement, enveloppé dans son linceul de solitude. Il acquit peu à peu la conviction qu'il n'entendrait plus jamais parler de Laurel, que quelque chose s'était brisé, là-bas à Denver, dans cette chambre d'hôtel, et que le mal était désormais irréparable. Et d'en être conscient lui procurait, curieusement, une certaine tranquillité d'esprit : s'il ne devait plus rien attendre d'elle, à quoi servait dès lors de se lamenter sur son silence ? Une semaine s'écoula, deux, trois, et toujours rien. Ainsi, c'était bel et bien fini. Il avait suffi d'une petite heure de gémissements pour anéantir leur bonheur.

Il reprit tant bien que mal le rythme de son existence quotidienne : le travail, la maison, sa femme, ses enfants, ses amis, les parties de tennis, les repas au restaurant. Il effectua une analyse très approfondie des besoins en électricité du Sud-Ouest, laquelle lui valut une recommandation d'en haut, et bien léger fut le pincement d'angoisse qu'il ressentit lorsqu'il se retrouva devant les Services Administratifs de l'Arizona à évoquer les perspectives envisageables en l'espèce, telles qu'elles se dégageaient de l'examen de la croissance démographique de la ville de Phoenix. Le petit titillement de l'esprit qu'il connaissait si bien lui manquait énormément, mais il parvint progressivement à surmonter ce besoin, à le refouler et, au bout du compte, il cicatrisa.

Un jour, un mois et demi plus tard, il se surprit à explorer nonchalamment, comme il l'avait déjà fait mais depuis bien longtemps déjà, la bande de fréquence des ondes psychiques, histoire de voir qui pouvait bien s'y trouver. Il intercepta le charabia délirant qu'il avait déjà entendu en provenance de Fort Lauderdale, puis l'émission statique depuis Manitoba, et il tomba ensuite sur un nouveau signal, d'une lumineuse clarté, aussi intense que celui de Laurel; l'espace d'un éblouissement, éclata en lui la soudaine et fantastique perspective d'une relation inédite, mais il perçut alors des gargouillis inintelligibles, une lente et constante procession d'imprécations assenées d'une voix puissante. Laurel n'avait pas encore de remplaçante.

Deux mois après, à Chicago, où on l'avait envoyé faire une étude sur les compagnies de gaz naturel, il amorça une conversation avec une femme assez jeune qui travaillait à l'Art Institute et, de fil en aiguille, leur petite discussion sur Monet et Sisley se termina par une invitation à dîner et une nuit dans sa chambre d'hôtel. Tout se passa relativement bien. En tout cas, ce fut plus simple, plus facile et moins déprimant qu'à Denver. Mais d'un ennui, d'un vide au point de frôler l'absurde et de lui faire amèrement regretter l'aventure, alors même qu'il notait son numéro de téléphone en promettant de l'appeler la prochaine fois qu'il viendrait dans le Midwest. À partir de ce jour, Maitland vit le cours de sa morne existence, l'après-Laurel, se refermer inexorablement sur lui : la prime de Noël, le séjour à Hawaii avec Jan, les histoires des gosses, la nouvelle maison cinq ans après, et, à l'occasion, une fugace rencontre dans une chambre d'hôtel à perpète. Tout allait parfaitement bien. C'était là le marché qu'il avait conclu avec lui-même, il y avait longtemps, en entrant dans la vie adulte : peu d'extases, peu de tourments.

Ce jour-là, sur le vol qui le ramenait chez lui, il pensait, sans rancœur ni amertume, à cette année et demie qu'il avait vécue avec Laurel, et il se disait que le plus important dans tout ça n'était pas que cette aventure soit terminée, mais bien qu'elle soit arrivée. Il se sentait en paix avec lui-même, il acceptait son destin, et était presque tenté de joindre Laurel pour la remercier de l'amour qu'elle lui avait donné et lui souhaiter bonne chance dans la vie. Mais il avait peur, peur que s'il risquait ainsi à l'atteindre elle ne le rejette, affolée et hostile à ce contact après cet après-midi de Denver qui les avait conduits, sans qu'il sache s'en expliquer les véritables raisons, à se séparer. À ce moment-là, elle était toute proche, le commandant de bord venait de les informer qu'on était en train de survoler le Grand Canyon. Mais Maitland ne voulut pas se pencher au hublot pour profiter de la vue, comme le firent tous les autres passagers. Il s'enfonça un peu plus dans son fauteuil, les yeux clos, fatigué, résigné.

Et il sentit la vague de chaleur, perçut le clapotis des vagues, et eut la vision au centre de son crâne du vaste océan dans lequel Laurel l'avait tant de fois englouti. Était-ce bien réel ? Était-ce possible ? Il se laissa glisser dans le rêve. Quelque peu troublé, il dissimula son visage qui s'empourprait derrière un paravent de journaux, le *Chicago Tribune*, le *Wall Street Journal*. Son souffle se fit plus rapide. Ah ! Ah ! Elle était de retour, oui, elle l'avait rejoint, elle avait fait le premier pas, enfin. Des larmes de reconnaissance et de soulagement lui vinrent aux yeux, et là, à sept kilomètres au-dessus de l'Arizona, il s'abandonna à sa volonté, obstinée, insistante.

– Hello, Chris.

– Laurel.

– Ça ne t'ennuie pas ? Je t'ai senti si proche et je n'ai pas pu me retenir. Je sais que tu ne veux plus entendre parler de moi, mais…

– Qui t'a mis cette idée dans la tête ?

– Je croyais… Il me semblait que…

– Non. Je pensais que c'était toi qui préférais rompre tout contact.

– Moi ? Oh ! Chris, si tu savais comme tu m'as manqué. J'étais certaine que tu voulais t'éloigner de moi.

– Pareil pour moi.

– C'est ridicule.

– Laurel. Laurel. Je suis si heureux que tu aies pris cette initiative.

– Moi aussi, Chris, donne-moi le serpent.

– Oui. Oui.

Il s'élança sur les collines brûlées et tannées par le soleil, portant entre ses bras la lourde jarre de porcelaine; il la pencha et le serpent se coula au-dehors et rampa en direction de Laurel. Après tout, c'était formidable. Ils avaient commis une erreur, mais une erreur par excès de passion, et à laquelle ils avaient survécu. L'avenir s'annonçait merveilleux : serpent et océan, océan et serpent, maintenant et à jamais.

PAS NOTRE FRÈRE

Halperin arriva à San Simón Zuluaga à la fin octobre, deux jours avant la fiesta donnée en l'honneur du saint local. Pour la circonstance, les habitants dansaient dans les rues, le visage recouvert d'un masque, et Halperin avait très envie d'assister au spectacle, d'autant que cette région du Mexique était renommée pour ses masques à l'aspect grotesque et terrifiant, reproduisant des faciès de démons, de monstres et autres créatures sorties de l'enfer. Cela faisait maintenant trois ans qu'il en faisait collection, qu'ils ornaient les murs de sa maison, mais c'était tout de même autre chose de les voir vivre sur les danseurs sur la plaza du village.

San Simón était un bourg de montagne à peu près à mi-chemin entre Acapulco et Taxco. Les touristes ne s'y hasardaient guère, lui avait dit Guzmán López. La route était difficile, et le seul hôtel était une espèce de Cucaracha Hilton : cinq chambres, matelas en paille.

Guzmán tenait une galerie d'art à Acapulco où Halperin avait acheté bon nombre de masques. Originaire de Mexico, c'était un homme affable, aux mœurs cosmopolites, à la peau douce et tannée, avec un crâne chauve qui brillait comme s'il avait été passé à la cire. « Ils y font encore la Danse de la Chauve-Souris, la Danse du Seigneur des Animaux. C'est le seul endroit qui perpétue encore la tradition. Celui-là, il vient justement de San Simón Zuluaga. »

Guzmán pointait son doigt vers un masque aux traits alambiqués et déconcertants, aux teintes pourpre et or, représentant une chauve-souris qui déployait ses ailes de cuir, et qui évoquait par la même occasion quelque chose entre un jaguar et une tête de mort. Halperin était prêt à offrir dix mille pesos pour la pièce, mais Guzmán n'avait pas l'intention de la vendre.

– Allez à San Simón. Vous en verrez d'autres comme ça.

– À acheter ?

– N'y pensez pas, rétorqua Guzmán en riant avant de se signer. Si vous étiez à Rome, vous n'iriez pas proposer votre argent pour la robe du Pape. Ces masques sont sacrés.

– Il m'en faut un. Celui-ci, comment l'avez-vous eu ?

– Il arrive qu'on nous accorde quelques faveurs. Mais pas aux étrangers. Enfin, il est possible que j'arrive à vous dégotter quelque chose.

– Vous y allez ?

– Chaque année. La Danse de la Chauve-Souris, ça représente beaucoup pour moi. J'y touche le Mexique profond, le Mexique des temps anciens. J'ai subi trop d'influences espagnoles, mon sang aztèque a tendance à s'étioler; alors, je retourne au pays boire à la source. Vous comprenez ?

– Je crois. Oui.

– Ça vous intéresse de voir le vrai Mexique ?

– Est-ce qu'on y découpe encore les cœurs humains au poignard d'obsidienne ?

– S'ils font ça, répondit Guzmán en étouffant un rire, ils ne me l'ont pas dit. Mais là-bas, ils connaissent les anciens dieux. Allez-y, vous apprendrez beaucoup. Il se peut même que vous fassiez d'intéressantes expériences sur le danger.

– Le danger ne m'intéresse pas tant que ça.

– Le Mexique vous intéresse. Si vous voulez goûter au Mexique, il vous faut aussi goûter aux dangers qui l'accompagnent, comme le sel la tequila. Si vous cherchez la lumière, il vous faudra aussi accepter un peu d'ombre. Allez donc à San Simón. (Les yeux de Guzmán pétillèrent.) Personne ne vous fera de mal. Ils sont très civilisés dans le coin, restez à l'écart des démons, et tout ira bien. Vous devriez y aller.

Halperin prit ses dispositions pour faire retenir sa chambre d'hôtel d'Acapulco, et loua un quatre-quatre. Il proposa à Guzmán de faire route en sa compagnie, mais celui-ci partait pour San Simón dès l'après-midi, avec des arrêts prévus sur le trajet à Chacalapa et Hueycantenango pour récupérer quelques objets d'art. Halperin n'était pas prêt à partir si tôt.

– Je vous réserve une chambre d'hôtel, lui promit Guzmán avant de lui tracer un itinéraire précis.

La route, pavée seulement en de rares endroits, se révéla pour le moins accidentée et sinueuse, et se transforma à partir de Chichihualco en une piste cahoteuse de gravier et de terre, jonchée sur les quatre derniers kilomètres de gros blocs en pierre qui donnaient à Halperin l'impression d'avancer dans le lit asséché d'un torrent de montagne, l'obligeant à conduire la plupart du temps en première, les mains désespérément agrippées au volant, le dos et les reins sans cesse martelés par les à-coups et les vibrations du véhicule. Passer du Disneyland rose et manucuré d'un Acapulco de coton au paysage sauvage de cette contrée primitive faisait l'effet d'un voyage de cinq cents ans dans le passé. Encore qu'un air pur et vivifiant vînt rafraîchir l'atmosphère de cette jungle des hauteurs, riche de la sève qu'avaient fait monter les récentes pluies et à travers laquelle Halperin apercevait de temps à autre un village insolite à moitié enfoui sous l'épaisse végétation; alors, s'en venaient le saluer l'aboiement de quelques chiens et les gestes étranges des enfants du peuple nahuatl courant à sa rencontre, sous le regard grave et scrutateur qui perçait dans les visages de cuir des anciens bredouillant d'incompréhensibles discours de bienvenue. Le quatre-quatre poursuivit sa folle équipée : un premier et terrible choc se produisit sous le châssis, laissant penser à Halperin qu'un rocher avait heurté le réservoir, lequel se révéla pourtant, après examen, apparemment intact; deux kilomètres plus loin, une profonde ornière ébranla la voiture, une secousse de nature à briser un essieu, mais heureusement, là non plus, il n'y eut pas de dégâts. Tout en se cramponnant au volant, les bras endoloris et le visage tendu, Halperin se plaisait à imaginer le magnifique masque de chauve-souris, ou son frère jumeau, trônant sous l'éclairage d'un projecteur contre le mur tout blanc de son bureau. Guzmán allait-il réussir à lui en avoir un ? Sans doute. L'allusion aux difficultés supposées pour s'en procurer n'était certainement qu'une façon de faire monter les prix. Quoi qu'il en fût, même si Halperin devait revenir bredouille de San Simón, il serait suffisamment récompensé du seul fait d'avoir pu assister à la danse, à ce rite étrange d'un autre monde hérité d'une civilisation païenne aujourd'hui disparue. Collectionner les masques mexicains représentait bien davantage que la simple acquisition d'objets à accrocher au mur.

En fin d'après-midi, alors qu'il commençait à croire qu'il s'était fourvoyé en lisant la carte que lui avait dessinée Guzmán, il atteignit le bourg qui s'avéra, à sa grande surprise, plutôt imposant pour un village, en tout cas le plus étendu qu'il ait vu depuis qu'il avait quitté la route principale : une vaste plaza dénudée, entourée de bancs de pierre, et flanquée d'un côté de l'emplacement du marché, de l'autre d'une vieille église aux murs hauts et épais, bordée de grands arbres noueux; et partout des poules, des chiens, des enfants qui couraient, et des maisons de briques effritées qui s'entassaient contre le flanc d'une montagne grise dont la paroi s'élevait verticalement sur la droite, et qui plongeait sur la gauche dans l'ombre touffue d'un barranco noyé sous les fougères et les bégonias. Sur les cent derniers mètres qui menaient au village, deux palissades végétales bordaient la route, barrières impénétrables de cactus plantés les uns sur les autres qui alignaient leurs vertes colonnes épineuses dépourvues de branches. Du faîte des toits tombaient en cascades, telles de chatoyantes draperies sur les murs des maisons, des flots de bougainvillées aux multiples nuances de rouge, pourpre et orange.

Halperin remarqua quelques antiques Volkswagen et un vieux bus délabré stationné à l'autre bout de la plaza, derrière lesquels il alla ranger son véhicule. Lorsqu'il s'en extirpa, tous levèrent les yeux vers lui. Après tout, pourquoi pas ? Il était pour le moins nouveau venu en ces lieux, peut-être le premier étranger qu'ils voyaient en six mois. En tout cas, le poids de ces dizaines de sombres regards amphibiens braqués sur lui ne laissait pas de le rendre nerveux. Tous ces gens étaient des Indiens, des Nahuas, qui avaient traversé, sans en être autrement affectés que de façon superficielle, non seulement le XXe siècle, mais aussi le XIXe, le XVIIIe, et les autres en remontant jusqu'à Montezuma. Ils portaient de charmants noms chrétiens, tels Santiago, Francisco ou Jess, se rendaient volontiers à l'église écouter la messe à chaque fois qu'ils en ressentaient le devoir, et savaient se servir d'une voiture ou d'un poste à transistors. Mais ce n'était là que la surface des choses; Halperin se doutait qu'au fond de leur cœur ils restaient des Aztèques, des voyageurs du temps, aussi extérieurs à notre civilisation que l'auraient été des Martiens.

D'un haussement d'épaules, il chassa son embarras. Ici, c'était *lui* le Martien, qui débarquait de sa lointaine planète pour une visite impromptue. Qu'ils l'observent tout leur soûl, il méritait bien cet accueil. D'autant qu'ils ne semblaient pas avoir à son égard de mauvaises intentions. Il s'avança vers eux.

– *¿Por favor,* dit-il en espagnol, *donde està el hotel del Pueblo ?*

Visages muets.

– *¿El hotel ?* répéta-t-il en s'aventurant sur la plaza. *Por favor. ¿Donde ?*

Aucune réponse, et cela l'irrita quelque peu; certes, ils parlaient le dialecte nahuatl, mais il était impensable que l'espagnol ne soit pas connu par ici. Même dans les villages les plus reculés, on trouvait toujours au moins une personne qui sache s'exprimer en espagnol.

– *¡Por favor !* insista-t-il d'un ton exaspéré.

À son approche, ils reculèrent d'un même élan et se fondirent dans le décor, comme volatilisés. Halperin scruta l'intérieur enténébré de boutiques où régnait un incroyable désordre.

– *¿Habla usted español ?* s'écria-t-il encore et encore, sans obtenir d'autre réponse qu'un silence persistant.

Il se trouvait pour l'instant à la limite de l'emplacement du marché, l'œil égaré dans un capharnaüm d'étals de fruits et de tacos perdus au milieu de monceaux de *serapes*[1] aux couleurs éclatantes, de

1. Châles mexicains, portés habituellement sur les épaules. (*N.d.T.*)

sandales à la façon modeste, et de sombreros empilés les uns sur les autres, entre des tentes où des espèces de forains exposaient les jouets qu'ils allaient vendre à la fête du Jour des Morts la semaine suivante, des squelettes en sucre et des drapeaux verts cousus de blasons rouges représentant des crânes grimaçants.

– *¿Por favor ?* hurla-t-il, se donnant l'impression d'un dément.

Alors, soudain, face à lui se matérialisa une femme en jodhpurs et jaquette à la Eisenhower, qui lui dit en anglais :

– Ce n'est pas qu'ils soient rustres; simplement, ils sont plutôt timides avec les étrangers.

Halperin resta pris de court. Il venait de réaliser qu'il s'était mis dans la tête qu'il était un téméraire explorateur en butte aux embûches d'une mystérieuse contrée primitive, et en l'espace d'une seconde, la femme lui avait ôté toutes ses illusions, celle de la témérité tout comme celle des embûches.

Elle avait environ trente ans, des cheveux noirs coupés court, et un regard vif et brillant, séduisante, à l'évidence une Américaine. Il s'efforça de dissimuler le sentiment de déception que sa venue avait provoqué en lui, et se contenta d'articuler :

– Je cherchais à localiser l'hôtel.

– Juste après la plaza, trois pâtés de maisons derrière le marché. Prenons votre voiture, je vous y conduis.

– Je suis de San Francisco. Tom Halperin.

– Une bien belle ville. J'adore San Francisco.

– Et vous ?

– Miami, fit-elle. Ellen Chambers.

Son regard paraissait prendre la mesure de l'homme. Halperin nota qu'elle portait un ou deux bibelots du Jour des Morts : un squelette grossièrement taillé dans le bois et affublé de grosses lunettes, et un serpent en caoutchouc avec, en guise de tête, un crâne humain en plastique d'un blanc luisant comme une boule de billard. Arrivés à hauteur de la voiture, elle lui demanda :

– Vous êtes venu seul ?

– Et vous ? lui retourna Halperin après avoir acquiescé d'un hochement de tête.

– Oui. Je suis descendue de Taxco. Comment avez-vous trouvé ?

– Un vendeur d'antiquités d'Acapulco m'a indiqué la route. Un nommé Antonio Guzmán López. Je collectionne les masques mexicains.

– Ah ?

– Mais ceux qu'ils mettent pour leurs danses, je dois bien convenir n'en avoir encore jamais vu.

– Ils en ont un assez particulier par ici, dit-elle en le guidant le long d'un alignement de hauts murs ébréchés couleur de boue, rafistolés d'enduit de plâtre, qui semblaient être là depuis un millier d'années. Le Seigneur des Animaux, qu'ils l'appellent. Partout ailleurs, il a disparu. C'est un rite chamanique datant d'avant l'invasion espagnole, qui invoque les divinités protectrices et les esprits de la fertilité.

– Guzmán m'en a un peu parlé. Enfin, très peu. Vous êtes anthropologue ?

– Sur un plan strictement amateur. Tournez ici, à gauche.

C'était une ruelle sur laquelle ouvrait un portail en fer forgé, une allée de gros gravier blanc. Tapie dans le fond, à une distance impressionnante, on devinait la bicoque désespérante de tristesse qui était censée constituer l'hôtel du village, un seul étage couvert d'un toit de tuiles rouges éclatées entre lesquelles poussait la végétation. Ni les inévitables bougainvillées, ni même les vases d'argile rouge étouffant sous les géraniums éblouissants ne parvenaient à effacer la désolation du lieu. Cucaracha Hilton, en effet, pensa Halperin le front buté.

– C'est ici, dit la femme. Vous pouvez vous garer sur le côté.

Le parking était désert.

– Vous et moi sommes les seuls clients ? s'étonna-t-il.

– Il semble bien.

– Guzmán devait descendre ici. Un homme au visage lisse, le crâne chauve et brillant, habillé comme un banquier.

– Je ne l'ai pas vu. Peut-être que sa voiture est tombée en panne.

Lorsqu'ils descendirent du quatre-quatre, un *mozo* qui devait avoir quatorze ans se traîna vers eux pour prendre les bagages de Halperin qui lui désigna son seul sac avant de suivre Ellen à l'intérieur de l'hôtel. Elle se déplaçait d'une démarche coulée et gracieuse qui fit naître en lui la pensée qu'il pourrait bien se passer quelque chose entre eux dans cet endroit abandonné de tout. Mais à peine lui vint l'idée d'une telle perspective qu'elle lui sembla aussitôt vouée à l'échec : Ellen s'était montrée amicale et sous des dehors plutôt agréables à contempler, mais elle irradiait une sorte d'aura propre à décourager toute tentative de séduction, le style noli me tangere, qui rendait cela manifestement inutile. Dommage. Halperin appréciait la compagnie des femmes, au point de se lier avec elles au gré de ses voyages avec une facilité et une simplicité déconcertantes; mais celle-ci, justement, le déconcertait un peu trop. Était-elle lesbienne ? D'ordinaire, c'était le genre de chose qu'il supputait au premier abord mais là, il n'arrivait pas à lire en elle, excepté le fait qu'elle tenait à ce qu'il garde ses distances. Du moins pour l'instant.

L'hôtel était sinistre, une procession de chambres

toutes de guingois disposées autour d'une cour où poussaient des herbes folles, et qui faisait office de salon. Un coq et quelques poules y déambulaient, et un iguane hideux à la peau verdâtre, énorme, véritable dinosaure en miniature, somnolait sur la branche d'un hibiscus géant à fleurs jaunes, juste à gauche de l'entrée. Tout paraissait se déglinguer, abandonné à la grâce de Dieu comme il est de coutume dans les pays tropicaux. Apparemment, il n'y avait personne pour s'occuper du lieu. Le *mozo* déposa la mallette de Halperin devant la porte d'une chambre située tout au bout de la cour et repartit sans un mot.

– Vous avez celle à côté de la mienne, dit Ellen. Là-bas, c'est la salle à manger, et juste après, la cantina. Il y a une douche à ciel ouvert au fond, et les latrines sont un petit peu plus loin, dans la jungle.

– Formidable.

– La nourriture n'est pas trop mauvaise. Vous êtes prévenu, je suppose, quant aux précautions à prendre concernant l'eau. Il y a des punaises, mais pas de moustiques.

– Depuis quand êtes-vous là ?

– Des siècles. Je vous retrouve dans une heure, et on ira dîner, d'accord ?

Sa chambre n'était qu'un cube à la géométrie boiteuse et aux murs blanchis, où flottait une légère odeur de désinfectant, meublée d'un lit étroit au matelas grumeleux, d'un évier, d'une commode massive en acajou avec force tiroirs superposés, sans doute arrivée là avec les Espagnols, et d'un chandelier surchargé d'ornements. La porte en planches ne fermait pas, et la fenêtre bordée de tuiles donnait sur la jungle dont la touffeur dégageait une impression de malaise, d'autant qu'il n'y avait pas de carreaux, un simple trou pratiqué dans le mur. Accroché au-dessus du lit, un masque ahurissant figurait un homme à face de tatou ouverte sur une bouche béante et, près de la commode, un autre masque, usé par les ans mais pour le moins extraordinaire, représentait un visage humain au long nez avec, en guise d'oreilles, un hibou d'un côté et un coyote de l'autre; quant à celui qui était posé sur le lit, il était à double face, hibou et cochon, et d'un cachet nettement supérieur à tout ce que Halperin avait pu voir jusqu'ici dans les musées. Il ressentit une telle poussée de fièvre possessive qu'il se mit à transpirer, et les relents acides et âcres de son corps emplirent la pièce. Pourrait-il acheter ces masques ? Et à qui ? Au *mozo* aux yeux tristes ? Toutes ses pièces de collection, il les avait trouvées dans les galeries d'art; il n'avait pour l'heure aucune idée de la façon de se procurer des masques auprès des indigènes, et il se rappelait en outre les recommandations de Guzmán lui déconseillant de tenter l'aventure. Mais s'ils n'étaient, dans cet hôtel miteux, que simples objets de décoration, les masques devaient avoir perdu leur caractère sacré. Imaginons, se disait Halperin, qu'avant de partir j'emporte négligemment ce cochon-hibou, en laissant quand même trois mille pesos sur l'évier. Dans ce bled, ça doit constituer une fortune. Faudrait peut-être aller jusqu'à cinq mille. Me retrouveraient-ils ? Aurais-je des problèmes au moment de quitter le pays ? Probablement. Il écarta cette idée de son esprit. Il était un collectionneur, pas un voleur. Mais ces masques étaient véritablement magnifiques.

Il déballa ses affaires, sortit prendre une douche – dans une sorte de cabine en cordes tressées, avec un tuyau qui grinçait en projetant une eau tiède et jaunâtre –, puis revint à sa chambre enfiler des vêtements propres avant d'aller frapper à la porte d'Ellen. Elle était prête pour le dîner.

– Vous avez apprécié votre chambre ? lui demanda-t-elle.

– Les masques ont contribué à me faire oublier les quelques petits inconvénients de l'installation. Ils en mettent dans chaque chambre ?

– Il y en a partout.

Il jeta un coup d'œil par-dessus son épaule dans la pièce qu'elle occupait, étrangement vide, sans bagages ni robes ou autres suspendus, et remarqua deux masques au mur, pas aussi beaux que les siens mais pas mal quand même. Elle ne daigna pas l'inviter à observer de plus près; elle ferma la porte derrière elle et le conduisit jusqu'à la salle à manger. La nuit était tombée depuis peu, la jungle commençait à s'animer de bruits divers, grésillements, cris aigus ou grondements sourds, et un son comparable à ce qu'aurait pu donner le ricanement du jaguar. Dans la salle rectangulaire, sous l'éclairage des chandelles, on apercevait trois tables et d'autres masques accrochés aux murs, un visage de démon dont le nez était figuré par un lézard, une sirène à la reproduction grossière et une tête de puma au dessin outré. Avec un respect mêlé d'une certaine crainte, Halperin les étudia l'un après l'autre.

– Ils ne sont pas du pays, dit-il à Ellen. Ils proviennent de plusieurs tribus.

– C'est peut-être votre ami Guzmán qui les a vendus au propriétaire des lieux. Vous en avez beaucoup chez vous ?

– Des douzaines. Je pourrais vous en montrer pendant des heures. Vous connaissez San Francisco ? Je possède une grande bâtisse victorienne de deux étages à Noe Valley, avec des masques dans chaque pièce. J'ai commencé par collectionner toutes sortes d'objets d'art primitif, mais dès que j'ai découvert les masques mexicains, ils ont relégué tout le reste, même les trucs des Indiens du Nord-Ouest. Vous êtes également collectionneuse, n'est-ce pas ?

– Pas vraiment. J'achète. Des trucs et des machins. Je voyage, j'observe, je m'instruis, puis je repars. Que faites-vous, à part collectionner ?

– Agent immobilier. J'achète et vends des maisons. Et vous ?

– Rien qui vaille la peine d'en parler.

Le *mozo* entra dans la salle, mit le couvert en silence et leur apporta d'autorité une bouteille de vin rouge. Puis il amena une soupière de bouillon d'albóndigas, et ensuite des tortillas, des tacos et un honnête molé de dinde. Le tout sans un mot, sans le moindre changement d'expression.

– Ce gosse, c'est tout le personnel ? s'enquit Halperin.

– C'est sa sœur qui fait les chambres. Et je présume que sa mère est à la cuisine. Le patron s'appelle Filiberto, c'est le père, mais pour l'heure il s'occupe de préparer la fiesta. C'est l'un des danseurs principaux. Je vous le ferai rencontrer. On commande encore du vin ?

– J'en ai assez bu comme ça.

Après le dîner, ils allèrent faire une petite balade jusqu'à la limite de la jungle, qu'ils longèrent pour arriver dans un quartier autrefois résidentiel mais aujourd'hui en piteux état. De la musique et l'écho de claquements de mains leur parvinrent de la plaza, mais Halperin se sentait trop fatigué pour aller voir ce qui s'y passait. Dans la pénombre de la nuit tropicale, rien ne l'empêchait a priori de saisir le bras d'Ellen et de l'attirer contre lui mais, pour cela aussi, il se sentait trop fatigué, d'autant qu'elle persistait à se montrer aimable et courtoise mais distante. Elle restait un mystère pour lui. Riche, manifestement. Divorcée, veuve de fraîche date, homosexuelle, qui était-elle ? Ce n'était pas exactement qu'il s'en méfiât, mais rien dans son attitude ne paraissait correspondre à quoi que ce soit.

Il revint à sa chambre aux environs de neuf heures trente, s'affala sur le lit pitoyable, et tomba aussitôt dans un profond sommeil qui le mena bien après l'aube. Quand il s'éveilla, l'hôtel était désert, à l'exception du garçon.

– *¿Cómo se llama?* lui lança Halperin.

Devant le style formaliste qu'il avait employé, comme pour se moquer d'un petit *mozo*, le garçon lui retourna un étrange regard de cendre, avant de marmonner :

– *Elustesio.*

Elustesio avait-il aperçu la *señorita norteamericana* ? Elustesio n'avait vu personne. Il apporta à Halperin un fruit et des tortillas froides en guise de petit déjeuner, puis disparut. Quelques minutes plus tard, Halperin partit flâner en ville.

Bien qu'il fût tôt, une foule avait déjà envahi la plaza et le marché environnant. De la part des villageois, Halperin reçut le même accueil que la veille, comme s'il était un Martien en visite : regards exorbités, murmures furtifs, et l'esquisse de quelques sourires qui venaient à peine briser la réserve de circonstance. Ellen n'était pas là et, isolé une nouvelle fois au milieu de ces gens, il avait l'impression de gêner, de faire intrusion dans leur vie, et se sentait particulièrement vulnérable; et pourtant, se surprit-il à penser, il préférait cela à la présence bizarre et inquiétante de la dame de Floride.

À l'évidence, les boutiques ne croulaient pas sous le poids des marchandises, si ce n'était les bibelots dévolus au Jour des Morts, ces objets façonnés dans le charme de la fête, et que Halperin trouvait irrésistibles. Depuis longtemps, il se sentait attiré par l'imagerie de ce fougueux défi à la mort que représentait cette version mexicaine d'Halloween, si omniprésente dans la vie intérieure des gens de ce pays. Il acheta une tête de mort en papier mâché doré où luisaient deux yeux en forme de fleurs et une rangée de longues dents, un pimpant petit squelette qui arborait une guitare et un sachet de massepains aux figures sinistres, macabres. À la vitrine d'une boulangerie, il tomba en contemplation devant les miches de pain décorées de crânes et d'effigies de saints. La vision d'un alignement de cercueils en sucre qu'enjambaient des squelettes particulièrement lestes lui arracha un sourire. Sur les étals, on vendait également quelques merveilleux objets en vernis laqué, des cendriers ou des gourdes ornés de motifs d'un rouge et noir étincelant. Au milieu de la matinée, Halperin avait tant acheté que transporter tout cela lui posa un réel problème et qu'il dut retourner à l'hôtel pour se débarrasser de ses emplettes.

Un fourgon Toyota à la carrosserie peinte en bleu était stationné près de sa voiture; penché sur le hayon, aussi tiré à quatre épingles dans son habit kaki qu'il l'était d'ordinaire dans ses costumes gris anthracite, Guzmán était affairé à ranger un tas de cartons.

– Vous vous plaisez, ici ? fit-il à Halperin lorsqu'il l'aperçut.

– Énormément. Je pensais vous trouver en ville hier, à mon arrivée.

– J'y suis venu, pour repartir à Tlacotepec, et me revoilà. J'ai acheté des trucs intéressants pour la galerie. (D'un signe du menton, il désigna les bibelots, têtes de mort et squelettes, dont étaient chargés les bras de Halperin.) Je vois que, vous aussi, vous avez acheté. C'est bien. Vous rendez service au Mexique qui en a sacrément besoin.

– Je préférerais acheter l'un de ces masques accrochés dans ma chambre. Vous le connaissez ? Cochon et hibou, sculpté comme...

– Patience. On vous aura ces masques. Pour l'instant, vous feriez mieux d'envisager votre voyage comme une expérience, et non une expédition de collectionneur, ça vous rapportera davantage. Les acquisitions se feront d'elles-mêmes si vous n'essayez pas de forcer le hasard, si vous vous contentez, tant que vous êtes ici, de goûter les faveurs du *amo tokinwan.*

Halperin avait les yeux rivés sur des statuettes en bois enroulées dans la paille à l'arrière du hayon.

– *Amo tokinwan ?* Qu'est-ce que c'est ?

– Les Seigneurs des Animaux. Les protecteurs du village. Quoique « protecteurs » ne soit pas tout à fait le mot qui convienne, car les protecteurs vous veulent du bien, et il arrive assez fréquemment que ce ne soit pas le cas pour les *amo tokinwan.* Parfois, ils sont même carrément dangereux.

Halperin était incapable de décider si Guzmán était sérieux ou non.

– Comment cela ?

– Parfois, en plein milieu de la fiesta, ils pénètrent dans le village et se mêlent à la foule. Ils ressemblent à n'importe qui, savent comment ne pas attirer l'attention, ils ont un truc pour faire croire aux villageois qu'ils sont d'ici. Vous imaginez, vous croisez un étranger et vous êtes convaincu de l'avoir connu toute votre vie. Pour sûr, ce sont des magiciens.

– Et ils font quoi ? Ils gardent le village ?

– En un sens, oui. Ce sont eux qui apportent la pluie, qui nous préservent de la foudre, qui veillent sur les récoltes. Mais il arrive qu'ils fassent du mal. Nul ne peut prévoir leurs caprices. D'où la danse, afin de s'attirer leurs bonnes grâces. Pour sûr, ce sont des magiciens. Croyez-moi, ils ne sont pas comme nous. *Amo tokinwan.*

– Qu'est-ce que cela veut dire ?

– En nahuatl, ça signifie : « pas notre frère », d'une essence différente. Étrangère. Surnaturelle. Vous savez, je pense en avoir rencontré. Vous êtes là, sur la place, à regarder les danseurs, et à côté de vous y a cette petite vieille ou un gamin, ou une femme enceinte portant un magnifique *rebozo*, et tout vous semble normal, et puis vous vous approchez d'un peu plus près, et vous sentez le froid qui émane de leur personne, comme s'ils étaient des statues de glace. Alors vous reculez, et essayez de penser à des choses plus saines. (Guzmán se mit à rire.) Le Mexique. Vous vous dites que je suis un type civilisé parce que j'ai une Rolex à mon poignet. Mais même moi, mon gars, je ne suis pas civilisé. Et vous, tant que vous êtes ici, vous seriez bien avisé de ne pas vous montrer trop civilisé non plus. Ils sont pas notre frère, et ils font du mal. Je vous l'avais dit, hein ? Le vrai Mexique, c'est ici.

– Il m'est assez difficile de croire aux esprits. Les bons comme les mauvais.

– Ils sont les deux à la fois. Mais ce n'est pas évident qu'ils vous embêtent. (Guzmán claqua la porte du fourgon.) En ville, on ne va pas tarder à sortir les masques, les saupoudrer et les apprêter pour la fiesta. Ça vous dirait d'y assister ? Le majordome est un ami à moi, il vous permettra sans doute d'entrer.

– J'aimerais beaucoup. C'est quand ?

– Après déjeuner. (Guzmán posa légèrement sa main sur le poignet de Halperin.) Un mot, avant tout. Refrénez vos désirs de collectionneur. Là où nous allons, ce n'est pas une galerie.

Les masques de San Simón étaient conservés dans une salle, fermée au verrou, de la bâtisse qui servait de mairie. L'opération d'ouverture s'avéra une cérémonie tout à fait protocolaire et solennelle. Tous les officiels de la municipalité étaient là, que Guzmán présenta à mots couverts à Halperin : l'alcalde, les cinq alguaciles, les regidores, et Don Luis Guttiérez, le majordome, un homme à la stature et à la moustache imposantes qui avait la lourde responsabilité de garder et d'entretenir les masques d'une année sur l'autre, et de faire répéter les danseurs pour la fiesta dont il était en outre l'organisateur. Il y eut force congratulations et embrassades, et discours et conversations dont la plupart étaient en dialecte nahuatl auquel Halperin n'entendait mot, et guère plus à l'espagnol très particulier qu'ils débitaient à toute vitesse et qu'il avait bien du mal à suivre, encore qu'il crût entendre Guzmán l'introduire comme un important universitaire *norteamericano*, ce qui lui fit prendre dès lors une attitude très digne et professorale. Don Luis brandit une énorme et antique clef, l'introduisit dans la serrure non sans une certaine emphase dans le geste, puis guida le cortège à travers un étroit couloir à l'odeur de renfermé qui débouchait sur une vaste salle aux murs blancs, au plafond traversé de grosses poutres noires. Partout, des masques s'entassaient, sur le plancher, les étagères, dans les placards. Un véritable musée. Halperin, qui pouvait se vanter de posséder une certaine expérience en ce domaine de par son grade universitaire dès lors légitimé, reconnut nombre de pièces comme éléments caractéristiques des danses coutumières de la contrée : les figures hideuses de la Danse du Diablo Macho, les masques allongés et barbus de la Danse des Maures et les masques chrétiens, les féroces museaux de chat de la Danse du Tigre. Mais plusieurs lui étaient parfaitement inconnus et incroyablement fabuleux, tels les masques de la Danse de la Chauve-Souris, têtes effrayantes aux ailes membraneuses déployées, hybrides de chauves-souris et d'autres animaux, le poisson-chauve-souris, le coyote-chauve-souris, le hibou-chauve-souris, l'écureuil-chauve-souris, sans parler de ceux impossibles à identifier, où la chauve-souris se mêlait à des créatures sorties sans doute d'un autre monde. L'un après l'autre, les masques furent dépoussiérés et passés de main en main, ainsi offerts à l'admiration de tous, excepté de Halperin qui tremblait de stupeur dans son coin devant la puissance et la magnificence de ces étranges effigies de bois. D'une niche, Don Luis extirpa une bouteille de mescal qu'il tendit à l'alcalde, lequel en prit une lampée avant de la faire passer; la bouteille parvint enfin à Halperin qui, sans une pensée pour le ver lové dans le fond, la porta à ses lèvres et avala le brûlant nectar. Désormais, les choses prenaient un tour moins protocolaire. Les édiles du village commençaient à se dérider et à esquisser quelques petits pas de danse maladroits, en agitant les calebasses-hochets qu'ils prenaient sur les étagères. Ils poussaient des incantations en nahuatl, dont Halperin perdait toute la signification, à l'exception d'un *amo tokinwan* qui surgit à un moment donné d'une litanie incompréhensible, en même temps qu'un personnage brandissait ses hochets avec une fureur singulière. Halperin contemplait les masques sans oser s'approcher plus avant pour les toucher. Il se rappelait le conseil de Guzmán : on n'était pas dans une galerie. Il s'efforça de garder tout son sang-froid et le contrôle de ses esprits, alors même que l'atmosphère semblait lever de plus en plus les inhibitions, que Don Luis et deux autres officiels se paraient de masques pour se lancer à travers la salle dans une polka aussi grotesque qu'empesée. La bouteille de mescal lui revint; il but une deuxième gorgée et, cette fois, outrepassa la discipline qu'il s'était imposée, en se permettant de ramasser un prodigieux masque de chauve-souris, de forme phallique, percé de deux yeux grands ouverts. Le modelage était, et de loin, bien plus fin que sur la pièce qu'il avait remarquée à la galerie de Guzmán. Il passa amoureusement ses doigts sur le bois étincelant, sur les ailes aux nervures délicatement soulignées.

– Dans certains villages, intervint Guzmán, la Danse de la Chauve-Souris était une danse chrétienne, les animaux rendaient ainsi hommage au petit Jésus. Mais ici, il s'agit d'un rite de la fertilité, voilà pourquoi l'animal est phallique. Vous aimeriez avoir ce masque, non ? (Il sourit de toutes ses dents.) Moi aussi, mon ami. Mais il ne quittera jamais San Simón.

Au moment où la cérémonie semblait devoir prendre un ton endiablé, l'ambiance tourna court : les rires cessèrent, le mescal retourna à sa niche, les édiles retrouvèrent leur solennité et se mirent en devoir de vider les lieux à tour de rôle. Dans un espagnol un rien scolaire, Halperin remercia Don Luis de l'avoir autorisé à assister au cérémonial, remercia l'alcade, remercia les alguaciles et les regidores. En quittant la bâtisse, il se sentait tout fiévreux et excité. La pensée de tous ces masques enfermés dans leur cachette ne laissait pas de titiller son désir de s'en procurer un ou deux. Évidemment, le fait qu'ils lui fussent inaccessibles contribuait d'autant plus à aiguiser la tentation. C'était un peu comme si la salle en question était une galerie d'art où la moindre broutille aurait coûté un million de dollars.

Halperin aperçut Ellen Chambers, installée à la terrasse d'un petit café à l'autre bout de la plaza. Il lui fit un signe auquel elle répondit par un sourire.

– Votre compagne de voyage ? s'informa Guzmán.

– Non. C'est une touriste qui débarque de Taxco. Je l'ai rencontrée hier.

– J'ignorais qu'il y avait d'autres Américains venus pour la fiesta. Ceci me surprend. (Il fronça les sourcils.) On en voit de temps en temps, mais c'est très rare. Je pensais que vous seriez le seul *extranjero* cette année.

– C'est mieux comme ça. Nous, les gringos, il arrive qu'on se sente parfois un peu solitaires. Venez, je vais vous présenter.

Guzmán secoua la tête.

– Une autre fois. J'ai des choses à faire. Faites mes compliments à votre charmante amie, avec mes excuses.

Il s'éloigna. Halperin eut un petit haussement d'épaules, puis traversa la plaza pour rejoindre Ellen qui l'invita d'un geste à s'asseoir en face d'elle. Il appela le garçon.

– Deux margaritas.

– Non, merci, fit-elle en souriant.

– Comme vous voulez. Un seul.

– Qu'avez-vous fait de beau, ce matin ? s'enquit-elle.

– J'ai vu des masques. Ils ont des trucs dans ce village qui me font saliver. J'en suis à me demander si je ne vais pas en voler un s'ils refusent de me les vendre, et je trouve cela un tantinet choquant. De ma vie, je n'ai jamais rien volé, j'ai toujours payé rubis sur l'ongle.

– Ça ne me paraît pas être l'endroit idéal pour inaugurer votre carrière de voleur.

– Ça, je m'en doute. Ils me poursuivraient de leurs maléfices, la malédiction de la momie, ou la main noire, ou Dieu sait quoi encore. Le signe de Montezuma. Je ne suis pas sérieux quand je parle de voler les masques. Mais je les veux. Certains, en tout cas.

– Je comprends. Moi, ce ne sont pas tant les masques qui m'intéressent que ce qu'ils représentent. Leur caractère magique, leur pouvoir métamorphique. Quand ils les enfilent, ils *deviennent* ces êtres d'un autre monde figurés sur leur visage. C'est cela qui me fascine, que ces masques annihilent les barrières entre notre monde et le leur.

– Le leur ?

– Le monde invisible. Le monde connu des seuls chamans, le monde des êtres-jaguars et des êtres-chauves-souris. Un simple morceau de bois sculpté et peint, et c'est la porte qui ouvre sur ce monde, et ses pouvoirs surnaturels. Vous voyez, c'est en cela que ces masques sont prodigieux. Ce n'est pas qu'une affaire d'esthétique.

– Vous croyez vraiment à ce que vous dites ? s'étonna Halperin.

– Oh, oui ! Sans le moindre doute.

Il préféra ne pas insister. Les gens croient à toutes sortes de trucs, l'influence des pyramides, le yaourt comme remède au cancer, jouer du Bach pour faire pousser les plantes. Et ça lui convenait parfaitement; en cet instant précis, il la trouvait plus chaleureuse, plus accessible, et il ne tenait pas à l'offenser. Tandis qu'ils retournaient à l'hôtel d'un pas nonchalant, il lui proposa de dîner avec lui, caressant l'espoir que la soirée puisse se prolonger tard dans la nuit, mais elle déclina son invitation, précisant qu'elle mangeait ailleurs. Ce qui l'intrigua quelque peu – où diantre pouvait-elle aller dîner dans ce village, et avec qui ? –, sans qu'il tente évidemment d'approfondir le mystère.

Il prit donc son repas en compagnie de Guzmán, sous les échos distants d'une musique aussi stridente qu'étrange.

– Ils répètent pour la fiesta, expliqua Guzmán.

La cuisinière de l'hôtel s'était surpassée; elle leur avait concocté un poisson d'eau douce du pays, agrémenté d'une sauce dont l'étonnante délicatesse lui aurait valu des louanges sur la place de Paris. Filiberto, le patron, entra dans la salle à manger et salua Guzmán d'un *abrazo* à vous briser les os. Ce dernier lui présenta Halperin, cette fois encore comme un important universitaire *norteamericano,* et l'immense Filiberto, avec ses pommettes qui saillaient, brillant comme des lames de rasoir sur sa peau très sombre, se répandit en formules de courtoisie pour le moins expansives.

– J'ai pu admirer les masques qui décorent votre hôtel.

Halperin n'en dit pas plus, dans l'attente d'être invité à en choisir un à sa convenance, mais Filiberto se contenta de lui offrir ses remerciements, appuyés d'une majestueuse révérence. Halperin eut beau ne pas tarir d'éloges sur le cochon-hibou, le nez de lézard, cela n'eut pas davantage d'effet. Filiberto fit cadeau à Guzmán d'une bouteille d'un excellent vin blanc chambré de Michoacán, à la saveur délicieusement âcre et métallique au palais; ils échangèrent quelques brèves paroles en nahuatl puis, s'excusant de devoir être appelé aux préparatifs de la fête, le patron s'esquiva alors que la musique redoublait d'intensité.

– Est-il possible, demanda Halperin, d'aller voir la mise en place après dîner ?

– Mieux vaut attendre le spectacle officiel.

Ce soir-là, Halperin eut du mal à s'endormir. Il guetta l'arrivée d'Ellen Chambers mais, soit qu'il dormît déjà quand elle rentra, soit qu'elle eût passé toute la nuit dehors, il n'entendit pas s'ouvrir la porte de la chambre voisine.

Enfin, vint le jour tant attendu de la fiesta. Halperin passa la matinée et l'après-midi à observer les préliminaires : l'installation de guirlandes électriques de toutes les couleurs autour de la plaza; la mise sur pied des effigies géantes représentant des monstres et des divinités de toutes sortes, et des clowns étonnants aux jambes démesurées; puis les boutiques qui fermaient, et les étals démontés et dégagés. À mesure que la soirée approchait, la foule se faisait de plus en plus dense. À n'en pas douter, les gens avaient déserté les contrées avoisinantes, les fermes égarées dans la jungle, jusqu'aux hameaux lointains disséminés sur la crête de la sierra. Halperin vécut cette journée sans rencontrer ni Guzmán ni Ellen, ce qui n'était pas pour lui déplaire outre mesure. Il s'était désormais bien habitué au lieu, et les autochtones semblaient lui en accorder enfin le droit. Il fit le tour des cantinas de la plaza, sacrifiant volontiers au rite de l'excellente bière du pays, entre deux verres de mescal. Alors que le soleil déclinait, une foule nombreuse et bruyante se pressait sur la plaza, sans que pour autant rien de particulier se soit encore passé. Halperin se demanda un instant s'il n'allait pas retourner à l'hôtel pour dîner, mais choisit plutôt de se payer un autre mescal. Et soudain, les lumières de la fête s'allumèrent, éclatantes, éblouissantes, des rouges, des jaunes et des vertes, qui transformèrent le lieu en une arène psychédélique, tandis qu'enfin retentissait la musique : le crissement de cornemuse des flûtes de bambou, le battement des tambours, le bruissement aigu des tambourins, le tout ponctué par les stridences de petits sifflets d'argile. Sur la plaza s'élancèrent une douzaine de jeunes gens, bondissant, virevoltant de force roues et cabrioles, improvisant d'éphémères pyramides humaines qui s'effondraient presque aussitôt sous les rires du public. Ils ne portaient pas de masques. Surpris et désappointé, Halperin jeta un coup d'œil à la ronde, cherchant une explication, et il tomba sur Guzmán, quasi au coude à coude, revêtu de son élégant et soyeux costume anthracite.

– Ils n'ont pas de masques. Ne devraient-ils pas en porter ?

– Cela ne fait que commencer.

Oui, Guzmán avait raison, on n'en était qu'à l'ouverture des festivités. Les jeunes gens firent encore quelques cabrioles avant de perdre toute retenue et de traverser la plaza pêle-mêle, puis de disparaître. Alors, un vieillard minuscule, le visage tout aussi nu, alla se positionner au centre, accompagné de trois fringantes chèvres blanches caparaçonnées de carton peint de motifs complexes, qu'il fit, à leur tour, gambader sur la plaza. Deux types perchés sur des échasses entamèrent une parodie de duel. Trois autres, munis de trompettes, improvisèrent une fanfare aux accents terriblement discordants, sous les hourras de la foule; Guzmán ne fut pas le dernier qui les encouragea ainsi à jouer de plus belle. Halperin sentit la faim le tenailler lorsqu'une odeur lui parvint d'un étal où une femme s'ingéniait à faire griller des tacos sur une tôle en étain au-dessus d'un brasero. Il s'avança dans sa direction, non sans s'octroyer une pause tequila à une cantina improvisée à un coin de rue, une grande caisse en bois en guise de bar. C'est de là qu'il aperçut Ellen Chambers noyée dans la foule à l'opposé de la plaza; il lui fit un signe du bras mais elle ne parut pas le remarquer, et lorsqu'il regarda à nouveau elle avait disparu.

Comme la musique prenait un rythme de plus en plus échevelé, apparurent, enfin, les premiers danseurs. Halperin éprouva un frisson qui lui glaça l'échine à la vision de ces figures de cauchemar remontant l'avenue principale, les uns aux visages de chauve-souris, d'autres à tête de mort, des démons grimaçants, toutes cornes dehors, des hiboux, des jaguars. Certains masques atteignaient jusqu'à un mètre de haut, ce qui donnait à leurs propriétaires des allures de nabots disproportionnés. Ils avançaient lentement, s'arrêtaient fréquemment pour reculer sur leurs propres traces, s'entouraient les uns les autres, lançaient leurs jambes en l'air, agitaient leurs bras comme des déments. Halperin, le corps en sueur, tous les sens en éveil, gagné par la fièvre, comprit que les danseurs avaient dû boire tout leur soûl, tant leurs gestes étaient saccadés, hachés, convulsifs. Au moment où ils arrivaient sur la plaza, il remarqua les quatre personnages qu'ils escortaient, vêtus de robes blanches et affublés de masques dessinant des visages humains livides, psalmodiant une litanie d'incantations en nahuatl. Au passage, il saisit une nouvelle fois les mots *amo tokinwan* : pas notre frère.

– Que disent-ils ? demanda-t-il à Guzmán.

– La prière contre les *amo tokinwan.* Pour protéger la fiesta, au cas où les Seigneurs des Animaux seraient ce soir sur la plaza.

Autour de Halperin, les gens avaient repris le chant en chœur.

– Dites-moi ce que ça signifie.

Au rythme des voix qui s'élevaient autour d'eux, Guzmán lui fredonna la traduction : « *Ils nous dévorent ! Ils sont "pas notre frère". Ce sont des vers, des bêtes sauvages. Oui !* »

Halperin le regarda d'un air perplexe.

– Ils nous dévorent ? Des divinités cannibales ?

– Pas au sens littéral. Des dévoreurs d'âmes.

– Et ce sont là les dieux de ce peuple ?

– Non, pas des dieux. Des êtres surnaturels, qui vivaient ici avant qu'il y ait des gens, et qui règnent naturellement sur tout ce qui a de l'importance à leurs yeux. Mais ce ne sont pas des dieux au sens où les chrétiens l'entendent. Regardez, voilà les chauves-souris !

Ils nous dévorent, se répétait Halperin, frissonnant dans la nuit moite, alors qu'avançait à présent un nouveau cortège de danseurs, une demi-douzaine de personnages aux masques de chauve-souris. Il crut reconnaître dans le lot les longues jambes de

Filiberto. La nuit avait gagné la fête, et les lampes qui s'agitaient aux guirlandes accrochaient des reflets brillants qui donnaient à la scène une étrangeté encore plus effrayante. Halperin pensa qu'il était temps d'avaler une autre tequila, ou un mescal, ou une cerveza glacée, quoi que ce fût du moment que c'était tout de suite. *Pas notre frère.* Il s'excusa vaguement auprès de Guzmán, et fendit la foule. *Ce sont des vers, des bêtes sauvages.* Ils continuaient à chanter. Pour lui, les mots n'avaient aucune signification directe, sauf *amo tokinwan,* mais aux pauses, à la ponctuation, il comprenait ce qu'ils disaient. *Ils nous dévorent.* Pour l'heure, la foule devenait un tantinet plus fluide, les gens se coulaient de lieu en lieu au gré de leurs désirs; il était désormais bien difficile de distinguer entre les danseurs et le public. *Pas notre frère.* Halperin dénicha l'une des petites cantinas installées en bordure de la plaza et commanda un mescal. Le tenancier versa le liquide dans un gobelet en carton et refusa les pesos que lui tendit Halperin. Une goulée, et celui-ci retrouva la chaleur qui l'avait quitté un moment. Il tenta de revenir vers Guzmán mais, dans la cohue de la populace en proie à la frénésie, le perdit de vue. La musique montait. Il se mit à danser – c'était plus facile que de marcher – et se retrouva nez à nez avec un des danseurs masqués, un petit homme dont le masque figurait une chauve-souris renversée dans sa position de repos, les ailes membraneuses repliées sur elle tel un noir linceul. Pressés l'un contre l'autre par la foule, Halperin et le danseur entamèrent un impromptu pas de deux.

– Je voudrais vous acheter ce masque, lui déclara Halperin. Combien en voulez-vous ? Cinq mille pesos ? Dix mille ? *¿Habla usted español ?* Non ? Venez demain à l'hôtel avec le masque. Vous comprenez ? *Venga mañana.*

Il n'obtint aucune réponse; il n'était même pas sûr d'avoir prononcé ces mots à voix haute.

Il repartit, toujours dansant, vers le centre de la plaza. À mi-chemin, une main lui saisit le poignet. Ellen Chambers. Son corsage kaki était ouvert presque jusqu'à la taille, et elle ne portait rien dessous. Sa peau miroitait de transpiration, comme si elle était ointe d'huile. Son regard était comme hébété, ses yeux écarquillés et fixes. Elle se pencha vers lui.

– Dansez ! Tout le monde danse ! Où est votre masque ?

– Il n'a pas voulu me le vendre. Je lui en ai offert dix mille pesos, mais il a refusé.

– Prenez-en un autre. N'importe lequel, celui qui vous plaît. Comment trouvez-vous le mien ?

– Le vôtre ? fit-il, interloqué.

Elle n'en portait pas.

– Allez ! Dansez !

Elle s'agitait frénétiquement. Ses seins étaient pratiquement découverts et, de temps à autre, laissaient entrevoir un mamelon. Elle avait tort de se comporter ainsi; dans le village on était plutôt sévère sur la nudité, et à plus forte raison envers une *gringa* qui s'exhibait de cette façon. Titubant sous l'emprise de l'alcool, il avança une main vers son corsage, avec l'intention de reboutonner un ou deux boutons et, à son grand tourment, ses doigts effleurèrent un sein. Elle éclata de rire et se pressa contre lui. Un instant, elle lui fut complètement collée au corps, des genoux à la poitrine, la main de Halperin stupidement coincée entre eux. Il se recula prestement, l'esprit confus. Devant eux, la rue semblait s'être subitement ouverte. Trébuchant, il se mit à chercher un coin plus tranquille, mais elle agrippa à nouveau son poignet en lui décochant un sourire de tigresse, toutes dents et langue dehors.

– Viens ! fit-elle d'une voix rauque.

Il se laissa guider, à travers les étals de tacos, les cantinas, un petit groupe de gosses ivres et braillards, puis devant l'église, sur le parvis de laquelle le danseur à la chauve-souris phallique exécutait son numéro de jongleur en lançant en l'air des fruits à la teinte vert pâle, qu'il s'amusait par intermittence à projeter dans les profondeurs de la nuit d'un coup du phallus qui lui saillait sous le menton. Ils se retrouvèrent dans l'une des rues latérales, entre des murs aveugles qui tombaient en ruine, sous la seule lumière froide de la lune. Deux pâtés de maisons, trois; son cœur qui cognait, ses poumons qui protestaient. Puis la cour sans portail de ce qui ressemblait à une maison abandonnée, partout des amas de briques et de planches disséminées autour d'un cactus noctiflore qui lançait ses branches de tous côtés, comme un nid grouillant de hideux serpents verdâtres. Le cactus était en pleine floraison et, de ses larges feuilles blanches en forme de trompettes, émanait un parfum à la fois sucré et souffreteux aux effluves capiteux et irrésistibles. Halperin, pris d'une envie de vomir, voulut porter la main à sa bouche, mais Ellen ne lui en laissa pas le temps; elle referma ses bras sur lui et se pressa avidement contre son corps, le forçant à reculer contre une colonne de briques éclatées. Il saisit, dans l'étrange clarté de la lune, la vision de sa peau scintillante qui prit soudain un aspect translucide, au point de lui révéler la cage thoracique, la coupe plate et allongée du sternum, et le cœur d'un rouge violacé qui palpitait à l'arrière. Elle n'était plus que dents et os, une espèce de totem célébrant le Jour des Morts en revenant à la vie devant lui. Il était dépassé par le spectacle, sans pouvoir en détacher ses yeux. Son cerveau ne lui obéissait plus. Elle laissa ses mains errer sur son corps, des mains si glacées qu'elles lui brûlaient la peau, faisant monter en lui des bouffées de vapeur sous la caresse de ses doigts de gel. Quelque chose reflua du corps de Halperin vers celui de la femme, sa chaleur, son essence, sa vitalité, et c'était bon. Le mescal, la bière, la tequila, l'épaisse fragrance musquée de la cactacée nocturne, tout cela fut balayé de son âme enfin apaisée. De très loin, lui parvint l'écho âcre et dissonant de la musique, des flûtes et des tambours, et des rires, des chants et des cris. *Ils nous dévorent.* Elle lui soufflait son haleine au visage. *Ce sont des vers, des bêtes sauvages.* Dans leur embrassement, il s'imaginait un être insubstantiel, une cariatide de vapeur, et il commença à se sentir lui aussi devenir vaporeux, de plus en plus ténu, de moins en moins solide à mesure que sa force vitale se déversait en elle. En cet instant, pour la première fois depuis son arrivée au village, il était en proie à l'angoisse et à la terreur. Et tandis qu'il éprouvait la sensation d'être extirpé de son propre corps, de ne pas pouvoir retenir son âme qui pulsait pour sortir, sortir, sortir, irrémédiablement attirée au-dehors, la quiétude procurée par l'abus d'alcool fit place à la panique. *Ils sont pas notre frère.* Il lutta contre lui-même, mais en vain. Il se vidait rapidement, son être quittait son enveloppe, comme un poisson sa rivière, sous les coups de moulinet de la créature. Des chauves-souris s'envolèrent sous ses yeux, faces striées de motifs peints, jaunes, verts, outremer étincelants. Le ciel était un rideau de bougainvillées embrasées. Il perdait le contact avec la réalité, trop faible pour se défendre, trop faible même pour s'en soucier. Déjà, il ne s'entendait plus respirer. Il se laissa dériver, flotter dans les airs, porter sur les ailes des chauves-souris.

Alors, ce fut la confusion, le tumulte, la mêlée. Halperin entendit des voix perçantes s'exprimer en espagnol et en nahuatl, mais les mots lui étaient incompréhensibles. Roulant sur le flanc, il ramassa ses genoux contre sa poitrine et resta ainsi, roulé en boule, frissonnant, la joue posée sur le sol humide et chaud. Quelqu'un le secoua, et une voix lui dit en anglais :

– Revenez. Éveillez-vous. Elle est partie.

Halperin cligna des paupières et leva les yeux. Guzmán était penché sur lui, le visage pâle, comme assommé, claquant des dents, le regard écarquillé, tendu, rivé sur lui.

– Oui, insista-t-il. Revenez vers nous. Voilà, comme ça. Asseyez-vous, laissez-moi vous aider.

L'homme de la galerie passa son bras autour des épaules de Halperin, encore faible et tremblant, comme l'était aussi, bizarrement, le sieur Guzmán. Halperin aperçut des silhouettes dans le décor : Filiberto, le patron de l'hôtel, avec son fils Elustesio, Don Luis le majordome, l'alcade, l'un des alguaciles.

– Ellen ? questionna-t-il d'un ton peu rassuré.

– Elle est partie. *Il* est parti. Nous l'avons écarté.

– Il ?

– *Amo tokinwan.* Qui vous dévorait l'esprit.

– Non, marmonna Halperin.

Il se leva, chancelant, les genoux en dedans. Don Luis lui tendit une fiasque; Halperin la repoussa, puis changea d'avis et s'en saisit pour ingurgiter une bonne rasade. Eau-de-vie. Il fit quatre ou cinq pas, et ses forces commencèrent à lui revenir. Le violent parfum des fleurs de cactus lui donna à nouveau la nausée. Il revit les côtes dénudées de leur chair, le cœur qui battait, les dents blanches et pointues.

– Non, répéta-t-il. Ce n'était pas ce que vous dites. J'avais trop bu, mangé peut-être quelque chose qui m'avait bousillé l'estomac, plus la musique, l'odeur des fleurs...

– Nous l'avons vu, rétorqua Guzmán, le visage

exsangue. Nous sommes arrivés juste à temps. Sinon, vous seriez mort à l'heure qu'il est.

– Elle était de Miami... Elle m'a dit qu'elle connaissait San Francisco...

– Par les temps qui courent, ils prennent n'importe quelle apparence. La femme de Miami était déjà venue ici il y a deux ans, pour la fiesta. Elle s'était évanouie dans la nuit, à ce que dit Don Luis. Elle est revenue cette fois-ci. L'année prochaine, il y aura peut-être quelqu'un qui vous ressemble, qui parle comme vous, qui cherchera la bonne affaire sur les masques, tout comme vous, et nous, nous saurons que ce n'est pas vous, et nous serons sans arrêt sur ses talons. Vous comprenez ? Vous devriez retourner à l'hôtel, maintenant. Vous avez besoin de repos.

Entouré de ses sauveteurs, Halperin descendit les ruelles bordées de murs. La fiesta battait son plein, dans tous les coins dansaient et se trémoussaient des silhouettes masquées, mais Guzmán, Don Luis et Filiberto lui firent bonne escorte en le conduisant, autour de la plaza, en direction de l'hôtel. Il pensait à la femme de Miami, il se rappela qu'elle était venue sans voiture, ni bagages. *Ils nous dévorent.* Allons, se dit-il, de telles choses sont impossibles. *Ce sont des vers, des bêtes sauvages.* Comment croire que dans un an, jour pour jour, un faux Halperin à l'âme diabolique viendrait hanter la fiesta ? *Ils sont pas notre frère.* Il ne comprenait pas.

– Quand je vous ai promis, fit Guzmán, que vous verriez le vrai Mexique, je ne pensais pas alors que ce serait à ce point.

Halperin insista pour qu'on aille inspecter la chambre de la femme. Elle était vide, comme inoccupée depuis des mois. Une fois dans la sienne, il s'étendit tout habillé sur son lit et, ne tenant pas particulièrement à rester seul dans les ténèbres, accepta que Guzmán, Filiberto et les autres se relaient en sa compagnie durant toute cette nuit où ne cessèrent les clameurs et les bruits de la fiesta. Le soleil de l'aube les éblouit. Halperin et Guzmán sortirent dans la cour. Le monde était serein.

– Je crois que je vais partir, maintenant, dit Halperin.

– Oui. Ce serait sage. Moi, je pense que je vais rester un jour de plus.

Filiberto surgit, tenant à la main le masque cochon-hibou qui était dans la chambre de Halperin.

– C'est pour vous, fit-il. Pour tous les ennuis que vous avez eus ici, que vous emportiez un bon souvenir de nous. S'il vous plaît, prenez-le, c'est notre cadeau.

Halperin en fut tout ému. Il fit un petit discours de remerciement avant de déposer le masque dans sa voiture.

– Vous vous sentez en état de conduire ?

– Je pense. Une fois que j'aurai quitté ces lieux, tout ira bien.

Il serra les mains, de nombreuses mains, et ses doigts tremblaient. Il démarra très prudemment, et traversa lentement la plaza où des formes endormies étaient étendues, telles des poupées abandonnées, au milieu de tas de banderoles en papier et autres détritus amoncelés en bordure du trottoir. C'est à une vitesse encore plus réduite qu'il franchit la route murée de cactus qui menait hors du village. Lorsqu'il fut à environ un kilomètre de San Simón Zuluaga, il jeta un coup d'œil sur la droite et aperçut, assise à ses côtés dans la voiture, Ellen Chambers. Si par malheur il avait roulé plus vite, il aurait inévitablement perdu le contrôle du véhicule. Mais, passé le premier éclair de terreur, ce fut un sentiment d'agacement et de colère mêlés qui prit le dessus.

– Non, dit-il à haute voix. Tu n'appartiens pas à ce monde. Fous-moi le camp d'ici. Laisse-moi seul.

Elle émit un petit rire, et Halperin se demanda s'il n'allait pas craquer et éclater en sanglots. Au lieu de quoi, sans hésiter plus longtemps, il s'empara du masque que lui avait donné Filiberto et, d'un tour de poignet, le mit sous le nez de la femme avant de le balancer par la fenêtre de la voiture. Puis il se cramponna au volant, les yeux fixés sur la route. Quand il se résolut à jeter un nouveau regard vers le siège de droite, celui-ci était vide. Il freina, immobilisa le véhicule, remonta la vitre et verrouilla la portière.

Il lui fallut toute la journée pour atteindre Acapulco. Il se mit immédiatement au lit, sans manger, et dormit jusqu'à une heure bien avancée de l'après-midi suivant. Il téléphona alors à la compagnie Aeroméxico.

Deux jours plus tard, il retrouvait sa maison de San Francisco. La première chose qu'il fit fut d'appeler un revendeur de Sacramento Street, avec lequel il passa un arrangement pour la reprise de la totalité de ses masques. Aujourd'hui, il collectionne les netsuke japonais, les poupées kachina des Indiens hopis et les couvertures navajos. Il n'achète que dans les galeries d'art, et ne voyage plus guère.

CONTRE BABYLONE

Au matin, Carmichael s'envola du Nouveau-Mexique. La première chose qu'on lui dit lorsqu'il posa son petit avion sur la piste de Burbank, c'est qu'on n'avait pas réussi à maîtriser l'incendie qui se propageait maintenant tout autour de la cuvette de Los Angeles, et qu'on avait sacrément besoin de lui. On était fin octobre, la période des feux de broussailles la plus noire de la saison en Californie du Sud, avec un vent violent, chaud et sec, qui soufflait du désert; les dernières pluies remontaient au 5 avril. Carmichael téléphona aussitôt au responsable du district, qui lui beugla :

– Mike, ramène tes fesses avec les autres en quatrième vitesse.

– Où faut-il que j'aille ?

– Le plus gros est juste au-dessus de Chatsworth. On a des avions affrétés, prêts à décoller de l'aéroport de Van Nuys.

– Laisse-moi le temps de pisser et de passer un coup de fil à ma femme. Je suis à Van Nuys dans quinze minutes, O.K. ?

La fatigue était si forte qu'il l'éprouvait jusque dans ses dents. Il était neuf heures du matin, et il volait depuis quatre heures et demie, à la peine tout du long, secoué dans tous les sens par ce même vent en furie venu du cœur du continent, qui menaçait à présent de porter l'incendie jusqu'aux abords de L.A. Tout ce qu'il aurait voulu en cet instant, ç'aurait été rentrer chez lui et prendre une bonne douche, retrouver Cindy et son lit. Mais pour Carmichael, combattant du feu par vocation, le problème ne se posait pas en termes de préférence. En cette époque de l'année, toute cette foutue ville pouvait se transformer d'un coup en un gigantesque cyclone de feu. Pourtant, il y avait des moments où il l'aurait presque souhaité. Il haïssait cette Babylone enfumée et clinquante, ses interminables labyrinthes d'autoroutes, ses maisons ridicules, son atmosphère croupissante, sa verdure étouffante de lustre qui envahissait tout, sa drogue et son alcool, ses divorces, sa paresse et sa futilité, les boutiques porno et les salons de massage et autres lieux prétextes à se foutre à poil, et tous ces gens bizarres qui portaient des vêtements bizarres et conduisaient des voitures bizarres, les cheveux coupés de façon bizarre. Pour lui, tout ici transpirait la banalité et la médiocrité, même les hôtels et les restaurants à la mode, aussi désespérants que les cinémas de luxe. Il avait parfois le sentiment de se montrer moins indulgent envers cette médiocrité qu'il ne l'aurait été face au diable en personne, mais il est vrai qu'en restant vigilant sur ses propres valeurs, on peut encore lutter avec le diable, alors qu'on demeure impuissant à se laisser envahir par cette médiocrité qui s'infiltre en notre âme sans que nous nous en rendions seulement compte. Il espérait ne pas avoir à connaître ce mal contagieux lors de son séjour à Los Angeles. Lui, il venait de la Vallée, la *grande* Vallée, celle de San Joaquin, après Bakersfield, pas la petite vallée encombrée de San Fernando qu'ils avaient ici. Mais L.A. était la ville de Cindy, et Cindy adorait L.A.; et lui adorait Cindy, et pour l'amour de Cindy, il y avait vécu sept ans, à Laurel Canyon, au milieu de la verdure des arbrisseaux regorgeant de sève, et pendant sept octobres d'affilée, il avait passé son temps à déverser les ralentisseurs chimiques sur les inévitables feux de broussailles, afin de sauver les Angelinos de leur propre insouciance niaise et maladive. Carmichael croyait dur comme fer que chacun ici-bas devait assumer ses responsabilités.

Il laissa sonner sept fois chez lui avant de raccrocher. Alors, il essaya le petit studio où Cindy travaillait à ses bijoux, mais elle ne répondit toujours pas. Il était trop tôt pour appeler la galerie; ça l'ennuyait de ne pas arriver à lui dire un petit bonjour après une absence de trois jours, et il y avait peu de chances désormais qu'il parvienne à la joindre avant huit ou dix heures. Mais que pouvait-il y faire ?

Dès qu'il se retrouva dans les airs, il aperçut l'incendie, à courte distance, direction nord-ouest, une colonne de suie noire qui se découpait contre le ciel blanchâtre. Quelques minutes plus tard, il sautait de son avion, sur l'aéroport de Van Nuys. Il fut aussitôt assailli par le souffle brûlant; à Burbank, la température avoisinait les trente degrés, déjà foutrement assez chaud pour neuf heures du matin, mais ici le thermomètre dépassait les quarante. Il écouta le rugissement des flammes qui se répercutait dans le lointain, les craquements des broussailles qui éclataient en brûlant, le sifflement particulier de l'herbe sèche qui prenait feu.

L'aéroport avait l'allure d'un quartier général de combat. Des avions arrivaient ou repartaient à une cadence extravagante, aussi extravagante que leur aspect, archaïques qu'ils étaient les uns autant que les autres, qui dataient de quarante ou cinquante ans ou même plus, Forteresses volantes B-17 reconverties, DC-3, un Douglas Invader[1] et même, à la

1. Bombardier bimoteur, B-26, fabriqué par Douglas pendant la Seconde Guerre mondiale sous le nom populaire de Invader. (*N.d.T.*)

stupéfaction de Carmichael, un trimoteur Ford des années 30 qu'on avait dû réquisitionner dans un musée du cinéma. Certains étaient équipés de réservoirs emplis de retardant chimique, d'autres du style canadair, d'autres encore des avions de repérage munis d'un équipement de détection électronique et infrarouge fixé au museau de l'appareil où il accrochait des reflets brillants. Des hommes et des femmes, comme harcelés de toutes parts, couraient dans tous les sens, hurlant dans des émetteurs portatifs grâce auxquels ils pouvaient diriger les opérations de chargement. Carmichael se fraya un chemin jusqu'au Q.G. opérationnel, bondé de gens aux visages hagards rivés sur leurs écrans d'ordinateurs. Il en connaissait la plupart des années passées.

– On a un DC-3 pour toi, lui lança l'un des aiguilleurs. Tu lâches ton retardant suivant cette courbe, d'Ybarra Canyon vers l'est, jusqu'à Horse Flats. L'incendie se situe actuellement sur les contreforts de Santa Susana; pour l'heure, le vent vient de l'est, mais s'il oblique direction nord, il va tout emporter de Chatsworth à Granada Hills, jusqu'à Ventura Boulevard. Et je ne te parle que de *celui-ci*.

– Combien y en a-t-il ?

L'aiguilleur enfonça quelques touches sur son clavier. La carte de San Fernando Valley disparut de l'écran et fut remplacée par une vue de toute la cuvette de Los Angeles. Carmichael colla ses yeux à l'écran. Trois épais traits rouges indiquaient les zones de feu : celui des collines de Santa Susana, un autre presque aussi important à l'est des plaines rocheuses situées au nord de l'autoroute 210, quelque part aux environs de Glendora ou San Dimas, et un troisième en descendant vers le secteur est d'Orange County, derrière Anaheim Hills.

– Celui qui nous préoccupe est de loin le plus

gros, précisa l'aiguilleur. Mais ces deux-là ne sont distants que d'à peine cinquante kilomètres, et si jamais ils se rejoignent...

– Ouais.

Ça pouvait donner un seul et unique mur de feu s'étendant tout le long de la limite est de la cuvette, avec les vents qui soufflaient de Santa Ana portant les étincelles vers l'ouest, jusqu'à Pasadena, le centre de Los Angeles, Hollywood, Beverly Hills, et au-delà vers la côte, Venice, Santa Monica, Malibu. Un frisson parcourut l'échine de Carmichael. Laurel Canyon n'y échapperait pas. Rien n'y échapperait. Pire que Sodome et Gomorrhe, pire que la destruction de Ninive. Rien que des cendres sur des centaines de kilomètres.

– On est assez cons pour se paniquer sur les sous-marins nucléaires des Russes, et voilà qu'une poignée de stupides gosses en virée balancent leurs cigarettes et nous font le boulot tout aussi bien.

– Mais Mike, répliqua l'aiguilleur, ce n'étaient pas des cigarettes.

– Non ? Quoi alors, un acte de malveillance ?

– Tu n'as pas entendu les nouvelles ?

– Je viens de passer les trois derniers jours au Nouveau-Mexique.

– Alors, tu es le seul type au monde qui ne soit pas au courant.

– Au courant de quoi, bon Dieu ?

– Les extraterrestres, fit l'aiguilleur d'une voix lasse. C'est eux qui ont allumé les feux. Trois vaisseaux spatiaux qui atterrissent à six heures du matin en trois lieux différents de la cuvette de L.A. La chaleur des moteurs a mis le feu à l'herbe sèche.

– Eh bien, mon gars, laissa tomber Carmichael sans le moindre sourire, tu as un sens de l'humour des plus biscornus que je connaisse.

– Ce n'est pas une blague.

– Des vaisseaux spatiaux, hein ? Venus d'un autre monde ?

– Avec à bord des espèces de créatures de quatre mètres cinquante de haut, renchérit l'aiguilleur installé devant l'écran d'à côté. À l'heure qu'il est, ils sont sur l'autoroute, ils arrivent. Quatre mètres cinquante, Mike.

– Des Martiens ?

– Personne ne sait foutrement rien d'où ils viennent.

– Nom de Dieu ! Nom de Dieu de nom de Dieu ! lâcha Carmichael.

Son avion fut ballotté un moment par les courants ascendants provoqués par l'incendie, ce qui lui valut quelques frayeurs. Mais, puisant ses réflexes jusqu'au tréfonds de son système nerveux, il s'en tira plutôt facilement, presque machinalement. S'il était convaincu d'une chose, c'est bien qu'il était vital de confier ses réflexes à ses doigts, ses épaules, ses cuisses, plutôt qu'au seul domaine du cerveau conscient. La conscience pouvait vous amener fort loin, mais au bout du compte, mieux valait tabler sur ses réflexes profonds, sous peine d'y rester.

Carmichael sentit l'avion répondre à ses sollicitations et esquissa un sourire. Les DC-3 étaient de vieux coucous très résistants qu'il adorait piloter, quand bien même le plus ancien avait été construit avant sa naissance. D'ailleurs, il adorait piloter tout ce qui se présentait. Il ne volait pas pour gagner sa vie – en réalité, il ne faisait rien pour gagner sa vie, ni cela ni autre chose –, mais simplement pour voler. Il y avait des périodes où il passait plus de temps en l'air qu'à terre, ou du moins le lui semblait-il, car les heures passées au sol s'écoulaient dans l'oubli, alors que les minutes qu'il vivait dans le ciel étaient des moments intenses, magnifiés.

Il vira plein sud, survolant Encino et Tarzana,

avant de remonter sur Canoga Park et Chatsworth, vers la zone de feu. Un mince voile de cendres occultait le soleil. Il jeta un œil vers la terre, aperçut les maisons minuscules, les piscines, les gens qui s'agitaient comme des fourmis pour tenter désespérément d'arroser les toits avant l'arrivée des flammes. Tant de maisons, tant de gens, qui occupaient chaque pouce de terrain entre la mer et le désert, tous promis pour l'heure au plus terrible des fléaux. En ce milieu de matinée, les bretelles sud de Topanga Canyon Boulevard étaient aussi encombrées que l'autoroute d'Hollywood aux heures de pointe. Où allaient-ils donc tous ? Ils fuyaient le feu, bien sûr, sans doute pour se réfugier sur la côte. Peut-être quelque prédicateur de télévision leur avait-il raconté qu'une arche les attendait dans le Pacifique pour les mener en lieu sûr tandis que Dieu ferait pleuvoir le soufre sur Los Angeles. Et peut-être était-ce la vérité. Tout était possible à Los Angeles. Même des envahisseurs venus de l'espace arpentant l'autoroute. Bon Dieu ! Bon Dieu ! À peine si Carmichael avait le début du commencement d'une opinion sur le sujet.

Il se demanda où pouvait être Cindy, ce *qu'elle* en pensait. Très probablement devait-elle trouver cela fort drôle. Cindy possédait l'étonnante faculté de s'amuser de tout. Il y avait un vers qu'elle citait volontiers, un vers de ce poète romain, Virgile : une tempête se lève, le navire a une voie d'eau à bâbord, un tourbillon et des monstres marins à tribord, et le capitaine se tourne vers ses hommes et leur dit : « Un jour peut-être, lorsque nous regarderons derrière nous, nous rirons de tout cela. » Voilà bien le style de Cindy, se disait Carmichael; les vents de Santa Ana soufflent sur le pays, alimentent trois immenses feux de broussailles, par la même occasion des envahisseurs de l'espace arrivent, et un jour peut-être, lorsque nous regarderons derrière nous, nous rirons de tout cela. Son cœur débordait d'amour pour Cindy, d'amour et de passion. Avant elle, il ne connaissait rien à la poésie. Il ferma les yeux quelques secondes et la projeta sur l'écran de son esprit : des cheveux touffus et noirs comme le jais qui tombaient en cascade; un sourire éblouissant, foudroyant; un corps longiligne et délicat; une peau brune tout étincelante de ces étonnantes bagues, rangées de perles et boucles d'oreilles qu'elle dessinait et confectionnait elle-même. Et ses yeux. Il n'avait jamais vu de tels yeux, brillant d'une étrange malice, avec cette façon tout à fait originale de vous regarder, ce qu'il aimait le plus en elle. *Au diable* ce foutu incendie, qui survenait juste au moment où il avait été trois jours absent ! *Au diable* ces grands dadais de Martiens !

À l'endroit où s'interrompait le parfait agencement des droites et des courbes figurées par les avenues banlieusardes, s'étendait un vaste espace à ciel ouvert, un terrain recouvert d'une herbe brûlée par l'été interminable qui lui donnait une couleur fauve; et entre herbe et montagnes se déployait l'incendie, telle une immense crête rouge transversale, surmontée d'un panache de fumée noire à l'odeur méphitique. À première vue, le feu occupait déjà des centaines d'arpents, peut-être des milliers. Quarante hectares au bas mot de broussailles en flammes; Carmichael avait entendu dire une fois que cela dégageait autant d'énergie calorique que la bombe atomique sur Hiroshima.

Au milieu du grésillement des ondes radio, perça la voix du chef d'escadrille, lequel dirigeait les opérations à partir d'un hélicoptère en vol stationnaire à environ quatre heures.

– DC-3, identifiez-vous.

– Carmichael.

– Nous essayons de le contenir sur trois fronts. Carmichael, occupez-vous de l'est, Limekiln Canyon, en suivant le flanc de Porter Ranch Park. Bien reçu ?

– Bien reçu.

Carmichael partit en rase-mottes, au-dessous de mille pieds, ce qui lui donnait une excellente vision du spectacle : des bûcherons, affublés de chapeaux durs et de chemises orange, étaient en train de scier des arbres consumés pour les abattre en direction de l'incendie, des équipes de bulldozers éclaircissaient les broussailles en avant de la ligne de feu, des pelles mécaniques traçaient des coupe-feu dans la végétation, des hélicoptères déversaient des litres d'eau sur les langues de flammes isolées. Il grimpa de cinq cents pieds pour éviter un avion de reconnaissance monomoteur, puis de cinq cents autres pour échapper à la fumée et aux turbulences provoquées par l'incendie. À cette altitude, il en avait une image claire et précise : une balafre sanglante tailladait la contrée d'ouest en est, plus large à l'extrémité ouest; exactement à l'est de la pointe la plus éloignée, une zone circulaire de prairie herbeuse d'un diamètre de près de cent arpents avait déjà été ravagée par le feu, et précisément au centre de cette zone, se dressait quelque chose qui ressemblait à un silo en aluminium, aussi haut qu'un immeuble de dix étages, encerclé à distance plus que respectable d'un cordon de véhicules militaires. Carmichael sentit un tourbillon vertigineux rouler sous son crâne. Cette chose, réalisa-t-il soudain, devait être le vaisseau extraterrestre.

Il l'imagina, émergeant de l'ouest en pleine nuit, passant tel un redoutable météore au-dessus d'Oxnard et Camarillo, glissant vers la limite ouest de la vallée de San Fernando, où il venait caresser l'herbe du souffle de ses tuyères en laissant dans son sillage une traînée de flammes. Alors, le plus tranquillement du monde, ils s'étaient posés là, avaient eux-mêmes éteint le petit cercle de feu dont on distinguait nettement les contours, mais sans se soucier de l'incendie qui se propageait au-delà, suite à l'embrasement des broussailles provoqué par l'atterrissage du vaisseau, dont Dieu seul savait quel genre de créatures étaient sorties pour s'en aller explorer Los Angeles. Sans doute se figuraient-elles que tous les OVNI de l'univers finissaient par se poser ouvertement aux abords de L.A., parce qu'elles avaient vu la scène maintes et maintes fois à la télévision – les nombreux récits sur les OVNI ne s'accordaient-ils pas à raconter que ces types pirataient toutes nos émissions télévisuelles ? Avec Los Angeles qui apparaissait un jour sur deux à l'écran, ils pensaient probablement qu'elle était la capitale mondiale, et donc l'endroit idéal pour un premier atterrissage. Mais pourquoi diable ces enfoirés avaient-ils justement choisi de poser leur vaisseau ici, en pleine saison à plus gros risque d'incendie ?

Il lui revint à l'esprit l'image de Cindy et la fascination qu'elle ressentait à toutes ces histoires d'OVNI et d'extraterrestres; un soir qu'ils campaient à Kings Canyon, il avait entr'aperçu toute la portée des idées que ces livres lui mettaient dans la tête, rien qu'à la façon dont elle avait regardé les étoiles et parlé des êtres qui devaient vivre là-haut : « J'aimerais tant les rencontrer, avait-elle dit. J'aimerais tant les connaître, savoir à quoi ils ressemblent. » Los Angeles était remplie de ces cinglés qui prétendaient vouloir monter dans leurs soucoupes volantes, ou l'avoir déjà fait, mais pour Carmichael, lorsque Cindy évoquait cette perspective, elle ne lui paraissait plus du tout absurde. Certes, Cindy avait cet appétit d'exotisme et de bizarre tout à fait typique de L.A., mais lui, Carmichael, savait bien que son âme n'avait jamais été contaminée par la corruption ambiante, qu'elle avait su se prémunir contre l'obsession du saugrenu et de l'irrationnel qui prévalait ici, dans cette ville qu'il détestait. Si Cindy laissait courir son imagination par-delà les étoiles, c'était afin de s'émerveiller, et non par pure déraison : cela faisait tout simplement partie de sa nature, cette curiosité, cette soif de connaître ce qui débordait son expérience personnelle, d'embrasser l'inconnu. Lui ne croyait pas davantage aux extraterrestres qu'aux sorcières édentées, mais son amour pour elle était tel qu'il lui disait l'espoir que se réalisât un jour son vœu. Et voilà que débarquaient aujourd'hui des êtres des étoiles en chair et en os, et qu'il la voyait déjà les yeux brillant d'excitation, qui se faufilait parmi le cordon de militaires qui entourait le vaisseau. Quelle douleur de ne pas être avec elle en cet instant, de ne pas éprouver cette fièvre jaillissant de tout son être, l'extase, la magie de l'envoûtement.

Mais le boulot commandait. Imprimant à son DC-3 un mouvement giratoire qui le ramena direction ouest, il partit en piqué, descendit aussi bas qu'il pouvait se le permettre aux abords de l'incendie et poussa le bouton de délestage des réservoirs. À l'arrière de l'appareil, se répandit un immense nuage cramoisi : un composé d'eau et de sulfate d'ammonium, aussi épais que de la peinture, auquel on avait ajouté un colorant rouge afin de pouvoir reconnaître les zones arrosées. Le produit retardant se collait en amas globuleux sur tout ce qui existait et y conservait de l'humidité pendant plusieurs heures.

Carmichael vida allègrement ses quatre réservoirs de deux mille litres chacun, puis fonça sur Van Nuys pour refaire le plein. Ses yeux palpitaient sous une douleur lancinante, accusant la fatigue, irrités par l'odeur pestilentielle de la terre carbonisée dont les relents liquides s'infiltraient à travers les tôles de l'appareil. Il n'était pas loin de midi lorsqu'il se posa, sur la brèche depuis la veille au soir. À l'aéroport, ils avaient préparé du café, des sandwiches, des tacos, des burritos. Pendant que l'équipe au sol remplissait ses réservoirs, il fila à l'intérieur du hangar pour rappeler Cindy, et une fois de plus n'obtint aucune réponse, ni chez elle, ni au studio. Il téléphona à la galerie, où le jeune employé lui dit ne pas l'avoir vue de toute la matinée.

– Si elle se manifeste, lui demanda Carmichael, dites-lui que je suis en vol de surveillance à Van Nuys sur l'incendie de Chatsworth, et que je rentrerai dès que les choses seront un peu plus calmes. Dites-lui aussi qu'elle me manque. Ah oui, et si je tombe sur un extraterrestre, je lui fais une grosse bise de sa part. Vous vous souviendrez ? Dites-lui bien tout ça.

Alors qu'il traversait la salle principale, il aperçut un groupe de gens rassemblés autour d'un téléviseur portatif. S'aidant des épaules et des coudes, il arriva à point nommé pour entendre un journaliste déclarer : « À l'heure qu'il est, les occupants des vaisseaux spatiaux de San Gabriel et Orange County ne se sont pas encore manifestés. Cependant, un horrible spectacle attendait les résidents stupéfaits de la région de Porter Ranch, ce matin entre neuf et dix heures. »

L'écran montrait deux structures tubulaires étincelantes, dressées à la verticale, qui évoquaient des calmars géants évoluant sur l'extrémité de leurs tentacules, arpentant précautionneusement le parking d'un supermarché en braquant çà et là d'énormes yeux jaunes en forme de disques. À distance respectable, les observaient au moins un millier de curieux, apparemment tout aussi choqués qu'irrésistiblement attirés par cette vision répugnante. De temps à autre, les créatures s'arrêtaient pour se toucher le front dans une espèce de communion. Elles se déplaçaient d'une démarche très élégante, plus hautes que les réverbères, trois mètres cinquante au moins, peut-être quatre mètres cinquante. Leur peau avait l'aspect d'un cuir à la teinte violacée, et sur les côtés brillaient des rangées de taches d'un orange luminescent. La caméra fit un zoom et les prit en plan rapproché, puis l'image virevolta avant de s'écarter brusquement sur la vision d'une langue élastique démesurée qui jaillit du torse de l'une des créatures pour se propulser tel un fouet en direction de la foule. Durant quelques secondes, seul le ciel occupa le cadre de l'écran; puis un travelling suivit l'image d'une jeune fille de quatorze ans, le regard épouvanté, ceinturée à la taille par le long appendice, soulevée dans les airs et jetée tel un spécimen de collection à l'intérieur d'une étroite poche verdâtre. « En petits groupes, reprit la voix du journaliste, ces créatures géantes rôdent par la ville depuis maintenant environ une heure. Nous avons désormais confirmation qu'elles ont capturé vingt à trente otages humains avant de rejoindre leur astronef. Pendant ce temps, les opérations mises en œuvre pour combattre l'incendie, activé par des vents venant de Santa Ana, au voisinage de trois sites d'atterrissage, se poursuivent, dans les conditions désespérées qu'on imagine et... »

Carmichael secoua la tête. Ah, Los Angeles ! C'étaient bien tous des types à se précipiter sur les extraterrestres pour se faire gober comme des mouches.

Ils se croyaient peut-être dans un film où tout finit bien à la dernière bobine. Comme Cindy, se rappela-t-il subitement, elle aussi tout à fait capable de se ruer sur la première de ces créatures, elle aussi citoyenne de Los Angeles, comme les autres, sauf qu'elle était quand même *différente*. Même s'il n'aurait su dire en quoi.

Il sortit du hangar. Le DC-3 était approvisionné, prêt à décoller.

Depuis les quelque quarante-cinq minutes qu'il avait quitté la zone de feu, l'incendie semblait s'être notablement propagé vers le sud. Ce coup-ci, le chef d'escadrille lui fit déverser ses ralentisseurs chimiques sur une ligne s'étendant de l'échangeur de l'autoroute de De Soto Avenue à l'angle nord-est de Porter Ranch. Quand il rejoignit l'aéroport, bien décidé à rappeler Cindy, il fut intercepté sur la piste par un type en tenue d'officier.

– Vous êtes Mike Carmichael, Laurel Canyon ?

– Exact.

– J'ai un message quelque peu délicat à vous transmettre. Allons à l'intérieur.

– Et si vous m'en parliez tout de suite, qu'en dites-vous ?

L'officier le regarda d'un air bizarre.

– C'est au sujet de votre femme. Cynthia Carmichael. C'est bien elle ?

– Allez-y.

– Elle fait partie des otages, monsieur.

Carmichael sentit sa respiration se bloquer, comme si on venait de lui assener un coup de poing dans les tripes.

– Où cela s'est-il passé ? Comment l'ont-ils kidnappée ?

Un sourire étrange, comme forcé, barra le visage de l'officier.

– Sur le parking du supermarché, à Porter Ranch. Vous avez peut-être vu les images à la télé...

Carmichael hocha le menton. Il revit la jeune fille, emportée par cette immense langue élastique, balayée dans les airs, éjectée dans cette poche verdâtre. Et Cindy... ?

– ... La séquence où les créatures avancent, et puis soudain se mettent à attraper les gens, et la débandade générale. C'est à ce moment-là qu'elles l'ont prise. Elle était juste devant quand elles ont commencé; elle avait sans doute une petite chance de leur échapper, mais elle a attendu un peu trop longtemps, je veux dire, elle s'est mise à courir, et puis elle s'est arrêtée et s'est retournée... Elle les a regardées... peut-être pour leur crier quelque chose... et alors... et alors...

– Alors, ils l'ont cueillie.

– Monsieur, je suis tenu de vous faire mon rapport.

– Je vois, fit Carmichael d'un ton glacial.

– Un fait que les témoins s'accordent à reconnaître, c'est qu'elle n'a pas paniqué, elle n'a pas hurlé. Quand ces monstres l'ont saisie, elle s'est montrée très courageuse. Bon Dieu, comment peut-on rester aussi stoïque lorsqu'un machin de cette taille vous tient à sa merci au-dessus du sol ? C'est quelque chose que je n'arrive pas à concevoir. Mais je peux vous assurer que ceux qui ont vécu la scène...

– Ça me paraît très plausible, laissa tomber Carmichael.

Et il se détourna, ferma les yeux un moment, inhalant de profondes bouffées d'air brûlant et épais.

Évidemment. Elle s'était précipitée tout droit sur le lieu d'atterrissage. Évidemment. S'il y avait quelqu'un dans tout Los Angeles qui pouvait avoir envie d'aller les voir de ses propres yeux, voire de leur parler, de tenter d'établir avec eux une espèce de communication, c'était bien Cindy. Ils ne l'effrayaient pas. Rien ne semblait jamais l'effrayer. Il n'était guère difficile à Carmichael de l'imaginer au milieu de cette foule en déroute, sereine et radieuse, contemplant de tous ses yeux les géants venus d'ailleurs, leur souriant au moment même où ils l'emportaient. En un certain sens, il se sentait très fier de

Cindy. Mais terrorisé à l'idée qu'elle était entre leurs griffes.

– Elle est sur le vaisseau ? s'enquit-il. Celui qu'on voit de là-haut ?

– Oui.

– Y a-t-il eu des messages, de la part des otages ou des extraterrestres ?

– Je n'ai pas le droit de divulguer cette information.

– Parce qu'*il y a* une information ?

– Je suis désolé. Je n'ai pas liberté de...

– Je me refuse à croire que ce vaisseau soit planté là, sans que rien ait été fait pour entrer en contact avec...

– Monsieur Carmichael, un état-major d'urgence a été constitué, et certaines mesures sont en cours. C'est à peu près tout ce que je peux vous dire. Je peux ajouter que Washington a pris l'affaire en main, mais quant au reste, à l'heure où je vous parle...

Un gosse, attifé comme un boy-scout de la patrouille des Aigles, courut à leur rencontre.

– Mike, votre avion est affrété et prêt à décoller !

– Ouais.

L'incendie ! Ce foutu incendie ! Il avait presque réussi à l'oublier. *Presque.* Il hésita un instant, déchiré entre les responsabilités incompatibles qui lui tombaient sur le dos, et s'adressa alors à l'officier.

– Bon, il me faut retourner sur la ligne de feu. Vous pouvez m'attendre un petit moment ?

– C'est que...

– Une demi-heure, à peine. Le temps de lâcher mon retardant. Après, j'aimerais que vous m'emmeniez à ce vaisseau et me laissiez franchir le cordon, que je puisse aller parler moi-même à ces créatures. Si elle est à bord, j'ai bien l'intention de l'en faire sortir.

– Je ne vois pas comment ce serait possible...

– Eh bien, on verra, fit Carmichael. Je vous retrouve ici dans une demi-heure.

Dès qu'il fut en vol, la première chose qu'il remarqua, c'est que l'incendie avait gagné du terrain. Le vent était encore plus âpre, plus violent qu'auparavant, soufflant de plus belle depuis le nord-est maintenant, poussant les flammes vers les abords de Chatsworth. Déjà, des escarbilles incandescentes avaient atteint les quartiers limitrophes, et sur sa gauche, Carmichael aperçut des maisons en feu, peut-être une demi-douzaine. Et il savait que ça n'allait pas en rester là. Au fil des luttes contre l'incendie, on ne tardait pas à acquérir un étrange sixième sens de nature à vous faire pressentir l'évolution du sinistre, si l'on était en train de gagner sur les flammes, ou si au contraire c'étaient elles qui gagnaient sur vous; et ce sixième sens lui disait en ce moment que les immenses efforts déployés étaient voués à l'échec, que l'incendie n'en était encore qu'à sa courbe ascendante et que tous les environs allaient être réduits en cendres d'ici la tombée de la nuit.

Lorsque le DC-3 pénétra la zone de feu, Carmichael se cramponna aux commandes. Dès lors, les flammes aspirèrent l'air comme les démons de l'enfer, provoquant des turbulences inouïes, comme si une main de géant agrippait l'avion par le museau. L'hélicoptère du chef d'escadrille était ballotté tel un ballon au bout d'une corde.

Carmichael appela pour s'enquérir des ordres, et fut envoyé au-dessus du district sud-ouest, à proximité de l'alignement de maisons le plus extérieur. Des combattants du feu armés de pelles s'acharnaient contre les tortillons de flammes qui s'élevaient des jardins. Le feu avait pris également aux feuilles mortes amassées autour des troncs d'une rangée d'imposants palmiers. Les chiens du voisinage avaient formé une meute affolée et pitoyable qui détalait en tous sens.

Piquant au ras des arbres, Carmichael lâcha un flot rouge de produits chimiques, s'efforçant de recouvrir tout ce qui était censé s'enflammer. Les pelleteurs levèrent la tête et lui adressèrent de grands gestes auxquels il répondit en inclinant les ailes de l'appareil, avant de foncer vers le nord, contournant la frange ouest de l'incendie – à l'ouest aussi, les flammes gagnaient du terrain, qui léchaient déjà les hauts canyons de Ventura County –, puis direction est au-dessus des contreforts de Santa Susana, jusqu'à ce qu'il pût voir à nouveau le vaisseau spatial, immobile au milieu de son disque de terre carbonisée. Le cordon de véhicules militaires lui parut plus étendu que tout à l'heure, formé apparemment désormais de toute une division armée, déployée en cercles concentriques à partir de sept cents mètres environ de l'astronef.

Il fixa intensément le vaisseau, comme s'il lui était permis d'apercevoir Cindy à travers ses parois étincelantes.

Il l'imaginait assise à une table, ou devant un quelconque objet que les extraterrestres pouvaient utiliser en guise de table, en compagnie de sept ou huit créatures géantes, en train de calmement leur décrire la Terre, avant de leur demander de lui raconter à leur tour comment était leur monde. Il était en tout cas convaincu qu'elle était saine et sauve, qu'aucun mal ne lui serait fait, qu'elles n'allaient pas la torturer ni la disséquer, ni lui envoyer quelques décharges électriques simplement pour voir comment elle réagirait. Ce genre de choses n'arrivait pas à Cindy.

La seule hypothèse qu'il craignait était que les extraterrestres décollent pour rejoindre leur planète d'origine sans libérer Cindy. Il n'avait jamais éprouvé une terreur si forte de sa vie.

Lorsqu'il atteignit les abords du site d'atterrissage, il vit les canons de quelques chars pivoter pour se pointer sur lui, en même temps qu'il recevait un message radio assené d'un ton brusque :

– DC-3, vous êtes hors des limites requises. Repartez vers la zone de feu. Ceci est un espace aérien interdit.

– Désolé, fit-il. Manœuvre involontaire.

Mais après sa courbe, il en profita pour repasser encore plus bas afin d'avoir une meilleure appréciation du vaisseau spatial. S'il y avait des hublots et que Cindy soit devant l'un de ces hublots il voulait qu'elle sache qu'il n'était pas loin d'elle. Qu'il veillait, qu'il attendrait son retour le temps qu'il faudrait. Mais la coque du vaisseau était lisse sur toute sa surface, aveugle.

Cindy ? Cindy ?

Cindy qui, éternellement, était en quête d'étrange, de mystère, d'inconnu. Les gens, par exemple, qu'elle amenait à la maison : un Navajo une fois, ou un touriste turc égaré, un gosse de New York. La musique qu'elle jouait, le chant qui l'accompagnait. L'encens, les lumières, la méditation. « Je cherche », aimait-elle à dire. Éternellement, vouloir trouver la route qui la conduirait en un lieu totalement extérieur à elle-même. Devenir davantage que ce qu'elle était. N'était-ce pas justement pour cela qu'ils étaient tombés amoureux dès la première fois qu'ils s'étaient vus ? Un couple peu vraisemblable, elle avec ses colliers et ses sandales, lui avec sa vision du monde posée et complètement dénuée de fantaisie. Ce jour-là, il y a longtemps, elle était venue à lui alors qu'il se trouvait dans la boutique de disques de Studio City – Dieu seul sait ce qu'il pouvait bien fabriquer en ce lieu de l'univers – et elle lui avait demandé quelque chose, et ils avaient commencé à parler, et ils avaient parlé et parlé, parlé toute la nuit; elle voulait tout savoir de lui, et quand l'aube s'était levée, ils étaient encore ensemble, et s'étaient rarement séparés depuis lors. Il n'avait jamais vraiment très bien compris pourquoi elle l'avait choisi – lui, le pauvre fermier de la Vallée, l'homme volant vieillissant –, quoiqu'il pensât ne pas se tromper en supposant qu'il lui apportait quelque chose de bien réel, qu'il remplissait un vide nécessaire de sa vie, comme elle pour lui, ce qui pouvait s'appeler tout simplement, faute d'un terme plus spécifique, l'amour. Cette chose étrange après quoi elle avait été, là aussi, perpétuellement en quête. Mais qui ne l'était pas en ce bas monde ? Il savait en tout cas qu'elle l'aimait véritablement et passionnément, bien qu'il ne sût pas vraiment dire pourquoi. « L'amour, c'est la compréhension, répétait-elle volontiers. Et la compréhension, c'est l'amour. » Était-elle en train, en ce moment même, de parler d'amour aux êtres de l'espace ? *Oh, Cindy, Cindy, Cindy.*

De retour à Van Nuys quelques minutes plus tard, Carmichael découvrit que tout le monde sur l'aéroport semblait déjà être au courant de l'enlèvement de sa femme. L'officier qui devait l'attendre n'était plus là, ce qui ne le surprit pas outre mesure. L'idée l'effleura un instant de tenter par lui-même une reconnaissance du vaisseau, de traverser le cordon et d'agir d'une façon ou d'une autre pour libérer Cindy, mais aussitôt cela lui parut insensé : les militaires étaient en alerte, et ne laisseraient ni lui ni personne approcher le vaisseau à moins de mille mètres, et tout ce qu'il obtiendrait, ce serait de se retrouver assailli par la meute de journalistes à l'affût de reportages poignants sur les proches des captifs.

L'aiguilleur en chef vint le voir sur la piste, quasiment prêt à fondre en larmes à en croire sa mine chagrine, lui exprimant avec une voix d'enterrement son souhait de le voir décrocher un peu, qu'il en avait assez fait pour la journée et qu'il rentre chez lui où il serait tenu informé de l'évolution des événements. Mais Carmichael le rembarra.

– Ce n'est pas en restant assis dans mon salon que je vais la ramener. Et cet incendie ne va pas s'éteindre tout seul non plus.

Il fallut vingt minutes à l'équipe au sol pour remplir de liquide retardant les réservoirs du DC-3. Carmichael resta à proximité, buvant Coca sur Coca, et observant le ballet des avions. Les gens le regardaient, ceux qui le connaissaient lui adressèrent de loin quelques saluts de la main, trois ou quatre pilotes vinrent lui étreindre le bras sans prononcer une parole, ou poser une main réconfortante sur son épaule. Au nord, le ciel était noir de suie, et tournait au grisâtre à l'est et à l'ouest. L'air était aussi chaud que dans un sauna, mais effroyablement sec, à y mettre le feu d'un simple claquement de doigts. Quelqu'un passa en courant, qui déclara qu'un nouvel incendie avait éclaté à Pasadena, près du Laboratoire de Turbopropulsion, et un autre à Griffith Park. Voilà que le vent se mettait maintenant à propager les brandons un peu partout. Quelqu'un affirma que Dodger Stadium était en train de brûler, un autre qu'il en était de même du champ de courses de Santa Anita. Et Carmichael de se dire : Toute cette foutue ville va y passer; et ma femme est assise à l'intérieur d'un vaisseau venu d'une autre planète.

Dès que son appareil fut prêt, il grimpa et s'en alla déverser un autre nuage de retardant pratiquement aux visages des combattants du feu opérant dans le secteur de Chatsworth. Ils étaient bien trop occupés pour lui envoyer un petit bonjour. Pour regagner l'aéroport, il devait décrire une large boucle à l'arrière de l'incendie, au-dessus des monts de Santa Susana, en suivant l'autoroute du Golden State; cette fois, il aperçut les flammes à l'est, deux immenses flambées situées sur les lieux mêmes où les gaz d'échappement des deux autres vaisseaux s'en étaient venus caresser l'herbe sèche, et une grappe d'incendies moins importants qui s'étendaient sur une ligne partant de Burbank ou Glendale, et qui descendaient bien jusqu'à Orange County. Lorsqu'il atterrit à Van Nuys, ses mains tremblaient; cela faisait maintenant trente-deux heures qu'il n'avait pas dormi, et il se sentait glisser vers cette sorte de lassitude blanche, toute en creux, qui réside quelque part au-delà de la fatigue ordinaire.

Lorsqu'il sauta de l'appareil, l'aiguilleur en chef était encore là.

– D'accord, fit Carmichael sur-le-champ. J'arrête les frais. Je débraye pendant cinq ou six heures et je m'offre un petit somme. Après, tu me rappelles pour...

– Non. Ce n'est pas ça.

– Ce n'est pas quoi ?

– Mike, ce que je venais te dire, c'est qu'ils ont relâché certains des otages.

– Cindy ?

– Je crois. Il y a une voiture de l'Air Force qui va te conduire à Sylmar. C'est là que se trouve leur état-major. Ils ont dit de t'intercepter aussitôt rentré de ta dernière mission et de t'envoyer là-bas où tu pourras parler à ta femme.

– Enfin, elle est libre. Ô mon Dieu, libre !

– Vas-y, Mike. On s'occupera du feu sans toi pour une fois, d'accord ?

La voiture de l'Air Force avait tout l'air d'une limousine de général, longue, basse, lustrée; à l'avant, un chauffeur à la mâchoire carrée; sur le siège arrière, à côté de Carmichael, deux jeunes officiers à l'allure sévère, qui parlaient très peu et semblaient aussi fatigués que lui.

– Comment va ma femme ?

– D'après ce que l'on sait, répondit l'un des officiers, elle n'est pas blessée.

Il dit cela d'un ton singulièrement guindé, ce qui fit hausser les épaules à Carmichael; le gars avait dû voir trop de films de guerre.

À présent, toute la ville paraissait la proie des flammes. À l'intérieur de la limousine à air conditionné, ne filtraient que des vapeurs de fumée des plus légères, mais le ciel à l'est offrait un spectacle terrifiant, zébré de traînées rouges perçant l'obscurité comme des météores. Carmichael voulut s'informer auprès des types de l'Air Force, mais il n'obtint pour toute réponse qu'un évasif : « Apparemment, ça ne s'arrange guère. » Quelque part sur l'autoroute San Diego, entre Mission Hills et Sylmar, Carmichael sombra dans le sommeil et ne se réveilla, doucement secoué par l'un des officiers, que pour se voir conduire à l'intérieur d'une vaste et froide bâtisse qui ressemblait à un hangar, installée à proximité du bassin. L'endroit était un véritable labyrinthe de câbles et d'écrans, occupé par du personnel militaire affairé devant, c'est du moins l'impression que ça donnait, un millier d'ordinateurs et dix mille téléphones. Avec des gestes mécaniques, à peine capable de focaliser, Carmichael se laissa entraîner dans un bureau aménagé dans le hangar, où un colonel à cheveux gris l'accueillit dans le plus pur style c'est-là-que-nous-en-arrivons-à-la-grande-scène-de-suspense.

– Monsieur Carmichael, fit-il, c'est peut-être la mission la plus ardue que vous ayez jamais eu à accomplir.

Carmichael fronça les sourcils; décidément, dans

cette foutue ville, tout le monde se croyait à Hollywood.

– On m'a dit que des otages avaient été libérés. Où est ma femme ?

Le colonel pointa un doigt vers un écran de télévision.

– Vous allez pouvoir dès maintenant vous entretenir avec elle.

– Êtes-vous en train de me dire que je ne peux pas aller la retrouver ?

– Pas tout de suite.

– Pourquoi cela ? Elle va bien, au moins ?

– Oui, autant qu'on le sache.

– Vous voulez dire qu'ils ne l'ont pas relâchée ? Pourtant, on m'a dit que des otages étaient libres.

– Ils les ont tous laissés partir, sauf trois. À en croire les extraterrestres, deux personnes ont été blessées lors de la capture et sont sous traitement médical à bord du vaisseau. Elles nous seront rendues sous peu. La troisième, c'est votre femme, monsieur Carmichael. Elle refuse de quitter le vaisseau.

Pour Carmichael, ce fut comme s'il traversait un trou d'air.

– Elle *refuse*... ?

– Elle prétend s'être portée volontaire pour faire le voyage jusqu'au monde des extraterrestres. Elle dit qu'elle va nous servir d'ambassadrice, d'émissaire spécial. Monsieur Carmichael, votre femme a-t-elle déjà montré des symptômes de déséquilibre psychique ?

Il lança au colonel un regard furibond.

– Ma femme a toute sa raison, croyez-moi.

– Vous êtes au courant qu'elle n'a manifesté aucun signe de peur lorsque les extraterrestres l'ont attrapée, ce matin ? L'épisode du supermarché.

– Oui, je suis au courant. Mais ça ne signifie en

rien qu'elle soit folle. Elle n'est pas comme les autres, certes, elle a des idées un peu inhabituelles, mais elle n'est pas folle. Ni moi non plus, d'ailleurs. (Il se voila un instant la face, pressant légèrement le bout de ses doigts contre ses yeux.) O.K. Laissez-moi lui parler.

– Vous pensez pouvoir la persuader de quitter ce vaisseau ?

– Je vous jure mes grands dieux que je vais essayer.

– Vous-même n'approuvez pas tellement sa décision, n'est-ce pas ?

Carmichael releva le front.

– Mais si, j'approuve. C'est une femme intelligente, qui fait ce qu'elle croit important, et qui le fait de son propre chef. Pourquoi diable n'approuverais-je pas ? Croyez-moi, ce que je veux lui dire n'a rien à voir avec ça. Je l'aime. Je la veux. N'importe quel taré fera l'affaire comme ambassadeur pour Bételgeuse. Laissez-moi lui parler, voulez-vous ?

Le colonel fit un geste, et le grand écran s'alluma. Durant quelques secondes, il n'y eut que d'indéchiffrables rayons de couleur s'agitant en tous sens; puis Carmichael saisit des visions fugitives de passerelles obscures, de structures métalliques complexes qui s'entrecroisaient suivant des angles insolites; alors, l'espace d'un instant, apparut le visage de l'un des extraterrestres, fixant sur Carmichael le regard suffisant de ses yeux-disques jaunâtres. Pour l'heure, ce dernier se sentit tout à fait réveillé.

Le visage s'évanouit, laissant l'écran à Cindy. À peine la vit-il que Carmichael sut qu'il l'avait perdue.

Elle était radieuse. Dans ses yeux, se lisait un bonheur empreint de sérénité, touchant à l'extase. En maintes occasions déjà, il avait pu remarquer chez elle ce regard exalté, mais celui-ci était pourtant différent, au-delà de tout ce qu'elle avait su atteindre auparavant. Cette fois, elle avait connu la vision béatifique.

– Cindy ?

– Hello, Mike.

– Peux-tu me dire ce qui se passe ici, Cindy ?

– C'est incroyable. Le contact. La communication.

Sûr, se dit-il, si quelqu'un devait entrer en contact avec les êtres de l'espace, ce ne pouvait être que Cindy. Elle possédait cette sorte de don magique qui lui donnait la clef de toute porte.

– Ils me parlent d'esprit à esprit, fit-elle, tu comprends, plus de barrières. Ils sont porteurs de paix, ils sont là pour faire connaissance, pour se joindre à nous dans l'harmonie, pour nous souhaiter la bienvenue au sein de la confédération des planètes.

– Que t'ont-ils fait, Cindy ? dit-il en s'humectant les lèvres. Un lavage de cerveau ou quoi ?

– Non ! Non, rien de tout cela ! Mike, ils ne m'ont strictement rien fait ! On a simplement parlé.

– *Parlé !*

– Ils m'ont appris comment entrer en relation par l'esprit. Ce n'est pas du lavage de cerveau. Je suis toujours moi-même. Je, moi, Cindy. Ça va très bien. Ai-je l'air de quelqu'un qu'on a molesté ? Ils ne sont pas dangereux, fais-moi confiance.

– Ils ont quand même mis le feu à la moitié de la ville avec leurs tuyères, tu le sais ?

– Oui, et cela les afflige. C'était un accident. Ils n'avaient pas remarqué que les collines étaient si desséchées. S'ils avaient un moyen quelconque d'éteindre les flammes, ils le feraient; mais les feux sont trop importants, même pour eux. Ils nous demandent de leur pardonner. Ils veulent que tout le monde sache à quel point ils sont désolés. (Elle fit une pause; puis, sur un ton très affectueux :)

Mike, veux-tu monter à bord ? J'aimerais que tu les connaisses, comme j'ai eu cette chance.

– Cindy, je ne peux pas faire ça.

– Mais si, tu peux ! Tout le monde peut ! Il suffit d'ouvrir son âme, ils entrent en contact avec toi, et...

– Je sais. Mais je ne veux pas. Cindy, sors de ce machin et rentre à la maison. S'il te plaît. Je t'en prie. Depuis trois jours – quatre, maintenant – je n'ai qu'une envie, t'embrasser, te serrer dans...

– Tu pourras me serrer autant que tu veux. Ils te laisseront monter. Nous pouvons partir ensemble sur leur planète. Tu sais, n'est-ce pas, que je pars avec eux sur leur monde ?

– Tu n'y vas pas ? Ce n'est pas vrai ?

Elle hocha la tête, le front grave. Elle avait l'air terriblement sérieux.

– Ils s'en iront dans quelques semaines, dès qu'ils auront eu l'opportunité d'échanger des cadeaux avec la Terre. J'ai vu des images de leur monde – comme des films, sauf qu'ils font ça avec l'esprit. Mike, tu ne peux imaginer comme c'est beau ! Et comme ils sont impatients que je les accompagne !

Carmichael sentit des gouttes de transpiration couler de son crâne à ses yeux qui papillotèrent, mais il n'osa pas les essuyer de peur qu'elle ne croie qu'il pleurait.

– Cindy, je n'ai nulle envie d'aller sur leur planète. Et je n'ai pas plus envie que tu y ailles.

Elle resta un moment silencieuse, puis lui sourit gentiment.

– Je sais, Mike.

Il serra les poings, se détendit, avant de les serrer à nouveau.

– Je *ne peux pas* y aller.

– Non. Tu ne peux pas. Je comprends. Déjà que Los Angeles te paraît un endroit bizarre. Ta Vallée te manque, tu as besoin de ton propre univers, ton univers réel. Qu'irais-tu faire sur une étoile au bout du monde ? Je n'essaie pas de te convaincre.

– Mais toi, tu vas y aller ?

Ce n'était pas vraiment une question.

– Tu sais très bien que je vais y aller.

– Oui.

– Je suis désolée. Enfin, pas vraiment.

– M'aimes-tu ? fit-il, en regrettant aussitôt de lui avoir demandé.

Elle lui adressa un sourire poignant.

– Tu sais bien que je t'aime. Et tu sais aussi que je ne veux pas te quitter. Mais depuis que leur esprit a touché le mien, depuis que j'ai vu les êtres qu'ils étaient... Tu sais ce que j'essaie de te dire. Pas besoin d'explications, n'est-ce pas ? Tu as toujours su ce que je voulais dire.

– Cindy...

– Oh, Mike, je t'aime tant.

– Et je t'aime aussi, mon cœur. Et je voudrais tant que tu sortes de ce foutu vaisseau.

– Ne me demande pas ça. Justement parce que tu m'aimes. Comme je ne te demanderai plus de me rejoindre à bord, parce que je t'aime vraiment. Tu comprends, Mike ?

Il aurait voulu pénétrer l'écran et l'en arracher.

– Oui, je comprends, se contenta-t-il de dire.

– Je t'aime, Mike.

– Je t'aime, Cindy.

– Ils m'ont expliqué que le trajet complet prendrait quarante-huit de nos années, mais que ce serait comme si je n'avais voyagé que quelques semaines. Oh, Mike ! Au revoir, Mike ! Dieu te bénisse, Mike !

Elle lui envoya des baisers. À ses doigts, elle portait ses bagues préférées, les trois petites étranges étoiles en saphir qu'elle avait confectionnées la première fois où elle avait dessiné des bijoux. Il chercha au fond de son cerveau un nouveau prétexte pour la convaincre, un argument de poids, mais n'en trouva pas. Un vide immense l'envahit, comme si un rasoir lui tournait à travers le corps pour lui découper le cœur. Elle gardait son visage illuminé, et elle lui apparut soudain comme une étrangère, comme une citoyenne de Los Angeles, comme *eux,* tous ces gens perdus dans leurs rêves et leurs fantasmes; et c'était comme s'il ne l'avait jamais vraiment connue, ou bien comme s'il voulait se persuader qu'elle était autre chose qu'elle-même. Non. Non, ce n'était pas exact. Elle n'était pas une des *leurs,* elle était Cindy. Cindy suivant son étoile, comme toujours. Alors, il fut subitement incapable de regarder l'écran plus longtemps; il s'éloigna, se mordant la lèvre, faisant mine de la main gauche d'écarter les personnes de son passage; tous ces types de l'U.S. Air Force sur les visages desquels se lisait l'expression empruntée de ceux qui viennent de surprendre les moments les plus intimes de votre vie, tout en essayant de feindre de n'avoir rien entendu.

– Elle n'est pas folle, colonel, fit Carmichael d'un ton brusque. J'interdis à quiconque de la prendre pour une espèce de cinglée.

– Bien sûr que non, monsieur Carmichael.

– Mais elle ne quittera pas ce vaisseau. Vous l'avez entendue. Elle reste à bord, elle repart avec eux là d'où ils viennent, où que se trouve ce foutu endroit. Je n'y peux plus rien. Vous l'avez vu comme moi, non ? Pour la tirer de ce machin, il n'y a plus rien que je puisse faire, à moins de monter à bord et de l'obliger à descendre par la force. Et ça, je ne le ferai jamais.

– Naturellement. Et dans tous les cas, vous comprenez bien qu'il nous serait impossible de vous autoriser à aller à bord de ce vaisseau, même pour tenter de la leur enlever.

– C'est parfait. D'autant que je n'y songeais guère.

Ni à la leur enlever, ni même à l'accompagner dans son voyage. Je n'ai pas envie d'aller là-bas. Laissons-la partir, elle, puisque c'est ainsi qu'elle pense accomplir sa destinée en ce bas monde. Pas moi. Pas moi, colonel. Simplement, ce n'est pas mon truc. (Il prit une profonde inspiration, se demandant s'il n'était pas en train de trembler.) Colonel, voyez-vous un inconvénient à ce que je foute le camp d'ici ? Je crois que je me sentirai mieux si je retourne là-bas balancer quelques saloperies sur ce putain d'incendie. À mon avis, ça pourrait aider. C'est ce que je crois, colonel. D'accord ? S'il vous plaît, colonel, voudriez-vous me faire ramener à Van Nuys ?

Il grimpa une dernière fois dans son DC-3. Les instructions étaient de déverser le retardant le long de la face ouest de l'incendie, mais il préféra voler vers l'est, où se trouvait le vaisseau spatial, autour duquel il décrivit un large cercle. Une voix à la radio lui intima l'ordre de déguerpir de la zone, ce à quoi il répondit qu'il le faisait immédiatement.

Pendant qu'il survolait le vaisseau, il vit s'ouvrir un panneau dans le fuselage et apparaître l'un des extraterrestres, qui lui sembla gigantesque même à cette altitude. La chose pourpre fit un pas hors du vaisseau et étendit ses tentacules, comme pour renifler l'atmosphère enfumée.

Carmichael envisagea vaguement de descendre en rase-mottes pour lâcher tout son chargement de produits chimiques sur la créature, la noyer sous un tas de saletés industrielles, histoire de se venger de lui avoir pris Cindy. Il se contenta de hocher la tête. C'était absurde; Cindy en serait malade si elle savait qu'il avait ne serait-ce que songé à une telle chose. Mais c'est pourtant ce que je suis, pensait-il, juste un Terrien ordinaire, un sale Terrien vindicatif. Et c'est bien pourquoi je ne vais pas aller sur cette damnée planète; et c'est bien pourquoi elle y va.

Il dépassa le vaisseau et changea de direction, fonçant tout droit au-dessus de Granada Hills et Northridge sur l'aéroport de Van Nuys. Une fois posé, il resta un long moment, sans bouger, aux commandes de l'appareil. Jusqu'à ce qu'arrive l'un des aiguilleurs, qui le héla depuis le sol :

– Hé, Mike, ça va comme tu veux ?

– Ouais. Parfait.

– Pourquoi es-tu revenu sans lâcher ton chargement ?

– J'ai fait ça ? s'étonna Carmichael en jetant un œil sur les jauges. J'ai dû faire ça, non ?

– Ça ne va pas ?

– Je crois que j'ai oublié de déverser le truc. Mais non, je n'ai pas oublié. Simplement, je ne me suis pas senti de le faire.

– Mike, sors-toi de cet avion.

– Je ne me suis pas senti de le faire. Pourquoi se casser le cul ? Pour cette ville de dingues ? De toute façon, il n'y reste rien que j'aurais envie de sauver.

Ses nerfs finissaient par le lâcher; la rage le balaya comme les flammes qui dévoraient les pentes arides du canyon. Il comprenait ce qu'elle avait fait, et respectait sa décision, mais ce n'est pas pour autant qu'il aimait ça. Oh, il n'aimait pas ça du tout. Il avait perdu Cindy, et il lui semblait en quelque sorte avoir aussi perdu sa guerre contre Los Angeles.

– Qu'elle crève, bordel ! Qu'elle brûle ! J'ai toujours détesté cette foutue ville. Elle n'a que ce qu'elle mérite. La seule raison qui me retenait ici, c'était Cindy; elle était tout ce qui comptait. Et voilà qu'elle est partie maintenant. Que brûle cette putain de ville !

L'aiguilleur le regarda, abasourdi.

– Mike...

Lentement, Carmichael bougea la tête d'un côté

à l'autre, comme s'il essayait de se débarrasser d'une monstrueuse migraine, puis fronça les sourcils.

– Non, c'est de la foutaise. Tu dois faire le boulot, quoi qu'il arrive. Au diable les sentiments. Tu as des incendies à éteindre. Tu dois sauver ce que tu peux. Tim, écoute-moi, je m'en vais trimballer un dernier chargement, tu m'entends ? Et puis je rentrerai chez moi et dormirai un peu. O.K. ? O.K. ?

Il mit les moteurs en marche et emprunta la piste courte. Il réalisa confusément qu'il n'avait pas demandé l'autorisation de décollage. Un petit Cessna de reconnaissance fit un écart désespéré pour l'éviter, mais il était déjà en l'air. Le ciel était noir et rouge. L'incendie avait désormais échappé à tout contrôle, et peut-être de façon irrémédiable. Mais il fallait essayer et essayer, encore et toujours. Il fallait sauver tout ce qu'il était possible de sauver. Il mit les gaz et s'élança, conduisant de sang-froid son appareil vers l'enfer des collines, jusqu'à ce que les ondes de chaleur l'agrippent violemment en dessous des ailes, le soulèvent et le ballottent comme un vulgaire jouet de plastique dans une baignoire, avant de le précipiter vers les contreforts qui montaient la garde au nord.

Ainsi parle l'Éternel : « Je vais faire souffler un vent destructeur contre Babylone et contre les habitants de la Chaldée, citadelle de mes adversaires.
» J'envoie contre Babylone des vanneurs qui la vanneront et qui dépeupleront son territoire; car ils viendront sur elle de tous côtés, au jour du malheur. »

Jérémie, 51 :1-2

DANS LES CROCS DE L'ENTROPIE

Des crépitements d'électricité statique s'échappent des haut-parleurs en suspension qui dérivent, tel un nuage d'or pâle, sous le plafond de la cabine de l'astropaquebot. Un sifflement : les filtres de communication s'ouvrent. Il faut s'attendre à une annonce imminente depuis le pont. Se diffuse alors la voix neutre, mécanique, du capitaine : « Nous approchons du Canal de Panama. Que tous les passagers regagnent leur bouteille jusqu'au signal de sécurité. Dès que nous serons de l'autre côté, nous voyagerons à quatre-vingts lumières en direction du relais auxiliaire de Persée. Je vous remercie de votre attention. » Dans la cabine de John Skein, s'allume la lampe-rappel qui clignote en lui arrosant le visage de rouge, de jaune et de vert, oscillant d'un bout à l'autre du spectre visible, et même au-delà, jusqu'à quelques infra- et ultra-. De tous les passagers embarqués sur cet astronef, ce n'est pas tout le monde qui a la chance de posséder un détecteur sensoriel. Et tant que Skein ne sera pas en sûreté dans sa bouteille, le signal lumineux ne cessera pas. Allez, lui dit la lampe. Entre. Entre. On arrive au Canal de Panama.

Obéissant, il se lève et traverse l'étroite cabine pour rejoindre le container fuselé gris mat, haut de deux mètres cinquante, qui doit le protéger des angoisses dimensionnelles consécutives à la traversée du canal. C'est un homme grand, au visage anguleux, lèvres minces et menton puissant, cheveux noirs et soyeux plaqués sur un crâne bien arrondi. Bien que sa peau se couvre d'un hâle profond, ses yeux sont ceux d'un homme qui est en hiver depuis quelque temps déjà; il en est à la cinquantième année de son second cycle. Il se rend, seul, vers un monde du système d'Abbondanza, qui sera peut-être la dernière étape d'un long périple de plusieurs années.

La bouteille s'ouvre en tournant sur ses gonds rutilants en plaqué rhodium lorsque ses senseurs, à la lecture des coordonnées massique et thermique de Skein, lui indiquent que son protégé se tient dans la zone d'entrée. Celui-ci pénètre à l'intérieur. La bouteille se referme et se verrouille, l'enveloppant dans un champ magnétique parfaitement étanche. « Veuillez vous asseoir, émet une voix suave. Placez vos bras dans les boucles de stase et vos pieds dans les sangles de sécurité. Quand vous aurez fait cela, les champs de forces seront automatiquement activés, et vous serez dès lors totalement protégé d'un quelconque danger éventuel durant la phase prochaine de turbulences. » Skein, du fait de sa longue expérience des voyages supraluminiques, a d'ailleurs anticipé les instructions et se trouve déjà en stase. « Désirez-vous de la musique ? s'informe la bouteille. Un livre ? Une bande audiovisuelle ? De la conversation ? »

– Non, rien. Merci, répond Skein.

Il attend.

Il supporte fort bien cette attente maintenant. Jadis, il était impatient, mais c'était une période délicate de sa vie, qui lui aura appris l'art de la résignation stoïque. Il va rester assis là, dans la posture sereine du Bouddha, jusqu'à ce que le vaisseau ait franchi le canal. Silencieux, solitaire, se suffisant à lui-même. Si seulement il n'y avait pas de fugues cette fois-ci. Ou au moins – il négocie les termes de son tourment avec ses propres démons –, au moins qu'il n'y ait pas de bonds en avant. S'il doit être arraché à la matrice du temps, il préfère de beaucoup échouer sur ses hiers, plus jamais sur ses demains.

– Nous sommes presque dans le canal, fait la bouteille sur un ton enjoué.

– Parfait. Inutile de t'occuper de moi. Préviens-moi simplement lorsqu'on pourra sortir sans danger.

Il ferme les yeux, essaie d'imaginer le vaisseau : une frêle aiguille d'un violet scintillant qui fonce dans l'étau des ténèbres, qui plonge dans le vortex céleste qui l'attend, à travers le maelström des forces qui s'entrechoquent, dans la purée des tenseurs contrevariants. Le Canal de Panama, comme on l'appelle. Au sein duquel l'astronef va bientôt se précipiter, puisant lors de son passage un tel surplus de puissance auxiliaire que cela va le libérer de l'espace standard à quatre dimensions pour le faire émerger de l'autre côté du canal, dans une poche étrangement calme de l'univers où l'on navigue à une vitesse dont la limite inférieure est celle de la lumière et dont personne ne connaît la limite supérieure.

L'alarme, tonitruante, résonne dans le couloir : clang, clang, clang. La dislocation commence. Skein est tendu. À quoi cela peut-il bien ressembler là-dehors ? Des plis de velours noir et lustré, des voiles de fourrure que le continuum déchiré drape autour du vaisseau ? Des éclairs titanesques martelant la coque ? Des centaures en liesse qui flamboient dans les cieux distordus ? Des masques de désespoir, figés sur de pathétiques grimaces, qui dérivent entre les étoiles brouillées ? Des zébrures d'orange, de vert et de pourpre, arcs-en-ciel malades, flasques et torturés ? Nous y voilà. *Clang, clang, clang.* Maintenant commence la phase suivante du voyage. Il songe à sa destination, en ancre une image tenace dans son esprit, vision vivante bien qu'il s'agisse d'un monde qu'il n'a visité qu'en de courtes périodes de fugue temporelle. Trop souvent il y est retourné, encore et encore, lors de ces moments d'égarement dans le temps. Sur ce monde, les couleurs sont fausses, le sable violacé, les feuilles des arbres bleues. Trop de manganèse ? Trop peu de cuivre ? Il veut bien lui pardonner ses couleurs s'il lui accorde les réponses à ses questions. Après, on verra. Skein éprouve cette pulsation qu'il connaît bien, qui palpite désagréablement à la base de son cou comme si le haut de l'échine s'enflait tel un ballon. Il jure. Il tente de résister. C'est bien ce qu'il craignait, même la bouteille s'avère inapte à le protéger totalement de ces tensions. À l'extérieur du vaisseau, l'univers se déchire, dont quelques lambeaux s'infiltrent à travers la coque, qui le projettent au sein même de la fureur épileptique de la trame temporelle. L'espace-temps se désagrège pour lui ouvrir la voie; il va entrer en fugue. Il se recroqueville, lutte, tout en sachant que toute résistance sera inutile. Il est ballotté par les vagues du temps qui l'envoient rouler un peu plus loin dans le futur, puis à distance égale dans le passé, comme s'il n'était qu'un crachat d'insecte englué sur un roseau desséché. Il ne peut tenir plus longtemps. Que ce ne soit pas un bond dans l'avenir, prie-t-il, se demandant qui il peut bien prier ainsi. Pas un bond dans l'avenir. Mais voilà qu'il perd prise. Et se brise. Et que ses fragments s'éparpillent à travers le temps.

Évidemment, si x *est avant* y, x *reste éternellement avant* y, *et rien dans le déroulement du temps ne peut modifier cela. Mais la position particulière du « maintenant » ne peut être facilement exprimée que parce que notre langage possède des* temps. *Le futur* sera, *le présent* est, *et le passé* était; *la lumière sera rouge, elle est maintenant jaune, elle était verte. Mais par ces termes, décrivons-nous réellement le caractère « chronologique » du temps ? Nous disons parfois qu'un événement* est *futur, puis qu'il* est *présent, et enfin qu'il* est *passé; par ce biais, nous semblons nous dispenser de la conjugaison, et pourtant nous décrivons le déroulement du temps. Mais en réalité, ce n'est pas le cas, car nous n'avons fait que traduire nos temps par « puis » et « enfin », et par l'ordre dans lequel nous avons établi nos propositions. Si nous omettions ces mots ou leurs équivalents et mélangions les propositions, nos phrases ne nous seraient plus intelligibles. Dire que le futur, le présent ou le passé* sont *dans un temps donné, c'est esquiver le problème du temps en recourant au langage atemporel de la logique et des mathématiques. Dans un tel langage atemporel, cela ferait sens de dire que Socrate est mortel parce que tous les hommes sont mortels et que Socrate est un homme, bien que Socrate soit mort depuis des siècles. Mais si nous ne pouvons décrire le temps ni par un langage incluant des formes temporelles ni par un langage atemporel, comment* saurons-*nous le symboliser ?*

Skein est conscient de l'étrange dédoublement de son esprit, il a la sensation d'être déjà venu ici, sait qu'il s'agit d'un retour en arrière. Il y trouve un certain réconfort. Il est un voyageur à l'intérieur de son propre crâne, observant par les yeux de John Skein un événement qu'il a déjà vécu, et qu'il est aujourd'hui incapable d'altérer.

Son bureau, dans toute la splendeur de ses dorures. Un dôme de cristal au sommet de la tour Kenyatta. Quand les lentilles amplificatrices fonctionnent, il voit jusqu'à Serengeti dans une direction, jusqu'à Monbasa dans l'autre. Il pourrait compter les mouches sur le dos d'un éléphant à Tsavo Park.

Un mur de lumière sur la façade est-sud-est, contenant ses transcripteurs de données. Personne n'est capable de rester devant ce mur plus de trente secondes sans souffrir intensément d'un excès d'informations. Personne, excepté Skein, qui en tire sa nourriture, heure après heure.

Alors qu'il se glisse dans l'esprit de ce Skein plus jeune, il éprouve une joie fugitive à la vue de son bureau, tel Énée se réjouissant d'une vision de Troie avant sa chute, tel Adam se retournant sur le jardin d'Eden. Comme ce temps était bon. Ce grand bureau tout lisse, avec ses composants subtils, entièrement à son service. La douceur de la moquette psychosensitive, aussi utile qu'agréable à regarder. Le mobile de rubans ondulant à l'intérieur et à l'extérieur de la coupole, au gré de chaque déplacement des molécules de l'air, arborant la toute dernière composition de sa gamme infinie. Le bureau d'un homme riche, riche et intransigeant dans sa recherche du beau. C'est par un usage intelligent de ses talents innés qu'il s'est gagné le droit au luxe, et lorsqu'il se retrouve, comme en ce moment, dans ce dôme de merveille à jamais perdu, il s'empresse d'y goûter un fugace instant de satisfaction, conscient que va se rejouer d'ici peu une amère scène de frustration du théâtre obscur et insipide de sa vie. Mais laquelle ?

– Faites entrer Coustakis, s'entend-il déclarer, et ces mots lui donnent la réponse.

Cette scène. Il va devoir une nouvelle fois assister à sa propre destruction. Pourquoi le soumettre ainsi à cette répétition ? Cela fait au moins sept fois qu'il en subit la torture; il en a déjà perdu le compte. Une spirale sans fin de tourments répétés.

Coustakis a le crâne chauve, les yeux bleus, le nez pointu, et ce regard désespéré de l'homme qui approche la fin de son premier cycle et n'est pas certain qu'on lui en accorde un second. L'homme est déplaisant : vêtu sans élégance, il se déplace à petits pas brusques et agressifs, chacun de ses gestes, de ses regards révèle qu'il fulmine de jalousie devant l'opulence qui entoure Skein. Lequel, de toute façon, ne se sent nullement obligé d'aimer ses clients. Seulement de les respecter. Coustakis est un type brillant, que l'on doit justement respecter.

– Mon équipe et moi-même, dit Skein, avons étudié votre proposition dans le détail; c'est un plan très astucieux.

– Vous allez m'aider ?

– Cela comporte de gros risques pour moi, fait remarquer Skein. Nissenson a un ego très puissant. Vous aussi, d'ailleurs. Je pourrais être blessé. Le concept même de synergie implique un risque pour le Communicateur. Mes tarifs seront en conséquence.

– On sait bien que les Communicateurs ne sont pas donnés, maugrée Coustakis.

– Je ne le suis pas. Mais vous me semblez être en mesure de répondre à mes exigences. Toute la question est de savoir si moi je peux répondre aux vôtres.

– Je vous trouve très mystérieux, monsieur Skein. Comme tous les oracles.

– Je crains bien de ne pas être un oracle, réplique Skein en souriant. Seulement un fil par lequel établir des connexions. Je ne peux prédire l'avenir.

– Vous pouvez évaluer des probabilités.

– Seulement pour ce qui regarde ma propre personne. Et il se peut fort bien que j'aboutisse à des résultats incorrects.

– Allez-vous m'aider, oui ou non ? questionne un Coustakis assez agité.

– Mes honoraires sont d'un demi-million tout de suite, plus une part de quinze pour cent dans la société que vous allez établir grâce aux contacts que je vous fournirai.

Coustakis se mord la lèvre inférieure.

– Tant que ça ?

– Gardez bien à l'esprit que je dois partager mes honoraires avec Nissenson. Ce genre de consultant est assez cher.

– Quand même. Dix pour cent.

– Excusez-moi, monsieur Coustakis, mais je croyais vraiment que, dans cette affaire, nous avions dépassé le stade du marchandage. J'ai une journée très chargée, aussi...

Skein passe la main au-dessus d'un rectangle noir encastré dans son bureau, et une section du plancher s'ouvre alors silencieusement, révélant l'accès à la cage d'ascenseur. Skein pointe un doigt dans cette direction. La moquette reflète les couleurs des sentiments qui traversent le cerveau de Coustakis : noir pour la colère, vert pour la cupidité, rouge pour l'anxiété, jaune pour la peur, bleu pour la tentation, toutes mêlées dans un motif bariolé qui trahit bien la sarabande de calculs qui se font dans la tête de Coustakis. Coustakis qui va se soumettre, ce qui n'empêche pas Skein, qui s'avance le doigt dirigé vers la sortie, de persister à lui mimer la scène de l'expulsion du visiteur.

– D'accord, explose Coustakis, quinze pour cent !

Skein donne l'instruction à son bureau de lui fournir un cube-contrat.

– S'il vous plaît, dit-il à Coustakis, placez votre main ici.

Au moment où ce dernier touche le cube, lui-même presse sa paume contre la face opposée. Aussitôt, la surface lisse et cristalline du cube s'assombrit et se dépolit sous le double bombardement des ondes sensitives.

– Répétez après moi, fait Skein. Moi, Nicholas

Coustakis, dont l'empreinte manuelle et la structure vibratoire sont, à l'heure où je parle, gravées dans ce contrat...

– Moi, Nicholas Coustakis, dont l'empreinte manuelle et la structure vibratoire sont, à l'heure où je parle, gravées dans ce contrat...

– ... fais cession, consciemment et de mon plein gré, aux Entreprises John Skein, en paiement de services professionnels à me rendre, d'une part dans la Société des Transports Coustakis ou dans toute autre société successorale d'un montant s'élevant à...

– ... fais cession, consciemment et de mon plein gré...

Ils continuent ainsi, chacun à leur tour, établissant une description de la Société Coustakis, précisant la nature irrévocable de la participation de Skein au sein de ladite Société, etc., jusqu'à ce que Skein range enfin le cube-contrat.

– Dès que vous aurez téléphoné à votre banque pour vous procurer la somme cash prévue dans notre accord, j'établirai le contact avec Nissenson, et vous pourrez commencer.

– Un demi-million ?

– Un demi-million.

– Vous savez bien que je n'ai pas cette somme en banque.

– Ne perdons pas de temps, monsieur Coustakis. Vous avez des biens. Engagez-les. Vous obtiendrez facilement un crédit.

Skein observe Coustakis, la mine renfrognée, qui sollicite son prêt, l'obtient, et transfère les fonds sur son compte à lui. Le processus prend huit minutes pendant lesquelles Skein en profite pour revoir le profil de l'ego de Coustakis. Il lui déplaît d'avoir ainsi à exercer des pressions économiques aussi sordides, mais après tout, il offre un service qui l'expose à certains dangers, et il lui faut en couvrir les risques par de solides garanties, au cas où quelque mésaventure le contraindrait à perdre son travail.

– Maintenant, nous pouvons y aller, dit-il une fois la transaction établie.

Coustakis a quasiment inventé un système des plus économiques de transport instantané de la matière. Malheureusement, il n'est pas applicable aux êtres vivants, puisqu'il suppose la destruction du matériel à convoyer et sa reconstitution virtuellement simultanée en un autre lieu. La fragile entité qu'est l'esprit ne saurait supporter le choc foudroyant du faisceau d'électrons induit par le transmetteur de Coustakis. Mais il n'en reste pas moins d'énormes possibilités dans le domaine du transport des matières premières et autres, que ce soit pour envoyer des choux sur Mars ou des ordinateurs sur Pluton; étant donné les facilités de liaison qu'implique un tel procédé, on devrait pouvoir atteindre également toutes les planètes des autres systèmes.

Cependant, le système de Coustakis n'est pas encore parfaitement au point. Cela fait cinq ans qu'il est dans l'impasse devant un problème apparemment insoluble : comment maintenir un faisceau suffisamment étroit entre l'émetteur et le récepteur ? La dispersion du faisceau a toujours été un élément de chaos dans le processus expérimental; l'écart marginal provoque une déperdition dans le matériel ainsi acheminé, au point qu'invariablement les marchandises en partance arrivent de façon incomplète. Coustakis, qui a épuisé ses ressources en vaines recherches d'une solution, a été finalement forcé à la décision désespérée et coûteuse de faire appel à un Communicateur.

En échange d'un prix convenu, Skein va donc le mettre en contact avec quelqu'un qui peut résoudre son problème. Skein possède tout un réseau de consultants sur divers mondes, des experts en technologie, finance, philologie, et presque tout le reste. Utilisant son propre esprit comme nœud de focalisation, il va ouvrir une sorte de communion télépathique entre Coustakis et l'un de ces consultants.

– Mettez Nissenson en état réceptif, ordonne-t-il à son bureau.

Coustakis cligne rapidement des yeux, visiblement mal à l'aise.

– D'abord, soyons clairs, fait-il. Cet homme va voir tout ce qui est dans mon esprit ? Il aura accès à toutes mes pensées secrètes ?

– Non. Non. Je filtre la communication avec soin. Rien ne va se transvaser de votre esprit au sien, si ce n'est la nature du problème que vous voulez lui voir résoudre. Rien non plus ne passera du sien au vôtre, sinon la réponse.

– Et s'il n'a pas la réponse ?

– Il l'aura.

Skein ne rembourse pas en cas d'échec; il est vrai qu'il n'a encore jamais subi d'échec. Il n'accepte pas les engagements qui lui semblent par trop impossibles à tenir. Ou bien Nissenson verra la solution que poursuit Coustakis, ou bien il fera quelque suggestion de nature à amener Coustakis à la trouver lui-même. La communion télépathique constitue l'élément fondamental. Une simple conversation ne conduirait nulle part. Coustakis et Nissenson pourraient examiner des projets en collaboration pendant des mois, bourrer d'informations sur des années tout un réseau d'ordinateurs, débattre pendant des décennies sur les difficultés du problème, qu'ils n'en accrocheraient toujours pas la solution. La communion par contre crée une synergie d'esprits plus importante que la simple addition des capacités des cerveaux en présence. Une union des facultés à progression géométrique, qui ne manque jamais d'allumer l'étincelle mystique du discernement, pour un bond prodigieux de l'intellect.

– Et s'il en profitait après cela, s'inquiète Coustakis, pour se lancer à son tour dans les affaires de transport par transmission ?

– Il est lié par un contrat, répond sèchement Skein. Aucune chance. Allons-y, maintenant. Tout de suite et ensemble.

Le bureau déclare que Nissenson, à l'autre bout du monde, à São Paulo, est prêt. La distance n'a pas d'incidence sur le pouvoir de Skein qui, prestement, plonge Coustakis en état de réceptivité, avant de se tourner face aux lumières brillantes de ses transcripteurs. Devant la mouvance scintillante de ces petits éclats lumineux, son talent se libère et palpite au rythme électrique de son cerveau, jusqu'à l'élever au niveau énergétique propice à l'amorce d'une communion. Comme il augmente la poussée, l'autre Skein, le prisonnier déplacé dans le temps qui observe derrière son front, tente frénétiquement de l'empêcher d'accomplir la liaison fatale. *Arrête. Arrête. Tu vas surcharger. Ils sont trop forts pour toi.* Mais il est plus facile d'interrompre la course d'une planète en orbite. Le cours du passé est figé; tout cela est déjà arrivé; le Skein, qui hurle son angoisse en silence, n'est qu'un simple observateur, nécessairement passif, uniquement là pour assister à la mutilation de son autre lui-même.

Skein projette une terminaison de son esprit à laquelle il connecte Nissenson. Il attrape Coustakis au bout d'une autre. Fermement, il les relie l'un à l'autre.

Il n'a aucun moyen de prévoir l'intensité des forces qui vont traverser sous peu son cerveau. Il a fait ce qu'il pouvait, vérifié les profils intérieurs de son client et du consultant, ce qui ne lui a pas appris grand-chose. Ce que peuvent être Coustakis et Nissenson en tant qu'individus importe peu finalement; ce qu'il faut craindre, c'est ce qu'ils peuvent devenir en communion. L'intensité synergique est imprévisible. Cela fait un cycle et demi qu'il vit dans l'éventualité d'un court-circuit.

Le contact est établi.

Skein l'observateur grimace de douleur, tentant de se prémunir contre le choc, mais il n'est aucun moyen d'y échapper. De l'esprit de Coustakis dérive la description du transmetteur de matière, suivie d'un exposé en clair du problème de dispersion du faisceau; Skein relaie ces éléments à Nissenson, qui se met au travail sur la recherche d'une solution. Lorsque leurs deux esprits se rejoignent, il apparaît tout de suite évident à Skein qu'il ne va pas pouvoir contrôler leurs forces combinées. Cette fois, la synergie va le détruire. Cependant, il ne peut s'écarter, il ne possède pas de coupe-circuit mental. Il est bel et bien pris au piège, comme empalé. L'entité qui est Coustakis/Nissenson ne le laissera pas s'en aller, cela signifierait sa propre destruction. Une vague d'énergie mentale ondule et danse le long du vecteur de communion, de Coustakis à Nissenson, et reflue de Nissenson à Coustakis, vibrant d'une force plus grande. Se produit alors une oscillation frénétique. Skein voit ce qui est en train de se passer; il est devenu l'amplificateur de son propre et funeste destin. À chaque fois qu'il reflue de Coustakis à Nissenson, de Nissenson à Coustakis, le torrent d'énergie ne cesse de gonfler son débit. Impuissant, Skein voit l'effet d'accumulation amasser une charge fantastique. La décharge ne va pas tarder, et c'est lui qui doit la recevoir. Dans combien de temps ? Combien de temps ? Le djaggernat inonde les couloirs de son esprit. Il ne sait plus à quel bout du circuit se trouve Nissenson, à quel autre est Coustakis; il ne perçoit que deux murailles étincelantes de puissance psychique, entre lesquelles il se réduit de plus en plus, jusqu'à n'être qu'un fil de personnalité tendu à l'extrême, qui chauffe, qui chauffe, devient incandescent, émet un rayonnement rouge et brûlant de particules d'identité qui s'écoulent de lui comme autant d'ions libérés...

Alors, il se retrouve étendu sur le sol de son bureau, assommé, hébété, le visage pressé contre la moquette psychosensitive, tandis que Coustakis ne cesse d'aboyer : « Skein ? Skein ? Skein ? Skein ? »

Comme tous les appareils chronométriques, nos horloges intérieures sont sujettes à leurs propres désordres particuliers; en dépit de la concordance essentielle qui existe entre le temps personnel et le temps général, des divergences peuvent se produire par suite d'une simple inattention. Mach a noté que, si un médecin concentre son attention sur le sang de son patient, il peut lui sembler gicler avant même que la lancette ne pénètre la peau; pour des raisons similaires, le plus faible de deux stimuli provoqués simultanément est généralement perçu avec un léger retard... Une vie normale requiert la capacité de se rappeler les événements dans un ordre correspondant, au moins grossièrement, à celui dans lequel ils se sont effectivement déroulés. Cela demande en outre que nos souvenirs potentiels soient raisonnablement accessibles à la conscience. Ces souvenirs potentiels ne signifient pas seulement une perpétuation en nous-mêmes des représentations du passé, mais aussi une interréaction incessante entre de telles représentations et l'apport ininterrompu d'informations du présent venues du monde extérieur. De la même façon que notre passé peut être au service de notre présent, le présent peut ainsi être contrôlé à distance par notre passé. Selon les mots de Shelley : « Vive comme la Pensée, la Mémoire frappe tel le serpent. »

« Skein ? Skein ? Skein ? Skein ? »

Sa bouteille est ouverte; on l'aide à en sortir. La cabine est remplie d'intrus. Skein reconnaît le robot du capitaine, le médecin et un ou deux passagers, le petit homme basané de Pingalore et la femme de Globe Quinze. La porte de la cabine est ouverte, par laquelle entrent d'autres personnes. Le médecin fait mine de lui donner une gifle, et Skein voit un nuage aveuglant de particules blanches et métalliques lui envelopper la tête. Des petites sensations de picotement et de bourdonnement aiguillonnent sa conscience.

– Vous n'avez pas répondu, lui explique le médecin, quand la bouteille vous a prévenu que tout allait bien. Nous avons franchi le canal.

– La traversée s'est-elle effectuée correctement ? Parfait. Parfait. J'ai dû m'assoupir un moment.

– Si vous voulez bien venir à l'infirmerie, oh ! une simple vérification de routine, on vous fera passer au diagnostat...

– Non. Non. Laissez-moi, s'il vous plaît. Je vais très bien, je vous assure.

Les uns après les autres, tous quittent la cabine à contrecœur, gloussant sur l'épisode. Skein ingurgite plusieurs verres d'eau glacée jusqu'à ce que ses idées redeviennent claires. Il se plante en plein milieu de la pièce, pieds au plancher, essayant de saisir la moindre sensation d'un mouvement de propulsion. Le vaisseau fonce à quelque quinze millions de milles à la seconde. Que représentent quinze millions de milles ? Que représente une seconde ? De Rome à Naples, cela prenait une matinée par l'autoroute. De Tel Aviv à Jérusalem, il fallait le temps qui s'écoule entre crépuscule et nuit noire, et de San

Francisco à San Diego, par le superpod, celui compris entre déjeuner et dîner. Le temps d'avancer mon pied droit de six ou sept centimètres, et nous traversons quinze millions de milles. D'où à où ? Et pourquoi ? Cela fait vingt-six mois que Skein n'a pas vu la Terre. Lorsque ce voyage prendra fin, il aura épuisé le reste de ses finances. Peut-être lui faudra-t-il s'installer sur le système d'Abbondanza; il n'a pas de billet de retour. Il peut en tout cas, à son grand désarroi, voyager à l'intérieur de son crâne, ballotté d'un point à un autre de la trame temporelle, pris aux griffes des fugues.

Il sort de sa cabine et se hâte vers le salon de repos.

L'astronef est un vaisseau de seconde classe, ni somptueux ni miteux. Il transporte environ vingt passagers dont la plupart, comme lui, n'ont pris qu'un billet aller. Il n'a parlé directement à aucun d'eux, mais ne s'est pas privé de laisser traîner son oreille au salon, et saurait épingler sur chacun un document biographique aussi ennuyeux qu'adéquat. La femme qui rejoint bravement son pionnier de mari, qu'elle n'a pas vu depuis cinq ans. Le type qui vit de subsides de la famille à condition qu'il mette dix mille années-lumière pour le moins entre ses parents et lui. L'entrepreneur aux yeux luisants, marchand phénicien qui vit avec soixante siècles de retard sur sa propre époque, et qui compte bien se tailler un empire comme intermédiaire d'intermédiaire. Les touristes. Le bureaucrate. Le colonel. Au sein de cette assemblée, Skein ressort nettement; il est le seul à n'avoir fait aucun effort pour connaître et se faire connaître, et le mystère qu'entretient sa réserve les met au supplice. Il porte sa déprime comme un goitre jauni, pendillant et ridé. Lorsque ses yeux rencontrent ceux des autres passagers, il dit en silence : Vous voyez ma difformité ? Je suis mon propre survivant. J'ai été anéanti, et je vis pour revoir ma destruction. Jadis, j'étais un homme en pleine santé, puissant; regardez-moi aujourd'hui. Mais je n'implore aucune pitié, c'est bien compris ?

Penché au-dessus du bar, Skein enfonce le bouton pour avoir un rhum filtré. Sa boisson arrive, et avec elle le gars aux subsides, jeune, belle mine, le regard insinuateur. Il balance à Skein un clin d'œil de connivence, l'air de dire : *Je sais.* Tu te débines, toi aussi.

– Vous venez de la Terre, n'est-ce pas ? fait-il à Skein.

– J'y ai vécu.

– Je m'appelle Pid Rocklin.

– John Skein.

– Que faisiez-vous là-bas ?

– Sur Terre ? fait Skein en haussant les épaules. Communicateur. J'ai arrêté il y a quatre ans.

– Ah ! dit Rocklin tout en se commandant un verre. C'est un bon métier, quand on a le don.

– Je l'avais.

Ce temps passé, qu'il a pris soin d'employer sans trop l'accentuer, est la limite d'autocompassion qu'il veut se permettre. Il finit son verre avant de pousser à nouveau le bouton. Au-dessus du bar miroite un écran géant qui montre une vue de l'espace : vide ici, au-delà du Canal de Panama, alors qu'hier encore des millions de soleils brûlaient dans ce rectangle d'ébène. Skein s'imagine entendre le souffle des molécules d'hydrogène éraflant la coque à quatre-vingts lumières. Il les voit comme des taches de brillance allongées sur des millions de milles, poussant leur *zip ! zip ! zip !* contre le vaisseau qui fonce dans l'espace. Soudain, un nuage violacé l'enveloppe, et le voilà parti dans une fugue future, si vite qu'il n'a même pas le temps cette fois d'opposer la résistance habituelle qui s'avérerait d'ailleurs toujours aussi futile.

– Hé, qu'y a-t-il ? s'exclame Pid Rocklin en essayant de le retenir. Vous vous sentez...

Mais Skein abandonne l'univers.

Il se retrouve sur un monde qu'il croit être Abbondanza VI, et son compagnon familier, l'homme au visage décharné, se tient à ses côtés sur la rive d'une mer huileuse aux nuances orange. Il semble qu'ils aient, une fois de plus, leur éternel débat sur le temps. L'homme au visage décharné doit avoir au bas mot cent vingt ans; sa peau tient sur ses os comme s'il n'y avait pas de chair en dessous, et son visage n'est que narines et yeux embrasés. Des orbites osseuses, des pommettes aux rebords saillants, un crâne chauve et arrondi. Le cou, pas plus épais qu'un poignet, émerge de ses épaules ratatinées.

– Skein, qu'il dit, ne sauras-tu donc jamais que la causalité n'est qu'illusion ? L'idée qu'il existe une série suivie d'événements n'est que supercherie. Nous imposons une conformité à nos vies, nous parlons du vecteur du temps, nous prétendons qu'il s'écoule de A à G, et de Q à Z, nous nous laissons croire que tout est gentiment linéaire. Mais c'est faux, Skein. C'est faux.

– Tu n'arrêtes pas de me le dire.

– Je me sens l'obligation d'éveiller ton esprit à la vérité. G peut arriver avant A, et Z avant tous les deux. La plupart d'entre nous n'aiment pas voir les choses de cette façon, et nous les arrangeons suivant un schéma qui nous paraît plus logique, exactement comme le romancier placera le mobile avant le meurtre, et le meurtre avant l'arrestation. Mais l'univers n'est pas un roman. Nous ne pouvons contraindre la nature à imiter l'art. Tout se passe au hasard, Skein. Hasard, hasard ! Regarde là-bas. Tu vois ce qui vogue au gré des flots ?

Les vagues orange charrient le cadavre boursouflé d'un animal aux poils bleus. Des yeux proéminents et tout retournés, un museau tombant, des membres épais. Pourquoi dès lors n'est-il pas gonflé d'eau ? Qu'est-ce qui le maintient en surface ?

– Le temps est un océan, reprend l'homme au visage décharné, et les événements dérivent vers nous aussi fortuitement que les cadavres d'animaux sur les vagues. Nous les filtrons. Nous écartons ce qui nous paraît ne pas avoir de sens, et les acceptons alors à notre conscience dans la succession qui nous semble la bonne. (Il rit.) La grande illusion ! Le passé n'est rien qu'une série de films glissant de façon imprévisible vers le futur. Et vice versa.

– Je ne peux accepter cela, s'entête Skein. C'est une théorie démoniaque, catastrophiste, nihiliste. Et en plus c'est idiot. Avons-nous des cheveux gris avant que d'être enfants ? Mourons-nous avant que d'être nés ? Les arbres redeviennent-ils graines ? Nie donc la linéarité autant que tu le veux. Je ne te suivrai pas sur ce chemin.

– C'est toi qui dis cela, après tout ce que tu as enduré ?

Skein hoche la tête.

– Je continuerai à le dire. Ce par quoi je suis passé n'est qu'une maladie mentale. Je suis peut-être détraqué, mais l'univers, lui, ne l'est pas.

– Bien au contraire. Ce n'est que récemment que tu es devenu sain d'esprit, et que tu as commencé à voir les choses telles qu'elles sont réellement, insiste l'homme au visage décharné. L'ennui est que tu te refuses à admettre l'évidence que tu commences juste à ressentir. Mais tes filtres ne marchent plus, Skein ! Tu t'es débarrassé de l'illusion de la linéarité ! Voici ta chance de montrer ta souplesse d'esprit. Apprends à vivre avec la vraie réalité. Cesse ces stupidités qui consistent à vouloir imposer un ordre artificiel aux flots du temps. Pourquoi l'effet *devrait-il* suivre la cause ? Pourquoi la graine ne *suivrait-elle* pas l'arbre ? Pourquoi faut-il que tu persistes à t'enfermer dans un système aussi méprisable, inutile et dépassé, de fausses évaluations de l'expérience, alors que tu es parvenu enfin à te libérer de...

– Arrête ! Arrête ! Arrête ! Arrête !

– ... bien, Skein ?

– Que s'est-il passé ?

– Vous avez failli tomber du tabouret, dit Pid Rocklin. Vous êtes devenu tout blanc. J'ai cru que vous aviez comme une attaque.

– Combien de temps suis-je resté inconscient ?

– Oh, trois, quatre secondes, je pense. Je vous ai rattrapé, vous ai retenu, et alors vous avez ouvert les yeux. Voulez-vous que je vous ramène à votre cabine ? Mais peut-être feriez-vous mieux d'aller à l'infirmerie ?

– Veuillez m'excuser, fit Skein d'une voix enrouée, avant de quitter le salon.

Quand les hallucinations commencèrent, peu de temps après la surcharge induite par Coustakis, il pensa d'abord qu'il s'agissait de troubles de la mémoire provoqués par l'effroyable secousse qu'il avait dû supporter. Dans la majorité d'entre elles, il revivait très nettement des scènes de son passé, et ce au cours de ses fugues temporelles, avec une telle intensité qu'il avait alors l'impression d'avoir été rejeté en arrière dans le temps. Ce n'étaient pas simplement des souvenirs, il refaisait plutôt l'expérience du passé, suivant un scénario dont il n'aurait pu dévier d'une seule ligne dans ses paroles, ses sentiments, ses réactions. Pour étranges qu'elles fussent, ces incursions dans sa mémoire pouvaient s'expliquer assez facilement : son cerveau avait été endommagé et ramenait à la surface des fragments de son existence passée un peu comme s'il essayait d'en balayer les débris et de cicatriser les plaies. Pourtant, si cela expliquait les retours en arrière, il n'en allait pas de même concernant les bonds dans le futur dont il n'arrivait pas à discerner la portée véritable. Ces scènes où il se voyait errant dans des mondes étrangers, ces fantômes de conversations avec des gens qu'il n'avait jamais rencontrés, ces visions de cabines d'astronef, de lieux de transit, d'hôtels inconnus, de terminus, ne lui semblaient que purs fantasmes, fictions aléatoires générées par son cerveau mutilé. Il eut beau constater à la longue la présence d'une trame concrète commune à ces projections fugitives dans l'inconnu, il n'en saisit pas pour autant la signification. Tout se passait comme s'il accomplissait une espèce de quête, ou peut-être un pèlerinage; ces tranches de vie non vécues qu'il lui était permis de visionner commençaient à s'assembler en une structure cohérente mêlant voyages et quête. Certaines séquences, certaines conversations revenaient régulièrement, oui, jusqu'à plusieurs fois le même jour, le scénario restait identique, au point qu'il finit par en retenir au mot près quelques-uns des dialogues. En dépit de la texture solide de ces épisodes, il continuait à les appréhender comme de simples instantanés de cauchemar. Il ne parvenait pas à concevoir comment les blessures infligées à son cerveau pouvaient l'amener à ces rêves éveillés de longs voyages stellaires et de planètes inconnues, si vivaces et si réels l'espace de quelques secondes; au moins ne les trouvait-il désormais guère plus effrayants que les retours en arrière, eux aussi si vivaces à son esprit.

Ce ne fut qu'au bout d'un bon moment, alors que s'étaient écoulés de nombreux mois depuis l'incident Coustakis, qu'il fut frappé par la vérité. Un jour il se retrouva en train de vivre l'un de ces épisodes qu'il considérait comme relevant de ses fantasmes, un épisode plutôt mineur qui s'était déjà joué, tout ou partie, sept ou huit fois auparavant. Lors d'une de ces explosions subites d'hallucinations incontrôlées, il s'était vu dans un jardin par une chaude matinée de printemps, devant une immense bâtisse d'allure baroque, tandis que défilait devant lui un groupe de touristes non humains à l'aspect particulièrement grotesque, en une étrange procession grinçante et cliquetante de combinaisons d'inhalation, de volants respiratoires et autres masques à dispersion. Ce fut tout. Puis il advint que, répondant à un appel poignant consécutif à quelque imbroglio administratif, il se retrouva dans une ville de Caroline du Nord, environ quatorze mois après l'accident de la surcharge; après sa comparution devant la cour, il partit faire une longue promenade à travers les rues grises de la métropole pourrissante et arriva, comme par enchantement, devant un grand portail en métal au-delà duquel il apercevait le sombre panorama d'une forêt luxuriante, de chênes, de rhododendrons et de magnolias dispersés selon un élégant agencement. C'était, à en croire la plaque apposée sur le portail, la propriété d'un millionnaire du XIXe siècle, ouverte désormais au public et préservée dans son état d'origine malgré les empiètements de la ville à ses abords. Skein prit un billet et entra, à pied, flânant dans ce qui lui parut des kilomètres d'allées aux feuillages rafraîchissants, jusqu'au moment où, à un brusque détour du sentier, il émergea dans la brillante clarté du soleil, face à l'énorme masse grisâtre d'une demeure colossale, avec des centaines de pièces bordées de parapets et de colonnes et un portique imposant auquel donnaient accès de larges escaliers. Il s'avança, stupéfait d'y reconnaître la bâtisse qu'il voyait au cours de ses hallucinations répétées, et tandis qu'il s'en approchait, il aperçut les taches rouges, vertes et mauves qui traversaient le portique, ces silhouettes tortueuses toutes en boucles et spirales, cette horde fantasmatique de visiteurs extraterrestres venus sur Terre pour en contempler les merveilles. Des têtes sans yeux, des yeux sans tête, des membres à profusion ou pas de membres du tout, des corps semblables à des tumeurs, ou des tumeurs en guise de corps, toute l'imagination de l'univers qui se déployait dans ces formes de vie agglomérées, si étranges et cependant pour lui presque familières. Mais ce n'était pas cette fois pure hallucination. Cette séquence s'imbriquait harmonieusement dans la succession des événements de la journée, plutôt que de s'y imposer comme l'intrusion inopportune de quelque rêve. D'ailleurs, même après plusieurs secondes, la vision persista et resta tout aussi nette, sans jamais lui permettre de replonger au sein du monde « réel ». C'était la réalité, celle-là même qu'il avait déjà vécue auparavant.

Dans les semaines qui suivirent, il lui arriva encore par deux fois de revivre de telles scènes, jusqu'à ce qu'il fût enfin prêt à reconnaître la vérité concernant les fugues dont il était l'objet : qu'il était sujet à des sauts tout autant dans l'avenir que dans le passé, qu'il lui était donné de saisir des visions fugitives de son propre futur.

T'ang, le grand roi du Shang, demanda à Hsia Chi :

– Au commencement, y avait-il déjà des choses spécifiques ?

– S'il n'y avait pas de choses alors, répondit Hsia Chi, comment pourrait-il y en avoir aujourd'hui ? Si les générations prochaines prétendaient qu'il n'y avait pas de choses à notre époque, auraient-elles raison ?

– Les choses n'ont-elles alors pas d'avant et pas d'après ? s'enquit T'ang.

Et Hsia Chi de répliquer :

– Il n'y a aucune limite qui indique les fins et les origines des choses. L'origine d'une chose peut être considérée comme la fin d'une autre; la fin de l'une peut être considérée comme l'origine de la suivante. Qui donc saurait tracer la frontière exacte entre ces cycles ? Ce qui réside au-delà de toutes choses, et avant tous les événements, nous l'ignorons.

Ils atteignent et pénètrent le relais de propulsion auxiliaire de Persée, une anomalie céleste en forme de tourbillon, à la structure comparable à celle du Canal de Panama, mais pas tout à fait aussi puissante, qui a pour effet d'augmenter la vitesse du vaisseau à un peu plus de cent lumières. Ceci constitue l'ultime accélération durant le voyage; le vaisseau va maintenir sa vitesse pendant deux jours et demi, jusqu'à l'arrivée à Scylla, la principale station de décélération dans ce coin de la galaxie, où il sera pris dans un champ de forces spongieux de vingt minutes-lumière de diamètre et ralenti à des vitesses subluminiques pour entrer dans le système d'Abbondanza.

Skein passe une bonne partie de cette période reclus dans sa cabine, ne mangeant qu'en de rares occasions et dormant très peu. Il lit presque sans arrêt, puisant jusqu'à l'obsession dans la bibliothèque abondamment fournie du vaisseau un large assortiment hétéroclite de livres. Rilke. Kafka. Eddington, *La nature du monde physique*. Lowry, *Hear Us O Lord From Heaven Thy Dwelling Place*. Elias. Razhuminin. Dickey. Pound. Fraisse, *La psychologie du temps*. Greene, *Dream and Delusion*. Poe. Shakespeare. Marlowe. Tourneur. Eliot, *The Waste Land*. Joyce, *Ulysses*. Conrad, *Heart of Darkness*.

Bury, *L'idée de progrès.* Jung. Büchner. Pirandello. Mann, *La montagne magique.* Ellis, *The Rack.* Cervantes. Blenheim. Fierst. Keats. Nietzsche. Son esprit nage au sein d'image et de fragments de poèmes, sur une mer où flottent des bribes de dialogues et des dialectiques sans fondement. Il plonge en chaque mot le temps d'un éclair, telle une pie voleuse attirée par le brillant. Les mots forment un emplâtre écailleux sur la surface interne de son crâne. Il découvre que cette overdose littéraire lui est de quelque secours pour écarter les fugues; peut-être son esprit s'est-il alourdi, amarré à la trame mouvante du présent par cette chaîne de plomb empruntée au génie, car durant sa débauche de lecture il constate qu'il dérive moins souvent que dans le passé récent. Son esprit tourbillonne. *L'homme est une corde tendue entre l'animal et le Surhomme – une corde au-dessus de l'abîme.* Ma patience est à bout. *Vois, vois où le sang du Christ coule au firmament ! Une seule goutte et mon âme serait sauvée.* Je n'avais jamais songé que la mort défait tant de choses. Ces fragments dont je construis des digues pour retenir mes épaves. *Hoogspaning. Levensgevaar. Peligro de Muerte. Electricidad. Danger.* Donne-moi mon épée. *Mon vieux père, vieil artisan, sois-moi secourable, maintenant et à jamais.* Tu aimes ce jardin ? Pourquoi est-ce le tien ? Nous évinçons ceux qui détruisent ! *Alors, ils descendirent jusqu'au vaisseau, guidèrent la quille par les brisants et s'élancèrent sur l'océan divin.* Il n'existe pas de théorie « officielle » du temps, définie dans les Credo ou universellement reconnue par les chrétiens. La chrétienté ne se sent pas concernée par les aspects purement scientifiques du sujet ni, dans une large mesure, par son analyse philosophique, du moins aussi loin qu'elle est liée à une vision fondamentalement réaliste et ne peut admettre, comme l'ont fait certaines philosophies orientales, que l'existence temporelle n'est que pure illusion. *Un frisson dans les reins, et là, le mur abattu, et le toit et la tour en flammes, et Agamemnon mort.* Majestueux, le rondouillard Buck Mulligan apparut en haut des marches, portant un bol de mousse sur lequel se croisaient un miroir et un rasoir. *Vers quels gouffres ou cieux lointains brûle le feu de ton regard ? Sur quelles ailes osera-t-il s'élever ? Quelle main osera saisir le brasier ?* Ces fragments dont je construis des digues pour retenir mes épaves. Hieronymo est redevenu fou. *Et je me sentis comme ce découvreur des cieux qui voit venir à lui une planète nouvelle.* On a aussi postulé récemment que le concept physique d'information est identique au phénomène d'inversion de l'entropie. Ici, le psychologue se doit d'ajouter quelques remarques : il ne me paraît pas très convaincant d'affirmer que l'information est *eo ipso* assimilable à un *pouvoir d'organisation* qui déferait l'entropie. *Datta. Dayadhvam. Damyata. Shantih shantih shantih.*

Néanmoins, dès que le vaisseau a passé Scylla et ralentit vers les planètes d'Abbondanza, les périodes de fugues reprennent leur fréquence de naguère, de sorte qu'il vit comme pris au piège du temps, naviguant entre les ombres fugaces des hiers et des demains.

Après la surcharge Coustakis, il essaya, du mieux qu'il put, de retrouver ses marques. Il remboursa Coustakis sans que ce dernier lui ait rien demandé, puisqu'il n'avait été d'aucune utilité, et ne le serait jamais plus. La transmission instantanée de la matière devrait attendre. Mais Skein eut d'autres clients. Il arrivait encore à établir la communion tant bien que mal, et lorsque le niveau exigé par le travail était suffisamment bas, il parvenait même à délivrer une réponse synergique décente.

Il était fréquent, cependant, que son travail s'avère insuffisant. Les contacts se rompaient à l'improviste, ou, réciproquement, les mécanismes filtrants mollissaient, ce qui avait pour conséquence de répandre la totalité du contenu de l'esprit de son client dans celui du consultant. De telles calamités entraînaient des désordres nombreux, qui l'obligeaient à de lourdes dépenses médicales, et parfois à des procès en dommages et intérêts. Il en fut réduit à accepter certaines conditions : pas de synergie, pas d'argent. Quasiment la moitié du temps, sa perte énergétique ne lui rapportait rien, alors que ses frais généraux restaient les mêmes : le bureau sous le dôme, le réseau de consultants, l'équipe de recherche, etc. Ses efforts pour se maintenir dans la partie contribuèrent d'autant à grignoter à une allure vertigineuse les réserves bancaires qu'il s'était mises de côté en prévision de l'éventualité d'un tel naufrage.

On ne décela aucune blessure organique à son cerveau. Il est vrai qu'on ignorait tellement de choses sur les dons des Communicateurs qu'il s'avérait impossible de déterminer, par l'analyse médicale, ne serait-ce qu'un début de diagnostic. À partir du moment où l'on ne pouvait localiser le centre qui commandait la communion, comment aurait-on pu détecter l'endroit où le cerveau du Communicateur avait été endommagé ? Les archives médicales n'avaient aucune valeur; il y avait déjà eu onze cas de surcharge, mais chaque exemple se révélait biologiquement unique. On lui dit qu'il guérirait peut-être comme ça, et on le renvoya. Encore qu'il se trouvât quelques médecins pour lui administrer quelques traitements grotesques, comme des exercices de calcul mental, opérer des clignements d'œil suivant un certain rythme, sautiller sur la jambe gauche puis la droite, tout comme s'il avait eu une attaque cardiaque. Mais ce n'était pas d'une déficience cardiaque qu'il souffrait.

Il parvint à préserver son affaire durant encore quelque temps, sur la seule foi de sa réputation, puis, à mesure que le bruit courait qu'il était handicapé et plus bon à grand-chose, les clients ne vinrent plus. Même la garantie réussite ou remboursement n'attirait plus les clients. Au bout de six mois, il fut bien heureux de se trouver un client par semaine. Il réduisit ses tarifs, ce qui eut pour effet de faire empirer les choses, de sorte qu'il les réévalua à peu près au même niveau qu'à l'époque de la surcharge. Durant quelques semaines, les affaires reprirent, comme si les gens s'étaient dit qu'il était enfin guéri, mais les résultats restèrent entachés de failles : des communions brumeuses, vacillantes, des effets de feed-back imprévus, des problèmes de filtrage, des insuffisances d'information, ou au contraire des excédents ou des redondances...

– Si vous allez chez Skein, disait-on volontiers, prenez donc votre esprit en main.

Les fugues ajoutèrent à ses difficultés professionnelles.

Il ne savait jamais à quel moment il allait être la proie d'hallucinations. Elles pouvaient tout aussi bien survenir au beau milieu d'une communion, ce qui ne manquait pas de se produire fréquemment. Il lui arriva même une fois de se rebrancher sur l'instant de la liaison Coustakis-Nissenson en pleine communion, et il imposa à son client terrifié une répétition de la scène de la surcharge. Une autre fois, bien qu'il ne réalisât pas tout de suite ce qui était en train de se passer, il subit un bond en avant qui les projeta, lui et son client, dans une jungle écarlate sur une planète de formol, et lorsque Skein retrouva la réalité, il s'aperçut que son client était resté dans la jungle écarlate. Ce qui lui valut, là aussi, un autre procès.

Les dislocations temporelles le contraignirent à opérer de bien piètres estimations. Il accepta des clients pour qui il lui fut impossible d'assurer ses services, ce qui entraîna une substantielle perte de temps. Il refusa des personnes qu'il aurait été capable d'aider, pour son plus grand profit. Du fait qu'il n'était plus si fermement ancré dans son présent, qu'il voguait au hasard d'oscillations qui le décalaient, dans un sens ou dans l'autre, jusqu'à des vingt années ou plus, il perdit son sens aiguisé des perspectives sur lequel il fondait jadis ses jugements professionnels. Son visage s'émacia, il maigrit. En l'espace de quatre mois, confronté à un ouragan de doutes spirituels, il en fut réduit à une totale soumission, suivie d'un rejet total de sa foi. Il changeait d'avocat presque d'une semaine sur l'autre. Il liquida ses biens dans des conditions invariablement catastrophiques afin de payer les dettes qui s'accumulaient.

Un an et demi après la surcharge, il annula officiellement son inscription et ferma son bureau. Il lui fallut six mois de plus pour régler le reliquat des problèmes inhérents aux procès en dommages et intérêts. Alors, avec ce qu'il lui restait comme argent, il s'offrit un billet d'astronef, et partit à la recherche d'un monde au sable violet et aux arbres à feuilles bleues où, si ses fugues ne l'avaient pas trompé, il devrait parvenir à réparer son esprit en morceaux.

Pour l'heure, le vaisseau a rejoint l'espace conventionnel à quatre dimensions et se traîne vers la planète à une vitesse d'un peu moins de la moitié de celle de la lumière. Sur les écrans, s'étale un collier d'étoiles; il y a foule dans cet espace-ci. À tous ceux qui l'interrogent, le capitaine désigne le système d'Abbondanza : un soleil couleur citron, plus gros que celui de la Terre, entouré par une douzaine de points brillants qui sont ses planètes. L'excitation gagne les passagers, qui s'agitent et gazouillent, émettent des hypothèses, anticipent l'événement. Seul Skein ne dit rien. Il est au courant de maintes liaisons amoureuses; lui-même, dans les trois derniers jours, a dû refuser plusieurs offres. Il a renoncé à lire, et tente de purger son cerveau de toute la matière qu'il y a placée. La fréquence des fugues a empiré. Il s'efforce de s'écrire des notes à lui-même – du style : *Tu es un passager à bord d'un vaisseau en route pour Abbondanza VI, et tu dois atterrir d'ici quelques jours* –, afin de ne pas perdre de vue laquelle de ces trois trames temporelles qui s'enchevêtrent est la bonne.

Et soudain, il est avec Nilla, sur cette île du Golfe du Mexique, et il grimpe à bord du petit bateau d'excursion. Ici, le temps semble prendre son temps; on se croirait presque au XXe siècle. Les cordages effilochés qui pendent au gréement. Le moteur bosselé, naguère à combustion interne, et qu'on a transformé sans plus d'efficacité en turbines. Les brigands mexicains moustachus qui vont leur servir de guides d'un jour. Nilla, qui enroule ses longs cheveux blonds d'un doigt nerveux et lui demande :

– John, je ne vais pas avoir le mal de mer ? Le bateau avance directement sur l'eau, n'est-ce pas ? Il ne va pas planer, même un tout petit peu ?

– C'est effroyablement archaïque, fait Skein. Et c'est bien pourquoi on est là.

Le capitaine leur fait signe de monter. Juan, Francisco, Sebastián. *Los hermanos.* Des mètres de dents blanches étincelant sous des moustaches tombantes. Avec un rugissement formidable, le bateau s'éloigne du ponton. Bientôt s'estompe la petite ville aux bâtiments pastel qui menacent ruine, et les voilà voguant vers l'est le long de la côte dentelée, l'eau verte de la rive à leur gauche, les profondeurs bleues de l'océan sur la droite. Le soleil matinal tape déjà fort.

– Est-ce que je peux prendre un bain de soleil ? fait Nilla.

Elle n'est pas sûre d'elle, et il ne l'a jamais vue ainsi, si hésitante, si embarrassée. Le Mexique semble lui avoir dérobé toute son assurance new-yorkaise.

– Vas-y, dit Skein. Pourquoi pas ?

Elle laisse tomber sa robe. En dessous, elle ne porte qu'un string; dans la lumière tropicale, ses seins lourds ont l'air blancs et vulnérables, avec leurs petits mamelons d'un rose pâle. Skein lui vaporise une lotion protectrice sur le corps, avant qu'elle ne s'allonge sur le pont. *Los hermanos* la lorgnent avidement, discutent entre eux d'une voix basse et gutturale. Ce n'est pas de l'espagnol. Du maya, peut-être. Ici, les autochtones ne se sont jamais faits à la nudité désinvolte des touristes. Nilla, manifestement toujours aussi gênée, se retourne sur le ventre, offrant aux regards son dos large et lisse, tout luisant.

Juan et Francisco se mettent à crier. Skein suit la direction qu'indiquent leurs doigts. Des marsouins ! Une douzaine de marsouins qui frétillent à la proue, escortant le bateau en faisant de grands bonds dans les airs avant de se laisser glisser dans l'eau bleue. Nilla pousse un petit cri de joie et se précipite au bord pour les voir de plus près, non sans avoir un geste demi-conscient pour cacher ses seins nus de ses bras.

– Tu n'as pas besoin de faire ça, lui murmure Skein.

Mais elle reste dans cette position.

– Comme ils sont mignons, dit-elle d'un ton affectueux.

Sebastián s'approche.

– *Amigos,* dit-il. Eux. Mes amis.

Puis, les marsouins frétillants disparaissent. Le bateau poursuit sa route saccadée, à faible distance du rivage magnifique, désert sous ses palmiers, qui entoure l'île. Ils jettent l'ancre un peu plus tard, Skein et Nilla mettent leur masque et s'en vont nager, en quête des jardins de corail. Lorsqu'ils se hissent sur le pont, il est presque midi. La chaleur est insupportable.

– Déjeuner ? s'enquiert Francisco. Maintenant, nous faire vous bon déjeuner ?

Nilla éclate de rire. Elle ne cache plus son corps.

– Je meurs de faim ! s'écrie-t-elle.

– Nous faire bon déjeuner, répète Francisco en souriant.

Ils plongent, lui et Juan, par-dessus bord. Dans l'eau peu profonde, on les distingue nettement sur le sable blanc du fond. Ils ont des fusils-harpons; ils rôdent sous l'eau en retenant leur souffle. Il est trop tard lorsque Skein réalise ce qu'ils sont en train de faire. De derrière un rocher, Francisco ramène une langouste qui se débat. Juan empale un énorme crabe pâle et saisit au passage trois conques, avant de refaire surface et de jeter ses proies sur le pont, suivi de Francisco et de sa langouste. Juan est à nouveau sous l'eau, où il harponne une deuxième langouste. Les bêtes ne sont pas mortes; elles rampent pitoyablement sur le pont en se desséchant. Consterné, Skein se tourne vers Sebastián :

– Dis-leur d'arrêter. Nous n'avons pas si faim.

Sebastián, qui prépare une espèce de salade, se contente de sourire et de hausser les épaules. Francisco ramène alors un autre crabe, encore plus gros que le premier.

– Ça suffit ! fait Skein. *Basta ! Basta !*

Juan, dégoulinant, balance trois autres conques.

– Vous payer nous bon, dit-il. Nous donner vous bon déjeuner.

Skein secoue la tête. Le pont est en passe de devenir un abattoir de la faune marine. Sebastián s'active énergiquement à ouvrir les conques, en extrait la chair qu'il lâche dans un grand bol pour la faire mariner dans un liquide vert-jaune.

– *Basta !* hurle Skein à nouveau.

Est-ce le mot qui convient en espagnol ? Il sait qu'en italien c'est le bon. *Los hermanos* paraissent beaucoup s'amuser. La mer regorge de vie, semblent-ils lui dire. Nous donner vous bon déjeuner. Brusquement, Francisco émerge de l'eau, brandissant quelque chose d'énorme. Une tortue ! Quarante, cinquante livres ! C'est pousser la plaisanterie un peu loin.

– Non, fait Skein. Écoutez, je suis obligé d'interdire cela. Ces tortues sont quasiment en voie d'extinction. Vous comprenez ça ? *Muerto. Perdido. Desaparecido.* Je n'ai pas envie de manger de la tortue. Rejetez-la. Rejetez-la.

Francisco sourit et secoue la tête; en quelques gestes habiles, il attache les pattes de la tortue à l'aide d'une corde.

– Pas pour déjeuner, *señor,* explique Juan. Pour nous. Pour vendre. *Mucho dinero.*

Skein reste impuissant. Francisco et Sebastián ont entrepris d'ouvrir les crabes et les langoustes. Juan laisse tomber quelques grains de poivre dans le bol où marinent les conques. Des morceaux d'animaux morts jonchent le pont.

– Oh, je *meurs* de faim, dit Nilla.

Pour l'heure, elle a aussi ôté son string. La tortue regarde la scène, de ses petits yeux en vrille. Skein frissonne. Auschwitz, pense-t-il. Buchenwald. Pour les animaux, c'est Buchenwald tous les jours.

Du sable violet, des arbres aux feuilles bleues. Une mer orange qui miroite un peu plus loin vers l'ouest, sous un soleil citron.

– Ce n'est plus très loin, dit l'homme au visage décharné. Tu peux y arriver. En avançant pas à pas.

– Je suis à bout de souffle, réplique Skein. Ces collines…

– J'ai deux fois ton âge et je m'en sors très bien.

– Tu es en meilleure forme. Cela fait des mois et des mois que je suis enfermé dans des astronefs.

– C'est tout près, insiste l'homme au visage décharné. Environ à cent mètres de la grève.

Skein lutte contre la fatigue. La chaleur est épouvantable. Il a du mal à avancer dans le sable qui s'effrite sous ses pieds. Par deux fois, il trébuche sur des tiges noires dont les racines charnues dessinent comme une natte à quelques centimètres au-dessous du sable; ici et là, émergent des radicelles en boucles. Il subit même une fugue fugitive, un bond en arrière de sept secondes dans une journée à Jérusalem. Quelque part au cœur de son esprit, cela l'amuse : un bond en arrière lors d'un bond en avant. Des hallucinations concentriques enchâssées. Lorsqu'il en sort, il se retrouve en train de se relever et de brosser ses habits du sable qui s'y est accroché. Dix pas plus loin, l'homme au visage décharné l'arrête.

– C'est là. Regarde, dans le puits.

Skein découvre un cratère en forme d'entonnoir juste devant lui; au niveau du sol, il mesure peut-être cinq mètres de diamètre, et part en diminuant jusqu'à atteindre environ la moitié de cette largeur au fond, quelque cinq ou six mètres plus bas. Skein est frappé par la conformation du puits qui se resserre suivant une série de cercles parfaits, dessinant ainsi un cône tronqué. Ses parois sont fermes et lisses, comme vernies, le sable y prend une teinte brunâtre. Placidement allongé sur le fond plat, quelque chose repose dans le puits, une sorte d'amibe dorée de la taille d'un gros chat. Une rangée d'yeux ronds bleu-noir traverse la bosse de son dos. Autour de son corps, se diffuse un halo vert.

– Descends le voir, dit l'homme au visage décharné. L'intensité de sa puissance diminue en fonction du carré de la distance; d'ici, tu ne peux pas l'éprouver. Descends. Laisse-le communiquer avec toi. Fusionne avec lui. Communie, Skein, communie !

– Et il va me guérir ? Me refaire fonctionner comme avant les troubles ?

– Si tu le laisses faire, il te guérira. Car tel est son désir. C'est un organisme totalement bienfaisant. Il excelle à remettre en état les âmes brisées. Laisse-le pénétrer ton cerveau, qu'il trouve l'endroit endommagé. Tu peux avoir confiance en lui. Descends.

Skein reste tremblant au bord du puits. La créature ondule et se tortille, prend d'abord une forme étroite et allongée, puis haute et trapue, avant de retrouver sa forme circulaire de base. Sa couleur fonce presque jusqu'à l'écarlate, tandis que la teinte du halo glisse vers le jaune. Comme si elle se lissait la peau avant de s'étendre. Elle semble l'attendre. Impatiente. Elle est ce qu'il a cherché si longtemps, dans sa course épuisante d'une planète à l'autre. L'homme au visage décharné, le sable violet, le puits, la créature. Skein enlève ses sandales. *Qu'ai-je à perdre ?* Il s'assoit un moment au bord du puits; enfin, s'y laisse descendre, s'y laisse glisser, se pose doucement, tout près de l'être qui l'attend. Et immédiatement éprouve la puissance de son esprit.

Il entre dans l'immense caverne désolée qu'est la cathédrale de Haghia Sofia. Quelques guides turcs attendent le client, nonchalamment appuyés aux grands piliers de marbre. Des touristes traînent les pieds, se commentant l'un à l'autre les légendes de leurs dépliants en plastique bon marché. Un rayon de lumière émerge de quelque improbable ouverture, et illumine la chaire musulmane. Skein croit entendre le tintement des cloches et sentir l'encens picoter ses narines. Mais comment serait-ce possible ? Depuis mille ans, aucun rite chrétien n'a été célébré en ce lieu. Apparaît à ses yeux la silhouette d'un Turc.

– Montrer vous les moséïques ? dit-il. (*Moséïques,* c'est ainsi qu'il prononce.) Aider vous comprendre ce magnifique édifice ? Un dollar. Non ? Peut-être changer argent ? Bon taux. Dollars, marks, Eurocrédits, ce que vous vouloir. Vous parler anglais ? Montrer vous les moséïques ?

Le Turc disparaît. Les cloches sonnent plus fort. Un défilé de prêtres penchés sur leur robe de soie blanche passe devant l'autel en chantant en... en quoi ? En grec ? Le plafond est incrusté de gemmes. Des cercles d'or brillent un peu partout. Skein perçoit l'effroyable complexité de la cathédrale, laquelle grouille maintenant de vie, tout un univers englouti dans cette pénombre, un millier de chapelles emplies de ses adorateurs, de longues files qui attendent de pouvoir uriner dans les cryptes, un marché sur le balcon, des colliers de perles qui changent de mains sous le murmure des négoces, des bébés qui naissent derrière les sarcophages d'albâtre, des cloches qui sonnent, des ducs qui se saluent, des nuages d'encens montant en tourbillons sous la coupole, les personnages de mosaïque qui revivent, se signent, sourient, envoient des baisers, les piliers qui bougent maintenant, et qui enflent en leur milieu, et partent d'un côté et de l'autre, et tout le colossal édifice qui se déplace, flotte, et se dissout. Et un ballet de Turcs.

– Montrer vous les moséïques ?
– Changer argent ?
– Cartes postales ? Souvenirs d'Istanbul ?
Puis un visage d'Américain, rose et joufflu :
– Vous êtes John Skein, n'est-ce pas ? Le Communicateur ? Nous avons travaillé ensemble sur la chambre à fusion géante, en 53.
Skein secoue la tête.
– Vous devez faire erreur, dit-il en italien. Je ne suis pas lui. Pardon. Pardon.
Et rejoint le défilé des prêtres qui chantent.

Sable violet, arbres aux feuilles bleues. Une mer orange sous un ciel citron. Une heure après l'atterrissage. Du pont supérieur du terminus, Skein aperçoit un alignement d'hôtels s'élevant dans les cieux, le long de la plage toute proche. Tout de suite, il sent que quelque chose ne va pas : il ne devrait pas y avoir d'hôtels. Toutes ces tours : il n'en existe pas sur la bonne planète; ce n'est donc toujours pas la bonne.

Il essaie de se replacer en séquence, mais demeure en proie à une totale désorientation. *Où suis-je ?* À bord d'un astronef fonçant vers Abbondanza VI. *Que vois-je ?* Un monde que j'ai déjà visité. *Lequel ?* Celui avec les hôtels. Le troisième sur sept, si je ne m'abuse.

Il a déjà vu cette planète, dans ses sauts en avant. Bien longtemps avant de quitter la Terre pour entamer sa quête, il a eu des visions de ces hôtels, de cette plage. Et voilà qu'il les retrouve en retour arrière. Cela l'intrigue. Il doit s'efforcer de se voir tel un point mouvant qui voyage à travers le temps, observant la scène d'abord suivant telle perspective, ensuite suivant telle autre.

Il regarde son moi-d'avant perché sur le terminus. Naguère, c'était son moi-d'après. Comme cela est confus, quel besoin a-t-on de l'embrouiller ainsi ?

– Je cherche un vieux Terrien, dit-il. Il doit avoir cent ou cent vingt ans. Un visage qui ressemble à un crâne, sans chair, je vous jure. Un homme fragile. Non ? Bon, dites-moi, y a-t-il sur cette planète une forme de vie à peu près grosse comme ça ? Une sorte de boule de gélatine dorée, qui vit dans un puits près de la grève, et... ? Non ? Vous êtes sûr ? Vous dites ? M'adresser à quelqu'un d'autre ? Naturellement. Peut-être une chambre d'hôtel ? Du moment que j'ai fait tout ce voyage.

Il en a assez de toujours tomber sur les mauvaises planètes. Quelle folie est-ce là, que de dépenser ses derniers sous à la recherche d'un monde aperçu dans un rêve ? Il avait espéré qu'une planète au sable violet et aux arbres bleus était chose rare, mais non, dans un univers infini on peut trouver une bonne douzaine de n'importe quoi; et voilà qu'il a désormais dépensé tout son argent, perdu près d'une année, visité deux planètes plus celle-ci, et n'a toujours pas trouvé ce qu'il cherche.

Il se rend à l'hôtel où on lui prépare une chambre. La plage est pleine de gens qui se font bronzer, la plupart originaires de la Terre. Skein s'avance parmi eux.

– Regardez, veut-il leur dire. J'ai ce problème avec mon cerveau, une vieille blessure, qui m'envoie toutes ces visions de moi-même dans le passé et le futur, et l'une de ces visions est un lieu où existe un homme au visage décharné qui me conduit vers un puits au fond duquel se trouve une espèce d'amibe qui peut me guérir, vous me suivez ? C'est une planète avec du sable violet et des arbres à feuilles bleues, exactement comme celle-ci; je suppose que si je persiste assez longtemps, je finirai bien par la trouver, ainsi que l'homme au visage décharné et l'amibe, vous me suivez toujours ? Et peut-être que c'est cette planète, après tout, et que je ne suis pas du bon côté. Que dois-je faire ? Pensez-vous que j'aie réellement un petit espoir de trouver ?

Ceci est le troisième monde. Il sait fort bien qu'il lui faut en visiter un certain nombre de faux avant de trouver le bon... mais combien ? Combien ? Et quand saura-t-il qu'il est sur le bon ?

Debout sur la plage, silencieux, il sent la confusion s'emparer de lui, et part en fugue, projeté vers un autre monde. Du sable violet, des arbres aux feuilles bleues. Un gros consul pingalorien, au regard amical.

– Un homme au visage décharné ? Non, je vous mentirais si je vous disais que j'en connais un.

Quel monde est-ce là ? Un que j'ai déjà visité, ou un sur lequel je n'ai pas encore mis les pieds ? Les hallucinations se superposent en couches multiples et l'aveuglent. Passé, présent et futur s'entrecroisent pour former un nœud dans sa gorge. Il voit se mouvoir les divers plans de la réalité, s'entremêler les nombreuses séquences du film de sa vie. Du sable violet, des arbres à feuilles bleues. Quelle planète est-ce là ? Laquelle ? Laquelle ? Le voici de retour sur la plage surpeuplée. Un soleil citron. Une mer orange. Le voici de retour dans la cabine de l'astronef. Il remarque une note, écrite de sa propre main : *Tu es un passager à bord d'un vaisseau en route pour Abbondanza VI, et tu dois atterrir d'ici quelques jours.* Ainsi, tout n'était qu'hallucination. Bond en arrière ? Bond en avant ? Il est désormais incapable de le dire. Déconcerté qu'il est par ces mondes identiques. Du sable violet. Des arbres aux feuilles bleues. Il aimerait savoir pleurer.

Au lieu d'un client et d'un consultant pour la communion d'aujourd'hui, Skein a un client et un client. Un homme et une femme, Michaels et Miss Schumpeter. La communion est une sorte de cérémonie particulièrement intime. Michaels a été marié six fois, et selon toutes les apparences plusieurs de ses mariages se sont dissous dans des circonstances bien amères. Miss Schumpeter, une femme qui possède une certaine fortune, est amoureuse de Michaels mais ne lui fait pas entièrement confiance; elle tient à jeter un œil dans l'esprit de Michaels avant de poser son pouce sur le cube marital. Skein est chargé de le lui permettre. Le paiement a d'ores et déjà été porté au crédit de son compte. Le mariage de purs esprits ne souffre aucune entrave, bien sûr, mais si elle n'apprécie pas ce qu'elle va trouver dans celui de son bien-aimé, il peut ne plus y avoir de mariage, et Skein aura quand même été payé.

D'abord, il tend une terminaison de son esprit à Michaels. Puis à Miss Schumpeter. Il libère les filtres.

– Maintenant, vous allez vous rencontrer pour la première fois.

Michaels déferle sur elle. Miss Schumpeter déferle sur lui. Skein n'est que le conduit à travers lequel passent les ambitions, les trahisons, les échecs, la vanité, le vice, les disputes, les mensonges, la jalousie, les libéralités, les hontes et les égarements de ces deux êtres qu'on dit humains. Si Skein le veut, il peut examiner à loisir les vices les plus privés de Miss Schumpeter, les envies les plus obscures de son futur époux. Mais il s'en fiche. Tous les jours, il en voit de pareilles. Il ne prend aucun plaisir à épier les psychés de ces deux-là. Un chirurgien s'exciterait-il à la vue des trompes de Fallope de Miss Schumpeter ou du pancréas de Michaels ? Skein fait son boulot, un point c'est tout. Ce n'est pas un voyeur, simplement un Communicateur. Il se considère comme un service public.

Lorsqu'il coupe le contact, Miss Schumpeter et Michaels sont en larmes.

– Je t'aime ! vagit-elle.
– Éloigne-toi de moi ! grogne-t-il.

Sable violet. Arbres aux feuilles bleues. Mer orange et huileuse.

– Skein, fait l'homme au visage décharné, ne sauras-tu donc jamais que la causalité n'est qu'illusion ? L'idée qu'il existe une série suivie d'événements n'est qu'une supercherie. Nous imposons une conformité à nos vies, nous parlons du vecteur temps, nous prétendons qu'il s'écoule de A à G et de Q à Z, nous nous faisons croire que tout est gentiment linéaire. Mais c'est faux, Skein. C'est faux.

– Tu n'arrêtes pas de me le dire.

– Je me sens l'obligation d'éveiller ton esprit à la vérité. G peut arriver avant A, et Z avant tous les deux. La plupart d'entre nous n'aiment pas voir les choses de cette façon, et nous les arrangeons suivant un schéma qui nous paraît plus logique, exactement comme le romancier placera le mobile avant le meurtre, et le meurtre avant l'arrestation. Mais l'univers n'est pas un roman. Nous ne pouvons contraindre la nature à imiter l'art. Tout se passe au hasard, Skein. Hasard, hasard !

– Un demi-million ?

– Un demi-million.

– Vous savez bien que je n'ai pas cette somme en banque.

– Ne perdons pas de temps, monsieur Coustakis; vous avez des biens. Engagez-les. Vous obtiendrez facilement un crédit.

Skein attend que l'inventeur ait obtenu son prêt.

– Maintenant, nous pouvons y aller, dit-il avant d'ordonner à son bureau : Mettez Nissenson en état réceptif.

– D'abord, soyons clairs, fait Coustakis. Cet homme va voir tout ce qui est dans mon esprit ? Il aura accès à toutes mes pensées secrètes ?

– Non. Non. Je filtre la communication avec soin. Rien ne va se transvaser de votre esprit au sien, si ce n'est la nature du problème que vous voulez lui voir résoudre. Rien non plus ne passera du sien au vôtre, sinon la réponse.

– Et s'il n'a pas la réponse ?

– Il l'aura.

– Et s'il en profitait après cela pour se lancer à son tour dans les affaires de transport par transmission ?

– Il est lié par un contrat, répond sèchement Skein. Aucune chance. Allons-y maintenant. Tout de suite et ensemble.

– Skein ? Skein ? Skein ? Skein ?

Le vent se lève. Le sable, soulevé dans les airs, tache le ciel de gris. Skein grimpe jusqu'au bord du puits où il s'allonge, la poitrine haletante. L'homme au visage décharné l'aide à se relever.

Skein a déjà vu cette séquence des centaines de fois.

– Comment te sens-tu ? s'enquiert l'homme au visage décharné.

– Bizarre. Enfin, ça va. Mes idées me semblent si claires !

– Tu as eu une communion, en bas ?

– Oh oui. Oui.

– Et alors ?

– Je crois que je suis guéri, dit Skein, émerveillé. Ma force est revenue. Tu sais, avant, je me sentais abattu jusque dans mes os; une miniversion de moi-même. Et aujourd'hui... Aujourd'hui...

Il fait glisser en avant une terminaison de son esprit, qui rencontre l'esprit de l'homme au visage décharné. Skein a la sensation d'une interface opaque; il effleure l'esprit de l'autre, mais ne peut y pénétrer.

– Toi aussi, tu es un Communicateur ? demande-t-il avec un ton de respect.

– En un certain sens. Je te sens me toucher. Tu vas mieux, n'est-ce pas ?

– Beaucoup mieux. Beaucoup, beaucoup, beaucoup mieux.

– Je te l'avais bien dit. Désormais, Skein, tu as ta seconde chance. Ton talent t'a été restitué. Grâce à notre ami dans le puits. Ils aiment tellement se rendre utiles.

Skein ? Skein ? Skein ? Skein ?

Nous concevons le temps comme quelque chose ou bien de fluctuant ou bien de permanent. Tout le problème consiste à concilier ces deux concepts. D'un point de vue purement formaliste, cela ne présente pas de difficultés, puisque l'on peut concilier ces propriétés par le biais du concept de duratio successiva. *Chaque unité de temps possède cette caractéristique de permanence fluctuante : une heure s'écoule pendant qu'elle dure et aussi longtemps qu'elle dure. Son écoulement est ainsi identique à sa durée. Le temps, de ce point de vue, est transitoire; mais son passage dure toujours.*

Dans les premiers mois de son infirmité, il vécut, au cours de ses fugues, bon nombre de séquences de bonds en avant. Il se vit devant la demeure du XIXe siècle. Il se vit dans une douzaine de bureaux d'avocats, il se vit dans des hôtels, des terminus, des astronefs, il se vit converser sur la nature du temps avec l'homme au visage décharné, il se vit tremblant au bord du puits, il se vit en ressortir guéri, il se vit errant de monde en monde, en quête de la bonne planète au sable violet et aux arbres à feuilles bleues. À mesure que le temps se déroulait, la plupart de ces bonds en avant s'avéraient dûment intégrés dans le flot du présent; il *trouva* la demeure, il *alla* dans ces hôtels et terminus, il *erra* sur ces mondes qui n'étaient pas les bons. Aujourd'hui, alors qu'il approche d'Abbondanza VI, il est soumis à nombre de bonds en arrière, et relativement peu de bonds en avant, lesquels bonds en avant semblent se limiter à un laps de temps passablement court, incluant son atterrissage sur Abbondanza VI, sa première rencontre avec l'homme au visage décharné, sa descente dans le puits, et sa réapparition, une fois guéri, de la tanière de l'amibe. Jamais rien qui réside au-delà de cette ultime scène. Il se demande si, pour lui, le temps s'arrête sur Abbondanza VI.

Le vaisseau atterrit sur Abbondanza VI une demi-journée en avance sur l'horaire prévu. Il faut sacrifier aux habituelles procédures de décontamination, pendant lesquelles Skein se repose dans sa cabine, comptant les secondes qui le séparent de la liberté. Curieusement, il est convaincu que ce monde est celui sur lequel il rencontre l'homme au visage décharné et l'amibe bienfaisante. Certes, il a déjà éprouvé cette sensation lorsqu'il contemplait, depuis les autres astronefs, ces autres planètes offrant la même coloration, et il s'est trompé. Mais il y a quelque chose de nouveau dans l'intensité de sa conviction; il est sûr que c'est ici que sa quête touche à son terme.

– Le débarquement commence, annoncent les haut-parleurs.

Il rejoint la file des passagers sur le point de sortir. Les autres se sourient, s'embrassent, se mur-

murent quelques adieux; durant le voyage, ils se sont fait des amis, voire des amants ou des maîtresses. Lui reste à l'écart. Personne ne lui souhaite l'au revoir. Il se retrouve dans un terminus brillamment éclairé, un grand cube de verre semblable à tous les terminus disséminés parmi les milliers de mondes atteints par l'homme. Il pourrait être à Chicago, Johannesburg ou Beyrouth : la sempiternelle scène des porteurs, des employés des guichets de réservation, des douaniers, du personnel de l'hôtel, des chauffeurs de taxi, et des guides. Le fléau de l'uniformité qui s'étend à travers tout l'univers. À peine franchi le passage de la douane, Skein est assailli de toutes parts. Désire-t-il un taxi, une chambre d'hôtel, une femme, un homme, un guide, une parcelle de terrain, un domestique, un billet pour Abbondanza VII, une voiture privée, un interprète, une banque, un téléphone ? Le tohu-bohu envoie Skein dans trois fugues consécutives de dix secondes, toutes dans le passé; d'abord un jour pluvieux à Terra del Fuego, puis une communion où il est censé aider un producteur de spectacles aériens à parfaire le scénario de sa dernière folie, enfin lui-même en train d'apposer la paume de sa main sur le cube pour dicter à Coustakis les termes de leur contrat. Alors, Coustakis se volatilise, et réapparaît le terminus, en même temps que Skein réalise que quelqu'un l'a agrippé par le bras gauche juste au-dessus du coude. Des doigts osseux s'enfoncent dans sa chair, qui lui arrachent une grimace de douleur. C'est l'homme au visage décharné.

– Viens avec moi, dit-il. Je t'emmène là où tu veux aller.

– Ce n'est pas un autre bond en avant, n'est-ce pas ? demande Skein, comme il s'est si souvent vu le faire par le passé. Je veux dire : tu es réellement là, devant moi, et tu vas m'y conduire ?

Et comme Skein l'a si souvent entendu répéter par le passé, l'homme au visage décharné répond :

– Non, cette fois, ce n'est pas un bond en avant. Je suis là, bien réel, pour te conduire.

– Merci mon Dieu. Merci mon Dieu. Merci mon Dieu.

– Suivons ce couloir. Tu as ton passeport avec toi ?

Les mots familiers. Skein s'attend à découvrir qu'il est tout simplement en train de subir une nouvelle fugue, et qu'il va replonger d'un moment à l'autre dans l'univers de frustration de la réalité. Mais non. La scène ne semble pas devoir se dissiper. Elle tient bien. Elle tient. Il a enfin réussi à crocheter cet instant particulier, il s'y cramponne et l'enferme, telle une perle, dans l'écrin du présent. Pour l'heure, il s'apprête à sortir du terminus. L'homme au visage décharné l'aide à satisfaire aux formalités d'usage. Comme son corps est flétri ! Comme ses yeux sont brûlants, et son visage émacié ! Ces orbites effroyables qui ne sont qu'os saillant sous le filet de peau qui recouvre le front. Ces joues parcheminées. Ces côtes qu'on pourrait entendre cliqueter l'une contre l'autre. Un coup de poing vigoureux, et il ne resterait qu'un nuage de poussière blanche qui retomberait lentement.

– Je connais ton problème, dit l'homme au visage décharné. Tu t'es laissé happer par les crocs de l'entropie, et elle te dévore. La blessure de ton esprit t'a plongé dans une situation que tu ne peux plus maîtriser. Tu *pourrais* la maîtriser, si seulement tu voulais apprendre à t'adapter à la nature des perceptions qui sont désormais les tiennes. Mais tu ne veux pas, n'est-ce pas ? Et pourtant, tu aspires à la guérison. Eh bien, c'est ici que tu peux être guéri, tu comprends ? Enfin, plus ou moins. Je vais te conduire à l'endroit.

– Qu'est-ce que tu veux dire quand tu prétends

que je pourrais la maîtriser en apprenant à m'adapter ?

– Ta blessure t'a libéré. Elle t'a montré la vérité sur le temps. Mais tu refuses de la voir.

– Quelle vérité ? demande Skein d'un ton sec.

– Tu t'évertues encore à croire que le temps s'écoule en bon ordre d'alpha à oméga, d'hier à aujourd'hui, d'aujourd'hui à demain. (Tout en discutant, ils avancent à pas lents à travers le terminus.) Mais ce n'est pas le cas. L'idée du temps qui s'écoulerait vers l'avant est une duperie que nous nous imposons à nous-mêmes au cours de l'enfance. Une abstraction acceptée par le sens commun pour nous permettre d'affronter plus facilement le phénomène. La vérité est que les événements se produisent de façon aléatoire, que le flot chronologique n'est que la somme de nos hallucinations combinées et que, si l'on peut dire du temps qu'il s'écoule, il s'écoule en fait dans toutes les directions à la fois. Donc...

– Attends, réplique Skein. Comment expliques-tu alors les lois de la thermodynamique ? L'entropie augmente : l'énergie disponible diminue constamment; l'univers tend vers la stase ultime.

– Ah oui ?

– La deuxième loi de la thermodynamique...

– ... est une abstraction. Laquelle, malheureusement, ne correspond pas du tout à la situation de l'univers véritable. Ce n'est pas une loi divine. C'est une hypothèse mathématique développée par des individus qui s'avéraient incapables de percevoir la situation réelle et qui mirent tout leur zèle à accorder les données au seul cadre qu'ils pouvaient comprendre. Leurs lois ne sont que des formulations de probabilités, uniquement basées sur des conditions qui n'existent qu'à l'intérieur de systèmes clos; une fois admis le système clos adéquat, la deuxième loi se révèle évidemment fort utile et lumineuse.

Mais dans l'univers considéré comme un tout, elle n'est pas vraie, tout simplement. Il *n'existe pas* de vecteur temps. L'entropie *n'augmente pas* nécessairement. Les processus naturels *peuvent* être réversibles. La cause ne précède pas *invariablement* l'effet. En fait, la cause et l'effet sont des concepts vides. Il n'existe ni cause ni effet, mais seulement des événements, générés spontanément, que nous disposons dans notre esprit suivant des structures séquentielles qui nous sont compréhensibles.

– Non, marmonne Skein, c'est absurde !

– Rien n'est séquentiel. Tout est aléatoire.

– Non.

– Pourquoi ne pas l'admettre ? Ton cerveau a été endommagé; ce qui a été détruit est le centre de la perception temporelle, celui-là même que les humains utilisent pour imposer cet ordre fantasque aux événements. Tes filtres temporels se sont consumés. Le passé et l'avenir te sont aussi accessibles que le présent; Skein, tu peux aller où bon te semble, tu peux regarder les événements évoluer comme ils le font en réalité. Seulement voilà, tu n'as pas réussi à briser tes vieilles habitudes de pensée. Tu t'évertues toujours à imposer aux choses l'ordre entropique conventionnel, même s'il te manque les mécanismes pour agir ainsi, aujourd'hui, et le conflit entre ce que tu perçois et ce que tu crois percevoir te conduit vers la folie. N'est-ce pas vrai ?

– Comment sais-tu tant de choses sur moi ?

L'homme au visage décharné étouffe un petit rire.

– J'ai été blessé de la même manière que toi. Il y a longtemps, j'ai subi le même type de surcharge, qui m'a arraché à la trame temporelle. Et j'ai mis des années à me réaccorder à la nouvelle réalité. Au début, j'étais aussi horrifié que toi. Mais aujourd'hui, je comprends les choses. Et j'évolue librement. Je reconnais les choses, Skein. (Un rire lui écorche la gorge.) Mais tu as besoin de repos. Une chambre, un lit. Du temps pour réfléchir à tout cela. Viens. Rien ne presse, désormais. Tu es sur la bonne planète; bientôt, tu te sentiras bien.

En outre, l'association de l'accroissement d'entropie avec le vecteur temps n'est en aucune façon circulaire; elle nous apprend plutôt quelque chose, à la fois sur ce qui arrivera aux systèmes naturels dans le temps, et sur ce que doit être l'ordre temporel pour une série d'états d'un système donné. Ainsi, il est fréquent de pouvoir établir un ordre temporel au sein d'un ensemble d'événements en utilisant l'association temps-entropie, libre de toute référence aux horloges et à la mesure des intervalles temporels du présent. Suivant l'interprétation habituelle de l'avant-après, nous procédons souvent ainsi sur la base de notre expérience (même démunis d'une connaissance explicite de la loi d'accroissement de l'entropie) : nous savons par exemple que pour le fer exposé à l'air libre, l'état de métal pur précède celui de surface rouillée, ou que les vêtements ne seront secs qu'après, et non avant, avoir été étendus au soleil.

Une nuit moite et électrique, une nuit de tonnerre et d'ouragans temporels. Allongé, solitaire, dans sa chambre d'hôtel trop grande, à cinq kilomètres de la plage violette, Skein est la proie des fugues.

– Écoutez, je suis obligé d'interdire cela. Ces tortues sont quasiment en voie d'extinction. Vous comprenez ça ? *Muerto. Perdido. Desaparecido.* Je n'ai pas envie de manger de la tortue. Rejetez-la. Rejetez-la.

– Je suis heureux de vous informer que votre second cycle vous a été accordé, monsieur Skein. Non qu'il y ait jamais eu le moindre doute... En tout cas, je vous souhaite une longue et heureuse nouvelle vie.

– Descends le voir. L'intensité de sa puissance diminue en fonction du carré de la distance; d'ici, tu ne peux pas l'éprouver. Descends. Laisse-le communiquer avec toi. Fusionne avec lui. Communie, Skein, communie !

– Montrer vous les moséïques ? Aider vous comprendre ce magnifique édifice ? Un dollar ? Non ? Peut-être changer argent ? Bon taux.

– D'abord, soyons clairs. Cet homme va voir tout ce qui est dans mon esprit ? Il aura accès à toutes mes pensées secrètes ?

– Je t'aime !
– Éloigne-toi de moi !

– Ne sauras-tu donc jamais que la causalité n'est qu'illusion ? L'idée qu'il existe une série suivie d'événements n'est qu'une supercherie. Nous imposons une conformité à nos vies, nous parlons du vecteur temps, nous prétendons qu'il s'écoule de A à G, et de Q à Z, nous nous faisons croire que tout est gentiment linéaire. Mais c'est faux, Skein. C'est faux.

Petit déjeuner sous la tonnelle d'une véranda. La lumière du matin, à l'ouest, qui fait luire les arbres d'un éclat outremer. L'homme au visage décharné le rejoint. Secrètement, Skein cherche à lire sur la face parcheminée. Tout n'est-il qu'illusion ? Peut-être que lui *aussi* est une illusion.

Ils avancent vers la mer. Il est loin d'être midi lorsqu'ils atteignent la plage. L'homme au visage décharné pointe un doigt vers le sud, et ils repartent, en suivant la côte; progression souvent difficile car, de place en place, le sable devient mouvant, qui les oblige à faire un détour par l'intérieur des terres, à escalader des falaises de quartz. Le vieillard au corps racorni semble infatigable. Lorsqu'ils font halte pour prendre un peu de repos, accroupis sur la grève intemporelle au sable violet adouci par la récente marée, ils reprennent leur discussion sur le temps, et Skein entend des phrases qui ont résonné dans son crâne pendant quatre années et plus. C'est comme si tout ce qui s'était déroulé jusqu'ici n'avait été que la répétition d'un acte, et qu'il venait enfin de monter sur la scène.

– Skein, ne sauras-tu donc jamais que la causalité n'est qu'illusion ?

– Je me sens l'obligation d'éveiller ton esprit à la vérité.

– Le temps est un océan, et les événements dérivent vers nous aussi fortuitement que les cadavres d'animaux sur les vagues.

Et Skein de réciter les répliques appropriées :

– Je ne peux accepter cela. C'est une théorie démoniaque, catastrophiste, nihiliste.

– C'est toi qui dis cela, après tout ce que tu as enduré ?

– Je continuerai à le dire. Ce par quoi je suis passé n'est qu'une maladie mentale. Je suis peut-être détraqué, mais l'univers, lui, ne l'est pas.

– Bien au contraire. Ce n'est que récemment que tu es devenu sain d'esprit, et que tu as commencé à voir les choses telles qu'elles sont réellement. L'ennui est que tu te refuses d'admettre l'évidence que tu commences juste à ressentir. Mais tes filtres ne marchent plus, Skein ! Tu t'es débarrassé de l'illusion de la linéarité ! Voici ta chance de montrer ta souplesse d'esprit. Apprends à vivre avec la vraie réalité. Cesse ces stupidités qui consistent à vouloir imposer un ordre artificiel aux flots du temps. Pourquoi l'effet *devrait-il* suivre la cause ? Pourquoi la graine ne *suivrait-elle* pas l'arbre ? Pourquoi faut-il que tu persistes à t'enfermer dans un système aussi méprisable, inutile et dépassé, de fausses évaluations de l'expérience, alors que tu es parvenu enfin à te libérer de...

– Arrête ! Arrête ! Arrête ! Arrête !

En début d'après-midi, ils sont à de nombreux kilomètres de l'hôtel et continuent leur marche en restant, autant que faire se peut, le plus près du rivage. Le terrain est inégal, accidenté, la roche projette ses doigts rugueux presque jusqu'au bord des vagues, et la marche semble à Skein encore plus éprouvante que dans ses visions. Il s'arrête plusieurs fois, haletant, et ne repart que sur les instances de son compagnon.

– Ce n'est plus très loin, dit l'homme au visage décharné. Tu peux y arriver. En avançant pas à pas.

– Je suis à bout de souffle. Ces collines...

– J'ai deux fois ton âge, et je m'en sors très bien.

– Tu es en meilleure forme. Cela fait des mois et des mois que je suis enfermé dans des astronefs.

– C'est tout près, insiste l'homme au visage décharné. Environ à cent mètres de la grève.

Skein lutte contre la fatigue. La chaleur est épouvantable. Il s'affale sur le sable; la transpiration l'aveugle; une fugue momentanée l'envoie dans son passé.

– C'est là, dit enfin l'homme au visage décharné. Regarde, dans le puits.

Skein aperçoit le cratère en forme de cône, puis l'amibe dorée.

– Descends le voir, reprend l'homme au visage décharné. L'intensité de sa puissance diminue en fonction du carré de la distance; d'ici, tu ne peux pas l'éprouver. Descends. Laisse-le communiquer avec toi. Fusionne avec lui. Communie, Skein, communie !

– Et il va me guérir ? Me refaire fonctionner comme avant les troubles ?

– Si tu le laisses faire, il te guérira. Car tel est son désir. C'est un organisme totalement bienfaisant. Il excelle à remettre en état les âmes brisées. Laisse-le pénétrer ton cerveau, qu'il trouve l'endroit endommagé. Tu peux avoir confiance en lui. Descends.

Skein reste tremblant au bord du puits. La créature ondule et se tortille, prend d'abord une forme étroite et allongée, puis haute et trapue, avant de retrouver sa forme circulaire de base. Sa couleur fonce presque jusqu'à l'écarlate, tandis que la teinte du halo glisse vers le jaune. Comme si elle se lissait la peau avant de s'étendre. Elle semble l'attendre. Impatiente. Elle est ce qu'il a cherché si longtemps, dans sa course épuisante d'une planète à l'autre. L'homme au visage décharné, le sable violet, le puits, la créature. Skein enlève ses sandales. *Qu'ai-je à perdre ?* Il s'assoit un moment au bord du puits; enfin s'y laisse descendre, s'y laisse glisser, se pose doucement, tout près de l'être qui l'attend. Et immédiatement éprouve la puissance de son esprit. Quelque chose se frotte contre son cerveau. La sensation lui rappelle les séances d'entraînement de son premier cycle, quand les instructeurs lui montraient comment développer son don. Les doigts qui fouillent sa conscience. Allez-y, entrez, leur dit-il. Je suis ouvert. Je suis ouvert. Et il se trouve en contact avec l'être dans le puits. Pas de mots. Un flot à double sens d'images inintelligibles pour seule communion; des formes dérivent de son esprit, d'autres s'y insinuent. L'univers se voile. Il ne sait plus très bien où situer le centre de son ego. Son cerveau, il l'imaginait comme une sphère dont il était le centre, mais il lui paraît désormais allongé, elliptique, et une ellipse n'a pas de centre, seulement un double foyer, là et là, et l'un de ces foyers est dans son crâne, et l'autre – où ? – dans cette amibe charnue. Et soudain il se voit par les yeux de l'amibe. Un grand bipède avec un corps osseux. Comme il est bizarre, comme il est grotesque ! Mais il souffre. Mais il a besoin d'aide. Il est blessé. Il est cassé. Nous allons vers lui avec tout notre amour. Nous allons le guérir. Et Skein sent quelque chose qui s'écoule par-dessus les plis et les fissures de son cerveau. Il ne se souvient plus s'il est l'humain ou l'être du puits, la créature avec des os ou celle de gélatine. Leurs identités sont mêlées. Il traverse des fugues par dizaines, rencontre des hiers et des demains sans consistance et sans contenu; il ne s'y reconnaît plus, n'y comprend pas les mots exprimés. Qu'importe. Tout est hasard. Tout n'est qu'illusion. Libère le nœud de douleur que tu retiens en toi. Accepte. Accepte. Accepte. Accepte.

Il accepte.

Se libère.

Fusionne.

Rejette ses lambeaux d'ego, les contraintes qui pèsent sur l'exosquelette de son moi et, calmement, s'abandonne aux ajustements nécessaires.

L'éventualité, cependant, d'une diminution purement thermodynamique de l'entropie dans un système isolé – dont nous ne discuterons pas ici le caractère de rareté – soulève une objection vis-à-vis de la définition d'un temps directionnel en termes d'entro-

pie. S'il était donné à un système vaste et isolé de subir par hasard une diminution d'entropie, à savoir observer un état issu d'un autre état, nous devrions convenir que le temps « est parti en arrière », dès lors que notre définition du vecteur temps s'exprimait fondamentalement en termes d'accroissement d'entropie. Mais à considérer une définition ultime de la marche en avant du temps basée sur une succession d'états réels et d'intervalles temporels mesurés dans le présent, nous pouvons aisément nous accommoder de la diminution d'entropie, qui ne serait alors qu'une anomalie relativement rare dans les processus physiques du monde naturel.

Le vent se lève. Le sable, soulevé dans les airs, tache le ciel de gris. Skein grimpe jusqu'au bord du puits où il s'allonge, la poitrine haletante. L'homme au visage décharné l'aide à se relever.

Skein a déjà vu cette séquence des centaines de fois.

– Comment te sens-tu ? s'enquiert l'homme au visage décharné.

– Bizarre. Enfin, ça va. Mes idées me semblent si claires !

– Tu as eu une communion, en bas ?

– Oh, oui. Oui.

– Et alors ?

– Je crois que je suis guéri, dit Skein, émerveillé. Ma force est revenue. Tu sais, avant, je me sentais abattu jusque dans mes os; une miniversion de moi-même. Et aujourd'hui... Aujourd'hui...

Il fait glisser en avant une terminaison de son esprit, qui rencontre l'esprit de l'homme au visage décharné. Skein a la sensation d'une interface opaque; il effleure l'esprit de l'autre, mais ne peut y pénétrer.

– Toi aussi, tu es un Communicateur ? demande-t-il avec un ton de respect.

– En un certain sens. Je te sens me toucher. Tu vas mieux, n'est-ce pas ?

– Beaucoup mieux. Beaucoup, beaucoup, beaucoup mieux.

– Je te l'avais bien dit. Désormais, Skein, tu as ta seconde chance. Ton talent t'a été restitué. Grâce à notre ami dans le puits. Ils aiment tellement se rendre utiles.

– Que dois-je faire, maintenant ? Où dois-je aller ?

– N'importe quoi. N'importe où. N'importe quand. Tu es libre de te déplacer à ta guise le long de la trame du temps. En état de fugue contrôlée, dirigée pour ainsi dire. Après tout, si le temps est aléatoire, s'il n'existe pas de suite d'événements figée…

– Oui ?

– Alors, pourquoi ne pas choisir la séquence qui t'attire le plus ? Pourquoi t'engluer dans l'ensemble d'abstractions dans lequel t'a maintenu ton moi-d'avant ? Tu es un homme libre, Skein. Va. Jouis de la vie. Défais ton passé. Corrige-le. Embellis-le. Ce n'est pas ton passé, pas plus que ceci n'est ton présent. Tout cela ne fait qu'un, Skein, *un*. Prends donc les parts que tu préfères.

Skein teste la vérité dans les mots de l'homme au visage décharné. Prudemment, il s'autorise une incursion de trois minutes dans le passé et se voit luttant pour s'extirper du puits. Il se glisse quatre minutes dans le futur et aperçoit l'homme au visage décharné, seul, arpentant péniblement la grève en direction du nord. Tout coule. Tout est fluidité. Il est libre, libre.

– Tu vois, Skein ?

– Maintenant, oui.

Il a échappé aux mâchoires de l'entropie. Il est

maître du temps, à savoir son propre maître. Il peut se déplacer comme bon lui semble. Il peut défier les forces imaginaires du déterminisme. Soudain, il prend conscience de ce qu'il doit faire, maintenant. Il revendiquera son libre arbitre. Il affrontera l'entropie sur son propre terrain. Il sourit. Il se détache doucement de la trame du temps et flotte vers ce que d'aucuns nommeraient le passé.

– Mettez Nissenson en état réceptif, ordonne-t-il à son bureau.

Coustakis cligne rapidement des yeux, visiblement mal à l'aise.

– D'abord, soyons clairs, fait-il. Cet homme va voir tout ce qui est dans mon esprit ? Il aura accès à toutes mes pensées secrètes ?

– Non. Non. Je filtre la communication avec soin. Rien ne va se transvaser de votre esprit au sien, si ce n'est la nature du problème que vous voulez le voir résoudre. Rien non plus ne passera du sien au vôtre, sinon la réponse.

– Et s'il n'a pas la réponse ?

– Il l'aura.

– Et s'il en profitait après cela, s'inquiète Coustakis, pour se lancer à son tour dans les affaires de transport par transmission ?

– Il est lié par un contrat, répond sèchement Skein. Aucune chance. Allons-y maintenant. Tout de suite et ensemble.

Le bureau déclare que Nissenson, à l'autre bout du monde, à São Paulo, est prêt. Sans perdre de temps, Skein place Coustakis en état réceptif et se retourne face aux lumières scintillantes de ses transcripteurs de données. Voici le moment où il peut interrompre la transaction. Retourne-toi encore, Skein. Regarde Coustakis, souris-lui tristement, dis-lui que la communion s'avère impossible. Rends-lui son argent, renvoie-le, qu'il aille démolir l'esprit d'un autre Communicateur. Et vis, pleinement heureux, ce qui te reste à vivre. C'était à ce point précis de cette scène qu'il revoyait indéfiniment au cours de ses fugues, que Skein se hurlait en silence son espoir de se voir interrompre le processus. Désormais, c'est en son pouvoir, car il ne s'agit pas là d'une fugue, d'une quelconque illusion de décalage temporel. Il s'est réellement déplacé, et il est bien là, apportant dans ses bagages la connaissance de tout ce qui doit advenir par la suite; il est le seul et unique Skein, le Skein qui tient les rênes. Lève-toi, maintenant. Refuse le contrat.

Il ne bouge pas. Ainsi défie-t-il l'entropie. Ainsi brise-t-il la chaîne.

Il scrute les petites étincelles mouvantes jusqu'à ce qu'elles allument le pouvoir qui palpite au rythme électrique de son cerveau avant de s'élever au niveau d'énergie qui permet l'ouverture de la communion. Il en augmente l'intensité et projette une terminaison de son esprit qui connecte Nissenson, puis une autre qui agrippe Coustakis. Résolument, il relie les deux terminaisons. Il est conscient des risques, mais pense pouvoir les surmonter.

Le contact a lieu.

De l'esprit de Coustakis, parvient une description du transmetteur de matière, suivie d'un exposé en clair du problème de dispersion du faisceau; Skein achemine tout cela jusqu'à Nissenson, qui se met à réfléchir à une solution. La force combinée des deux esprits est immense, mais Skein, habilement, laisse s'épancher l'excès de charge et maintient la communion sans effort particulier; ainsi, Coustakis et Nissenson gardent un contact au cours duquel ils échangent leur charabia technique, sans que Skein prête grande attention au flux vertigineux qui s'écoule de l'un à l'autre. *Si vous. Oui, et alors. Mais si. Je vois, oui. Je pourrais. Et ensuite. Cependant, je devrais peut-être. Ça me plaît. Cela nous conduit à. Évidemment. Le résultat inévitable. Mais c'est faisable ? Je pense que oui. Il vous faudra. Je pourrais. Oui. Je pourrais. Je pourrais.*

– Je vous remercie un million de fois, dit Coustakis à Skein. C'était si simple, finalement, dès lors que nous avons su comment envisager le problème. Je ne regrette pas l'argent que je vous ai versé. Vraiment pas.

Coustakis s'en va, le visage luisant de satisfaction. Skein se sent soulagé.

– Je vais m'offrir trois jours de vacances, dit-il à son bureau. Arrangez-moi ça comme il faut, je ne veux plus voir personne.

Il sourit, traverse la pièce, branche les lentilles amplificatrices et savoure le magnifique panorama. Le cauchemar est terminé, le passé revu et corrigé, la surcharge évitée. Tout ce qu'il fallait était un brin de confiance. Quelques éclaircissements. Une compréhension correcte des processus engagés.

Il a soudain la sensation vertigineuse d'une fugue temporelle naissante. Avant même qu'il ne puisse intervenir pour retrouver le contrôle de ses sens, il bascule dans les ténèbres et atterrit instantanément sur une planète au sable violet et aux arbres à feuilles bleues. Des vagues orange viennent lécher la côte. Il est à quelques mètres d'un puits profond de forme conique. Lorsqu'il s'y penche, il aperçoit une créature semblable à une amibe, étendue à côté d'une silhouette humaine; des espèces de tentacules émergent de la substance gélatineuse, qui s'enroulent autour du corps de l'homme. Il reconnaît cet homme : John Skein. Dans le puits, la communion prend fin; l'homme commence à escalader la paroi.

Le vent se lève. Le sable, soulevé dans les airs, tache le ciel de gris. Patiemment, il observe son moi plus jeune qui lutte pour s'extirper du puits. Il comprend. Le circuit est fermé; le nœud est noué; la boucle d'identité se clôt sur elle-même. Il est destiné à passer de nombreuses années sur Abbondanza VI, des années à vieillir, des années à se faner. Il est l'homme au visage décharné.

Skein atteint le bord du puits et y reste allongé, haletant. Il aide Skein à se relever.

– Comment te sens-tu ?

AMANDA ET L'EXTRATERRESTRE

C'est vendredi, en fin d'après-midi, devant le Video Center de South Main, qu'Amanda repéra l'extraterrestre. Bien qu'il s'efforçât de passer inaperçu, de paraître le plus décontracté possible, il était quand même un tantinet désorienté et mal à l'aise. Déguisé en jeune fille d'environ dix-sept ans, avec sa peau au teint olivâtre et des cheveux si foncés qu'ils en semblaient bleu marine, il avait l'air d'une Chicana; mais Amanda, qui avait elle aussi dix-sept ans, était tout à fait à même de reconnaître un simulateur quand elle en croisait un. Afin de s'en assurer, elle observa quelques minutes l'extraterrestre depuis le trottoir d'en face, puis traversa la chaussée.

– Tu t'y prends mal, fit-elle. Il suffit d'un brin de jugeote, et on voit tout de suite qui tu es.

– Fiche-moi le camp, lança l'extraterrestre.

– Non, tu vas m'écouter. Tu veux échapper au centre de détention, oui ou non ?

L'extraterrestre la dévisagea froidement.

– Je ne sais fichtre pas de quoi tu parles.

– Oh si, tu le sais. Ça n'a aucun sens d'essayer de me bluffer. Écoute, je veux t'aider. À mon avis, tu te comportes comme un bleu. Un bleu, tu sais ce que ça veut dire ? Tiens, viens chez moi et je t'apprendrai quelques petits trucs pratiques pour te faire passer pour un humain. De toute façon, je n'ai rien à glander de tout le week-end. (Une lueur intéressée s'alluma brièvement dans les yeux sombres et glacés d'Amanda.) Tu ne serais pas un rien lunatique ? Bon, fais comme tu veux, ô machin venu d'au-delà des étoiles ! Qu'ils t'enferment donc à nouveau, qu'ils te plantent leurs électrodes dans les fesses, si cela te chante. Tu ne vois pas que j'essaye de t'aider ? C'est vraiment tout ce que je peux faire, essayer.

Amanda haussa les épaules et s'éloigna sans se retourner. Trois pas, quatre, cinq, mains dans les poches de son jean, elle se dirigeait vers sa voiture. Avait-elle eu tort d'agir ainsi ? Non, bien sûr que non. Certes, il lui arrivait de se tromper, comme avec Charley Taylor quand elle avait cru qu'il voulait passer le week-end avec elle, mais pas ce coup-ci. Cette poulette aux plumes bleu foncé, ce ne pouvait être que l'extraterrestre en fuite. Le monde entier courait après lui : une forme de vie non humaine et susceptible d'attenter à la vie des citoyens s'est évadée du centre de détention de Tracy – mais ça aurait pu arriver n'importe où, Walnut Creek, Livermore, ou même San Francisco –, un monstre dangereux, capable de prendre l'apparence de tout un chacun en avalant et digérant sa victime. Et voilà-ti-pas qu'elle l'avait trouvé, là, devant le Video Center. Amanda poursuivit sa route.

– Attends ! lui cria-t-il enfin.

Elle s'accorda encore un pas ou deux avant de jeter un œil par-dessus son épaule.

– Ouais ?

– Comment m'as-tu repéré ?

– Facile, fit-elle en souriant. Tu portes un imperméable et on n'est qu'en septembre; ici, la saison des pluies ne démarrera pas avant un mois ou deux. Et puis, tu as aussi ces antiques pantalons Spandex, qu'on ne met plus depuis belle lurette. Ton visage est peint aux couleurs de San Jose, mais avec les V qu'ils se mettent sur les joues à Berkeley. Ce ne sont que les trois premiers trucs qui m'ont sauté aux yeux. Je pourrais en trouver beaucoup d'autres. Dans ta dégaine, rien ne va avec rien. C'est comme si tu avais fait un survol de ce qu'il te fallait mettre, et que tu aies pris un peu de tout. Plus je t'observe, et plus je vois des trucs qui clochent. Tiens, tu as les écouteurs dans les oreilles, le magnéto est allumé, mais il n'y a pas de cassette à l'intérieur. Qu'est-ce que tu écoutes donc ? la musique des sphères ? Je ne sais pas si tu es au courant, mais sur ce modèle il n'y a pas la FM. Tu vois ? Tu te crois peut-être parfaitement camouflé, mais c'est raté.

– Je pourrais te détruire, menaça l'extraterrestre.

– Quoi ? Oh, bien sûr. Bien sûr que tu pourrais. Avale-moi donc, là, dans la rue, terminé en trente secondes, une petite traînée visqueuse, et c'est parti : une Amanda toute neuve. Et alors ? Qu'est-ce que ça te rapporterait ? Tu ne sais même pas comment cette histoire va finir. Je ne vois pas où est la logique dans le fait de me détruire, à moins que tu ne sois complètement débile. Je suis de ton côté. Ce n'est pas moi qui vais te dénoncer.

– Et pourquoi je te ferais confiance ?

– Parce que ça fait cinq minutes que je te parle, et que je n'ai toujours pas appelé les flics. Tu sais que la moitié de la Californie est à tes trousses ? Hé, tu sais lire ? Amène-toi un peu par ici. Là.

Tirant l'extraterrestre par le bras, Amanda le conduisit jusqu'au carrefour, près du distributeur de journaux. Dans l'*Examiner* de l'après-midi, la manchette disait :

TERREUR EXTRATERRESTRE DANS LA BAIE

Les Marines sur le point de
rejoindre l'Unité de Chasse du
Neuvième District.

Le Maire et le Gouverneur
mettent la population en garde
contre une éventuelle panique
qui aurait des effets désastreux.

– Tu comprends ce que ça veut dire ? C'est de toi qu'il est question. Ils arrivent avec leurs lance-flammes, leurs fusils anesthésiants, leurs filets magnétiques et Dieu sait quoi encore. Depuis un jour et demi, c'est une véritable hystérie. Et toi, tu es planté là, avec tes V ridicules ! Bon Dieu ! Bon Dieu de bon Dieu ! Tu as un plan ? Qu'est-ce que tu cherches à faire ?

– À rentrer chez moi. Mais d'abord, j'ai un rendez-vous, au point de ralliement.

– C'est où ?

– Tu me prends pour un idiot ?

– Et merde. Si j'avais l'intention de te donner, je l'aurais fait il y a cinq minutes. Mais c'est comme tu veux. Je n'en ai rien à fiche de ton point de ralliement. En tout cas, laisse-moi te dire une chose : attifé comme tu es, tu ne dépasseras pas San Francisco. C'est un miracle qu'on ne t'ait pas encore attrapé.

– Et tu m'aiderais ?

– J'essaie. Viens. Foutons le camp d'ici. Je t'emmène à la maison et je t'héberge quelque temps. Ma voiture est au parking, au coin de l'avenue.

– D'accord.

– Ouaou ! (Amanda hocha lentement la tête.) Il y a des gens à qui c'est terriblement difficile de rendre service.

Tandis qu'ils quittaient le centre ville, Amanda, au volant de sa voiture, jetait de temps à autre un regard vers l'extraterrestre assis, quelque peu tendu, sur le siège de droite. À la base, son déguisement s'avérait très convaincant; certes, il y avait un tas de petits détails qui détonnaient dans son allure, extérieurement, disons anthropologiquement parlant, mais il *ressemblait* à un humain, il avait *l'air* humain, il *sentait* même humain. Il aurait sans doute abusé quatre-vingt-dix-neuf pour cent de la population, ou même davantage, mais Amanda avait toujours eu le nez creux pour ce genre de choses. Dès le moment où elle avait aperçu l'extraterrestre sur South Main, aussi bizarre que cela fût, ses sens l'avaient mise en alerte, tous nerfs en éveil, les antennes frémissantes. Évidemment, elle n'était pas spécialement à l'affût d'extraterrestres, c'était plutôt histoire de se changer les idées, de s'amuser un peu, n'importe quoi susceptible de remplir le grand vide béant qu'avait occasionné le refus de Charley Taylor de lui consacrer son week-end.

Tout le mois, elle avait attendu ce moment. Ses parents devaient partir trois jours pour Tahoe, sa jeune sœur avait eu la permission de les accompagner, et Amanda avait toute la maison pour elle seule, elle et Macavity le chat. Et Charley. Il arrivait le vendredi après-midi, ils se préparaient un petit dîner en amoureux pour bien commencer la soirée, puis se défonçaient sur ses réserves de poudre premier choix, se regardaient cinq ou six cassettes X piquées à ses parents, partaient le samedi en maraude dans les quartiers chauds de la ville, dans cet établissement de bains à Folsom où tout le monde se mettait à poil pour s'immerger dans l'immense jacuzzi, puis le dimanche… Bon Dieu, dire que tout ça était tombé à l'eau. Charley avait appelé le jeudi pour se décommander : « Un empêchement imprévu, vraiment important. » Amanda avait comme une légère idée de l'empêchement en question : la petite cousine nympho de New Orleans, qui se pointait parfois à l'improviste, d'un coup d'avion. Et l'immonde égoïste qui n'avait pas l'air de se rendre bien compte de ce que tout cela signifiait pour

Amanda, combien elle attendait ce week-end dans la fièvre, et la douleur que c'était de se retrouver ainsi congédiée. Elle avait tant de fois passé et repassé le programme des festivités dans sa tête, au point qu'il lui semblait presque les avoir vécues, comme si c'était la réalité vraie. Mais non, la nuit dernière, tout cela s'était volatilisé. Trois journées entières à elle, la maison pour elle toute seule, et sans devoirs à faire : on était au début du semestre, et voilà que Charley la plantait là ! Qu'était-elle censée faire alors ? Lancer un appel désespéré à travers la ville, comme une vulgaire call-girl, pour récupérer quelque ancien amoureux ? Dénicher un quelconque étranger dans la rue ? Amanda détestait ça. Elle avait été à demi tentée d'aller flâner en ville et laisser les choses se faire, mais à quoi bon, c'étaient tous des cinglés et des casse-pieds par ici, des types avec qui on pouvait s'attendre à tout. Quel désert, sans Charley ! Elle aurait été capable de le tuer pour lui avoir volé son week-end.

Quoique, pour l'heure, il y eût l'extraterrestre. Ils avaient débarqué l'année précédente, une douzaine de types venus des étoiles, non pas dans une soucoupe volante comme tout le monde l'aurait cru, mais dans des capsules minuscules qui flottaient comme des laiterons; ils avaient atterri sur une vaste zone en arc de cercle, quelque part entre San Diego et Salt Lake City. Leur aspect naturel, du moins dans la mesure où on pouvait l'affirmer, tenait de la méduse géante affublée d'une rangée d'yeux pourpres écarquillés sous une espèce de front allongé et ondulant; mais leur tactique usuelle consistait à emprunter n'importe quel corps du coin qui leur tombait sous le tentacule, à l'assimiler et à s'en faire ainsi une copie tout ce qu'il y a de conforme. L'un d'eux avait commis l'erreur de se transformer en ours brun des montagnes, et un autre en lynx –

sans doute pensaient-ils que c'étaient là les formes dominantes sur la Terre –, mais le reste avait endossé l'apparence humaine, au prix d'une dizaine de vies pour le moins. Alors, ils s'étaient efforcés d'entrer en contact avec les chefs du gouvernement, et évidemment s'étaient fait arrêter en un tournemain, et interner, soit dans des hôpitaux psychiatriques, soit dans les prisons du comté, avant qu'on ne les enferme en fin de compte – aussitôt qu'avait circulé l'information révélant ce qu'ils étaient réellement – dans un camp spécial de détention en Californie du Sud. Naturellement, tout ça avait fait grand bruit, des colonnes interminables dans les journaux, des reportages à n'en plus finir à la T.V., les spéculations de ce célèbre savant sur le sens de leur mission et leur structure biochimique, une controverse explosive concernant l'éventualité de la présence sur Terre d'autres représentants de l'espèce qu'on n'aurait pas encore détectés et qui comploteraient Dieu sait quoi, enfin, tout ce genre de trucs, jusqu'à ce qu'intervienne un communiqué sibyllin du gouvernement censé clore le sujet : aucune annonce officielle excepté que les « discussions » avec les visiteurs suivaient leur cours. Au bout de quelques jours, l'affaire dégénéra en quelques blagues stupides sur le dos des extraterrestres (du style : « Pourquoi un extraterrestre traverse-t-il la route la nuit ? »), et une prolifération de masques à l'effigie des envahisseurs pour le week-end d'Halloween; puis tout se fondit plus ou moins dans la grisaille du quotidien, et les gens oublièrent. Jusqu'à ce nouveau communiqué annonçant que l'une des créatures avait réussi à s'évader du camp de détention et rôdait quelque part dans un rayon de cent cinquante kilomètres autour de San Francisco. Aussi perturbée qu'elle fût par l'angoisse que lui causait l'attitude cruelle de Charley, Amanda avait quand même appris *la* nouvelle. Et voilà que l'extraterrestre était dans sa voiture. Après tout, le week-end ne s'annonçait pas aussi triste que ça. Amanda n'éprouvait pas la moindre crainte quant à la nature supposée mortelle de l'être des étoiles : il était tout ce qu'on veut mais certes pas du poison, sinon on ne l'aurait pas choisi pour une mission comme celle-ci, qui exigeait tout de même de traverser la moitié de la galaxie. En outre, Amanda était persuadée que l'extraterrestre comprenait fort bien qu'il n'était pas de son intérêt de lui faire du mal. Il avait besoin d'elle, et avait fini par l'admettre. Et elle, Amanda, dans la perspective de certain projet qu'elle commençait juste à entrevoir, avait besoin de l'extraterrestre.

Elle gara sa voiture devant la maison, une bâtisse trapue à deux niveaux située à l'extrême ouest de la ville.

– C'est là, fit-elle.

Des reflets de chaleur miroitante frémissaient dans l'air, contre les collines desséchées par un été interminable, et qui tapissaient d'une nuance fauve le fond du décor. Macavity, le vieux chat tigré d'Amanda, était vautré sur la pelouse en friche donnant sur l'entrée, dans l'ombre d'un callistemon. Lorsque Amanda et l'extraterrestre s'approchèrent, le matou se redressa, l'œil vigilant, les oreilles à plat, et émit une sorte de sifflement aigu. Aussitôt, l'extraterrestre se mit sur la défensive, reniflant l'atmosphère environnante.

– Ce n'est qu'un animal domestique, le rassura Amanda. Tu n'en as jamais vu ? Il n'est pas dangereux, simplement toujours un rien soupçonneux envers les étrangers.

Ce qui n'était pas vrai du tout. Un tremblement de terre n'aurait pas fait bouger Macavity d'un poil, un cotillon de souris dansant le menuet sur sa queue n'en aurait pas tiré la moindre réaction. Amanda l'amadoua quelque peu en lui ébouriffant la fourrure, mais il refusa de se laisser caresser par l'extraterrestre et s'esquiva à pas furtifs, le museau renfrogné, sous les broussailles; l'extraterrestre ne le lâcha pas des yeux avant qu'il ne fût hors de vue.

– Et sur votre planète, demanda Amanda en entrant dans la maison, vous avez quelque chose qui ressemble à nos chats ?

– Avant, nous avions de petits animaux sauvages. Mais ils ne servaient pas à grand-chose.

– Oh ! (La maison, mal aérée, sentait le renfermé; Amanda brancha l'air conditionné.) Mais dis-moi, où se trouve ta planète ?

L'extraterrestre ignora la question et entreprit de faire scrupuleusement le tour du salon, comme l'aurait fait un chat de gouttière, examinant la chaîne stéréo, la télévision, le canapé, le vase de fleurs séchées.

– Est-ce une maison terrienne typique ?

– Plus ou moins. Typique du coin, en tout cas. C'est ce que nous appelons la banlieue. C'est à une demi-heure d'autoroute de San Francisco. C'est une ville; beaucoup de gens y habitent. Je t'emmènerai faire une virée ce soir ou demain, si ça t'intéresse. (Elle mit de la musique, à fort volume; comme cela ne semblait pas émouvoir l'extraterrestre, elle monta le son encore plus.) Je vais prendre une douche. D'ailleurs, tu pourrais en prendre une aussi.

– Une douche ? Tu veux dire : la pluie ?

– Je veux dire : l'activité qui consiste à se nettoyer le corps. Nous les Terriens, nous adorons nous laver, pour nous débarrasser de la sueur, la poussière et tout ça. Chez nous, la puanteur est considérée comme un défaut physique. Viens, je vais te montrer. Tu sais, si tu ne veux pas qu'on t'attrape, il faut faire exactement comme moi. (Elle conduisit l'extraterrestre à la salle de bains.) Commence par ôter tes vêtements.

Il se déshabilla. Sous son imperméable, il portait

une paire de jeans à la fermeture éclair baissée et un T-shirt tout taché, avec l'inscription FISHERMAN'S WHARF et un dessin de San Francisco sur ligne d'horizon. En dessous, un soutien-gorge noir, dégrafé, les bonnets recouvrant les omoplates, et une culotte en satin noir ornée d'un cœur rouge sur la fesse gauche. Le corps de l'extraterrestre était celui d'une jeune fille mince mais apparemment solide, avec une cicatrice traversant l'intérieur du bras.

– C'est le corps de qui ? questionna Amanda. Tu le sais ?

– Elle travaillait au centre de détention. Aux cuisines.

– Tu connais son nom ?

– Flores Concepcion.

– Probablement l'inverse. Concepcion Flores. Je vais t'appeler Connie, à moins que tu ne veuilles me dire ton vrai nom.

– Connie fera l'affaire.

– D'accord, Connie. Maintenant, fais bien attention. Tu tournes le robinet qui est ici, et tu règles le mélange chaud et froid à ta convenance. Puis tu pousses ce bouton et tu te mets sous la douche, ici, tu te mouilles le corps, tu passes le savon partout, puis tu enlèves le savon. Après tu te sèches et tu enfiles des vêtements propres. De temps en temps, il faut laver tes vêtements, sinon eux *aussi* vont puer, et ça dérange les gens. Regarde-moi me doucher, puis tu feras pareil.

Tandis qu'elle s'activait sous la douche, un plan se mit à germer dans la tête d'Amanda. L'extraterrestre n'allait pas tenir longtemps dans le corps de Concepcion Flores. À plus ou moins brève échéance, quelqu'un s'apercevrait qu'une des filles des cuisines avait disparu et déclencherait l'alarme tous azimuts. Amanda se demanda si l'extraterrestre y avait déjà pensé. Et si oui, il ne tarderait guère à se mettre en quête d'un nouveau corps.

Mais pas du mien, se dit-elle. Ah non, pas du mien !

– À ton tour, fit-elle en arrêtant le jet.

L'extraterrestre tâtonna un peu, puis remit l'eau et passa sous la douche. Des nuages de vapeur s'élevèrent alors, et sa peau sembla commencer à bouillir, sans que cela eût l'air de le troubler outre mesure. Insensible à la douleur ?

– Arrête, fit Amanda en agrippant la manette de température. Recule, c'est trop chaud. Si tu continues, tu vas t'abîmer le corps. Écoute, si tu ne fais pas la différence entre le chaud et le froid, tu n'as qu'à prendre une douche froide, d'accord ? C'est moins risqué. Le froid, c'est de ce côté.

Elle abandonna l'extraterrestre sous la douche et partit chercher des vêtements propres. Lorsqu'elle revint, il était encore sous le jet d'eau glacée.

– Ça suffit. Viens par ici. Mets ça.

– J'avais plus d'habits avant.

– Un T-shirt et des jeans, c'est tout ce dont tu as besoin par cette chaleur. De la façon dont tu es foutu, tu peux te passer du soutien-gorge, et d'ailleurs, à mon avis, tu n'arriveras pas à l'enfiler comme il faut.

– On refait les peintures sur le visage ?

– Ça aussi, on peut s'en passer, tant qu'on est à la maison. Et puis c'est stupide, un truc de gamin, une connerie pour faire branché. Si on sort, on en remettra, on te peindra aux couleurs de Walnut Creek. Concepcion avait celles de San Jose, et nous, on veut qu'ils perdent ta trace, n'est-ce pas ? Une petite dope, ça te dit ?

– Quoi ?

– De l'herbe. Marijuana. Une drogue vachement en vogue dans le coin, que consomment les Terriens de ton âge.

– Je n'ai pas besoin de drogue.

– Moi non plus, mais *j'aime* ça. Il faut que tu apprennes, au cas où tu te retrouves dans un milieu de fumeurs. (Amanda prit son paquet de Gold filtre et en sortit un joint; d'une main experte, elle actionna son briquet, et inhala une profonde bouffée.) Voilà, fit-elle en lui tendant le joint. Tu le tiens comme moi. Mets-le à ta bouche, inspire, et avale la fumée, bien à fond. (L'extraterrestre tira sur le joint et se mit à tousser.) Peut-être pas tant. Prends-en juste un peu. Là, arrête. Laisse-la ressortir. Là, c'est mieux. Repasse-le-moi. Il faut se le faire circuler, c'est vachement important. Tu sens quelque chose ?

– Non.

– Parfois, c'est subtil. Mais ne t'en fais pas. Tu as faim ?

– Pas encore.

– Moi si. Viens, on va à la cuisine. (Elle se prépara un sandwich, beurre de cacahuètes et avocat étalés sur toute la tartine, avec tomate et oignons.) Tu manges quoi ?

– La vie.

– La vie ?

– On ne mange jamais de choses mortes. Seulement des choses qui vivent.

Amanda réprima un frisson.

– Je vois. *Quelque chose,* mais qui vit.

– Nous préférons la vie *animale*. Mais on peut absorber des plantes, si nécessaire.

– Ah oui ! Et quand est-ce que tu vas avoir faim ?

– Cette nuit, peut-être. Ou demain. Quand la faim arrive, elle arrive d'un coup.

– Il n'y a pas grand-chose ici que tu puisses manger vivant. Mais je vais m'en occuper.

– Le petit animal à fourrure ?

– Non. Mon chat n'est pas fait pour être mangé. Sors-toi cette idée de la tête. C'est comme moi. Je suis ta protectrice et ton guide. Ce ne serait pas raisonnable de ta part de me manger. Tu me suis bien ?

– J'ai dit que je n'avais pas encore faim.

– Bon, dès que tu commences à entendre crier tes entrailles, tu me le fais savoir. Je te trouverai un truc à bouffer.

Amanda se confectionna un deuxième sandwich. L'extraterrestre se mit à rôder dans la cuisine, étudiant de près les appareils. Peut-être était-il en train d'enregistrer dans son cerveau les dessins de l'évier et du four, pour les reproduire sur son propre monde.

– Pourquoi, l'interrogea Amanda, est-ce vous qui êtes venus en premier ?

– C'était notre mission.

– Ouais, bien sûr. Mais dans quelle intention ? Quel but poursuivez-vous ? Vous voulez vous emparer de la planète ? Vous voulez nous dérober nos secrets scientifiques ?

Pour toute réponse, l'extraterrestre se contenta de saisir les bocaux d'épices sur l'étagère. Délicatement, il se lécha le doigt, le posa dans le bocal d'origan, goûta, puis passa au cumin.

– Ou bien, insista Amanda, vous voulez nous empêcher d'aller dans l'espace. Parce que vous pensez qu'on est une espèce dangereuse, et vous nous mettez en quarantaine sur notre propre planète. Allons, tu peux bien me le dire, à *moi*. Je ne suis pas un espion du gouvernement.

L'extraterrestre essaya l'estragon, le basilic, la sauge. Quand il en arriva au curry en poudre, sa main s'agita soudain si violemment qu'il ouvrit par mégarde les bocaux d'origan et d'estragon, dont le contenu se déversa sur le buffet.

– Hé, ça va comme tu veux ?

– Je crois que je commence à avoir faim. Ce sont des drogues, ça aussi ?

– Des épices. On en met dans les plats pour qu'ils aient meilleur goût. (L'extraterrestre avait l'air bizarre, les yeux vitreux, voilés, liquides.) Tu te sens mal ?

– Je me sens excité. Ces poudres...

– Ce sont les poudres qui te mettent dans cet état ? Laquelle ?

– Celle-ci, je pense, fit-il en montrant l'origan. La première ou la seconde.

– Ouais, l'origan. Sûr que ça peut faire planer.

L'extraterrestre allait-il se montrer violent une fois défoncé ? Ou l'origan lui stimulait-il seulement l'appétit ? Il fallait qu'elle fasse attention quant à ça; il y avait certains risques à agir comme elle agissait en ce moment. D'un geste vif, elle balaya le tas d'origan et d'estragon et remit les couvercles sur les bocaux.

– Tu devrais te méfier, dit-elle à l'extraterrestre. Ton métabolisme n'est pas habitué à ces machins. Petite cause et puis grands effets.

– Donne-m'en encore.

– Plus tard. Il ne faut pas en abuser.

– Encore !

– Calme-toi. Je connais ce monde mieux que toi, et je n'ai pas envie de te voir complètement bousillé. Fais-moi confiance : je t'en laisserai prendre encore quand ce sera le moment. Regarde comme tu trembles. Et tu transpires comme un fou. (Elle enfouit le bocal dans son sac et conduisit l'extraterrestre au salon.) Assieds-toi. Relax.

– Encore. S'il te plaît.

– J'apprécie le ton poli, mais nous avons des choses importantes à discuter; après, je t'en donnerai encore, d'accord ?

Amanda actionna le volet de la fenêtre, à travers laquelle s'infiltraient les chauds rayons de soleil de cette fin d'après-midi. Vendredi, six heures du soir; si tout s'était passé comme prévu, c'était juste l'heure où Charley devait montrer le bout de son nez. Tant pis, elle s'était trouvé un autre arrangement. Le week-end se déroulait devant elle telle une route ouverte sur le monde des mystères. L'extraterrestre lui offrait tout un éventail de possibilités; si elle se débrouillait bien, il lui resterait encore de quoi s'amuser dans les deux ou trois jours qui venaient. Elle se tourna vers l'étranger.

– Tu es plus calme, maintenant ? Oui. Bon. Allons-y. Première chose à faire : te trouver un autre corps.

– Pourquoi cela ?

– Deux raisons : la première, c'est que les autorités sont probablement à la recherche de la fille dont tu as absorbé le corps; comment tu as pu aller aussi loin sans te faire repérer, sinon par moi, voilà qui m'est difficile à comprendre. Deuxième raison : une jeune fille qui s'aventure toute seule comme ça ne va pas manquer de se faire draguer plus souvent qu'à son tour, et tu ne saurais pas te dépêtrer d'une telle situation. Tu vois ce que je veux dire ? Tu vas devoir parcourir le Nevada, le Wyoming ou l'Utah, enfin là où est ton foutu rendez-vous, et tout du long les types vont t'accoster. Tu n'as vraiment pas besoin de ça. D'ailleurs, c'est plutôt délicat d'essayer de se faire passer pour une jeune fille. Il faut savoir quoi se mettre sur le visage, connaître les codes en usage, ce que signifie telle ou telle façon de s'habiller, et plein de trucs comme ça. Pour les garçons, c'est beaucoup plus simple. Tu te trouves un corps de mec, un bon gars costaud, et personne ne t'embêtera plus, où que tu ailles. Tout ce que tu auras à faire, c'est te surveiller un petit peu, pas de clin d'œil ni de sourire, et les gens te laisseront tranquille.

– Ça me paraît bien. Entendu. Mon ventre commence à gronder. Où y a-t-il un corps d'homme ?

– San Francisco. Il y en a des tas. On y va ce soir, et on te trouve un beau mec bien bâti. Avec un peu de chance, on peut même en dénicher un qui ne soit pas homosexuel, histoire de s'amuser un brin avec lui, avant le dénouement. Après, tu prends son corps – ce qui, en l'occurrence, résoud pour un temps ton problème de nourriture, n'est-ce pas ? –, et on se paye une franche rigolade, tout un week-end de rigolade. O.K., Connie ? fit-elle en lui adressant un clin d'œil.

– O.K., répondit-il en lui retournant un clin d'œil maladroit, baissant les deux paupières l'une après l'autre. Alors, tu me redonnes de l'origan ?

– Plus tard. Et quand tu clignes de l'œil, clignes-en un seul. Comme ceci. Sauf qu'à mon avis, tu ne devrais pas trop en abuser. C'est une mimique très érotique, qui pourrait te valoir des ennuis. Tu comprends ?

– Il y a tant de choses à comprendre.

– Hé, mec, tu es sur une planète étrangère. Tu ne t'attendais quand même pas à faire comme chez toi ? Bon, passons à la suite. Ce qu'il faut maintenant que je te précise, c'est que, quand tu partiras d'ici, dimanche, tu devras...

La sonnerie du téléphone retentit.

– Qu'est-ce que c'est ? s'inquiéta l'extraterrestre.

– Un appareil pour communiquer. Je reviens.

Amanda se précipita dans le hall, imaginant le pire : ses parents par exemple, qui l'appelaient pour lui annoncer qu'ils venaient d'annuler leur soirée à Tahoe, quelque embrouille dans les réservations, ou un truc de ce genre. Mais la voix qui l'accueillit était celle de Charley. Elle arrivait à peine à y croire, après la façon cavalière dont il l'avait éconduite. Elle eut encore plus de mal à croire ce qu'il était en train de lui demander. Il avait laissé chez elle, la semaine précédente, une demi-douzaine de ses meilleures cassettes, du rock de l'Âge d'Or, *Abbey Road,* une de Jimi Hendrix, une autre de Joplin, etc., et là, il fonçait sur Monterey pour le festival et voulait les avoir pour la route. Est-ce que ça l'ennuyait s'il s'arrêtait une demi-heure pour les récupérer ?

Le salaud ! L'absolue pourriture ! D'abord, il lui torpillait son week-end sans même une excuse, et puis voilà qu'il s'amenait avec sa je-ne-sais-même-pas-son-nom, avec qui il filait faire la fête à Monterey, et est-ce que ça ne l'ennuierait pas trop s'il passait reprendre ses cassettes ? N'avait-elle donc pas droit à quelques égards ? Elle fixait le téléphone dans sa main, comme s'il en sortait des crapauds et des scorpions. C'était tentant de lui raccrocher au nez.

Elle résista à la tentation.

– Il se trouve, lui dit-elle, que je suis justement sur le point de partir en week-end, moi aussi. Mais j'ai une amie ici, qui garde le chat. Je vais lui laisser les cassettes, d'accord ? Elle s'appelle Connie.

– Parfait, dit Charley. J'apprécie énormément, Amanda.

– Pas de quoi, fit-elle avant de raccrocher.

L'extraterrestre était reparti à la cuisine, reniflant les épices sur l'étagère. Heureusement, c'était elle qui avait l'origan.

– J'ai tout arrangé, lui dit-elle, pour ton nouveau corps.

– Tu as fait ça ?

– Un grand jeune homme, plein de santé. Exactement ce que tu cherches. Il sera là d'ici peu. Je vais faire une course; en attendant, tu t'occupes de lui. Combien ça va te prendre pour... l'avaler ?

– C'est très rapide.

– Bon, j'y vais. (Elle rassembla les cassettes et les empila sur la table du salon.) Il vient chercher ces six petites boîtes qui sont des appareils à stocker la musique. Quand ça sonne, tu le laisses entrer, tu te présentes en tant que Connie, et tu lui dis que ses trucs sont sur la table. Après, tu fais ce que tu veux. Tu crois que tu sauras te débrouiller ?

– Bien sûr.

– Rentre un peu ton T-shirt. Quand c'est tendu, ça fait ressortir tes rondeurs; ça le distraira. Il va peut-être même te faire des avances. Qu'arrivera-t-il au corps de Connie quand tu auras englouti l'autre ?

– Il ne sera plus là. Quand je digère l'autre, je dissous toutes les caractéristiques de Connie et assimile les nouvelles.

– Ah, charmant ! Tu sais que tu es un véritable cauchemar ? Un horrible cauchemar ambulant. Approche, prends-toi une petite taffe d'origan, avant que je parte. (Elle versa une petite pincée d'épices dans la main de l'extraterrestre.) Juste pour faire chauffer le moteur. Tu en auras encore, un peu plus tard, dès que le boulot sera fait. Dans une heure, d'accord ?

Elle quitta la maison. Macavity était assis sur le perron, l'air retors, agitant sa queue de droite à gauche. Elle s'agenouilla et le gratta derrière les oreilles. Le chat émit un ronronnement rauque et étouffé, qui ne ressemblait guère à son ronronnement habituel.

– Tu n'es pas content ce soir, hein, mon beau ? Allons, ne t'inquiète pas. Je lui ai dit de te laisser tranquille, je t'assure que tout va bien se passer. Ce soir, c'est la fête pour Amanda. Tu ne vas pas râler si Amanda se paie une petite fête, n'est-ce pas ? (L'animal afficha une sorte de moue grinçante.) Écoute, si je peux, je demande à l'extraterrestre de te pondre une jolie petite rusée toute bigarrée, ça te va ? En plein dans ses chaleurs, toute prête à gémir. Tu aimerais ça, mec ? Hein ? On verra ce qu'on peut faire à mon retour. Pour l'heure, il faut que je débarrasse le plancher, avant que Charley se pointe.

Elle grimpa dans sa voiture et fila vers la bretelle ouest de l'autoroute. À six heures et demie du soir, ce vendredi, le soleil était encore haut au-dessus de la baie, la circulation dense sur les voies qui venaient de l'est; les derniers journaliers rentraient chez eux en toute hâte. Ça commençait aussi à s'engorger en sens contraire, des gens qui partaient dîner à San Francisco. Amanda franchit le tunnel et obliqua vers le nord, direction Berkeley, pour s'en aller errer dans les rues de la ville. Il était sept heures moins dix. Charley avait dû arriver. Elle imagina Connie transpirant dans son T-shirt moulant, complètement défoncée à l'origan, et Charley en train de la reluquer et de se monter la tête, Charley qui commençait à envisager de s'offrir un petit extra vite fait bien fait avant de se tirer avec ses cassettes. Et Connie de l'encourager, et Charley de s'exciter, et puis, soudain, cette étincelle d'intense stupéfaction lorsque l'extraterrestre l'agrippe et le transforme en repas. Ça se passe peut-être à l'instant même, se dit Amanda placidement. Le salaud ne mérite pas mieux, non ? Cela faisait longtemps qu'elle avait le sentiment de commettre une grosse bévue en sortant avec Charley, et après ce qui s'était passé la veille, elle en était désormais fermement convaincue. Il ne méritait pas mieux. Une pensée affreuse lui vint, qui la fit frissonner : Charley avait-il fait entrer sa petite amie du jour ? Amanda n'avait pas réfléchi à cette éventualité qui pouvait tout bousiller. Connie était-elle capable d'en avaler deux à la fois ? Et supposons qu'ils la reconnaissent, et qu'ils découvrent qu'il s'agit de l'extraterrestre évadé, et qu'ils courent prévenir les flics ?

Non. Même un Charley n'aurait pas eu le culot de faire entrer, ce soir-là, sa petite amie dans la maison d'Amanda. En plus, Charley ne regardait jamais les actualités, ne lisait pas les journaux. Comment aurait-il pu soupçonner la véritable identité de Connie avant qu'il ne soit trop tard pour prendre la fuite ?

Sept heures. L'heure de rentrer chez elle.

Le soleil disparaissait à l'horizon lorsqu'elle emprunta l'autoroute. À sept heures et quart, elle arriva en vue de la maison. La vieille Honda rouge de Charley était garée devant. Amanda se rangea le long du trottoir et, à pas feutrés, après s'être arrêtée une seconde dans l'entrée pour écouter, pénétra à l'intérieur.

Silence.

– Connie ?

– Par ici, répondit la voix de Charley.

Amanda entra dans le salon. Charley était confortablement étendu sur le canapé. Nulle trace de Connie.

– Alors ? s'enquit Amanda. Comment ça a marché ?

– Le plus facilement du monde, fit l'extraterrestre. Il avait glissé ses mains sous mon T-shirt, et alors, je lui ai envoyé la décharge neutralisante.

– Ah bon ! La décharge neutralisante.

– Une fois l'absorption terminée, j'ai nettoyé le tapis. Mon Dieu, que c'est bon de ne plus avoir faim. Tu ne peux pas savoir combien ça a été dur de me retenir de t'avaler, Amanda. Cela faisait une heure que je ne pensais qu'à manger, manger, manger...

– Très gentil à toi d'avoir résisté.

– Je savais que tu étais là pour m'aider. C'est logique de ne pas se bouffer entre alliés.

– Cela va sans dire. Et maintenant, tu te sens repu ? Il était bon ?

– Robuste, pétant de santé, oui, très nourrissant.

– Je suis contente que Charley se soit enfin montré bon à quelque chose. Combien de temps, avant que tu n'aies encore faim ?

– Un jour ou deux, fit l'extraterrestre en haussant les épaules. Trois, peut-être, si l'on compte qu'il était particulièrement gras. Amanda, donne-moi un peu d'origan.

– Bien sûr, bien sûr.

Elle se sentait un peu abattue. Non qu'elle éprouvât véritablement du remords pour ce qui était arrivé à Charley, mais tout ça lui paraissait si fortuit, si machinal, au point que, par certains côtés, elle en venait à ne plus trouver l'aventure tellement excitante. Peut-être aurait-elle dû rester et contempler le spectacle. Mais c'était trop tard, maintenant.

Elle sortit le bocal d'origan de son sac, et le tint en l'air pour taquiner l'extraterrestre.

– Il est là, mon bébé. Mais il faut le mériter.

– Que veux-tu dire ?

– Je veux dire que je devais passer un super-week-end avec Charley, et que le week-end est là, et Charley aussi, plus ou moins, et j'ai bien l'intention de m'amuser comme une folle. Hé, beau mâle, viens donc me faire ma fête.

Elle glissa une cassette de Jimi Hendrix dans l'appareil et monta le volume.

L'extraterrestre avait l'air abasourdi. Amanda commença à enlever ses vêtements.

– Toi aussi, fit-elle. Viens. Pas la peine de creuser bien profond dans la cervelle de Charley pour deviner quoi faire. Ce week-end, tu vas être mon Charley, tu me suis ? Toi et moi, on va faire tous les trucs que lui et moi étions censés faire. D'accord ? Allez, viens. Amène-toi.

Elle l'invita de la main. L'extraterrestre haussa à nouveau les épaules, puis se débarrassa des vêtements de Charley, non sans s'emmêler un brin les pinceaux avec les boutons et la fermeture éclair. Amanda, toutes dents dehors, l'attira contre elle et le renversa sur la moquette. Elle lui prit les mains, qu'elle plaça là où elle voulait qu'elles soient, puis lui susurra la marche à suivre. L'extraterrestre, docile, obéissant, fit ce qu'elle voulait.

Il ressemblait à Charley, il avait la même odeur que Charley, il bougeait même quasiment comme Charley.

Mais ce n'était pas Charley. Pas du tout. Au bout de quelques secondes, Amanda réalisa qu'elle s'était complètement fourvoyée. Impossible de vibrer avec une telle contrefaçon. Faire l'amour avec un extraterrestre, c'était comme faire l'amour avec une machine certes ingénieuse, mais une machine quand même, ou bien avec son propre reflet dans le miroir. C'était vide et sans signification, triste.

Elle se força à poursuivre jusqu'à l'orgasme. Ils roulèrent de part et d'autre, haletant et suant.

– Alors ? fit-il. Est-ce que la terre a bougé pour toi ?

– Oui. Oui. Oh, Charley, c'était merveilleux !

– L'origan ?

– Bien sûr, fit Amanda en lui tendant le bocal. Je tiens toujours mes promesses, chéri. Vas-y. Explose-toi. Mais fais gaffe, c'est plutôt fort pour des mecs de ton monde, O.K. ? Si tu tombes dans les pommes, je te laisse là, sur le carreau.

– T'en fais pas pour moi.

– Entendu. Prends ton pied. Je vais sous la douche. Après, on peut aller faire le tour des quartiers chauds à San Francisco. Ça te dit ?

– Tu parles, Amanda, fit-il en clignant des yeux – l'un après l'autre – et s'enfilant une bonne dose d'origan. Ça m'a l'air super comme programme.

Amanda rassembla ses vêtements, descendit prendre une douche rapide, et s'habilla. Lorsqu'elle revint au salon, l'extraterrestre était plus qu'à moitié déjanté à l'origan, l'œil exorbité, la tête qui pendait nonchalamment, affalé contre le canapé, se fredonnant un air aux sonorités étrangement atonales. Parfait, se dit Amanda, c'est là que l'histoire se pimente, mon chéri. Elle partit à la cuisine, décrocha le téléphone portatif, l'emporta avec elle dans la salle de bains, verrouilla la porte et fit le numéro d'urgence de la police.

L'extraterrestre ne l'amusait plus. Très vite, le jeu avait perdu de sa drôlerie, et ça devenait dès lors complètement insensé de passer tout un week-end enfermée avec une dangereuse créature venue d'ailleurs. La fête était bel et bien terminée. D'autant que d'ici un jour ou deux, il allait encore avoir faim.

– J'ai votre extraterrestre, dit-elle au policier, ici, dans mon salon; il s'est défoncé la tête à l'origan. Oui, j'en suis absolument sûre. Il s'était d'abord déguisé en jeune Chicana, une certaine Concepcion Flores, puis il a attaqué mon ami Charley et... non, non, je n'ai rien. Je me suis enfermée dans la salle de bains. Envoyez quelqu'un, vite... D'accord, je reste en ligne... Comment ça s'est passé ? Eh bien, je l'ai repéré en ville, et il a insisté pour m'accompagner chez moi...

La capture en elle-même ne prit que quelques minutes. Mais il y eut du raffut plusieurs heures après que les forces spéciales de la police eurent emmené l'extraterrestre, parce que les médias se trouvèrent sur les lieux presque immédiatement, d'abord une équipe de Channel 2 d'Oakland, puis quelques gars du réseau câblé, ensuite le *Chronicle,* et finalement toute une armée de journalistes de Los Angeles et San Diego, et même – aux environs de trois heures du matin – de New York. Amanda répéta l'histoire encore et encore, jusqu'à en être malade, et ce n'est qu'à l'aube qu'elle put mettre le dernier intrus à la porte, laquelle porte elle ferma à double tour.

Elle n'avait pas du tout sommeil. Elle se sentait survoltée, excitée, et déprimée en même temps. L'extraterrestre n'était plus là, Charley non plus, elle se retrouvait toute seule. Pendant un jour ou deux, elle allait être célèbre, mais ce n'est pas ça qui lui remonterait le moral; elle serait toujours seule. Elle erra quelques minutes à travers la maison, regardant les objets comme aurait pu le faire un extraterrestre, comme si elle n'avait jamais vu de sa vie un magnétophone stéréo, ou un poste de télévision, ou une étagère de bocaux d'épices. Le parfum d'origan était partout; sur le buffet restaient quelques fines traînées.

Amanda alluma la radio; c'étaient les informations de six heures : « ... l'état d'urgence est terminé, grâce à une courageuse lycéenne de Walnut Creek qui a réussi à prendre au piège et annihiler la forme de vie la plus dangereuse de l'univers... »

Elle hocha la tête.

– Tu penses que c'est vrai ? dit-elle au chat. La forme de vie la plus dangereuse de l'univers. Tu vois, Macavity, je ne crois pas. Il me semble en connaître une beaucoup plus meurtrière. Hein, mec ? (Elle adressa un clin d'œil au matou.) Si seulement ils savaient, hein ? Si seulement ils savaient.

Elle prit l'animal dans ses bras et l'étreignit; il ne tarda pas à ronronner. Essayer de dormir un peu, c'était certainement la meilleure idée pour le moment. Après, il serait bien temps de réfléchir à ce qu'elle allait faire avant que le week-end ne s'achève.

MULTIPLES

La pièce était truffée de miroirs, renvoyant un vertige d'images brisées à l'infini; on se serait cru dans une chambre d'hôpital psychiatrique : des miroirs au plafond, des miroirs sur les murs, des miroirs aux arêtes des murs et du plafond, des miroirs aux angles des murs et du plancher, arrosés de légers tourbillons de poussière métallique que soulevaient à intervalles réguliers les courants d'air conditionné, au point que tous ces reflets déformés, distordus, disloqués, diffractés à travers le décor s'en venaient par instants se superposer sous vos yeux en un rideau translucide et scintillant d'images chaotiques enchevêtrées. Suspendues au plafond, des sphères de couleur tournoyaient en permanence, jetant en ricochet des fulgurances de motifs lumineux. Le lieu correspondait exactement à l'idée que Cleo se faisait d'un club de multiples.

Durant une demi-heure, elle avait arpenté dans les deux sens le quartier de Fillmore Street, de Union à Chestnut et de Chestnut à Union, s'arrêtant au passage devant l'entrée du club avant de trouver le courage de pénétrer dans cet antre que l'enseigne désignait du vocable de Skits[1]. Cela faisait plusieurs mois qu'elle ressassait le projet de cette soirée, mais à chaque fois, à la dernière minute, la peur la paralysait; la peur qu'on la prenne pour une fumiste

1. Les Inconstants. (*N.d.T*)

dès l'instant où elle entrerait, la peur de se faire éconduire sous les railleries, les insultes glacées et les rires moqueurs. Pourtant, maintenant qu'elle était à l'intérieur, elle se sentait tout à fait calme, confiante, fin prête à affronter le tournant de son existence.

Le club comptait plus de femmes que d'hommes, sept pour trois environ. C'est à peine si les gens osaient se parler; la plupart se contentaient de rester, seuls, au milieu de la piste, le regard fixé sur les miroirs, comme en transe. Yeux mi-clos, menton relâché, épaules affaissées vers l'avant, bras pendants. De temps à autre, sous l'impact de quelque convergence particulière d'images qui s'infiltrait dans leur conscience, leur corps se raidissait, s'agitait de tremblements saccadés, de secousses nerveuses, comme frappé d'un éclair mystérieux. Leur visage s'empourprait, leurs lèvres se retroussaient, leurs yeux roulaient, et ils gémissaient ou se marmonnaient d'incompréhensibles discours, avant de retomber dans leur apathie.

Cleo savait ce qu'il en était. À ces moments-là, ils étaient en train de se déconnecter, de se dédoubler. Peut-être même, pour certains habitués, de se détripler.

Elle sentit s'accélérer les battements de son cœur, et sa gorge devint très sèche. Quels étaient les usages en vigueur dans ce club ? S'agissait-il de se planter au beau milieu du parquet et de brancher son esprit sur les reflets de lumière ? Ou était-on censé aller d'abord au bar se jeter un verre dans le gosier ?

Au bar, étaient installés une douzaine de clients, des hommes pour la plupart, dont un ou deux la dévisageaient ouvertement, de ce regard qui disait : Tiens, une nouvelle qui débarque. Cleo leur retourna un regard tout aussi neutre et froid. Des types standard, au charme ordinaire, la trentaine ou le début de la quarantaine, costumes style jeune cadre dynamique, coiffure conventionnelle : avocats frais émoulus du barreau, directeurs d'entreprise, voire agents de change, le genre de types idéal pour passer une bonne soirée et avec qui se montrer dans les milieux les plus divers. Celui-là par exemple : grand, athlétique, cheveux bouclés, lunettes; sourire empreint d'une discrète ironie, très à l'aise, l'œil inquisiteur, presque un professionnel. Et pourtant, pourtant... Derrière ce front lisse fascinant d'intelligence, combien de folles pensées devaient être en train de bouillonner ! Combien de personnalités secrètes en effervescence qui s'en disputaient la possession ! Effrayant. Impressionnant. Tentant.

Irrésistible.

Cleo résista. Prends ton temps, vas-y doucement. Au lieu de se diriger vers le bar, elle se coula au sein du groupe de déconnectés, trouva un espace libre, et chercha la concentration, les yeux rivés sur les miroirs qui tapissaient le fond de la salle. Jambes écartées, pieds collés au sol, les épaules en avant. Une sphère en rotation projetait des vagues de lumière rouge et violet, qui vinrent éclabousser, en milliers de franges incessantes, son visage renversé.

Va. Va. Va. Va. Tu es Cleo. Tu es Judy. Tu es Vixen. Tu es Lisa. Va. Va. Va. Va. Des cascades de reflets irisés balayant les berges de sa conscience, se brisant contre les barrages de sa raison. *Viens, pénètre-moi, engloutis-moi, écartèle-moi, déchire-moi. Tu es Cleo et Judy. Tu es Vixen et Lisa. Tu es Cleo et Judy et Vixen et Lisa. Va. Va. Va.*

Sa tête se mit à tourbillonner. Son regard se voila. La pièce bascula autour d'elle.

Processus enclenché ? Était-elle déjà en train de se fractionner ? De se déconnecter ? Sans doute. Sans doute le pouvoir était-il en tout un chacun, en elle comme chez les autres; il n'en fallait pas plus que ces lumières, ces miroirs, l'ambiance adéquate, et la volonté.

Je suis plusieurs. Je suis multiple. Je suis Cleo branchée sur Vixen. Je suis Judy, et je suis...

Non. Je suis Cleo.

Je suis Cleo.

J'ai le vertige, à en perdre les sens, je me sens mal, je suis Cleo, seulement Cleo, la Cleo que j'ai toujours été.

Je suis Cleo et la seule Cleo, je vais tomber.

– Doucement, fit-il. Ça va ?

– Je crois que je me remets. Fichtre !

– Pas d'ici, hein ?

– Sacramento. Comment le savez-vous ?

– Trop précipitée. Les gens d'ici connaissent. Ce club possède les miroirs les plus fulgurants de l'Ouest. Si vous n'y prenez garde, ils vous emportent en un tournemain. C'est dangereux de se pointer comme ça devant le grand miroir, et de s'y laisser harponner sans préparation; d'abord, vous devez prendre le temps de vous mettre en phase. Vous êtes sûre que ça va aller ?

– Je pense.

C'était l'homme du bar, le grand, l'athlétique, le professionnel. Il avait dû la rattraper juste avant qu'elle ne s'affale; apparemment elle ne souffrait d'aucune contusion.

Tandis qu'il la conduisait vers une table rangée le long du mur, sa main s'accrocha doucement à son coude.

– Quel est votre nom présent ? lui demanda-t-il.

– Judy.

– Moi, c'est Van.

– Bonjour, Van.

– Un cognac ? Ça vous remettrait d'aplomb.

– Je ne bois jamais.

– Jamais ?

– C'est Vixen qui boit.

– Ah ! l'éternelle histoire. C'est elle qui boit et c'est vous qui êtes saoule. J'en ai un comme ça, moi aussi. Seulement lui, son truc, c'est la bouffe allemande; il n'en a strictement rien à fiche du homard et de la sauce aigre et brûlante qu'il impose à mon tube digestif. J'espère que vous lui faites payer comme elle le mérite.

Pour toute réponse, elle lui adressa un petit sourire.

Il l'observait attentivement. Est-ce qu'il s'intéressait à elle ou se montrait-il seulement poli à l'égard d'une jeune personne à l'évidence dépassée par l'atmosphère de ce lieu si étrange ? Elle décida que la première hypothèse était la bonne. Il semblait tenir pour argent comptant l'histoire de ses démêlés avec Vixen.

Prudence, désormais, se sermonna Cleo. Toute initiative visant à étaler détail sur détail qui se voudraient convaincants, alors qu'elle ignorait en réalité de quoi il retournait, était le plus sûr moyen de se trahir à plus ou moins brève échéance.

La seule chose à faire, pour l'instant, consistait à se faire accepter comme une des leurs sans avoir l'air de forcer la dose; s'asseoir, écouter, apprendre comment les choses fonctionnaient dans ce club.

– Que faites-vous donc, là-bas, à Sacramento ?

– Rien de bien excitant.

– Pauvre Judy. Agent immobilier ?

– Comment avez-vous deviné ?

– Toutes les femmes que je rencontre ces jours-ci sont agents immobiliers. Et Vixen, qu'est-ce qu'elle fait ?

– Elle boit.

– Ce n'est pas cela qui lui assure ses moyens d'existence.

– Elle n'en a pas besoin, répliqua Cleo en haussant les épaules. Ce sont les autres qui assurent.

– L'immobilier, et quoi encore ?

Elle n'était pas tout à fait convaincue que le protocole en usage chez les multiples inclue le fait de parler de ses personnalités parallèles. Mais c'était une éventualité qu'elle avait prévue.

– Lisa est architecte paysagiste, Cleo dans l'informatique. Nous sommes toutes très occupées.

– Lisa devrait rencontrer Chuck. Horticulteur, proprement démentiel. Associé dans une entreprise de location de plantes d'appartement, vous voyez, ces immenses dragonniers et philodendrons qu'on installe dans les bureaux, à tant par mois, pour les enlever dès qu'ils commencent à se faner. Lisa et Chuck pourraient passer des nuits entières à discuter palmiers, broméliacées et cactacées.

– Nous devrions les présenter l'un à l'autre.

– Oui, nous devrions.

– Mais d'abord, il faut présenter Van à Judy.

– Et peut-être aussi Van à Cleo.

Elle éprouva un frisson d'angoisse. L'avait-il si vite percée à jour ?

– Pourquoi Van et Cleo ? Cleo n'est pas là en ce moment. C'est à Judy que vous parlez.

– Doucement. Calmez-vous !

Mais elle était désormais incapable de s'arrêter.

– Vous savez, je ne peux pas vous libérer Cleo juste comme ça. Elle agit comme bon lui semble.

– Calmez-vous, insista-t-il. Je voulais simplement préciser que Van et Cleo avaient quelque chose en commun. Van est aussi dans l'informatique.

Cleo relâcha la tension.

– Oh non ! fit-elle avec un petit rire dans la voix. Vous aussi ! Comme tout le monde aujourd'hui, n'est-ce pas ? Moi qui croyais que vous étiez une espèce d'universitaire. Un professeur, ou quelque chose dans ce genre.

– Je le suis, effectivement. À Cal Tech.

– Analyste ?

– Façon de parler. Linguistique. Métalinguistique, pour être exact. Mon domaine est le langage des langages, les sous-ensembles basiques, les coordonnées neurales de la communication, les programmes fondamentaux mis en œuvre par le cerveau, les systèmes de modes opératoires. Le cerveau en tant qu'ordinateur, l'ordinateur en tant que cerveau. Je sais me montrer très ennuyeux là-dessus.

– Je ne trouve pas que l'étude du cerveau soit un sujet ennuyeux.

– Et moi, je ne trouve pas que l'immobilier soit non plus un sujet ennuyeux. Parlez-moi donc des secondes hypothèques et des baux de 3, 6, 9.

– Parlez-moi de Chomsky et Benjamin Whorf, repartit-elle.

Il écarquilla les yeux.

– Vous avez entendu parler de Benjamin Whorf ?

– J'ai passé une licence en linguistique comparée. C'était avant l'immobilier.

– C'est bien ma veine, fit-il. J'ai la chance de découvrir ce qui se trame dans le milieu des bureaux d'affaires, et elle veut qu'on discute de Whorf et Chomsky.

– Je croyais que toutes les femmes que vous rencontriez ces jours-ci étaient dans l'immobilier ? Adressez-vous donc à elles pour en savoir plus sur les marchés commerciaux.

– Elles veulent toutes me parler de Whorf et Chomsky. Ça fait plus intellectuel.

– Pauvre Van !

– Oui, pauvre Van. (Il se pencha sur elle et, d'un ton nettement plus doucereux, ajouta :) Ne m'en veuillez pas, je n'aurais jamais dû insister sur la rencontre de Van et Cleo. Un peu mesquin de ma part.

– C'est égal, Van. Je n'ai pas pris ça au sérieux.

– Il m'avait semblé. Vous m'aviez l'air particulièrement émue par le sujet.

– Eh bien, au début, peut-être. Mais après, j'ai compris que vous faisiez cela pour me chahuter.

– Encore une fois, je n'aurais pas dû. Vous avez tout à fait raison : pour l'heure, c'est le temps de Judy. Cleo n'est pas ici, et c'est aussi bien comme ça. C'est Judy que je veux connaître.

– Vous la connaîtrez. Mais rien ne vous interdit de faire aussi la connaissance de Cleo, et de Lisa, et Vixen. Je vous présenterai toute l'équipe. Cela ne me dérange pas du tout.

– Vous en êtes sûre ?

– Sûre et certaine.

– Il en est parmi nous qui se montrent plutôt discrets sur leurs alter ego.

– Vous en faites partie ?

– Parfois oui, parfois non.

– Moi, je n'y vois pas d'inconvénient. Il se peut que, ce soir, vous rencontriez certains des miens. (Elle jeta un œil vers le centre de la salle.) Je crois que j'ai récupéré, maintenant. J'aimerais bien essayer les miroirs à nouveau.

– Vous déconnecter ?

– Me dédoubler. J'ai envie d'appeler Vixen. C'est elle qui boira, et c'est moi qui parlerai. Ça vous ennuie si elle est là, elle aussi ?

– Non, sauf si elle a l'alcool triste. Ou agressif.

– Lorsqu'on est dédoublées, je suis capable de la contrôler. Venez, emmenez-moi à travers le miroir.

– Soyez prudente ce coup-ci. Les miroirs de San Francisco ne ressemblent pas aux miroirs de Sacramento. Vous en avez déjà fait l'expérience.

– Je vais y aller progressivement, cette fois. C'est par là ?

– Oui.

Juste au moment où ils atteignaient la limite du parquet, survint un homme svelte et élancé, d'une trentaine d'années, vêtu d'un T-shirt, crâne rasé, moustache en broussaille, bottes. Très San Francisco, très gay. Il fronça les sourcils vers Cleo, puis planta ses yeux dans ceux de Van.

– Ned ? s'enquit-il.

Van se renfrogna et secoua la tête.

– Non. Pas pour l'instant.

– Désolé. Vraiment désolé. J'aurais dû m'en douter.

L'homme au crâne rasé se mit à rougir et déguerpit aussitôt.

– Allons-y, fit Van en emmenant Cleo.

Ce lui fut plus facile cette fois de conserver son équilibre. Elle savait qu'il n'était pas loin, prêt à intervenir au besoin. Pourtant, les vagues de lumière réfractée par les miroirs ne cessaient de pilonner son cerveau, pilonner, pilonner. L'agression fut totale, implacable, impitoyable, un torrent dévastateur. Il lui fallut lutter contre les battements dans sa poitrine, le martèlement de ses tempes, le flageolement de ses jambes. C'était donc là qu'ils trouvaient leur plaisir ? Qu'ils goûtaient les suprêmes délices ?

Mais eux étaient des multiples, et elle n'était que Cleo, et c'est cela, elle le savait bien, qui faisait toute la différence. Elle se sentait de taille à jouer avec suffisamment de maîtrise pour donner le change. Elle saurait composer une Judy, une Lisa, une Vixen, leur assigner à chacune de petites touches de sa personnalité, leur donner leurs voix propres, leurs propres expressions de visage, leur identité. Chez elle, face au miroir, elle avait fini par se convaincre d'une telle possibilité, et elle serait capable de le convaincre, lui. Mais quand le tourbillon de lumières brisa les amarres des miroirs enchâssés à l'infini pour venir slalomer entre les portes vertigineuses de son âme, une angoisse abyssale lui étreignit le ventre, la peur terrible qu'elle ne puisse jamais être véritablement l'une des leurs, quelque talent qu'elle déploie à simuler les êtres complexes qu'ils étaient.

Allait-il en rester toujours ainsi ? Était-elle éternellement condamnée à vivre en dehors de cet univers qui l'attirait irrésistiblement, sans espoir aucun d'y pénétrer ? Il était trop tôt pour le dire, trop tôt, croyait-elle, pour admettre la défaite.

Au moins réussit-elle à ne pas tomber. Elle supporta le supplice des miroirs aussi longtemps qu'elle put tenir debout, puis, sans attendre l'homme qui l'avait accompagnée, se fraya un chemin jusqu'au bar en prenant mille précautions, comme si elle franchissait un précipice sur une corde raide. Quand elle sentit que sa tête commençait à cesser de tourner, elle se commanda un verre qu'elle sirota lentement. L'alcool se dilua à travers son corps, pouce par pouce, et apaisa peu à peu son vertige. Là-bas, collé au parquet, Van était entré en transe, secoué par instants de brusques convulsions d'une infime fraction de seconde. Elle comprit qu'il était en train de se dédoubler, d'accrocher ses autres personnalités. C'était la principale raison d'être de ces clubs de multiples. Leur donner la possibilité d'accéder aux diverses personnalités blotties dans les compartiments rigoureusement cloisonnés de leur esprit. Grâce aux miroirs et aux lumières, les plus doués d'entre eux parvenaient, dans un laps de temps très court, à fusionner deux, voire trois, de leurs autres moi en quelque chose de plus complexe et de plus achevé. Lorsqu'il reviendra, rêva-t-elle, il sera Van plus X. Et moi, je devrai prétendre être Judy plus Vixen.

Elle s'y prépara. Judy se sentait à l'aise. Judy était, pour la plus grande part, la véritable Cleo, l'agent immobilier de Sacramento, avec en plus l'idée que se faisait Cleo de ce que pouvait bien représenter l'adjonction d'une personnalité multiple. Et Vixen ? Cleo l'imaginait d'à peu près trente-trois ans, vivant à Los Angeles, ancienne star du tennis à l'époque de son adolescence, avant qu'elle ne se brise la cheville lors d'une folle escapade, accident qui l'avait empêchée par la suite de retrouver la finesse de son jeu et l'avait conduite à boire pour se rendre moins lourde la douleur de la perte subie. Totalement désinhibée, imprévisible, désordonnée, enflammée, violente : tout ce que Cleo n'était pas. Saurait-elle devenir Vixen ? Avalant une bonne lampée de son verre, elle enfila la dégaine de Vixen : l'œil dur et brillant, les muscles faciaux crispés.

En cet instant, Van abandonnait la partie. Sa façon de se mouvoir avait changé. Le corps raide, presque disgracieux, les épaules trop hautes, les coudes saillant bizarrement. Il lui paraissait si différent qu'elle se demanda s'il était toujours Van.

– Vous vous êtes déconnecté ?

– Dédoublé. Paul est avec moi.

– Paul ?

– Paul est du Texas. Géologue, redoutable joueur de poker, taquine aussi la guitare. (Van sourit, et cela eut le même effet sur lui que si on venait de changer une vitesse dans son comportement. C'est une voix plus profonde, avec un accent rustique, qui reprit le cours de la discussion.) Et je chante vraiment bien, en plus, madam'. Van en crève de jalousie, lui qui chante comme un pied. On remet ça ? Ça vous dit ?

– Tu parles ! laissa tomber une Cleo un tantinet évaporée, une Cleo très vixenarde.

Il n'habitait pas très loin, un appartement agréable, bien aéré et spacieux, dans le quartier de Marina. Le caractère très fragmentaire de l'existence qu'il menait fut pour Cleo d'une évidence immédiate : les dessins et les peintures aux murs semblaient avoir été choisis par quatre ou cinq personnes différentes; on passait de toiles grossières représentant des levers de soleil flamboyants sur le Grand Canyon à du Picasso ou du Miró, ou encore à de délicats tableaux impressionnistes sur des scènes de rue ou le marché aux fleurs de Paris. Dans une pièce qui évoquait une serre, se déployaient les plus prodigieuses, les plus exubérantes plantes d'appartement que Cleo ait jamais vues. Dans une autre pièce, s'empilaient des livres techniques et des revues universitaires, une troisième était équipée de trois ou quatre appareils de gymnastique rutilants. Dans certaines, régnait un ordre fastidieux à force d'être impeccable, alors que d'autres se révélaient d'impossibles capharnaüms. Ici, des meubles massifs et austères; là, un canapé qui semblait s'affaisser sous une surcharge de motifs. Cleo s'attendait à apercevoir quelques compagnes errant dans le décor, mais il n'y avait personne d'autre qu'elle et Van. Et Paul.

Paul qui prépara les cocktails, lui joua une douce mélodie à la guitare, lui raconta ses aventures colorées de prospecteur sur les mesas de l'ouest du Texas, entonnant à la suite en espagnol une chanson qui parut un rien obscène à Cleo, laquelle Cleo, empruntant la voix de Vixen, reprit en chœur le refrain qu'elle s'entêta à chanter à contretemps. Puis Paul s'évanouit, et c'est Van qui se retrouva assis à ses côtés sur le canapé. Il désirait apprendre des choses sur Judy, lui en dévoila quelques-unes sur Van, sans qu'aucune de ses autres personnalités vienne s'immiscer dans la conversation. Elle était prête à parier que tout cela cachait des intentions bien précises. Ils continuèrent à parler jusque tard dans la nuit. Paul revint juste avant la fin pour enchaîner sur quelques bonnes blagues et lui jouer une berceuse, mais lorsqu'ils entrèrent dans la chambre, elle était avec Van. De cela, elle était certaine.

Quand elle s'éveilla au matin, elle était seule. Elle se sentit un instant désemparée, l'esprit en déroute, puis se rappela où elle se trouvait et comment elle était arrivée là; elle s'assit sur le lit en clignant des paupières et partit ensuite vers la salle de bains s'asperger le visage d'eau froide. Sans se soucier de sa tenue, elle déambula dans l'appartement à la recherche de Van.

Elle le dénicha dans la salle de gymnastique, installé sur la machine à ramer, mais ce n'était pas Van. Vêtu d'un T-shirt blanc et de jeans moulants, il paraissait un brin plus jeune, plus mince, plus désinvolte. De fines gouttelettes de transpiration perlaient sur son front, mais sa respiration semblait très normale. Il lui adressa un regard froid et distant, totalement asexué, comme s'il n'y avait là, dans le fait qu'une femme tout aussi nue qu'inconnue se matérialise soudain dans la maison, rien que de très habituel, et que cela n'avait pas pour effet de le perturber outre mesure.

– Bonjour. Je m'appelle Ned. Heureux de vous connaître.

Sa voix était plus aiguë que celle de Van, sans parler de celle de Paul, et il avait une étrange façon de détacher avec un maximum de précision chaque syllabe.

Troublée, retrouvant subitement une semi-conscience, honteuse d'avoir oublié d'enfiler ses vêtements avant de quitter la chambre, Cleo posa un bras sur ses seins, bien que l'homme ne semblât pas le moins du monde touché par sa nudité.

– Mon nom est… Judy. Je suis venue avec Van.

– Oui, je sais. J'ai vu l'inscription sur notre agenda. (Avec des gestes souples, il se remit à actionner les rames de l'appareil, tirant puis poussant tour à tour.) Allez vous chercher quelque chose au réfrigérateur. Van a laissé une note pour vous dans la cuisine.

Elle l'observa quelques secondes : ses mains, sa bouche, ses longs bras musclés. Elle se remémora la caresse de ses doigts, ses baisers, le contact de sa peau sur la sienne, tandis qu'il restait là, maintenant, dans une complète indifférence. Non. Pas *ses* caresses, pas *ses* baisers. Mais ceux de Van. Van qui n'était plus là. Van dont le corps abritait pour l'heure une personnalité autre, un être qu'elle ne connaissait pas et qui ne gardait aucun souvenir de leurs étreintes de la nuit passée. *J'ai vu l'inscription sur notre agenda.* Ils se laissaient des petits mots. Cleo frissonna. Certes, elle savait plus ou moins à quoi s'attendre, mais cela faisait une énorme différence de le lire dans les journaux et de le vivre. C'était un peu comme si elle se retrouvait parmi des êtres venus d'une autre planète.

C'est bien ce que tu voulais, non ? La diversité, le mystère, l'imprévisible, le dépaysement absolu. Une petite croisière à travers un univers étranger pour lui faire oublier le sien, si monotone, si mesquin, si étriqué. Eh bien, voilà qui était fait. *Bonjour. Je m'appelle Ned. Heureux de vous connaître.*

Elle trouva la note de Van sur la porte du réfrigérateur, maintenue par un petit aimant de couleur jaune dont la forme évoquait une coccinelle. DÎNER CE SOIR CHEZ MICHEL ? TOI ET MOI ET QUI SAIT ENCORE QUI D'AUTRE. APPELLE-MOI.

Ce fut le début d'une merveilleuse aventure. Les dix jours qui suivirent, ils se virent tous les soirs; généralement, ils se donnaient rendez-vous dans un restaurant trois étoiles, où ils prolongeaient leur dîner intime jusqu'au moment où l'emportait le désir de se retrouver chez lui. Par une douce soirée étoilée, ils allèrent à la plage, où ils restèrent des heures, bien au-delà de minuit, à regarder les vagues se briser sur Seal Rock. Une autre fois, ils partirent se promener sur Fisherman's Wharf d'où ils ramenèrent trois pleins paniers de souvenirs particulièrement visqueux.

Van était son premier prénom – comme elle le vérifia un soir sur sa carte de crédit –, et il semblait bien que ce fût également sa principale identité, même si Cleo lui en connaissait beaucoup d'autres. Au début, il s'était montré plutôt réticent à aborder le sujet, mais, le quatrième ou cinquième jour, il finit par lui révéler qu'il avait neuf autres alter ego primordiaux, et seize autres secondaires. Outre Paul le géologue, Chuck qui s'occupait d'horticulture, et Ned l'homosexuel, Cleo fut initiée à Nat le risque-tout de la spéculation boursière – cinquante ans, bien nourri, il se faisait une fortune par semaine et partageait son temps entre Las Vegas et Miami Beach –, Henry le poète, timide au point de ne pas apprécier qu'on lise ses œuvres, Dick qui prenait des cours de théâtre, Hal qui avait jadis enseigné le droit à Harvard, Dave le yachtman, et Nicholas qui trichait aux cartes.

Et toute une série de personnalités fragmentaires, dont certaines n'avaient même pas de nom, tout au plus une façon amusante de s'exprimer ou des petites manies dont elles jouaient à plaisir.

Cleo n'eut que de rares occasions de rencontrer ces personnages. Comme tous les multiples, il arrivait à Van de subir de temps à autre un dédoublement involontaire. Un soir, pendant qu'ils faisaient l'amour, c'est Hal qui prit sa place; une autre fois, il se transforma en Dave pendant une heure; et il se produisit aussi quelques transferts éclairs en Henry et Nicholas. Cleo s'en apercevait instantanément, dès le début du changement de phase : la voix, les gestes, l'attitude, le comportement en étaient immédiatement modifiés. C'étaient pour elle des moments étonnants, fortement excitants, qui la plongeaient dans une étrange exaltation. Quoi qu'il en soit, de manière générale, Van faisait bonne garde, et il restait Van, comme s'il éprouvait un besoin impérieux de vivre son aventure avec Cleo en tant que Van, et Van seul. Certes, il se dédoublait de temps en temps, convoquant un Paul qui s'en venait gratter la guitare et pousser la chansonnette, ou un Dick pour déclamer ses vers, mais ce faisant, il veillait à ce que la personnalité qui était Van demeurât toujours présente et dominante. Il apparut qu'il était tout à fait capable de se dédoubler à volonté, du moins à certaines périodes, sans l'entremise des miroirs et des lumières. Du fond de sa mémoire, il avait toujours fonctionné comme un multiple – depuis l'enfance, peut-être même depuis sa naissance – et il s'était voué tout au long de ces années à la tâche qui consistait à gagner la maîtrise de sa personnalité multiforme.

Toutes les incarnations que Cleo en put approcher se révélèrent fondamentalement fort séduisantes : des types volontaires, équilibrés, aux intentions bien arrêtées, qui savaient jouir de la vie et faire ce qu'il fallait pour obtenir ce qu'ils désiraient. Bien qu'ils fussent très différents les uns des autres, elle en retrouvait l'essence première dans la personnalité de Van dont ils étaient tous, pensait-elle, des fragments. Le seul mystère restait Nat, l'agent de change; Cleo avait du mal à s'imaginer à quoi Van pouvait bien ressembler quand il était Nat : vulgaire et répugnant, ça oui, mais comment réussissait-il à se vieillir de quinze ans et à peser quarante livres de plus ? Peut-être, tout bonnement, en changeant ses expressions de visage et son allure. En tout cas, Cleo ne rencontra jamais Nat et se rendit compte peu à peu qu'elle opérait une simplification outrancière en considérant Paul, Dick, Ned et les autres comme de simples extensions, même donnant des spécimens diversifiés, de la personnalité de Van.

Car Van, tel qu'en lui-même, s'avéra tout aussi incomplet que les autres, tout au plus l'un des nombreux personnages qui avaient évolué en parallèle, chacun avec sa propre autonomie, chacun ne représentant qu'une fraction du tout. Et, bien que Van bénéficiât la majeure partie du temps de la jouissance du corps matériel, il n'avait pas la moindre idée du moi alterné qu'il allait accrocher lorsqu'il les convoquait en pensée et, tout comme eux, il ne pouvait compter que sur des conjectures et des coups de hasard, et sur ces notes et messages qu'ils s'évertuaient à semer sur leur passage afin de conserver une trace des événements qu'ils suscitaient en dehors de sa volonté consciente.

– Le seul qui soit au courant de tout ce qui se passe est Michael. Il n'a que sept ans, mais il est aussi vif qu'un fouet, et reste sans arrêt en contact avec nous tous.

– Le garant de votre mémoire, dit Cleo.

Van hocha le menton. Tous les multiples comptaient dans leurs rangs un alter ego qui possédait la connaissance infuse des faits et gestes de toutes les autres personnalités, habituellement un enfant, un observateur fidèle au poste et bien ancré dans le cerveau, qui ne se préoccupait d'ordinaire que de ses propres plaisirs pour n'émerger que lorsque cela s'avérait nécessaire, pour prévenir quelque crise susceptible de menacer l'équilibre du groupe tout entier.

– Tout ce qu'il m'a raconté, expliqua Van, c'est qu'il était éthiopien. C'est pourquoi, toutes les deux ou trois semaines, on file d'Oakland au restaurant éthiopien qu'il adore, dans la région d'Amhara, où il se fait une joie de flirter avec les serveuses.

– Ça ne doit pas être une corvée si terrible. Je me suis laissé dire que les Éthiopiennes étaient très belles.

– Absolument. Mais elles prennent ça pour une énorme plaisanterie; Michael ne sait pas encore comment emballer les filles, il n'a que sept ans, tu sais. Et le pauvre Van ne peut rien tirer de tout ça, à part un exercice de linguistique comparée et une bonne indigestion le lendemain. La nourriture éthiopienne est la plus épicée du monde. Je ne *supporte* pas la nourriture épicée.

– Moi non plus, dit Cleo. Lisa, par contre, adore ça; surtout la mexicaine. Mais qui a dit que c'était facile de partager le même corps ?

Il lui fallait être très prudente lorsqu'elle interrogeait Van sur la façon dont il vivait sa vie de multiple. N'était-elle pas censée en être une, elle aussi ? Heureusement, le fait qu'elle débarquait de Sacramento lui servait de prétexte pour justifier les zones de flou et l'ignorance qu'elle affichait des us et coutumes des multiples. Elle lui dit faire partie de la confrérie depuis l'enfance, mais qu'elle avait grandi à l'écart de ce climat de tolérance envers les personnalités multiformes qui prévalait à San Francisco, où perdurait depuis des lustres une sous-culture de multiples particulièrement vivace. Dans son existence de paria, ignorant qu'il y avait de par le monde beaucoup d'autres gens de son espèce, elle s'était crue de prime abord la victime d'une grave affection mentale. Et ce n'était que tout récemment qu'elle avait fini par entrevoir les extraordinaires avantages d'une vie de multiple, la richesse et la diversité, la plénitude de talents et d'expériences auxquelles un esprit multiple était à même de goûter. C'était la raison essentielle de sa venue à San Francisco. Et c'était pourquoi elle écoutait si passionnément tout ce qu'il pouvait lui raconter sur lui-même.

Elle se garda également de trop mettre en évidence ses propres personnalités. Elle aurait bien aimé ne pas être tenue de posséder d'autres identités que la sienne, mais il fallait bien de temps en temps les faire apparaître, ne serait-ce que pour conserver l'intérêt que Van lui portait. Il était de notoriété publique que les multiples n'éprouvaient guère qu'indifférence envers les uniques, qu'ils les trouvaient mielleux, excessivement naïfs, bien trop bidimensionnels. Eux, au contraire, savaient goûter le plaisir sans pareil de tenir dans ses bras quelqu'un qu'on découvre en même temps se révéler une autre personne, voire deux ou trois autres. Ainsi lui donna-t-elle Lisa, ainsi lui donna-t-elle Vixen, et la Judy-qui-était-Cleo, et la Cleo-qui-était-quelqu'un-d'autre, ainsi se glissa-t-elle de l'une à l'autre, le plus souvent quand ils étaient au lit, comme si de rien n'était, comme si tout cela n'était que hasard et imprévu.

Lisa s'avéra d'une nature farouche, prude et réservée, affreusement choquée de se retrouver, entre deux clins d'œil, dans les bras d'un homme qu'elle ne connaissait pas.

– Qui êtes-vous ? Où suis-je ? s'écria-t-elle en roulant de côté et prenant la position fœtale.

– Je suis l'ami de Judy, répondit Van.

Elle lui jeta un regard glacé.

– Voilà qu'elle recommence ses coups en douce.

Van parut peiné, embarrassé, préoccupé de réparer. Elle l'observa deux ou trois secondes avec délectation, tandis qu'il se demandait s'il devait la ramener à son hôtel en plein milieu de la nuit. Alors, elle permit à Lisa qu'un sourire malicieux éclaire son visage, elle permit à Lisa d'oublier sa vertu outragée, elle permit à Lisa de se laisser attendrir et de s'abandonner, elle permit à Lisa de ronronner :

– Bon, du moment qu'on y est. Comment as-tu dit que tu t'appelais ?

Il adorait ça. Et il adorait Vixen, aussi, Vixen la sauvage, Vixen au corps moite, Vixen la tapageuse, la gémissante, la haletante, Vixen les coups de reins et Vixen les griffes, qui l'entraînait jusque sur le plancher où ils roulaient l'un sur l'autre, roulaient, roulaient. Elle se disait qu'il aimait Cleo, également, bien que ce fût plus délicat à cerner, tant Cleo était du style distant, grave, baroque, impénétrable. Elle passait allégrement de l'une à l'autre, simulant parfois les quatre à la file en moins d'une heure. C'était le vin, disait-elle, qui provoquait en elle ce dédoublement intempestif. Elle lui laissait entrevoir qu'elle possédait, elle aussi, d'autres identités, fragmentaires et enfouies au fond d'elle-même, dont elle insinuait qu'elles souffraient de troubles psychiques, de névroses profondes et de propension à se détruire; elle les gardait sous son contrôle, refusant, prétendait-elle, de les voir émerger de peur qu'elles ne fassent du mal à Van, mais en laissant toutefois planer cette éventualité afin d'ajouter quelques épices à leur relation et une certaine plausibilité au rôle qu'elle se plaisait à jouer.

Apparemment, cela fonctionnait à merveille, il prenait en sa compagnie un évident plaisir. Elle commença à se mettre de folles idées en tête, quitter définitivement Sacramento et louer un appartement ici, peut-être même emménager avec lui, bien que ce dût être là, probablement, un étrange défi à soutenir. Elle vivrait avec Paul et Ned et Chuck et le reste de l'équipe, ô instants merveilleux ! plaisirs électrisants !

Arriva le dixième jour. Van paraissait, contrairement à l'ordinaire, sombre et tendu. Lorsqu'elle lui demanda ce qui le tracassait, il éluda la question, mais sur ses instances, il finit par tout lui avouer.

– Tu tiens vraiment à le savoir ?

– Naturellement.

– Ce qui me tracasse, Judy, c'est que tu ne sois pas réelle.

Elle retint son souffle.

– Qu'est-ce que tu veux dire par là ?

– Tu sais très bien ce que je veux dire, fit-il d'une voix calme où perçait la tristesse. N'essaie pas de feindre plus longtemps. Cela ne sert à rien.

Ce fut comme une décharge de courant dans ses côtes.

Elle s'écarta et resta immobile un long moment, cherchant quelque chose à dire. Juste quand tout commençait à marcher si bien, quand elle avait fini par se persuader que la mascarade avait pleinement réussi.

– Ainsi, tu sais ? lui dit-elle doucement.

– Bien sûr que je sais. Je l'ai su depuis le début.

Elle ne pouvait retenir son corps de trembler.

– Comment as-tu deviné ?

– Mille petits détails. Quand on se dédouble, on *change*. La voix. Les yeux. La tension musculaire. Les tics d'élocution. Et même les ondes psychiques. Tous les tests de réflexes provoqués le montrent. Allume une lumière sous mes yeux, et je te renverrai une onde particulière; et Ned t'en renverra une différente, et Chuck encore une autre. Toi et Lisa et Cleo et Vixen réagissez toutes de la même façon. Les multiples sont des esprits séparés à l'intérieur d'un même cerveau. C'est un fait scientifique. Toi, tu simulais. Avec talent d'ailleurs, mais pas au point de me mystifier.

– Alors, durant tout ce temps, tu m'as prise pour une idiote ?

– Non.

– Pourquoi as-tu... ? Comment as-tu pu... ?

– Quand je t'ai vue ce premier soir, ça m'a flanqué un sacré coup. Je t'ai vue sur le parquet, je t'ai vue tomber, et je savais dès lors que tu n'étais pas une multiple. Et je me disais : Mais que diable vient-elle faire ici ? C'est alors que je me suis précipité vers toi et me suis retrouvé littéralement harponné. J'ai éprouvé une sensation que je n'avais jamais connue auparavant. Oui, je sais, j'ai l'air de te débiter le vieux baratin habituel, mais c'est la vérité, Judy. Tu es la première femme unique qui m'ait jamais attiré.

– Mais pourquoi ?

– Quelque chose en toi, fit-il en hochant la tête. Ta force de caractère, ta vivacité d'esprit, et peut-être aussi ton acharnement à prétendre te faire passer pour une multiple, je ne sais pas. Mais j'étais pris au piège, bel et bien pris au piège. Ça a été dix jours merveilleux, ça, je dois le dire.

– Jusqu'à ce que tu finisses par t'ennuyer.

– Ce n'est pas toi qui m'ennuies, Judy.

– Cleo. C'est mon vrai nom, mon nom unique. Il n'y a pas de Judy.

– Cleo, fit-il comme s'il soupesait le mot sur sa langue.

– Ainsi, je ne t'ennuie pas, quand bien même je n'existe qu'en un seul exemplaire ? Mais c'est formidable, terriblement flatteur. C'est la meilleure nouvelle que j'aie entendue de la journée. Bon, il est temps que je m'en aille, je crois. Van. C'est bien *Van,* n'est-ce pas ?

– Ne parle pas ainsi.

– Et comment veux-tu que je te parle ? Je t'ai fasciné. Tu m'as fascinée. On s'est joué nos petits jeux l'un à l'autre, maintenant c'est fini. Je n'étais pas réelle, mais tu as fait de ton mieux. Nous avons tous les deux fait de notre mieux. Il est vrai que je suis unique, et cela, tu ne pourras jamais t'en satisfaire. Pas longtemps en tout cas; une nuit, une semaine, deux à tout casser. Mais à plus ou moins brève échéance, il te faudra goûter au truc réel, et il m'est impossible de te donner ce truc réel. Adieu, Van.

– Non.

– Comment non ?

– Ne pars pas.

– Et pourquoi resterais-je ?

– Je veux que tu restes.

– Van, je suis une unique.

– Rien ne t'y oblige, fit-il.

Le nom du professeur était Burkhalter, et son salon se trouvait dans l'une des tours de l'Embarcadero. Pour la communauté multiple de San Francisco, l'homme n'était pas loin de passer pour une divinité. Sa spécialité était l'intégration électrophysiologique, avec des applications spécifiques dans le domaine des désordres psychiques affectant les êtres à personnalités multiples. Tous ceux qui portaient en eux des alter ego aux tendances hostiles et machiavéliques susceptibles de mettre en péril la stabilité du groupe allaient le consulter pour s'en faire purger, à tout le moins les réprimer. Y allaient également tous ceux qui cherchaient à rétablir un fonctionnement sain et efficace pour leurs doubles en latence submergés par un trop-plein de personnalités. Quant à ceux qui vivaient leur vie de multiples non pas comme une symphonie en contrepoint propre à enrichir leur expérience mais dans l'incessant tourment d'un désarroi d'ordre schizoïde, ils se confiaient aussi aux bons soins du Dr Burkhalter dans l'espoir qu'il les en guérisse, ce qui, avec le temps, finissait toujours par se produire. Ces dernières années, il s'était mis à développer des techniques s'appliquant à ce qu'il appelait l'accroissement de la personnalité, et que Van désignait de l'expression « enfoncer le coin ».

– Il peut donc transformer un unique en multiple ? s'enquit une Cleo incrédule.

– Si le potentiel y est. Tu n'ignores pas que c'est en partie génétique : la structure d'un cerveau de multiple est fondamentalement différente de celle d'un unique. Il se trouve simplement que la machine – les connexions cérébrales – ne fonctionne pas de la même façon. Donc, s'il se produit le stimulus adéquat, d'ordinaire durant l'enfance, sans que ce soit nécessairement traumatisant, le processus de dédoublement se met en place, les identités distinctes commencent à établir leur territoire. Seulement, la plupart du temps, le caractère de multiplicité ne se génère pas, et tu te retrouves avec les pouvoirs d'une véritable horde d'alter ego sans même le savoir.

– Et qu'est-ce qui te fait croire que je suis comme ça ?

Van eut un geste des épaules, comme un tantinet exaspéré.

– Ça vaut le coup de le tenter, si jamais il détecte une prédisposition; il possède des moyens efficaces susceptibles d'induire un processus de séparation. Enfoncer le coin, tu vois. Cleo, tu *veux* être une multiple, oui ou non ?

– Oh oui, Van. Oui !

Burkhalter n'était pas sûr de son coup. Il lui fixa des électrodes sur la tête, lui projeta des flashes de lumière dans les yeux, la soumit à des tests d'associations verbales, lui fit quatre ou cinq sortes différentes d'électro-encéphalogrammes, et il n'était toujours pas sûr de lui.

– Ce n'est pas noir et blanc, lâcha-t-il plusieurs fois, les sourcils froncés, le visage renfrogné.

Lui aussi était un multiple, et trois de ses autres moi étaient psychiatres, ce qui avait l'avantage de faciliter les choses au niveau des heures d'ouverture. Cleo se demanda s'il lui arrivait parfois de se consulter lui-même pour se faire une seconde opinion. Au bout d'une semaine de tests, alors qu'elle s'était convaincue d'être un cas sans espoir, un unique impossible à traiter, Burkhalter la surprit en concluant que l'expérience valait la peine d'être tentée.

– Au pire, ajouta-t-il, nous assisterons à une refusion spontanée dans les jours qui suivront, et vous ne vous sentirez pas plus mal qu'aujourd'hui. Mais si nous réussissons...

Sa clinique était située de l'autre côté de la baie, dans une ville qui portait le nom de Moraga. Cleo passa deux jours supplémentaires à subir d'autres tests, et trois jours de plus à ingurgiter des médicaments.

– Un simple anticonvulsif, lui expliqua une infirmière toute guillerette. Pour renforcer votre tolérance.

– Tolérance à quoi ? questionna Cleo.

– Au traumatisme de l'accouchement. Les nouveaux ego vont pousser, et cela peut vous incommoder un petit moment.

Le traitement débuta le jeudi. Électrochocs, drogues, re-électrochocs. Puis un repos pesant. C'était comme dans un rêve interminable, mais au moins ne souffrait-elle pas. Van lui rendait visite chaque jour. Chuck vint la voir, également, lui apportant deux pots d'orchidées en fleur; et Paul, qui chanta pour elle, et même Ned qui se fendit d'un appel téléphonique. Mais Cleo avait du mal à suivre le fil d'une conversation. Souvent, il lui arrivait d'entendre des voix. Elle se sentait fiévreuse, comme disloquée; par moments, elle se croyait en train de flotter à vingt ou trente centimètres au-dessus de son lit. Puis, peu à peu, ces sensations refluèrent, remplacées par d'autres presque aussi bizarres. Les voix étaient toujours là. Elle apprit à converser avec elles.

La seconde semaine, les visites lui furent interdites, mais ça ne la gêna guère : elle ne manquait pas de compagnie, même quand elle était seule.

Et puis, un jour, Van vint la chercher.

– Ils vont te laisser sortir, tout à l'heure. Comment te sens-tu, Cleo ?

– Je m'appelle Noreen.

Apparemment, elles étaient cinq. C'est ce que Van lui dit. Elle, qui s'éclipsait lorsque les autres prenaient le pas – non pas simplement en sommeil, mais véritablement *éclipsée,* sans la moindre perception –, n'avait aucun moyen de s'en rendre compte. Van lui montra les notes qu'elles rédigeaient, d'une écriture qu'elle ne reconnaissait pas et qu'elle avait d'ailleurs bien de la peine à déchiffrer, et il lui passa les bandes enregistrées de ses autres voix : le contralto profond de Noreen, les sifflements aigus de Nanette, le rugueux accent new-yorkais de Katya, et les sonorités voluptueuses et cabotines à la fois de la voix de sirène de la dernière, laquelle n'avait pas encore annoncé son nom.

Les tout premiers jours, Cleo ne quitta pas l'appartement; ensuite, elle s'autorisa de brèves promenades, toujours accompagnée de Van ou de l'un de ses doubles empressés. Elle se sentait encore convalescente. Elle éprouvait une sorte de permanence des effets des médicaments qu'elle avait pris durant son traitement, qui amoindrissait ses réflexes et lui interdisait pratiquement d'affronter les dangers de la circulation en ville, et aussi l'angoisse de devoir faire face à un dédoublement alors qu'elle était dehors. À chaque fois, ça la prenait sans prévenir, et au retour de ses transferts, ses souvenirs lui revenaient par intermittence, au point qu'elle s'effrayait de se retrouver soudain à Ghirardelli Square ou dans le Golden Gate Park, ou dans n'importe quel lieu où l'un de ses doubles venait d'abandonner son corps.

Mais elle était heureuse. Et Van était heureux, aussi, en sa compagnie. Un soir de la seconde semaine, alors qu'ils déambulaient dans les rues, il fit appel à Chuck – Cleo sut que c'était Chuck, elle était désormais capable d'identifier sur-le-champ la personnalité accrochée – qui lui déclara tout de go :

– Ta présence a sur lui des effets extraordinaires. Aucun de nous ne l'avait jamais vu ainsi, auparavant : si serein, si radieux...

– J'espère que ça va durer, Chuck.

– Bien sûr que ça va durer. Pourquoi diantre ça ne durerait pas ?

Ça ne dura pas. Vers la fin de la troisième semaine, Cleo remarqua qu'il n'y avait plus de messages dans son agenda de la part de Noreen, et ce depuis plusieurs jours. En soi, ce n'était pas très alarmant : n'importe quel alter ego avait le droit de choisir de s'immerger pendant plusieurs jours d'affilée, plusieurs semaines, voire des mois, s'il voulait. Mais était-ce logique que Noreen, qui découvrait à peine le monde, veuille rester hors de vue si longtemps ? Lin-lin, la petite Chinoise qui était apparue au cours de la seconde semaine et qui était la garante de la mémoire de Cleo, lui expliqua que Noreen était partie. Quelques jours plus tard, survint une personnalité répondant au prénom de Mattie, qui disparut au bout de trois heures, comme emportée par les remous d'une mer démontée. Puis ce fut au tour de Nanette et de Katya de laisser Cleo avec la seule Lin-lin et son double sans nom à la voix de sirène.

Elle était en train de refusionner. Les coins que le Dr Burkhalter avait enfoncés dans son âme ne tenaient pas; son esprit en appelait à l'unicité et se réintégrait; elle revenait à son âme d'unique.

– Elles sont toutes parties, désormais, dit-elle à Van d'un air accablé.

– Je sais. J'ai suivi l'évolution.

– Peut-on y faire quelque chose ? Dois-je retourner voir Burkhalter ?

Elle lut la douleur dans ses yeux.

– Ça ne marchera pas, avoua-t-il. Il m'a dit qu'il n'y avait qu'une chance sur trois que ça réussisse. Un mois, pensait-il, c'est le mieux que nous puissions espérer. Nous avons eu notre mois.

– Van, je ferais mieux de m'en aller.

– Ne dis pas cela.

– Pourquoi ?

– Je t'aime, Cleo.

– Tu ne m'aimeras plus. D'ici pas longtemps.

Il tenta d'argumenter, de la persuader que cela n'avait aucune importance pour lui qu'elle soit une unique, que la seule Cleo valait bien plus que tout un tas de doubles, qu'il saurait s'adapter à l'existence avec une unique. Qu'il ne pouvait supporter l'idée de la perdre. Elle resta : une semaine, deux semaines, trois. Ils allèrent régulièrement dîner dans leurs restaurants préférés. Ils se promenèrent main dans la main dans la fraîcheur des nuits. Ils parlèrent de Chomsky et de Whorf, et même des bureaux d'affaires. Quand il partait et que Paul ou Chuck ou Hal ou Dave étaient là, elle les accompagnait partout où ils voulaient bien l'emmener. Comme cette fois où elle était allée au cinéma avec Ned, qui s'était senti en train de se dédoubler, et qu'elle avait entouré de son bras jusqu'à ce qu'il reprenne le contrôle de lui-même et puisse voir la fin du film.

Mais ce n'était pas une solution. Il désirait quelque chose de bien plus enrichissant que ce qu'elle pouvait lui offrir : la déconnexion, le dédoublement. Il voulait entendre les bémols et les harmoniques de ses autres personnalités résonner au-delà des rivages de sa conscience. Et ça, elle n'était plus à même de le lui donner. Il était ce type qui se bandait les yeux pour rester aux côtés de sa femme aveugle. Et elle savait qu'elle ne pourrait éternellement lui demander de vivre ainsi.

Un après-midi où Van était ailleurs, elle fit ses bagages, dit au revoir à Paul qui la serra contre son cœur et échangea quelques larmes avec elle, et elle repartit pour Sacramento.

– Dis-lui de ne plus m'appeler. Une rupture claire et nette est préférable.

Elle venait de passer deux mois à San Francisco, deux mois qui lui paraissaient les seuls mois en couleurs de sa vie, alors que tout le reste n'avait existé que dans la grisaille.

Il y avait un homme, à l'agence, qui lui répétait depuis deux ans qu'ils étaient faits l'un pour l'autre; un homme pour qui Cleo avait toujours éprouvé une certaine amitié. L'hiver précédent, ils s'étaient offert quelques week-ends de ski à Tahoe; ils étaient allés une fois à Hawaii, avaient poussé jusqu'à San Diego une autre fois. Mais lorsqu'elle était avec lui, elle n'avait jamais rien ressenti de particulier. Pourtant, dès son retour, elle lui téléphona pour lui proposer une balade dans la région des séquoias, au nord de San Francisco. Lorsqu'ils en revinrent, elle emménagea dans l'appartement en copropriété qu'il possédait à la limite de la ville.

Il était difficile de lui trouver quelque chose qui clochât : d'un naturel charmant, séduisant, voué à la réussite, il lisait aussi des livres, appréciait les bons films, aimait les randonnées pédestres, le canot, le camping, il parlait même de descendre en ville pendant la saison des concerts d'opéra pour assister à une ou deux représentations. Il arrivait à un âge où il envisageait de se marier et de fonder une famille. Il semblait très amoureux de Cleo.

Mais elle le trouvait triste. Triste comme un jour sans Van. Ce n'était qu'un unique, un non-double, un mono-tone. Il n'existait qu'en une seule version, et il en serait toujours ainsi. Bien sûr, ce n'était pas vraiment sa faute, mais pourquoi diable irait-elle s'installer avec un type qui n'avait que deux dimensions ? Tous les soirs, de terribles turbulences grondaient en elle, et elle ne pouvait tout de même pas lui raconter ce qui la troublait ainsi.

Par un bruineux après-midi de début novembre, elle remplit une valise et fila à San Francisco. Elle descendit dans l'un des motels de Lombard Street, prit une douche, se changea, et remonta vers Fillmore Street. Avec prudence, elle explora le quartier de Chestnut à Union, puis de Union à Chestnut. L'idée de se trouver nez à nez avec Van la terrifiait. Pas ce soir, pria-t-elle. Pas ce soir. Elle passa devant Skits, sans y entrer, s'arrêta devant un autre club à l'enseigne de Big Mama, hocha la tête, pour finalement pénétrer à l'intérieur du Side Effect[1]. Comme à l'accoutumée, il y avait surtout des femmes, et quelques hommes au bar, pas trop moches. Aucun signe de Van.

Elle se paya un verre et engagea négligemment la conversation avec un type de petite taille, aux cheveux bouclés, le style artiste.

– Vous venez souvent par ici ? fit-il.

– C'est la première fois. D'habitude, je vais au Skits.

– Il me semble en effet vous y avoir déjà rencontrée. À moins que je ne fasse erreur.

1. L'Effet Secondaire. *(N.d.T.)*

Elle lui sourit.

– Quel est votre nom présent ?

– Sandy. Et le vôtre ?

Cleo alla chercher sa respiration au tréfonds de ses poumons. Elle sentit comme un tourbillon vertigineux se mettre à danser derrière ses yeux. *Est-ce bien ce que tu veux ?* se dit-elle à elle-même. *Oui. Oui. C'est ce que tu veux.*

– Melinda.

UNE AIGUILLE DANS UNE MEULE DE TEMPS

D'une seconde à l'autre, le goût de coton imprégna la langue de Mikkelsen, et il sut que Tommy Hambleton était allé encore une fois bricoler son passé. Cette sensation de coton dans la bouche constituait chez Mikkelsen le signal standard, comme chez d'autres un tintement dans les oreilles, un tremblement du petit doigt, ou les épaules qui se serrent. Mais, quel que fût le symptôme, il voulait toujours dire la même chose : quelqu'un s'est immiscé dans le cours de ta vie, laquelle en a été rétroactivement modifiée. Ça arrivait sans arrêt; l'un des petits tracas de la vie moderne, comme disait tout un chacun. En général, les changements qui s'ensuivaient ne prêtaient guère à conséquence.

Seulement voilà, Tommy Hambleton s'était mis en tête de détruire le couple Mikkelsen, ou plus exactement de faire en sorte qu'il ne voie jamais le jour, et c'était là un projet qui dépassait le seuil de ce que pouvait tolérer Mikkelsen. Dans un état d'esprit qui s'apparentait à la panique, il vidéophona chez lui pour vérifier si Janine était encore sa femme.

Sur l'écran, il vit s'épanouir son adorable visage : sa chevelure brune et soyeuse, ses pommettes finement dessinées, ses yeux empreints de malice qui lui donnaient ce regard effronté. Elle lui parut tendue, nerveuse, et Mikkelsen comprit qu'elle venait elle aussi d'essuyer le retour de bâton de la dernière intervention de Tommy Hambleton.

– Nick ? fit-elle. On est en déphasage ?

– Il me semble bien. Tommy vient de nous refaire le coup, et Dieu seul sait les dégâts que cela a pu occasionner cette fois.

– On passe l'effectif en revue ?

– D'accord. Quel est ton nom ?

– Janine.

– Et le mien ?

– Nick. Nicholas Perry Mikkelsen. Tu vois. Ça n'a pas bouleversé grand-chose.

– Tu es mariée ?

– Évidemment, chéri. Avec toi.

– On continue. Ton adresse.

– 11, Lantana Crescent.

– On a des enfants ?

– Deux. Dana et Elise. Dana a cinq ans, Elise, trois. Notre chatte s'appelle Minibelle et...

– Ça va, fit un Mikkelsen soulagé. En gros, ça concorde. Mais j'ai senti le goût de coton, Janine. À quoi s'est-il attaqué, cette fois-ci ? Qu'est-ce qui a changé ?

– Certainement rien d'essentiel, mon amour. On va trouver si on continue à chercher. Gardons notre calme.

– Du calme, oui.

Mikkelsen ferma les yeux et respira profondément. Les petits tracas de la vie moderne. Aux jours d'antan, lorsque le temps n'était encore rien d'autre qu'un flux linéaire qui s'écoulait d'*avant* à *maintenant,* y avait-il quelqu'un au monde pour se soucier de sa continuité ? Et voilà qu'aujourd'hui, pour le meilleur et pour le pire, tout était différent. Vous vous couchiez à Dartmouth, et vous réveilliez à Columbia, dans l'imprévu le plus total. Vous étiez dans un avion qui explosait au-dessus de Chypre, et voilà que votre agent d'assurances venait vous dire de ne pas prendre ce vol-là. L'existence suivait désormais un cours tout à fait nouveau, totalement fluide, et on pouvait toujours bénéficier d'une deuxième chance, d'une troisième, d'une quatrième, maintenant que le passé était ouvert à tous pour le prix d'un billet de chemin de fer. Mais quel était l'intérêt de la chose, se demandait Mikkelsen, à partir du moment où Tommy pouvait s'en servir pour le faire disparaître et épouser Janine ?

Ils affichèrent à l'écran leurs données personnelles, qu'ils comparèrent minutieusement avec les souvenirs qu'ils en avaient. Quand le passé est altéré par un déphasage temporel, tous les enregistrements vous concernant en sont, automatiquement et bien évidemment, eux aussi altérés; mais il se passe une période de deux ou trois heures pendant laquelle les souvenirs de votre existence antérieure s'attardent dans le cerveau, tels des réflexes convulsifs lors de l'amputation d'un membre. C'est ainsi qu'ils purent vérifier la date de naissance de Mikkelsen, les noms de ses parents, ses neuf coordonnées génétiques, son parcours universitaire. Jusque-là, tout paraissait correspondre, mais quand ils en arrivèrent à la date de leur mariage, l'écran indiquait 8 février 2017, et une sonnette d'alarme retentit dans sa tête.

– Je me souviens d'un mariage en été, dit-il à Janine. Ça se passait en plein air, dans le jardin de Dan Levy, les collines brûlées de soleil, la végétation toute sèche, c'était un 24 août.

– Moi aussi, Nick, je m'en souviens. En février, les collines n'auraient pas été comme ça. Je m'y revois, une journée torride, et la poussière...

– Janine, ça signifie simplement qu'on a perdu cinq mois de notre mariage. Il n'a pas réussi à l'effacer complètement, mais il s'est arrangé pour le déplacer de l'été à l'hiver.

La rage lui vrillait le cerveau, et il dut solliciter son distributeur automatique pour une dose de tranquillisants à effet immédiat. L'étiquette recommandait de garder son sang-froid à la suite d'un déphasage. Mais allez donc garder votre sang-froid quand le déphasage consiste en une intrusion délibérée et malveillante au sein de votre vie privée. Il avait envie de hurler, de tout casser, d'aller botter les fesses au sieur Hambleton. Il n'acceptait pas que quiconque se permette de toucher à son couple.

– Tu sais ce que je vais faire un de ces jours ? Je m'en vais retourner cinquante ans en arrière et rayer Tommy de l'existence. Je vais simplement m'arranger pour que ses parents ne se rencontrent jamais, et puis...

– Non, Nick. Il ne faut pas.

– Je sais. Mais j'aimerais tant.

Il n'en avait pas le droit, en effet, et pas seulement parce que ce serait un meurtre. Il était essentiel que Tommy Hambleton naisse et grandisse, rencontre Janine et l'épouse, de sorte que, lorsque leur relation s'effondrerait, elle rencontre Mikkelsen et se marie avec lui. S'il modifiait le passé de Hambleton, il modifiait aussi son passé à elle et, ce faisant, le sien propre; à partir de là, tout pouvait arriver. Tout et n'importe quoi. Mais cela n'empêchait pas de le rendre furieux.

– Janine, cinq mois de notre passé...

– Nous n'en avons pas besoin, mon amour. La priorité des priorités est de sauver le présent et le futur. Dès demain, nous serons persuadés que nous nous sommes mariés en février 2017, et cela n'aura aucune incidence. Promets-moi de ne pas tenter de le déphaser.

– Je hais l'idée qu'il puisse à sa convenance...

– Moi aussi. Pourtant, il faut que tu me promettes de laisser les choses en l'état.

– C'est-à-dire...

– Promets-le-moi.

– Entendu. Je te le promets.

Il se produisait sans cesse des déphasages qu'on pouvait considérer comme négligeables. Il suffisait qu'un type de l'Illinois fasse une excursion dans l'Arizona du XIe siècle, provoquant ainsi quelques ondulations minimes à la surface du temps, lesquelles entraînaient à leur tour des effets tangentiels à la périphérie de quelques existences, et voilà qu'un citoyen de Californie se retrouvait au volant d'une BMW métallisée au lieu d'une Toyota grise. Tout le monde se fichait pas mal de telles vétilles. Mais c'était la troisième fois en douze mois, aussi loin que Mikkelsen fût capable de remonter, que Tommy Hambleton se commettait dans un déphasage avec l'intention délibérée de briser l'enchaînement des événements qui avaient conduit Mikkelsen à épouser Janine.

Le premier déphasage survint lors d'une magnifique journée de printemps, alors qu'il rentrait du travail : la soudaine saveur du coton sur son palais, et l'étrange sensation de se trouver complètement désorienté. Mikkelsen descendit l'escalier à la recherche de Gus, son vieux matou rouquin qui ne ratait pas une occasion de venir à toute allure lui faire des fêtes, comme s'il se prenait pour un chien. Mais pas de Gus. À la place, une chatte à la fourrure bigarrée, enceinte jusqu'aux yeux, et couchée, débonnaire, dans le hall d'entrée.

– Où est Gus ? demanda Mikkelsen à Janine.

– Gus ? Quel Gus ?

– Notre chat ?

– Tu veux dire : Max ?

– Gus, insista-t-il. Notre Gus qui ressemble à une orange, avec une queue toute tordue…

– D'accord, d'accord. Mais il s'appelle Max; ça, j'en suis sûre. Il doit être quelque part par là. Hé, ma Minibelle ! (Janine s'agenouilla pour caresser la grosse chatte.) Minibelle, tu as vu Max ?

– Gus, pas Max. Et à qui appartient cette Minibelle ?

– Mais à nous, Nick, répondit Janine d'un air visiblement surpris.

Ils se regardèrent.

– Nick, reprit Janine, il s'est passé quelque chose.

– Je crois que nous avons été déphasés.

Sensation désagréable de tomber à travers une trappe : secousse, confusion, terreur. Suivie aussitôt d'un inventaire aussi précipité qu'angoissant de leurs données de base, afin de savoir ce qui avait changé. Tout semblait en ordre, excepté l'inversion des chats. Mikkelsen n'arrivait pas à se souvenir avoir jamais eu une chatte bigarrée. Janine non plus d'ailleurs, bien qu'elle acceptât la présence de l'animal comme allant de soi. Quant à Gus – Max ? –, Nick nageait de plus en plus dans le brouillard, et Janine ne se rappelait même plus à quoi il ressemblait. Tout ce qui lui restait du chat, c'est qu'il lui avait été offert en cadeau de mariage par un ami très proche, ce à quoi Mikkelsen réagit en précisant que l'ami en question se nommait Gus Stark, d'où le nom du chat. Fouillant dans son cerveau, Janine en extirpa quelques obscurs souvenirs, à savoir que Gus était en fait l'un des meilleurs amis de Mikkelsen, mais également de Hambleton et elle à l'époque où ils étaient mariés, et que c'était justement Gus qui lui avait présenté Mikkelsen il y avait dix ans, lors de leurs vacances à Hawaii.

Mikkelsen tapa l'accès à son annuaire vidéophonique mais n'y trouva pas trace de Gus Stark. Le déphasage l'avait bel et bien effacé de la liste d'amis. L'annuaire national signalait un Gus Stark à Costa Mesa. Mikkelsen l'appela, et l'image apparut d'un visage couvert de taches de rousseur et planté d'une chevelure d'un roux décoloré. Un visage qui lui sembla plus ou moins familier, mais dont le propriétaire affirma d'abord ne pas connaître ce M. Mikkelsen, pour déclarer ensuite, après s'être un peu creusé la cervelle, qu'ils avaient effectivement été plus ou moins liés il ne savait plus quand, et qu'ils s'étaient perdus de vue à la suite d'une querelle sans importance, il y avait des années de cela.

– Ce n'est pas tout à fait ainsi que je vois les choses, lui rétorqua Mikkelsen. Nous avons été amis pendant plusieurs années, des amis vraiment très proches. Toi et Donna, Janine et moi, nous sommes allés dîner au restaurant à Newport Beach pas plus tard que la semaine dernière, voilà ce dont je me souviens.

– Donna ?

– Ta femme.

– Ma femme s'appelle Karen. Bon Dieu, ça a dû être un sacré déphasage, non ?

Il n'avait pas du tout l'air impressionné.

– Pour sûr. Ça a fichu en l'air ton mariage, notre amitié, et qui sait quoi d'autre.

– Eh bien, ce sont des choses qui arrivent. Écoutez, mon gars, si je peux vous aider en quoi que ce soit, n'hésitez pas à m'appeler. Mais pour l'heure, nous allions sortir, Karen et moi, et...

– Ouais. Je comprends. Désolé de vous avoir dérangé.

Mikkelsen éteignit l'écran.

Donna. Karen. Gus. Max. Ses yeux se portèrent sur Janine.

– C'est Tommy le responsable, dit-elle.

Elle avait tout compris. Et elle se lança dans l'explication de l'affaire : Tommy n'avait jamais pardonné à Mikkelsen de l'avoir épousée; il voulait la récupérer. Il lui envoyait encore des cartes d'anniversaire, des petits cadeaux, des cartes postales des ports les plus exotiques.

– Tu ne m'en avais jamais parlé, lui fit remarquer son mari.

– Je pensais que cela t'ennuierait, dit-elle en haussant les épaules. Tu as toujours détesté Tommy.

– C'est faux, rétorqua Mikkelsen. Je le trouve intéressant à sa manière. Un drôle d'oiseau, plutôt clinquant, une espèce recherchée. Ce que je déteste en lui, c'est son refus d'accepter l'idée que tu n'es plus sa femme depuis une douzaine d'années.

– Et tu le détesterais encore plus si tu savais tout ce qu'il fait pour essayer de me faire revenir.

– Ah ?

– Quand nous nous sommes séparés, il m'a déphasée à quatre reprises. C'était avant que je te rencontre. Il n'arrêtait pas de se projeter au moment de notre ultime dispute, dans l'espoir de rafistoler notre couple et d'en éviter ainsi la rupture. Lorsque j'ai commencé à percevoir les déphasages et que j'ai compris ce qu'il allait en advenir, je lui ai demandé de cesser son petit jeu en le menaçant de le dénoncer et de lui faire retirer sa licence temporelle. À mon avis, il a eu peur car, depuis lors, il s'est conduit tout à fait correctement, si l'on excepte toutes ses petites allusions et insinuations diverses, et ses exhortations à me faire divorcer pour l'épouser une seconde fois.

– Mon Dieu ! s'exclama Mikkelsen. Combien de temps êtes-vous restés mariés, lui et toi ? Six mois ?

– Sept. Mais c'est un caractère obsessionnel. Il n'abandonne jamais.

– Aujourd'hui encore. Voilà qu'il recommence ses déphasages.

– C'est bien ce que je crains. Sans doute a-t-il fini par se convaincre que tu étais le véritable obstacle, que je t'aime toujours, que j'ai l'intention de passer le reste de ma vie avec toi. C'est pourquoi il lui faut absolument faire en sorte que nous ne nous rencontrions pas. Il a tiré sa première cartouche en aménageant en quelque sorte une brèche entre ton ami Gus et toi quelque douze ans en arrière, une brèche si profonde que vous n'êtes réellement jamais devenus amis, et que Gus ne t'a jamais présenté à moi. Seulement voilà, ça n'a pas tout à fait fonctionné comme Tommy l'espérait. Nous sommes allés à cette soirée, à la villa de Dave Cushman, et on m'a poussée dans la piscine et j'ai atterri sur toi, qui t'es présenté tout seul, et d'une chose à l'autre, nous sommes encore là tous les deux.

– Tous les deux, oui, mais pas les autres. Aujourd'hui, mon ami Gus est marié à quelqu'un d'autre.

– Ça n'avait pas l'air de le tracasser outre mesure.

– Peut-être, mais il n'est plus mon ami, et *moi,* ça me tracasse. Janine, mon passé tout entier est à la merci de Tommy Hambleton. Et Gus, le chat, qui n'est plus là, lui non plus. Gus était un sacré bon matou. Il me manque.

– Il y a à peine cinq minutes, tu n'étais même pas sûr qu'il s'appelait Gus. D'ici deux heures, tu auras oublié que tu avais ce chat, et cela n'aura aucune importance.

– Mais imagine qu'il nous soit arrivé, à toi et moi, la même mésaventure qu'à Gus et Donna.

– Ce n'est pas le cas.

– Ce pourrait l'être la fois prochaine, laissa tomber Mikkelsen.

Ce ne le fut pas. La fois suivante, c'est-à-dire environ six mois plus tard, ils s'en sortirent toujours mariés. Par contre, ils y perdirent leur collection des gadgets du XXe siècle : le poste de télévision noir et blanc, le vieux téléphone avec son drôle de cadran, le poste à transistors, le petit ordinateur et son clavier de machine à écrire. En l'espace d'une seconde, tous ces trésors s'évanouirent dans la nature, ne laissant à Mikkelsen que le fameux goût de coton révélateur, à Janine un tic heureusement éphémère sous l'œil gauche, et à tous les deux la sensation désagréable qu'ils venaient d'être victimes d'un nouveau déphasage.

Ils mirent aussitôt tout en œuvre, autant que faire se pouvait, pour jauger les conséquences de l'altération temporelle. Pour l'heure, tous deux se rappelaient encore les objets qu'ils avaient eus naguère en leur possession, et la passion qui les animait lorsqu'ils avaient commencé à les rassembler au début des années 20, alors que s'amorçait à peine l'engouement général pour ce genre de choses. Mais les factures n'existaient plus au fichier, et déjà leurs souvenirs s'estompaient, se faisaient imprécis et contradictoires. Dans l'angle de la pièce, en lieu et place des gadgets, scintillaient dorénavant un assemblage de sculptures soniques. À contempler ces objets tout nouveaux pour eux, ils se demandaient quels changements avaient pu s'opérer dans la trame de leur passé.

Ils ne le surent véritablement jamais – il n'y avait aucun moyen assuré de connaître l'exacte vérité –, mais Mikkelsen avait échafaudé sa théorie sur la question. Lui restait en mémoire, de par les gros frais que cela avait occasionnés, le voyage temporel que lui et Janine, avant qu'elle ne fût enceinte de Dana, avaient effectué en 2021 vers le Mexique des Aztèques. À l'époque, le couple Mikkelsen battait un peu de l'aile, et ledit voyage était censé constituer une seconde lune de miel. Le guide qui les accompagnait lors de leur saut dans le temps s'était avéré une charmante petite chose au tempérament exalté, répondant au nom d'Elena Schmidt, laquelle avait joué le grand jeu à Mikkelsen qui avait envisagé, l'espace d'une demi-heure de frasques endiablées, de quitter Janine pour partir avec elle.

– Supposons, expliqua-t-il, que dans notre trame temporelle originelle nous ne soyons jamais allés chez les Aztèques, et qu'on ait utilisé l'argent pour se payer notre collection d'objets anciens. Et revoilà notre Tommy qui intervient dans le passé, qui s'arrange pour qu'on s'intéresse au saut temporel, et qui persuade par la même occasion cette gaufrette d'Elena Schmidt de me tourner autour. Nous n'avons pas les moyens de nous offrir à la fois les antiquités et le voyage : on choisit le voyage, Elena me fait son petit numéro de séduction, qui n'aboutit pas à la rupture espérée par Tommy, et on se retrouve aujourd'hui avec des souvenirs chatoyants de l'empire de Montezuma, et sans notre collection d'appareils électroniques d'époque. Qu'en penses-tu ?

– Ça me paraît coller.

– Tu le dénonces, ou dois-je le faire moi-même ?

– Mais, Nick, nous n'avons pas de preuves !

Mikkelsen fronça les sourcils. Il savait bien qu'il était presque impossible, et par ailleurs risqué, de prouver une culpabilité de crime temporel. L'acte même d'enquêter sur le crime supposé pouvait provoquer un changement de phase pire que le précédent et bousiller irréparablement leur passé. Pénétrer le passé revenait à peu près à frapper une toile d'araignée avec une batte de base-ball : difficile, en l'occurrence, de se montrer subtil ou délicat.

– Allons-nous rester assis là, sans rien faire, à attendre que Tommy invente un moyen vraiment efficace de se débarrasser de moi ?

– Nick, il ne suffit pas de soupçons pour le confondre.

– Tu y es bien arrivée, jadis.

– Il y a longtemps. Aujourd'hui, le risque est plus grand. On a davantage d'années à perdre. Et si ce n'était pas lui le responsable ? Je l'imagine complètement paniqué à l'idée d'être accusé de quelque méfait qui ne soit rien d'autre que pure coïncidence. A-t-il *vraiment* l'intention de nous déphaser ? Il est tellement imprévisible, tellement instable : s'il se sent menacé, il est capable de tout. De nous détruire totalement.

– Si *lui* se sent menacé ? Mais Janine...

– Nick, je t'en prie. J'ai le sentiment que Tommy va en rester là. Il a déjà fait deux tentatives, qui ont échoué toutes les deux. Il va s'arrêter, maintenant, j'en suis certaine.

À contrecœur, Mikkelsen céda. Le temps aidant, il finit par ne plus se préoccuper de l'éventualité d'un troisième déphasage. Dans les semaines qui suivirent, se firent sentir d'autres effets du dernier déphasage en date, comme après un cambriolage quand on se rend compte, à mesure que les jours passent, de tout ce qui a été volé. Il s'était produit le même phénomène lors du premier. On ne pouvait impunément altérer le passé et prétendre s'en tirer avec une seule anomalie; on n'échappait jamais à une foule de petits bouleversements anodins – ou pas si anodins que ça –, lesquels étendaient leurs ramifications à travers un réseau touffu d'altérations qui pouvaient aller jusqu'à toucher le cours de la vie d'un nombre incalculable d'individus. Résultat de l'effacement de leur projet de collection d'objets électroniques, auquel s'était substitué le voyage au Mexique pré-colombien, de nouveaux maillons vinrent s'accrocher à l'existence du couple Mikkelsen. Des liens s'étaient noués avec certaines personnes rencontrées lors de ce voyage, qui étaient désormais devenues de proches relations avec lesquelles ils échangeaient des cadeaux, passaient des vacances, et partageaient les joies et les peines que procure l'amitié. Au début, ces fréquentations qui, pour déjà anciennes qu'elles fussent, venaient à peine en réalité de se greffer sur leur destinée, prirent un certain ton de fausseté, une espèce de vacuité qui les rendaient étrangement insubstantielles, vouées à de singulières incohérences. Mais au bout de quelque temps, tout leur parut à nouveau bien réel, et parfaitement ajusté.

C'est alors que s'était produit le troisième déphasage, celui qui avait eu pour conséquence de repousser leur mariage d'août à février de l'année suivante, et d'occasionner, comme ils le découvrirent peu après, six ou sept petites failles troublantes dans le tracé de leur vie.

– Je vais lui parler, dit brusquement Mikkelsen.

– Nick, ne fais pas de bêtises.

– Je n'en ai nullement l'intention. Mais il faut lui faire comprendre que ça ne peut plus durer comme ça.

– Souviens-toi que, si tu le pousses dans ses derniers retranchements, il peut devenir dangereux. Ne va pas le menacer. Ne le pousse pas à bout.

– Je m'en vais juste le chatouiller un peu.

Mikkelsen donna rendez-vous à Hambleton au bar du Top Marina, la boîte préférée de ce dernier, située tout en haut du rail vertical qui s'élevait à trois cents mètres au-dessus du port de Balboa Lagoon. Lorsque Mikkelsen entra, Hambleton était déjà là : plutôt petit, vingt centimètres de moins que lui; avec des dehors onctueux, un maintien franc et assuré. C'était l'homme le plus riche que connût Mikkelsen, il dépensait sa vie et une grosse fortune dans le domaine des microprocesseurs, ce qui ne laissait pas de le rendre quelque peu menaçant pour Mikkelsen, comme s'il pouvait, du jour au lendemain et d'un simple claquement de doigts, *racheter* la femme qu'il avait aimée et perdue il y avait douze ans, à une époque où ils étaient tous deux encore si jeunes.

Mikkelsen n'ignorait pas que Hambleton avait une passion qui l'emportait sur tout le reste : le voyage temporel. C'était un adepte invétéré du saut dans le temps; invétéré et notoirement impulsif, avec ce regard légèrement exorbité, ces yeux à fleur de tête dont sont affublés tous ceux qui voyagent beaucoup. À chaque fois qu'on le croisait, soit il revenait à l'instant de son dernier saut, soit il se préparait pour le prochain, comme s'il ne trouvait d'agrément à l'horizon monotone du temps que dans sa seule fonction de tremplin vers le passé. Bizarre. Et encore plus bizarres les endroits où il se projetait. On pouvait comprendre que des gens fassent le voyage pour assister à la bataille de

Waterloo, ou se paient une petite balade pour une vision de première main du sac de Rome; quant à lui, Mikkelsen, c'est bien ce qu'il aurait fait s'il avait eu autant d'argent que Hambleton. Mais à en croire Janine, ce dernier se contentait de revenir seulement sept semaines en arrière, éventuellement jusqu'au Noël précédent, au pire au goûter d'anniversaire de ses onze ans; le voyage dans le temps comme touriste ne présentait aucun intérêt pour lui. Il laissait aux autres le loisir d'aller rôder dans les fougères des prairies du mésozoïque et dépensait des fortunes pour remonter le cours de son propre itinéraire temporel sans jamais s'en écarter. Les visées que poursuivait Tommy Hambleton lors de ses voyages semblaient uniquement consister pour lui, dans le but d'améliorer son présent, à opérer quelques corrections sur son passé; il y retournait pour éliminer le moindre petit contretemps, le moindre faux pas, pour y rattraper certaines maladresses, pour tirer avantage des opportunités nouvelles que lui apportait cette connaissance rétrospective de lui-même : retoucher, corriger, perfectionner. Dans l'esprit de Mikkelsen, cela tenait de la névrose et pourtant, il ne pouvait s'empêcher d'y déceler un certain charme. De fait, Hambleton n'était rien de moins que charmant, et Mikkelsen l'admirait, lui qui avait su inventer une conduite tout à fait originale et bien à lui, même si un brin obsessionnelle, au lieu de s'adonner comme tout le monde à des plaisirs standard et inoffensifs, collectionner les timbres par exemple, ou aller poser ses fesses dans une salle de restaurant.

À l'instant où Mikkelsen le rejoignit, Hambleton était en train de programmer l'autobar pour commander des cocktails.

– Mikkelsen ! s'écria-t-il. À la bonne heure ! Comment se porte l'adorable Janine ?

– Adorablement.

– Quel heureux homme vous êtes. La seule grosse erreur de ma vie a été de laisser cette femme glisser d'entre mes griffes.

– Ce pour quoi, mon cher Tommy, je vous suis à jamais reconnaissant. Il m'a fallu travailler dur, moi aussi, pour mettre le grappin dessus.

– Ah oui ? fit Hambleton en écarquillant les yeux. Vous avez des problèmes tous les deux ?

– Pas entre nous. Plutôt des problèmes de tracés temporels. Je ne sais pas si vous êtes au courant, mais l'année dernière on a dû subir un ou deux déphasages. Assez sérieux. Et maintenant un autre. On vient de perdre cinq mois de notre mariage.

– Oh, les petits tracas de...

– ... la vie moderne. Oui, je sais. Une expression très en vogue de nos jours. Mais ceux dont je vous parle sont ce que j'appellerais des tracas épouvantables. Ce n'est pas à vous que j'aurais besoin d'expliquer à quel point Janine est une femme merveilleuse, et combien cela me terrifie d'envisager de la perdre un jour dans quelque fortuite secousse temporelle.

– Naturellement. Je comprends tout à fait.

– Je voudrais bien, moi, comprendre d'où viennent ces déphasages. Ils sont en train de nous mener vers la folie. Et c'est là ce dont je voulais discuter avec vous.

Il scruta le visage de Hambleton, cherchant à y déceler quelque trace d'un sentiment de culpabilité, à tout le moins de gêne, mais celui-ci resta serein.

– En quoi puis-je vous aider ?

– Je pensais que vous seriez peut-être à même, avec votre immense expérience théorique et pratique du saut temporel, de m'indiquer quelque clef sur la cause probable de ces déphasages, de sorte que je puisse parer au prochain.

– Mon cher Nick, fit Hambleton en haussant méticuleusement les épaules, il peut s'agir de n'importe quoi ! Il n'y a aucun moyen garanti de remonter la piste des effets du déphasage pour aboutir à leur cause. Nos existences sont toutes interconnectées suivant des lois que nous ne saurions soupçonner. Vous dites que ce dernier déphasage a déplacé votre mariage de quelques mois ? Bon, alors, supposez que, résultat du déphasage, vous vous mettiez en tête de tenter votre dernier coup de célibataire, et que vous partiez passer un week-end, disons à Banff, où vous rencontrez une charmante personne avec qui vous avez une aventure absolument fortuite et sans conséquence pour vous, sinon celle de vivre trois jours délicieux, mais que, ce faisant, vous l'empêchiez, elle, de rencontrer ce même week-end quelqu'un d'autre dont elle était tombée amoureuse et qu'elle avait épousé dans sa trame temporelle originelle. Vous, vous rentrez chez vous, épousez Janine, certes un peu plus tard que prévu à l'origine, et vivez heureux à jamais; mais elle, la femme de Banff, voit alors sa vie totalement court-circuitée, et tout ça du fait du seul déphasage qui a modifié la date de votre mariage. Vous voyez ? On ne peut jamais savoir quel engrenage de bouleversements peut déclencher, dans l'existence de gens qui vous sont complètement étrangers, le moindre hiatus qui survient dans une chaîne d'événements.

– J'entends bien. Mais par quel étrange coup du sort devrions-nous, la même année, être touchés par trois déphasages dont chacun met en péril notre mariage ?

– Alors là, je n'en sais fichtre rien. J'imagine que c'est la faute à pas de chance. Mais vous le savez bien, la chance tourne. Je parierais que vous vous êtes tout bonnement trouvés à la lisière de quelque faisceau de phases négatives qui sont justement sur le point d'interrompre leur cours. (Il lui décocha un sourire éblouissant.) En tout cas, espérons-le. Vous voulez un autre rhum pur ?

Onctueux, pensait Mikkelsen. Et impénétrable.

pas moyen de percer ses défenses. Quant à envisager une attaque directe – l'accuser franchement d'être le seul responsable des déphasages –, c'était probablement l'amener à jouer sur un nouveau registre défensif, et Mikkelsen ne tenait pas à prendre le risque. Un type qui usait avec tant d'acharnement du saut temporel pour remettre son passé à neuf ne manquerait pas de s'avérer un adversaire par trop retors. Poussé dans ses derniers retranchements, Hambleton ne ferait que nier l'évidence, et ne perdrait pas une seconde à rejoindre son passé pour y effacer toute trace éventuelle de son crime. Quoi qu'il en soit, porter une accusation de crime temporel restait une entreprise excessivement délicate, du fait que ledit crime, par définition, devait avoir eu lieu sur une trame qui n'existait plus. Mikkelsen opta pour une stratégie de retraite. Il accepta l'autre verre que lui offrait Hambleton, et discuta un moment avec lui, presque comme si de rien n'était, sur la théorie du déphasage, le temps qu'il faisait, le marché des valeurs, les vertus de la femme qu'ils avaient tous les deux épousée, et sur le bon vieux temps des années 2014, quand ils se retrouvaient tous dans leur chère vieille La Jolla, vivant les jours dorés d'une merveilleuse insouciance. Mikkelsen parvint quand même à écourter la conversation, et rentra tout droit chez lui, d'humeur maussade et l'esprit songeur. Il ne faisait aucun doute que Hambleton allait frapper à nouveau, et peut-être même très bientôt. Comment se tenir sur ses gardes ? Qu'inventer pour l'empêcher d'agir ? Tenter un coup audacieux dans le passé de Tommy Hambleton qui neutraliserait à jamais la menace qu'il constituait ? Hasardeux, jugea Mikkelsen. Dans ce genre de manœuvres, on avait autant à perdre qu'à gagner. Mais peut-être était-ce le seul espoir.

Il passa les jours qui suivirent à essayer d'échafauder un plan. Quelque chose qui lui permette de se débarrasser de Hambleton sans interrompre le fragile enchaînement de circonstances qui l'avaient conduit à lier sa vie à celle de Janine. Était-ce faisable ? Il esquissa plusieurs projets qu'il rejeta l'un après l'autre, mais insista dans sa détermination. Il commençait à entrevoir un moyen.

Alors, par une chaude et lumineuse matinée ensoleillée, il fut frappé, comme par un coup de foudre, par un nouveau déphasage qui le laissa absolument abasourdi et anesthésié sur place. Lorsqu'il sortit enfin de son état d'hébétude, il se retrouva au beau milieu d'un studio de célibataire, quatre-vingt-dix étages au-dessus de Mission Bay, avec un épais goût de coton dans la bouche, et le souvenir confus et déjà fuyant d'une femme adorable et de deux enfants et d'un chat et d'une douce demeure sur la terre moelleuse de la vieille Corona del Mar.

Janine ? Dana ? Elise ? Minibelle ?

Disparues. Toutes les quatre. Effacées. Il lui revint qu'il habitait cette garçonnière depuis 2022, après sa rupture avec Yvonne, et que Mélanie était censée y débarquer aux environs de six heures. Ça, c'était la réalité. Et cependant, une autre réalité s'attardait encore dans son cerveau, qui se gommait peu à peu, qui s'évaporait.

Voilà, c'était arrivé. Cette fois, Hambleton avait réussi.

Il n'avait pas de temps à perdre à céder à la panique, ou même à la douleur. Durant la première demi-heure, il s'acharna à griffonner désespérément quelques notes sur tous les détails de sa vie enfuie dont il pouvait encore se souvenir, numéros de vidéophone, adresses, noms, descriptifs. Il coucha sur le papier ce qui lui restait en mémoire de sa relation avec Janine et de la série de déphasages qui avaient conduit au résultat présent. Juste au moment où il commençait à se trouver à sec d'inspiration, le vidéophone sonna. Il pria que ce fût Janine.

C'était Gus Stark, qui lui déclara tout de go :

– Écoute, pour ce soir Donna et moi sommes obligés de nous décommander; elle a une migraine atroce. J'espère que vous n'êtes pas trop déçus et que Mélanie... (Un temps.) Hé mec, ça va comme tu veux ?

– Je viens de subir un mauvais déphasage.

– Hou là là !

– Il faut que je retrouve Janine.

– Janine ?

– Janine Carter. Grande, mince, pommettes saillantes, cheveux bruns. Tu sais bien.

– Janine ? Je connais une Janine ? Hé, dis-moi, tu quittes Mélanie ? Je croyais pourtant...

– Ça n'a rien à voir avec Mélanie.

– Janine Carter, fit Gus en souriant. Tu veux parler de la nénette à Tommy Hambleton ? Ce petit mec plein de fric qui faisait partie du groupe de La Jolla, il y a dix, douze ans, à l'époque...

– Celle-là, oui. À ton avis, où je peux la trouver, là, maintenant ?

– Je crois qu'elle est mariée à Hambleton. Ils ont déménagé sur la Riviera, à moins que je ne fasse erreur. Dis-moi, Nick, pour ce soir...

– Fais pas chier avec ce soir. Je raccroche. Je te rappelle plus tard.

Il coupa la communication et mit l'appareil en mode recherche, branché sur tous les annuaires de la planète. Thomas et Janine Hambleton. Durant l'attente, il finit véritablement par ressentir le choc et l'angoisse consécutifs à la disparition de Janine, et il se mit à transpirer, ses mains à trembler, son cœur à battre deux fois plus vite. Je ne la retrouverai jamais, se dit-il, il a dû la cacher derrière au moins une demi-douzaine de lignes privées; imaginer que son numéro figure sur la liste tient de la folie pure; nom de Dieu de nom de...

Signal. Il pressa le bouton. Ce coup-ci, c'était Janine.

Elle avait l'air sonnée, désorientée, son regard éprouvait une certaine difficulté à focaliser.

– Nick ? dit-elle d'une voix frêle. Ô mon Dieu, Nick, c'est toi, n'est-ce pas ?

– Où es-tu ?

– Une villa dans la banlieue de Nice. Cap d'Antibes, pour être exacte. Oh, Nick ! Les enfants... Ils ne sont plus, n'est-ce pas ? Dana. Elise. Ils ne sont même pas nés ? Dis-moi que ce n'est pas vrai.

– J'ai bien peur que si. Ce coup-là, il nous a bel et bien interceptés.

– Je les revois toujours, exactement comme s'ils étaient réels, comme si nous avions vécu dix ans ensemble... Oh, Nick !...

– Dis-moi comment je peux te rejoindre. Je prendrai le prochain avion en partance de San Diego.

Elle resta un moment silencieuse.

– Non. Non, Nick. Cela ne sert à rien. Nous ne sommes plus les mêmes personnes que lorsque nous étions mariés. D'ici une heure ou deux, nous aurons oublié que nous avons jamais vécu ensemble.

– Janine...

– Nick, nous n'avons plus de passé. Et pas d'avenir.

– Laisse-moi te retrouver !

– Je suis la femme de Tommy. Mon passé lui appartient. Oh, Nick, je suis tellement confuse, si terriblement confuse. Je me rappelle encore un peu ce qu'on a vécu tous les deux, la fête, les courses le long de la plage, les gosses, la petite chatte bigarrée... mais tout cela n'existe plus, il faut en convenir. Ma vie est ici, tu as la tienne. Je veux simplement te dire...

– On peut forcer le destin. Tu n'aimes pas Tommy. Toi et moi appartenons l'un à l'autre. On n'a...

– Il a énormément changé, tu sais, Nick. Ce n'est plus du tout l'homme que tu as connu du temps de La Jolla. Plus doux, plus attentionné, plus humain... Après tout, dix années se sont écoulées.

Mikkelsen ferma les yeux et agrippa le rebord du canapé pour ne pas tomber.

– Cela fait deux heures, dit-il, que Tommy nous a déphasés. Il vient de mettre une partie de notre vie en pièces, et nous ne réussirons jamais à réparer les dégâts qu'il a causés, mais il est encore permis d'espérer en sauver quelque chose, Janine; on peut tout reconstruire, pour peu que tu consentes à fiche le camp de cette foutue villa et que tu...

– Je suis désolée, Nick, fit-elle d'une voix émue qui montait du fond de sa gorge, distante, presque inaccessible. Ô mon Dieu, Nick, quel gâchis! Je t'aimais tant. Je suis désolée, Nick. Je suis tellement désolée.

L'écran s'éteignit.

Mikkelsen ne pratiquait plus le saut dans le temps depuis des années, depuis en fait l'excursion chez les Aztèques, et il fut tout étonné du prix que ça coûtait aujourd'hui. Heureusement, il avait sur lui les traditionnelles cartes de crédit, crédit dont l'approvisionnement devait être tout ce qu'il y a de correct car, en cinq minutes, l'affaire fut réglée. Il précisa le lieu et le temps où il désirait se rendre, et l'apparence qu'il souhaitait prendre; il passa à peu près une heure et demie entre les mains de la maquilleuse, laquelle s'évertua à faire disparaître les nuances de gris qui pointaient sur sa chevelure, à adoucir les rides de son visage et à lui vaporiser la peau de ce bon vieux hâle du Sud californien que l'on perd si facilement à l'orée de la quarantaine, quand la vie vous oblige à passer plus d'heures au bureau que sur la plage. Il en ressortit paraissant au bas mot huit ans de moins, sous une dégaine en tout cas très présentable. Tant qu'il se garderait, lors de son voyage à rebours, d'entrer en contact avec son moi plus jeune, il n'y aurait pas de problème.

Il grimpa dans la cabine; une brume aux effluves douceâtres l'enveloppa, et lorsqu'il posa le pied au-dehors, il se retrouva à la mi-décembre de l'année 2012, sous un léger voile de pluie que portaient les nuages venus du nord. Il n'avait reculé que de quatorze ans et le monde lui semblait pourtant relever de la préhistoire; les vêtements, les coiffures, les autos, tout lui paraissait faux, les immeubles trop massifs, à l'architecture gauche, les slogans publicitaires aux façades qui vantaient, à grand renfort de musique et de teintes criardes, des produits absurdes à force d'être dépassés. Bizarre que le monde de 2012 ne lui ait pas paru si grotesque la première fois où il y avait vécu; il est vrai, reconnut-il, que le présent n'est grotesque que vu à travers les yeux du futur. Il savoura finalement cette sensation d'étrangeté qui attestait son intrusion réelle dans le temps passé; c'était un peu comme s'il jouait dans un vieux film. Il se sentait tout à fait serein. La douleur était désormais complètement oubliée; plus rien ne lui restait en mémoire de sa vie perdue, excepté l'idée fixe qu'il s'avérait de la plus grande importance pour lui d'opérer certains ajustements à l'encontre de l'homme qui lui avait dérobé quelque chose d'infiniment précieux. Il loua une voiture et fila à toute vitesse en direction de La Jolla. Comme il s'y attendait, tout le monde était au club de la plage, à part le jeune Nick Mikkelsen qui avait rejoint ses parents à Palm Beach. Certes, son voyage temporel avait dû s'improviser en toute hâte, mais Mikkelsen n'en avait pas moins planifié les circonstances avec soin.

Tous furent étonnés de le voir : Gus, Dan, Leo, Christie, Sal, tout le groupe. Comme ils avaient l'air jeunes ! Des gosses, juste des gosses, à peine sortis de leurs vingt ans, avec leurs longs cheveux et leur ventre de bébé; Mikkelsen n'avait encore jamais réalisé à quel point on était *jeune* lorsqu'on était jeune.

– Hé ! fit Gus. Je croyais que tu étais en Floride !

Quelqu'un lui tendit un pétard. Un autre lui glissa un écouteur à l'oreille, et une musique surchargée, aux accents éraillés, se mit à lui pilonner la tempe. Sourire aux lèvres, il embrassa ses amis les uns après les autres, leur expliquant que Palm Beach était d'un ennui mortel et qu'il n'avait fait ni une ni deux pour rejoindre le groupe.

– Où est Yvonne ? demanda-t-il.

– Elle sera là dans un instant, répondit Christie.

Tommy Hambleton se pointa cinq minutes après Mikkelsen. L'espace d'un instant, ce dernier éprouva la désagréable impression de se trouver face au Hambleton de sa propre époque, un Hambleton âgé de trente-cinq ans; mais ce n'était qu'une illusion : quelques signes discrets, l'absence d'une certaine tension sur le visage du jeune homme, le léger duvet autour des lèvres témoignaient de la fraîcheur de l'individu. À la vérité, Hambleton n'avait *jamais* eu la mine d'un jeune homme, on ne pouvait lui donner d'âge, le temps semblait ne pas avoir de prise sur lui, il était presque pareillement onctueux et grassouillet. Mikkelsen se serait fait un plaisir d'enfoncer un couteau sous ce menton toujours impeccablement rasé, mais le meurtre n'était pas son style, pas plus que la solution à ses problèmes. Il préféra attirer Hambleton à l'écart, sous le prétexte de lui offrir un verre, et se contenta de déclarer sur le ton le plus calme qui soit :

– J'étais en train de me dire que ça t'intéresserait certainement d'apprendre que je romps avec Yvonne.

– Oh, Nick, vraiment ? C'est bien triste ! Moi qui me figurais que vous étiez le couple le plus solide du groupe !

– Nous l'étions. Nous l'étions. Mais tout ça est fini, mon vieux. À la veille du Nouvel An, je serai avec quelqu'un d'autre. Je ne sais pas encore qui, mais en tout cas ce ne sera pas Yvonne.

Hambleton conserva son air grave.

– Nick, c'est bien triste.

– Non, repartit Mikkelsen en lui adressant un sourire et un amical coup de coude, ce n'est triste ni pour moi ni pour toi. Tu vois, Tommy, ce n'est un secret pour personne que tu t'intéresses à Yvonne depuis des mois. Elle aussi est au fait de la chose. Je voulais simplement que tu saches que je me retire du pas de trois sur la pointe des pieds, avec élégance, sans la moindre rancœur. Et si elle me demande mon avis, je lui dirai que tu es l'homme le plus merveilleux qu'elle puisse rencontrer. Et je le pense, Tommy.

– Mon vieux, c'est terriblement sport de ta part. Tu es un type extraordinaire !

– Je veux qu'elle soit heureuse.

Yvonne apparut au moment où la nuit commençait à tomber. Cela faisait des années que Mikkelsen ne l'avait pas vue, et il s'étonna de la trouver aussi insipide, aussi fadasse, silhouette dénuée de toute forme, presque un corps d'adolescente. Certes, elle était mignonne avec ses cheveux blonds coupés court, ses yeux bleu-vert pétillants, son petit nez mutin, mais elle lui faisait l'effet d'une petite fille complètement étrangère, et il se demandait ce qui avait bien pu l'attirer en elle. Encore que, naturellement, tout cela se soit passé avant Janine. Quoi qu'il en fût, le retour inopiné de Mikkelsen depuis Palm Beach la surprit un peu, un peu seulement, et lorsqu'il la conduisit sur la plage pour lui dire qu'il venait de réaliser qu'elle était en réalité amoureuse de Hambleton, mais qu'il n'allait pas en faire tout un plat, elle se borna à cligner des paupières et à lui répondre :

– Amoureuse de Tommy ? Pourquoi pas, j'imagine que c'est de l'ordre du *possible,* bien qu'en vérité je n'aie jamais envisagé les choses ainsi. Mais il se pourrait bien que je fasse une tentative en ce sens, après tout. Je veux dire, si tu en as vraiment assez d'être avec moi, Nick.

La déclaration de Mikkelsen ne semblait pas l'avoir offensée, encore moins lui avoir brisé le cœur. Pour tout dire, elle n'avait pas l'air tellement concernée.

Après cela, Mikkelsen quitta le club pour expédier un fac-similé de télégramme à son jeune alter ego à Palm Beach : *Yvonne en pince pour Tommy Hambleton. Aussi bouleversé que vous soyez, pour l'amour de Dieu acceptez-en l'augure, et si jamais vous rencontrez une jeune femme répondant au nom de Janine Carter, accordez-lui un regard précieux. Vous ne le regretterez pas, croyez-moi. Je suis bien placé pour le savoir.* Il signa : *Un ami* et ajouta dans le coin un petit dessin très personnel qui lui servait, depuis toujours, de parafe. Il n'osa pas aller au-delà. Il espérait seulement que le jeune Nick se montrerait suffisamment malin pour marquer des points dans la partie qui allait se jouer.

C'était une heure convenable pour retourner au travail. Il rejoignit la station de saut au centre de San Diego, et remonta dans son propre temps.

Lorsqu'il émergea, il éprouva la saveur cotonneuse dans sa bouche. Ainsi, s'étonna-t-il, la même sensation se reproduisait quand vous vous déphasiez *vous-même.* Il s'interrogea sur les altérations qu'avait dû provoquer son saut temporel. Autant qu'il s'en souvînt, le but de son voyage consistait à remettre en phase un mariage qu'il avait contracté avec une femme nommée Janine, laquelle l'avait aimé d'un amour infini jusqu'au moment où était survenu un déphasage qui l'avait arrachée à lui. À l'évidence, il n'avait pas réussi puisqu'il se savait pour l'heure toujours célibataire, et doté de trois ou quatre maîtresses régulières – Cindy, Melanie, Elena, et une autre – dont aucune ne répondait au prénom de Janine. Paula, voilà, c'était le nom de l'autre. Cependant, il avait en sa possession un message écrit, qui déjà commençait à s'effacer, et qui disait : *Tu ne te souviendras de rien, mais tu t'es marié en 2016 ou 17 avec une certaine Janine Carter de son nom de jeune fille, l'ex-femme de Tommy Hambleton; et aussi agréable que te semble ton existence actuelle, tu étais, et de loin, beaucoup plus heureux lorsque tu vivais avec elle.* C'était bien possible, après tout. Dieu sait qu'il commençait à se lasser de sa vie de célibataire, d'autant que, depuis que Gus et Donna avaient légalisé leur couple, il restait le seul type du groupe à ne pas être encore marié; c'était un peu gênant comme situation. Mais était-ce sa faute s'il n'avait jamais rencontré quelqu'un avec qui il aurait véritablement voulu faire le reste du chemin, au moins passer une année entière ? Ainsi donc, il avait été marié, du moins à en croire le message, avant que n'intervienne le déphasage. Avec Janine ? Comme c'était drôle, comme cela lui ressemblait peu.

Il fut de retour chez lui avant la nuit. Il prit une douche, se rasa, s'habilla, et fonça au Top Marina. Tommy Hambleton et Yvonne se trouvaient en ville, et il avait consenti à accepter leur rendez-vous dans la boîte, histoire de boire un coup avec des amis qu'il n'avait plus vus depuis des années, depuis en fait que Tommy avait emménagé dans la villa de son frère sur la Riviera. Ce bon vieux Tommy, se disait Mikkelsen en roulant, ça va être bon de le revoir. Et Yvonne. Il s'en souvenait parfaitement :

une petite blonde au nez retroussé, bonne joueuse de tennis, au physique compact et bien entretenu. Il en avait joliment pincé pour elle, il y a onze ou douze ans de cela, juste avant Adrienne, avant Charlene, avant Georgiana, avant Nedra, avant Cindy, Melanie, Elena, Paula. Quel pied de les revoir tous les deux ! Il sauta dans la cabine de l'ascenseur extérieur qui le propulsa allègrement le long de la glissière jusqu'à la frêle coupole dorée qui dominait la lagune. Hambleton et Yvonne l'y attendaient.

Tommy n'avait pas beaucoup changé – le même vieux bougre pas très grand aux manières sirupeuses et aux costumes toujours élégants –, mais ce qui frappa Mikkelsen, ce fut de voir à quel point le temps et l'argent avaient bénéfiquement agi sur Yvonne : bel aplomb, du chien, allure souple et sinueuse, débarrassée de toutes ces lourdeurs de l'enfance, avec en plus, dans sa façon de s'exprimer, un infime soupçon d'accent français. Mikkelsen les embrassa et se laissa conduire vers le bar.

– Je suis si heureux d'avoir pu te retrouver, lui déclara Hambleton. Ça fait des années ! Des années, Nick !

– Pratiquement une éternité.

– Ça va toujours fort avec les femmes ?

– Plus ou moins. Et toi, Tommy ? Toujours en train de courir dans le passé pour essuyer ton nez d'il y a trois jours ?

– Oh ! répondit Hambleton en étouffant un petit rire. Je ne pratique plus guère, maintenant. L'hiver dernier, Yvonne et moi sommes allés à la chute de Troie mais, au jour d'aujourd'hui, les sauts de puce ne me captivent plus tellement. Je suis... Oh ! quelle surprise !

– Qu'y a-t-il ? demanda Mikkelsen en voyant le regard de Hambleton se diriger par-dessus son épaule vers l'un des sombres recoins de la salle.

– Une ancienne amie. Je suis certain que c'est elle ! Quelqu'un que j'ai connu jadis, brièvement, par la bande. (Il se tourna vers Yvonne.) Je l'ai rencontrée quelques mois après que nous avons commencé à nous voir, ma chérie. Bien sûr, il ne s'est rien passé, mais ça aurait pu... ça aurait pu... (Une lueur distante, comme empreinte d'un vague regret, s'alluma fugacement sur le visage de Hambleton avant que ne revînt son sourire.) Nick, tu devrais la connaître. Si c'est vraiment elle, je suis sûr que c'est exactement ton type de femme. Quelle coïncidence ! Après toutes ces années ! Suis-moi, mon gars !

Il attrapa le poignet de Mikkelsen qui se laissa guider, complètement déconcerté.

– Janine ? avança Hambleton. Janine Carter ?

La femme était brune, élégante, peut-être un an ou deux plus jeune que Mikkelsen, et arborait un regard aussi effronté que pénétrant. Elle leva les yeux, toute surprise.

– Tommy ? C'est vraiment toi ?

– Bien sûr. Bien sûr. Ma femme, Yvonne, que tu aperçois là-bas. Et celui-ci, c'est l'un de mes plus vieux et plus chers amis, Nick Mikkelsen. Nick. Janine.

Elle le dévisagea un instant.

– Ça va vous paraître absurde, fit-elle, mais ne vous ai-je pas déjà vu quelque part ?

Lorsque leurs yeux se rencontrèrent, Mikkelsen sentit jaillir en lui le flot brûlant d'une pulsion secrète.

– C'est une longue histoire, dit-il. Permettez-moi de vous offrir un verre, et je vais tout vous raconter.

PAVANE AU FIL DU TEMPS

Sous le souffle brûlant du vent doré de l'Ouest, Bhengarn le Voyageur poursuit opiniâtrement la route qui le mène vers sa lointaine destination, le Lac de Cristal, le lieu assigné de sa métamorphose. La saison s'attarde. Le bulbe écarlate du soleil s'accroche aux collines du Sud. Le corps de Bhengarn – tube empâté aux reflets d'argent supporté par une douzaine de paires de robustes membres à trois articulations – avance sous la douleur lancinante de l'urgence de la mue. Pourtant, le Voyageur n'est pas pressé. Cela fait des centaines d'années qu'il traîne son exode comme un boulet. Il a laissé sur la face du monde sa trace scintillante qui zigzague de place en place, de continent en continent, et qui jette encore aujourd'hui dans son sillage l'âpre brillance d'un filament incandescent comme une suture sur le ventre de la planète. Dans les dix années qui viennent de s'écouler, avec une patience infinie, il a contourné l'Étang de Cristal en longeant le bord extérieur d'un cercle au rayon égal au dixième du diamètre de la Terre; maintenant, sous l'incitation de quelque signal interne, il progresse en spirale vers l'intérieur.

La piste qu'il aperçoit devant lui est déserte. À sa gauche, une zone recouverte d'un brouillard verdâtre et cotonneux; à sa droite, une étendue d'herbe rouge pâle, aux tiges pointues comme des flèches, et d'où chuinte un lugubre sifflement hostile. Droit devant, la piste s'encaisse entre des amas de noirs mâchefers et de croûtes cendreuses, et descend en pente douce vers la Plaine des Dents, où d'inquiétants affleurements de porcelaine augurent d'une redoutable mise à l'épreuve. Mais de tels obstacles ne sont que broutilles pour Bhengarn. N'est-il pas après tout un Voyageur ? Pourquoi ce corps si magnifiquement profilé, sinon pour se jouer des embûches ? Il a connu, au cours de son périple, des lieux bien pires que celui-ci.

Non sans grâce, il dévale le défilé de scories et de cendres. Ses multiples pieds sont aussi durs que le métal recuit, aussi sensibles que les plus subtiles antennes. Il teste chaque pouce de terrain pour en éprouver la fermeté et la résistance et scrute les épaisses couches de cendres où pourrait se tapir un quelconque ennemi. Ainsi avance-t-il allègrement vers la plaine, maintenant sa vive allure tout en retenant son abdomen démesuré au-dessus des fragments refroidis aux arêtes tranchantes de la matière volcanique qu'il foule aux pieds.

À l'orée de la Plaine des Dents, c'est une nouvelle déconvenue qui l'attend : un Mangeur monte la garde à l'entrée de la vallée. De toutes les formes de vie humaines du monde – et le Voyageur, dans ses errances, en a sans doute rencontré chaque espèce, Mangeurs, Exterminateurs, Écumeurs, Intercesseurs et autres –, les Mangeurs lui semblent les monstres les plus turbulents et les plus exaspérants. Nullement concerné par les thèses philosophiques qui sous-tendent l'étrange logique de leur comportement, il s'horripile de leur air bravache, et leur énorme appétit le révolte.

Quoi qu'il en soit, il lui faut passer celui-ci s'il veut atteindre son but. L'imposante créature se tient en travers du chemin, plantée sur ses deux énormes pattes charnues, soutenue par une queue non moins charnue qui déroule ses anneaux à l'arrière de son corps. Ses griffes d'acier sont sorties, ses crocs reluisent, le cuir de sa peau reptilienne est maculé des gouttes du sang de ses dernières victimes. Ses yeux glacés et inquisiteurs, où brillent les feux d'une diabolique intelligence, traquent le Voyageur dans son approche.

Le Mangeur pousse un rugissement de matamore qui dévoile deux rangs de dents menaçantes.

– Tu me bloques le passage, déclare Bhengarn.

– C'est une évidence, réplique le Mangeur.

– Je n'ai nulle envie de me quereller avec toi. Simplement, mon destin m'appelle vers le Lac de Cristal, lequel réside par-delà ta personne.

– Pour ce qui te concerne, plus rien ne réside par-delà ma personne. Ce jour, ton destin t'a conduit vers un dénouement. Nous allons collaborer, toi et moi, à la transformation de tes composants cellulaires.

De ses évents latéraux, le Voyageur laisse échapper un profond soupir d'ennui.

– La seule transformation qui m'attende est celle que je vais entreprendre au Lac de Cristal. Toi et moi n'avons rien à négocier. Écarte-toi.

Le Mangeur rugit à nouveau. Il se balance sur ses griffes monstrueuses et fouette la terre de son énorme queue de saurien. Ce sont là les prémices de l'assaut, que semble pourtant vouloir différer, dans un excès de courtoisie, la balourde créature qui offre ainsi à Bhengarn l'opportunité de battre en retraite vers la piste cendreuse.

– Vas-tu t'écarter ? insiste Bhengarn.

– Je suis un instrument de la destinée.

– Tu n'es qu'un vulgaire fanfaron ignare, rétorque Bhengarn d'un ton placide.

Et sur ces mots, il brûle l'équivalent en énergie d'une demi-semaine pour plonger les cimeterres de sa volonté jusqu'aux racines de la Terre. Ce n'est point là vaine dépense de l'âme, lorsque aussitôt le sol se met à trembler et que le ciel s'assombrit, qu'un craquement sinistre arrache des plaintes aux collines environnantes, et que le vent tourne à l'ouragan de givre violacé. S'élève alors une sorte de vrombissement sourd, que le Voyageur sait être le chant de l'océan du temps, force imprévisible qui se libère volontiers en de telles circonstances. Malgré cela, Bhengarn ne revient pas sur sa décision. Sous les griffes abrasées du Mangeur, le tissu de la piste commence à onduler. D'aigres odeurs montent des crevasses qui surgissent du sol. La colossale créature profère un hurlement de rage, tandis que sa queue fouette frénétiquement la terre. Elle vacille; elle est sur le point de s'écrouler; elle en appelle à Bhengarn pour qu'il suspende l'agression. Mais le Voyageur n'est pas du genre à se contenter de demi-mesures, et il n'en harcèle que plus violemment la masse ventrue.

– C'est déloyal, exhale le Mangeur dans un souffle asthmatique. Je poursuis le même but que toi : servir les forces de l'inéluctable.

– Sers-les donc, lui répond sèchement Bhengarn, en dévorant quelqu'un d'autre aujourd'hui.

Et, d'une ultime dépense d'énergie, il déchaîne chez le Mangeur l'impulsion irrésistible d'un vertigineux déséquilibre qui le précipite au sol, où il s'écrase sur le flanc. La bête abattue, gémissante, ratisse l'air de ses griffes, sans pour autant réussir à se redresser, tandis que Bhengarn prend les devants; non sans remarquer au passage les fines aiguilles translucides, dures comme la pierre, qui ont jailli d'une flaque bourbeuse bordant la route et qui s'activent à tresser autour du Mangeur terrassé un filet indestructible. La créature pousse un aboiement de hyène. Bhengarn, déjà à distance, jette un regard en arrière; les aiguilles piquent dans les écailles de cuir et faufilent la peau tels des ruisseaux d'acide.

Ainsi donc, se dit Bhengarn sans aucune malice, les forces de l'inéluctable auront quand même aujourd'hui de quoi se satisfaire, mais pas de ma personne. Le Mangeur va être mangé. Il m'apparaît qu'en ce jour, c'est bien *moi* qui suis l'instrument de la destinée.

Et, sans daigner accorder un autre regard à la bête, il allonge le pas et gagne la plaine. Le ciel reprend ses nuances rougeâtres, l'ouragan s'apaise, la Terre retrouve sa sérénité. Mais quand l'océan du temps s'autorise un caprice, cela ne va jamais sans conséquences; dans sa progression, le Voyageur aperçoit devant lui une créature inconnue, à la silhouette surprenante, qui titube, égarée, désorientée, à travers la brume, épiée par les yeux luisants d'une nature meurtrière, apparemment ignorante des dangers que recèle la Plaine des Dents. La créature est debout sur deux pattes, poilue, d'aspect archaïque. L'approchant, Bhengarn finit par la reconnaître comme un humain primordial, dont l'espèce sera balayée des millions d'années après son propre temps véritable.

– Prends garde ! s'écrie Bhengarn. Ces dents savent mordre.

– Qui a parlé ? fait l'antique créature soudain affolée, le corps tournant dans tous les sens.

– Je suis Bhengarn le Voyageur. Je présume que c'est moi le responsable de ta présence en ces lieux.

– Où êtes-vous ? Je ne vois personne. Êtes-vous un démon ?

– Je suis un Voyageur, et je suis juste devant ton nez.

L'humanoïde découvre alors Bhengarn, pour la première fois semble-t-il, car il fait un brusque bond en arrière, stupéfait.

– Un serpent ! crie-t-il. Un serpent avec des pattes. Un ver géant ! Le Diable !

Dans un geste de fureur, il ramasse des pierres qu'il jette sur le Voyageur, lequel n'a guère de mal à en dévier la trajectoire qu'il transcende en un arc vibrant de vert et d'or qui danse un étrange et langoureux ballet entre la créature et lui. Celle-ci s'empare alors d'un énorme bloc de roche, qu'elle soulève pour le lancer sur Bhengarn; mais elle vacille sous le poids, son bras se plie en arrière et vient effleurer l'une des dents lisses comme un rasoir. Aussitôt, la dent libère un jet de feu turquoise, et le bras de l'homme disparaît jusqu'à hauteur du coude. L'humain tombe à genoux et se met à geindre, posant un regard médusé sur son moignon, puis sur le Voyageur.

– Tu es dans la Plaine des Dents, explique ce dernier, et tout contact avec cette matière minérale te voue à de terribles malheurs; je croyais t'avoir prévenu.

Il se glisse un instant dans l'esprit de l'autre, se fraye un chemin à travers des concrétions de stalagmites et de stalactites de colère, d'angoisse, de fierté outragée, de douleur et d'égarement, d'arrogance, et se retrouve soudain face à un certain Olivier van Noort d'Utrecht, jadis tavernier à Rotterdam, capitaine de la flotte de circumnavigation qui appareilla de Hollande au deuxième jour de juillet 1598 pour traverser le ventre du monde, un homme à l'estomac excessivement solide et au tempérament hardi, fort de moult expériences : il s'empiffra de viande de pingouin au Cap Virgenes et sur l'île nommée Pantagoms, chassa des bêtes sauvages assez semblables aux cerfs, bisons et autruches dans les terres glacées du Détroit de Magellan; croisa des baleines et des perroquets, et connut des arbres dont l'écorce avait la saveur piquante du poivre; eut maille à partir avec les Portugais hostiles de Guinée et du Brésil; cingla dans le Pacifique Sud en pleine tempête, sous le tonnerre et les éclairs; s'empara des vaisseaux espagnols à Valparaiso et massacra de nombreux Indiens; et, pour cette raison, rejoignit les îles Ladrones ou îles des Voleurs, où les indigènes troquaient des bananes, des noix de coco et des racines contre d'anciennes pièces de fer, à en faire chavirer leurs pirogues dans leur faim avide de métal; souffrit d'un afflux sanguin à Manille en mangeant des palmitos; captura des jonques chinoises chargées de riz et de plomb; fit commerce avec l'équipage d'un bateau japonais dont les hommes se tondaient la tête à l'exception d'une touffe à la partie postérieure du crâne et maniaient des sabres qui pouvaient, d'un seul coup, découper trois hommes à la fois; commerça également avec les femmes aux seins nus de Bornéo, peu farouches, effrontées même, l'esprit aussi aiguisé que leurs flèches et leurs javelots aux pointes d'acier; dut subir d'énormes privations, ainsi que la perte de trois de ses quatre vaisseaux et de la quasi-totalité de ses 248 hommes (45 seulement en réchappèrent), dont un grand nombre de mutins exécutés de sa propre main ou débarqués sur des îles lointaines, mais aussi, pour une bonne part, exterminés par la perfidie d'agresseurs barbares; avant de revenir à Rotterdam le 26 août de l'an 1601, ne rapportant guère au bout du compte de marchandises négociables en regard des épreuves et des malheurs endurés. Rien de tout cela ne revêt une quelconque signification pour Bhengarn le Voyageur, excepté dans un sens des plus larges, à savoir qu'il reconnaît en Olivier van Noort un homme obstiné et peu commode qui a conçu et exécuté le projet d'un voyage sur des distances infinies où se confondent héroïsme et déraison, et qu'en cela ils sont frères par quelque lien mystérieux, par-delà les milliers d'années qui les séparent. Et c'est au nom de cette fraternité que Bhengarn remet en état le bras de son nouvel ami, ce qui ne laisse pas de stupéfier ce dernier tout autant que la perte subie tout à l'heure. Il presse son bras, l'agite précautionneusement d'avant en arrière, le teste en ramassant une poignée de cailloux.

– Alors, maugrée-t-il, ce lieu est l'Enfer, et tu es un suppôt de Satan.

– Je suis Bhengarn le Voyageur, attelé à la route qui conduit au Lac de Cristal, et je crois qu'un malencontreux coup du sort m'a fait t'escamoter de ta propre époque tandis que je m'ingéniais à déjouer les plans de ce monstre.

Bhengarn désigne le Mangeur étendu au sol, là-bas, désormais à demi décomposé. L'autre qui, évidemment, n'a guère eu le loisir jusqu'à présent de jeter un œil alentour, laisse échapper une plainte rauque et étouffée à la vue de l'horrible créature qui ne résiste plus maintenant qu'en de lents balancements des pattes.

– Le fleuve du temps t'a attrapé et t'a emporté loin de chez toi, et il n'est pour toi aucun moyen de revenir. Je te présente mes excuses.

– Tes excuses ? Un ver géant avec des pattes qui me présente ses excuses ! Est-ce que je rêve, ou suis-je vraiment mort et en Enfer ?

– Ni l'un ni l'autre.

– Au cours de mes nombreuses traversées autour du monde, je n'ai jamais vu un lieu aussi étrange que celui-ci, ni d'êtres qui te ressemblent, pas plus qu'à ce monstre qui est là-bas. Vas-tu me mettre à la torture, démon ?

– Tu n'es pas où tu crois être.

– Ce lieu n'est pas l'Enfer ?

– Ce lieu est le monde de la réalité.

– Lors, sommes-nous loin de la Hollande ?

– Je suis incapable de l'estimer. Une longue route, cela est sûr. Veux-tu m'accompagner jusqu'au Lac de Cristal, ou bien nos chemins se séparent-ils ici ?

Durant quelques secondes, Noort ne répond rien, puis :

– Mieux vaut la compagnie des démons que pas de compagnie du tout, surtout en un tel lieu. Dis-moi franchement, démon : suis-je condamné à faire ici pénitence ? J'aperçois là-bas, sur l'horizon, les flammes de l'Enfer. Nul doute que je trouve sur mon chemin les fleuves de feu, la neige glacée, des crapauds, et des eaux noires comme la nuit. Et le pays où l'on empale les pécheurs sur les crochets saillants de roues enflammées. Et les haubans d'acier chauffé à blanc, hein ? Le supplice des barreaux rougis aux braises. Et le Traître Insigne en personne, immergé dans la glace jusqu'au torse, n'est-ce pas qu'il n'est pas loin ? (Noort frissonne.) Les fontaines empoisonnées, les verrats sanguinaires de Lucifer. Les aloès qui mordent la chair nue, les vents arides et froids des abysses. Dois-je bientôt affronter cela ?

– Regarde là-bas. (Au-delà de la Plaine des Dents, une colonne de flammes noires s'élève dans les cieux; y dansent des centaines de créatures de toutes espèces, qui se fondent les unes aux autres, s'accouplent en tourbillons de feu, puis s'éteignent. Des yeux sans paupières, écarquillés, tracent un arc-en-ciel de perles dans l'azur. Des spirales de lumière verte s'enroulent aux crêtes des montagnes.) Est-ce là ce que tu attends ? Car tout ce que tu attends, tu le trouveras ici.

– Tu dis que ce n'est pas l'Enfer ?

– Je te le dis et le répète, c'est le monde véritable, celui-là même qui t'a vu naître il y a bien longtemps.

– Est-ce le Brésil, ou les Indes, ou quelque contrée d'Afrique ?

– Ces noms n'ont guère de sens à mes oreilles.

– Alors, nous sommes dans les Terres Australes. Ce doit être ça. Un pays où les vers ont des pattes et s'expriment en bon hollandais, où les roches mordent, où les bras repoussent après avoir disparu, pas de doute, ce ne peut être que la Terre Australe, à tout le moins le pays du Prêtre-Jean. Hein ? Ton roi est-il Prêtre-Jean ? (Noort rit, semble émerger des brumes de la stupéfaction.) Dis-moi le nom de cette contrée, ô créature, que je puisse en revendiquer l'annexion aux Provinces-Unies, si tant est que je revoie la Hollande.

– Elle n'a pas de nom.

– Pas de nom ! Pas de nom ! Quelle absurdité ! De ma vie, je n'ai connu un lieu que ses habitants ne désignent d'un quelconque nom, même pas au fin fond du Pacifique Sud. Qu'importe, je m'en vais lui en donner un. Pardieu, que cette province s'appelle désormais New Utrecht ! Et je déclare par la présente, au nom des États Généraux, annexer tout ce pays, d'ici aux rivages du Pacifique Sud, aux Provinces-Unies. Que tu en sois, créature, le témoin vivant. Je m'occuperai plus tard des documents. Tu as bien dit que je n'étais pas mort ?

– Pas mort, pas le moins du monde. Mais fort loin de chez toi. Viens, marche à mes côtés, et surtout ne touche à rien. Le territoire est semé d'embûches.

– Un territoire étrange, fantomatique. J'aimerais pouvoir le peindre, si je savais, et laisser Mynheer Brueghel se complaire dans sa gloire, et le vieux Bosch aussi, à y être. Quel spectacle ! Étais-tu un prince avant qu'on ne te transforme ?

– On ne m'a pas encore transformé, réplique Bhengarn. C'est justement ce qui m'attend au Lac de Cristal.

Ils poursuivent leur route à travers la plaine; dès lors, le chemin grimpe légèrement à flanc de colline, et ils avancent dans la direction de la bordure la plus éloignée de la cuvette. Une teinte jaune pâle colore le ciel. Le sentier fourmille de petits insectes semblables à des diamants aux multiples facettes, dont les arêtes coupantes se hérissent et viennent entailler les pieds nus du Hollandais, lequel jette l'anathème sur le monde, et tente de les éviter en bonds furieux qui le rapprochent dangereusement des affleurements de dents. Par sympathie, Bhengarn lui façonne une paire de solides bottes grises, ce qui suscite un sourire de reconnaissance sur le visage du Hollandais, et un geste éloquent vers son corps dénudé, auquel le Voyageur répond en lui confectionnant aussitôt une robe plutôt grossière à l'étoffe écrue.

– Un moine, j'ai l'air d'un moine ! s'écrie Noort. Ça alors, un moine en Enfer ! Il est vrai qu'à t'en croire nous ne sommes pas en Enfer. Et toi, créature, à quelle espèce appartiens-tu donc ?

– Je suis un être humain, répond Bhengarn, de l'espèce des Voyageurs.

– Un être humain ! raille Noort avant de sauter par-dessus un ruisseau bouillonnant d'un liquide violacé, que Bhengarn traverse de son allure pesante. Alors, si je peux me permettre, un humain victime d'un enchantement.

– Ceci est mon aspect naturel. L'humanité n'a plus revêtu ton apparence depuis bien avant la chute de la Lune. Le Mangeur que tu as aperçu était humain. Distingues-tu, par-delà les collines à l'est, cet escadron de Destructeurs qui contourne la forêt et se dirige vers les ruines ? Eux aussi sont humains.

– Les loups à deux pattes que je vois là-bas ?

– Ceux-là, oui. Et tu en verras d'autres : les Attentistes, les Renifleurs, les Écumeurs...

– Ce ne sont pour moi que mots ronflants, ô créature. Qu'est-ce qui est humain ? Un Hollandais est humain ! Un Portugais est humain ! Même un Chinois, un Noir, ou encore un Japonais à la tête rasée. Mais ces bêtes, là-bas, sur la colline ? Ou une créature avec plus de pattes que je n'ai de poils à la moustache ? Non, Voyageur, non ! Tu te flattes. Est-ce que cela t'intéresserait, Voyageur, de savoir comment il se fait que je sois ici ? Je me trouvais à Amsterdam pour plaider ma cause devant le Conseil des Dix-Sept et la Compagnie afin d'obtenir une flottille pour aller chercher le poivre dans les îles Moluques, et voilà qu'on déclare me préférer ce Joris van Spilbergen – tu connais Spilbergen ? À mon avis, très surestimé –, et puis soudain, tout qui se met à tourner, comme si j'avais mélangé trop de bière à mon genièvre, et là... là... ah ! dis-moi, Voyageur, ce n'est qu'un cauchemar ? À l'heure qu'il est, je dois être en train de dormir à Amsterdam. Je suis trop âgé pour boire autant. Et pourtant, je n'ai jamais fait de rêves qui me semblent aussi réels que celui-ci, et aussi bizarres en même temps. Dis-moi encore une chose : quand tu marches, est-ce que tu bouges d'abord les pattes de droite, ou celles de gauche ? (Mais Noort n'attend pas la réponse.) Lors, si tu es humain, Voyageur, es-tu également chrétien ?

Bhengarn fouille dans l'esprit de Noort pour y déceler la signification de ce terme et, y trouvant une sorte d'équivalent, déclare :

– Je n'en dirais pas tant.

– Tant mieux, tant mieux. Il y a des limites à ma crédulité. À combien sommes-nous du Lac de Cristal ?

– Nous avons couvert la majeure partie du trajet. Si je persiste dans cette allure, je ne vais pas tarder à rejoindre la Terre des Trous qui Fument, et à quelques pas au-delà, j'arrive en vue de la Muraille de Glace, laquelle est d'un accès difficile mais pas impossible, et juste de l'autre côté se trouve le vallon qui comprend le Lac de Cristal, le lieu où va s'accomplir la phase initiale de ma nouvelle vie.

Ils franchissent maintenant une zone de cônes caoutchouteux qui brillent d'une éclatante teinte vermillon, de laquelle jaillissent fébrilement de petits Stangarones qui s'en viennent pousser, les uns après les autres, leur mélodie à un ton. Un épais parfum musqué flotte dans l'air. La nuit s'avance.

– Es-tu fatigué ? s'enquiert Bhengarn.

– Un tout petit peu.

– Ce n'est pas dans mes habitudes de voyager de nuit. Est-ce que le site te convient pour bivouaquer ?

Bhengarn désigne une large dépression circulaire bordée de minces fumerolles volcaniques. Le terrain y est chaud et spongieux, moite, dénué de toute végétation. Bhengarn y projette une griffe excavatrice et en arrache une langue de terre qu'il tend à Noort, lui signifiant de manger. Ce dernier y goûte du bout des lèvres, tandis que le Voyageur s'y essaie à son tour. Le Hollandais s'agenouille, enfonce ses doigts dans le sol, hésite, grommelle quelques mots en hochant la tête, puis extrait une autre boule de terre qu'il commence à mâchonner, l'air pantois.

– Le monde a bien changé, n'est-ce pas ? énonce Bhengarn.

– En vérité, au-delà de tout entendement.

– Nos plus talentueux artistes y œuvrent depuis des temps immémoriaux; ils nous l'ont rendu plus vivant, plus attrayant. C'est une grande réussite, non ? Qu'en penses-tu ?

Noort ne répond pas. Il jette un regard attristé vers le ciel qui s'assombrit et scintille déjà de joyaux étoilés. Bhengarn comprend qu'il cherche à repérer les constellations, ces signaux des navigateurs. Noort se renfrogne et tourne sur lui-même pour englober toute la carte des cieux, se mord les lèvres, et laisse échapper un soupir rauque.

– Je ne reconnais plus rien, dit-il. Plus rien. Ce n'est pas le Septentrion, ce n'est pas non plus le ciel austral, ce n'est rien qui me soit intelligible.

Il pleure, doucement, un bon moment, puis reprend sa litanie de désolation :

– Je n'ai jamais été le plus expérimenté des navigateurs, mais au moins suis-je au fait de certaines choses. Je regarde ce ciel et me sens comme un enfant impuissant. Toutes les étoiles ont changé de place. Je sais désormais à quel point je me suis égaré, à quel point je suis loin de tout ce que j'ai connu; si j'ai eu grand plaisir jadis à voguer sous d'étranges cieux, ce n'est plus le cas aujourd'hui, ici, sous des cieux qui me terrifient, et sur cette terre de démons qui ne m'offre aucun repos. Je n'avais jamais pleuré, le savais-tu, créature ? jamais, de toute ma vie ! Mais la Hollande – ma maison, ma taverne, mon église, mes fils, ma pipe –, où est la Hollande ? Où sont toutes les choses que j'ai connues ? Les cieux qui surplombent le Détroit de Magellan ne sont même pas mille fois moins étranges que ceux-ci.

De lourds sanglots d'amertume lui soulèvent la gorge, et il se retourne et se tasse sur lui-même.

Bhengarn se sent inondé de compassion envers ce malheureux errant. Pour apaiser les tourments de Noort, il invoque des visions fantasmagoriques qu'il va puiser au réservoir de l'âme de l'homme du temps révolu; il lance à la face des cieux une cathédrale de feu suspendue dans le vide, un palais royal, une immense armada de vaisseaux aux voiles gonflées par les vents où flotte le drapeau hollandais, les avenues noyées de bruine d'Amsterdam la populeuse, et les rues paisibles de Haarlem la coquette, et bien d'autres visions encore. Pour Noort, il recrée le décor ancien des constellations, le Centaure, le Cygne, la Grande Ourse, les Gémeaux; il réinstalle la Lune naguère perdue, et dessine dans sa clarté bleutée un paysage des temps enfuis, avec ses allées d'érables et de chênes ployant sous le poids de leurs branches, sous lesquelles s'allument des parterres de tulipes de jaunes et de rouges étincelants et de grands arcs de roses d'or qui font comme un berceau au gazon serré et tondu de frais. Il réinvente des champs de blé mûr, avec des gerbes à dépasser le toit des granges, où peinent les moissonneurs dans la chaleur brûlante et étouffante de l'après-midi. Il offre à Noort le parfum des fêtes du dimanche, et la saveur du vieux genièvre de Hollande, et les senteurs aigres-douces qu'exhale sa longue pipe d'argile. Et Noort de hocher le menton, de se murmurer sa joie en joignant les mains, jusqu'à ce que reflue le chagrin et que cessent les pleurs, et qu'il dérive enfin vers un profond et bienheureux sommeil. Les images s'éteignent. Bhengarn, qui ne dort que rarement, monte la garde, en attendant les premières lueurs de l'aube, et la première volée d'oiseaux aux ailes préhensiles qui s'en viendront piquer au-dessus de sa tête en poussant des criaillements moqueurs.

Au matin, Noort est calme et reposé. Il se nourrit à nouveau au sol spongieux, s'abreuve à un ruisseau limpide aux nuances d'émeraude, et ils repartent vers le Lac de Cristal. Bhengarn est ravi d'avoir un compagnon de voyage. Il sent bien chez le Hollandais une espèce de rudesse primitive, peut-être même davantage que chez un autre de ses contemporains, mais cela n'a pas d'importance. Dans ses siècles de pérégrinations aux quatre coins de la planète, il a toujours préféré la compagnie, quelle qu'elle soit, aux marches solitaires. Il a voyagé avec des Écumeurs, des Exterminateurs, une fois aux côtés d'un volumineux Ruminant, et même, en plusieurs occasions, avec des visiteurs venus d'un autre monde pour prélever des échantillons de la Terre; à deux reprises au moins, il a fait la route avec un naufragé de l'océan du temps, originaire de quelque ère préhistorique, quoique pas aussi préhistorique que celle de Noort. Et voilà qu'aujourd'hui il advient qu'il doit atteindre le but de son voyage flanqué de ce rustre poilu surgi des premiers âges de l'humanité. Qu'il en soit donc ainsi. Qu'il en soit ainsi.

Comme ils franchissent un plateau de matière gélatineuse qui palpite sous leurs pieds, Noort retrouve la parole.

– Étais-tu un homme ou une femme avant que la sorcière te donne cette apparence ?

– J'ai toujours été comme ça.

– Mais non, c'est impossible. À t'entendre, tu es un être humain, tu parles mon langage...

– En réalité, réplique Bhengarn, c'est *toi* qui parles *mon* langage.

– Si tu veux. Mais si tu es humain, tu as dû jadis me ressembler. Il ne peut en être autrement. Oserais-tu prétendre être né avec ces écailles d'argent et tes multiples pattes ? Je n'arrive pas à y croire.

– Né ? s'interroge Bhengarn, surpris.

– Le mot t'est-il inconnu ?

– Né, répète le Voyageur. Je pense entrevoir le concept. *Commencer, entrer, acquérir sa forme...*

– Naître, insiste Noort un rien exaspéré. Sortir du ventre. Éclore, germer, venir au monde. Tout ce qui vit a dû naître !

– Mais non, rétorque Bhengarn d'une voix amusée. Plus maintenant...

– Tu racontes des bêtises, l'interrompt Noort.

Et sur ce, il se racle bruyamment la gorge et éructe un crachat qui, à son grand étonnement, émet une sonorité discordante avant de s'épanouir en un tas de diamants étincelants aux reflets verts et écarlates.

– Des rubis, des émeraudes ! Voilà que je crache des perles, ma parole !

Il balance un coup de pied dans le monticule de joyaux qu'il envoie s'éparpiller aux quatre vents où ils se dissolvent en giclées de vapeur rose. Son visage se rembrunit, il se replie dans un silence amer que Bhengarn se garde bien de briser, se contentant de poursuivre sans rien dire sa marche pesante.

Bientôt, surgissent trois Écumeurs, caracolant allègrement sur la piste en direction du sud. Les créatures au corps fuselé d'un vert mordoré saluent au passage les deux voyageurs d'un battement de leurs grands yeux rouges. Noort s'immobilise, leur jette un bref regard, et se tourne vers Bhengarn.

– Alors, fait-il d'une voix enrouée, ceux-là aussi sont des êtres humains ?

– Bien sûr.

– Originaires de ce royaume ?

– Originaires de cette ère. La plus récente évolution, la forme la plus achevée, la grâce, la souplesse, le raffinement dans l'inutile.

Les Écumeurs éclatent de rire et se transforment alors en sillons de lumière qui s'élèvent dans les airs, tel un trident de rayons d'aurore.

– Ne sont-ils pas magnifiques ?

– Ils me font l'effet d'anges de Satan, dit Noort d'un ton revêche en les regardant de travers. Je prie le ciel qu'à mon réveil j'aie oublié jusqu'à leur nom, car, par ma foi, si j'en parle à Willem, Jan ou Piet, ils penseront que j'ai perdu la raison, et se gausseront. Dis-moi que je rêve, créature. Dis-moi que je suis en train de cuver mon vin dans quelque auberge d'Amsterdam.

– Assurément non, répond Bhengarn d'une voix affable.

– Très bien. Très bien. J'ai débarqué dans un pays uniquement peuplé de démons ou de monstres. Je suppose que ce n'est pas pire qu'un pays où tout le monde parle japonais et vénère les pierres. En tout cas, c'est un lieu étonnant, et j'en ai connu plus que ma part. Dis-moi, créature, y a-t-il des villes sur cette terre ?

– Plus depuis des millions d'années.

– Mais alors, où donc vivent les gens ?

– Allons, ils vivent où ils sont ! La nuit dernière, nous avons vécu là où le sol se mange. Cette nuit, nous camperons près de la Muraille de Glace. Et demain…

– Demain, dit Noort, nous dînerons avec le Grand Lucifer et danserons au Sabbat des Sorcières. J'y suis prêt, comme j'étais prêt naguère à partager le repas des mangeurs de pingouins du Cap, ceux qui font six coudées de haut. Plus rien ne peut me surprendre. (Il rit.) J'ai faim, créature. Dois-je encore déchirer la terre et m'en empiffrer ?

– Non, pas ici. Essaye ces fruits.

Aux branches d'un arbre d'or, pendillent des sphères lumineuses. Noort en cueille une qu'il goûte sans hésiter, et applaudit avant d'en prendre trois de plus. Il en arrache une grappe entière qu'il tend à Bhengarn, mais celui-ci la refuse.

– Tu n'as pas faim ? lui demande le Hollandais.

– J'ai d'autres façons de me nourrir.

– Mais oui ! Je suppose que tu inhales le parfum des fleurs tout en rampant, hein ? Dis-moi, Voyageur : quel est le but de ton périple ? Découvrir de nouvelles terres ? T'acquitter de quelque promesse donnée ? Confondre tes ennemis ? J'en doute.

– Je voyage de par la simple fatalité, parce que c'est là le destin dévolu à mon espèce, sans but spécial.

– Un humble errant, alors, comme les moines mendiants qui servent le Seigneur en arpentant les grands chemins ?

– Quelque chose comme ça.

– T'arrive-t-il de t'arrêter ?

– Cela ne s'est pas encore produit. Mais ce ne saurait tarder. Une fois au Lac de Cristal, je deviendrai mon absolu contraire, j'entrerai dans le clan des Attentistes et ne bougerai plus, assigné à la contemplation. Oui, après ma métamorphose, tel un légume je prendrai racine.

Noort reste silencieux quelques secondes, se refusant à tout commentaire. Puis il dit :

– Jadis, j'ai rencontré un homme dans ton genre. Jan Huyghen van Linschoten, de Haarlem, qui errait de par le monde parce que le monde était là pour ça; il passa des années dans l'Inde des Portugais, rédigea tout ce qu'il y avait vécu dans un grand et épais volume, et quand il eut fini s'embarqua pour la Nouvelle-Zemble avec Barents pour découvrir la route glaciale des Indes. Je crois qu'il aurait navigué jusqu'à la Lune s'il avait trouvé un pilote pour l'y conduire. Je lui ai parlé une fois. Tu sais, dans mes pérégrinations, je suis allé plus loin que Linschoten. J'ai vu Java et Bornéo, et le monde qui est de l'autre côté, j'ai croisé dans la jungle de la mer des Sargasses. Mais moi, j'avais un autre but que la simple satisfaction personnelle, que le seul plaisir de collecter un étrange savoir, et c'était de ramener du poivre et des clous de girofle, et de récupérer l'or des Espagnols pour établir ainsi ma gloire et mon confort. Étaient-ce si indignes visées, Voyageur ? Devait-on me mépriser pour cela ? (Noort émet un gloussement.) Peut-être bien après tout, car je n'ai ramené ni épices, ni or, ni la plupart de mes hommes d'équipage, seulement la renommée d'une traversée autour du monde. Je crois que je te comprends, Voyageur. Que fait-on des épices ? On les met dans un baril de viande et on les mange, et les voilà envolées. Quant à l'or, ce n'est que du métal jaune. Mais aussi longtemps qu'il y aura des Hollandais, chacun se souviendra d'Olivier van Noort, le tavernier de Rotterdam, qui a tendu un filin autour du ventre de l'univers. Aussi longtemps qu'il y aura des Hollandais. C'est pure folie, dit-il en riant, que de voyager pour le profit. Désormais, je ne voyage plus que par sagesse. Hein ? Qu'en dis-tu, Voyageur ? Tu ne m'applaudis pas ?

– Je pense que tu es déjà sur la bonne voie. Mais regarde, regarde là-bas : la Muraille de Glace.

Noort a un sursaut de surprise. Après avoir contourné un léger promontoire, ils se retrouvent soudain face à une barrière de lumière incandescente qui rayonne comme un miroir en plein midi, barrant l'horizon d'est en ouest, élevée telle une immense palissade emplissant la moitié des cieux. Bhengarn s'est arrêté, frappé d'un respect admiratif. Depuis des centaines d'années, il sait qu'il lui faut franchir ce mur s'il veut atteindre le Lac de Cristal, ce mur qu'on disait colossal; mais jamais, jusqu'alors, il n'avait pu contempler l'étendue réelle du problème qui, aujourd'hui, s'étale sous ses yeux dans toute sa portée.

– C'est cela qu'il nous faut escalader ? s'interroge Noort.

– Moi oui. Car je crois qu'ici nos routes doivent se séparer.

– C'est le trône de Lucifer qui se trouve derrière ce rempart de glace ?

– Cela, je n'en sais rien, dit Bhengarn, mais le Lac de Cristal est certainement de l'autre côté, et il n'y a pas d'autre moyen de l'atteindre que de grimper. Cette nuit, nous établirons le camp au pied de la muraille et, au matin, je commencerai l'ascension.

– Tu n'y arriveras pas.

– Il faudra bien, réplique Bhengarn.

– Ah ! Ah ! Tu vas te changer en bouffée de lumière, comme les trois que nous avons rencontrés, et te propulser au sommet tel un météore ? C'est ça, hein ?

– Il faut que j'y arrive, pied à pied, en prenant garde de ne pas lâcher prise. Il n'existe aucune magie qui permette cette ascension. (Il écarte quelques branches mortes d'un arbrisseau étincelant de bleu, afin de dégager une aire de bivouac.) J'ai jusqu'à l'aube, avant d'entamer l'escalade, pour te mettre au courant des périls de ce monde, que tu puisses assurer ta protection au cours de tes futures errances. Je me sens responsable de ta présence en ces lieux, et je ne voudrais pas qu'il t'arrive malheur après notre séparation.

– Je n'ai pas l'intention pour l'heure de me séparer de toi. J'envisage d'escalader cette muraille à tes côtés, Voyageur.

– C'est impossible pour toi.

– Je ferai en sorte que ce soit possible. Ce mur m'attire. Je compte bien en faire la conquête, comme j'ai conquis les tempêtes du Détroit et les fièvres des Sargasses. J'ai comme l'intuition qu'il me faut t'accompagner jusqu'au Lac de Cristal où je te ferai alors mes adieux; je sens que cela va me porter chance si je célèbre le début de mon voyage en solitaire en assistant à la fin du tien. Qu'en dis-tu ?

– J'en dis : attendons l'aube, nous examinerons la Muraille de plus près, il sera bien temps alors de décider si tu t'engages dans une aventure aussi périlleuse.

Durant la nuit, une tornade lumineuse exécute une sarabande silencieuse au-dessus de leurs têtes : de folles spirales de bleus, de verts et de violets chatoyants s'entrecroisent et se heurtent dans le ciel qui palpite, tandis que l'atmosphère ondulante rejette des vagues alternées d'air chaud et froid qui dévalent la Muraille de Glace. L'océan du temps se soulève et emporte dans ses flots des silhouettes balayées du fond des âges qui s'agitent frénétiquement au sommet des hautes vagues du temps-ci, membres battant l'eau de désespoir, yeux hagards et horrifiés. Dans ce tumulte, Noort a quand même trouvé le sommeil, bien que de temps à autre il bouge et marmonne, les poings serrés. Bhengarn, lui, médite sur les obligations qu'il pense avoir envers le Hollandais, et lorsque point une aube aux nuances de sang, une idée lui est venue. Ensemble, ils avancent aux abords de la Muraille; ensemble, ils lèvent les yeux vers cette immense cloison peinte d'un blanc luminescent, lisse comme la pierre. D'un geste prudent, Noort y pose le doigt, laissant échapper un petit sifflement au contact glacial. Faisant volte-face, il arpente le sol en croisant et décroisant les bras.

– Nul homme né d'une femme n'est capable d'atteindre le sommet de ce mur. N'existe-t-il pas, Voyageur, quelque tour de magie à ta portée qui me permette de grimper là-haut ?

– Il en existe un, mais je pense que tu n'aimerais pas.

– Allons, parle.
– Je pourrais te transformer – oh ! un court instant, pas longtemps, juste le temps d'escalader la Muraille – en un être en forme de Voyageur. Ainsi, nous grimperions de concert.

Les yeux de Noort parcourent rapidement le corps de Bhengarn – le long thorax tubulaire qui lui donne l'allure d'un serpent géant, la queue effilée, la multitude de pattes courtes et puissantes –, et son visage se couvre une seconde d'un voile d'horreur mêlée de répugnance. Mais à peine une seconde. Il fronce les sourcils, ses doigts tirant fortement sur sa lèvre inférieure.

– Si tu refuses, dit Bhengarn, je n'en prendrai pas ombrage.
– Fais-le.
– Ça ne va peut-être pas te plaire.
– Fais-le ! La matinée avance. Nous avons un long chemin à faire. Transforme-moi, Voyageur. Transforme-moi vite. (L'ombre du doute traverse le regard de Noort.) Me redonneras-tu mon apparence actuelle, une fois au sommet ?
– Cela se fera automatiquement. Je n'ai pas le pouvoir d'opérer une transformation permanente.
– Alors, fais ce qui est en ton pouvoir, tout de suite !
– Très bien.

Sur ce, le Voyageur rassemble toute l'énergie dont il est capable, attire les forces métamorphiques des planètes et des étoiles, ainsi qu'une comète de passage, et les concentre sur le Hollandais; l'air vrombit et crépite autour de lui, une aura lumineuse l'enveloppe, et c'est alors un second Voyageur qui se tient au pied de la Muraille de Glace.

Noort semble comme frappé par la foudre. Il ne dit rien, ne bouge pas. Ce n'est qu'après un long moment qu'il lève avec précaution son membre gauche le plus en avant, le déplace sur quelques centimètres pour enfin le reposer au sol. Puis, le membre opposé; puis, ceux du milieu; alors, s'enhardissant, il entreprend de mouvoir son corps entier, adoptant un étrange tortillement; enfin, au bout de quelques instants, il parvient à contrôler le mouvement sans difficulté apparente.

– Ça me fait tout drôle, dit-il. Et pourtant, je me sens presque comme dans mon corps à moi, sauf que plus rien ne ressemble à rien. Voyageur, tu es un puissant sorcier. Montre-moi donc maintenant comment escalader ce mur.

– Tu es déjà prêt ?

– Je suis prêt.

Ainsi donc, Bhengarn commence la démonstration; s'approchant du mur, il fait jouer ses griffes foreuses, les plongeant dans la glace comme des pitons pour s'y hisser sur une courte distance, avant de les fixer plus haut et d'avancer un peu plus. Bien qu'il ait affronté toutes les difficultés du monde, c'est la première fois qu'il doit escalader un mur de glace, mais l'ascension, quoique pénible, s'avère tout à fait possible. Après quelques minutes, il fait halte pour observer Noort qui lui emboîte le pas, malhabile dans son nouveau corps mais déterminé, qui griffe et racle la glace, s'étire sur la paroi, et parvient enfin à sa hauteur.

– Facile, fait Noort.

Effectivement, pendant un moment, cela s'avère facile; et puis de moins en moins car ils sont maintenant suspendus très haut au-dessus de la vallée, et le soleil de midi a fait fondre la paroi, en surface mais suffisamment pour la rendre luisante et glissante; d'autant qu'un froid terrible venu du cœur du glacier s'infiltre jusque dans le corps des grimpeurs qui, pour être une merveilleuse machine adaptée à tout supporter, n'en atteint pas moins les limites de l'endurance. Lorsque Bhengarn tout à coup rate une prise, il faut toute la rapidité de Noort pour lui planter sa griffe au milieu de l'échine, et le retenir fermement avant qu'il ne se cramponne à nouveau; la même mésaventure arrive à Noort guère plus tard, rattrapé in extremis par Bhengarn. Lorsque le jour pâlit, ils sont si haut qu'ils parviennent à peine à distinguer la cime des arbres en dessous, et pourtant on n'aperçoit toujours pas le sommet de la Muraille. Dans un effort conjugué, ils creusent la glace et se blottissent à l'intérieur, dans le froid, pour passer la nuit. À l'aube, ils se remettent en route, Bhengarn enroulant son corps sinueux par-dessus le rebord de leur abri, suivi avec moins d'agilité par Noort. Plus haut, toujours plus haut, ils grimpent, sans jamais s'accorder une pause, économisant la parole. Le jour, une douce brise tiède parfume l'atmosphère, la nuit ce sont des tempêtes parcourues d'étoiles filantes; et puis une journée de pluie couleur turquoise, puis un autre jour et une autre nuit et un jour encore, et les voilà au sommet, face à un champ infini de fougères et de fleurs éclatantes qui recouvrent le plateau. Ils s'éloignent du bord de la falaise, vers l'intérieur; Noort laisse soudain échapper un cri; il vient de trébucher, ayant retrouvé sa forme primitive. Il tombe à genoux, puis s'assoit, essoufflé, comme sonné; il fait jouer les articulations de ses doigts, regarde ses ongles et les poils sur le dos de sa main, comme s'il n'avait jamais vu cela.

– Ça fait drôle, fait-il d'une petite voix.

– Tu es un Voyageur-né, lui dit Bhengarn.

Ils se reposent un moment, reprenant des forces en goûtant aux fruits pétillants à quatre ailes qui poussent dans ce jardin planté dans la glace. Bhengarn éprouve une immense sérénité, maintenant qu'il approche du but ultime de son voyage. Jamais il n'a remis en question le fait d'être un Voyageur, jamais il n'a eu de regrets de la forme que lui a assignée le destin; mais aujourd'hui, tout ce qu'il souhaite, c'est de la lui restituer.

– Sommes-nous loin du Lac de Cristal ? s'enquiert Noort.

– C'est juste là.

– Y allons-nous, oui ou non ?

– Il faut prendre mille précautions pour s'en approcher. C'est un lieu aux pouvoirs extraordinaires.

Ils reprennent leur marche; devant eux s'ouvre un sentier à travers les herbes qui se couchent et les plantes aux tiges courtes et aux feuilles de chair; quelques minutes plus tard, ils parviennent au bord d'un bassin au cercle parfait, empli d'eau sur une profondeur insondable, d'une eau si incroyablement limpide que le soleil s'y reflète avec une extraordinaire netteté jusque sur les sables blancs qui tapissent le fond à une distance infinie. Bhengarn s'approche et y plonge son regard, aussitôt pénétré du sentiment d'un accomplissement suprême.

– Que va-t-il advenir de toi ? demande Noort.

– Regarde.

Le Voyageur s'immerge dans le Lac de Cristal et nage silencieusement vers la rive opposée, glissant avec une étrange aisance. Mais avant qu'il n'ait atteint le centre du lac, l'air vibre d'un tintement de cloche d'une sonorité des plus cristallines, sans aucun contrepoint pour en venir briser l'harmonique. Une extase soudaine envahit le Voyageur lorsqu'il prend conscience que la métamorphose a commencé : son corps flotte et s'écoule dans l'océan matriciel, ses membres fusionnent et son âme s'étale. Quand il a rejoint le bord du lac, il est devenu quelqu'un d'autre, un immense cône de chair quasi inerte, à peine capable de se traîner hors de l'eau sur cinq à six fois sa longueur; alors, il s'enfonce dans la surface sableuse du sol, entamant le processus de l'enterrement. Et voilà que s'installe Bhengarn l'Attentiste, en ce lieu où il va vivre des siècles, immobile, presque hors du temps eu égard aux principes essentiels de l'existence. Déjà, il glisse à l'intérieur de la Terre, sous le regard médusé de Noort, de l'autre côté du lac.

– Est-ce ce que tu voulais ? lui crie le Hollandais.

– Oui. Absolument.

– Alors, je te fais mes adieux et te souhaite bon voyage.

– Et toi ? Que va-t-il advenir de toi ?

Noort éclate de rire.

– N'aie crainte pour moi. Je vois ma destinée se dérouler devant moi.

Bhengarn, maintenant niché dans les profondeurs du sol, dans le sein de la Terre, s'est d'ores et déjà établi dans sa nouvelle vie d'immobilité. Il aperçoit Noort qui s'élance, volontaire, vers le bord du bassin. Lentement, car l'esprit d'un Attentiste est moins agile que celui d'un Voyageur, il comprend ce qu'il est en train de se passer.

– J'ai retrouvé ma vocation, clame le Hollandais. Si je dois voyager, autant m'équiper en conséquence.

Il pénètre dans le lac, fend les eaux d'une nage disgracieuse qui soulève des gerbes d'écume, et à nouveau retentit le son pur, le carillon subtil d'une note limpide comme le cristal; un éclair de feu illumine le bassin, et des écailles brillantes germent sur le corps de Noort le Voyageur, et des membres articulés, et la queue robuste et volumineuse. Lorsqu'il atteint la rive opposée, la métamorphose est achevée.

– Adieu ! s'écrie-t-il joyeusement.

– Adieu, murmure Bhengarn l'Attentiste.

Et du lieu de son repos peut-être éternel, il observe Olivier van Noort, toutes pattes brûlant de sa nouvelle énergie, qui s'éloigne à grands pas vigoureux pour entamer sa seconde traversée du globe.

TABLE

2631

Composition Communication à Champforgeuil
Impression Brodard et Taupin
à La Flèche (Sarthe) le 15 juin 1989
1377B-5 Dépôt légal juin 1989
ISBN 2-277-22631-9
Imprimé en France
Editions J'ai lu
27, rue Cassette, 75006 Paris
diffusion France et étranger : Flammarion